中国社会科学院创新工程学术出版资助项目

中国传统俗文学思想论稿

彭亚非 著

中国社会科学出版社

图书在版编目(CIP)数据

中国传统俗文学思想论稿/彭亚非著.—北京：中国社会科学出版社，2019.5

ISBN 978-7-5203-4395-4

Ⅰ.①中… Ⅱ.①彭… Ⅲ.①中国文学—通俗文学—文学研究—文集 Ⅳ.①I206-53

中国版本图书馆 CIP 数据核字(2019)第 088720 号

出 版 人　赵剑英
责任编辑　慈明亮
责任校对　杨　林
责任印制　戴　宽

出　　版　中国社会科学出版社
社　　址　北京鼓楼西大街甲 158 号
邮　　编　100720
网　　址　http://www.csspw.cn
发 行 部　010-84083685
门 市 部　010-84029450
经　　销　新华书店及其他书店

印　　刷　北京明恒达印务有限公司
装　　订　廊坊市广阳区广增装订厂
版　　次　2019 年 5 月第 1 版
印　　次　2019 年 5 月第 1 次印刷

开　　本　710×1000　1/16
印　　张　17.75
插　　页　2
字　　数　291 千字
定　　价　78.00 元

凡购买中国社会科学出版社图书，如有质量问题请与本社营销中心联系调换
电话：010-84083683

目　录

第一章

中国古代雅俗文化概说

第一节　中国文化的大传统与小传统问题

美国人类学家罗伯特·雷德菲尔德（Robert Redfield）在1956年出版的《农民社会与文化》中提出了一种所谓大传统与小传统的二元认知框架，以辨析人类社会中文化传统的复杂构成状况。这一认知框架很快为学界所接受，并被应用于不同的学术领域。晚近的一些西方学者，则提出了精英文化和俗众文化这一对新概念，来取代大小传统的文化研究方法。中国台湾和海外的一些学者，则应用中国传统文化中的雅、俗二分观念，来对应大小传统的二元框架。① 这些情况足以说明，雷德菲尔德的大传统、小传统之说具有普遍的方法论意义。本节亦是从文化层级的角度讨论中国传统文化，对这一学说的方法论意义自然表示充分的认同。但是，基于中国传统文化的特殊性质，我们并不认为在具体的研究中全然照搬这一分析框架是合适的。因为就大传统、小传统理论而言，中国的主流文化传统很难简单说就是大文化传统，民间文化、俗众文化传统亦不一定就是小文化传统。主流文化传统虽然表现为意识形态统治与文化统治，但整个俗世文化并没有完全边缘化或处于沉默、遮蔽状态，而是一直与主流文化并行发展，甚至在某些情况下对主流文化产生着决定性的影响。② 余英时先生说："仔细分析起来，则无论是大传统或小传统都包括着许多复杂的成分。通俗文化的内容尤其不简单，可以更进一步分成好几个层次。例如欧洲中古

① "中国文化很早出现了'雅'和'俗'的两个层次，恰好相当于上述的大、小传统或两种文化的分野。"余英时：《士与中国文化》，上海人民出版社2013年版，第118页。

② 郑振铎先生就认为："'俗文学'不仅成了中国文学史主要的成分，且也成了中国文学史的中心。"《中国俗文学史》，上海人民出版社2006年版，第15页。

以来的通俗文化中便有所谓‘俗文学’（chap-book）一个层次，相当于中国的‘说唱文学’。主持这种俗文学的人也受过一点教育，不过程度不高，不能精通拉丁文而已。所以有的史学家甚至把这种‘俗文学’看作大、小传统之间的另一文化层。”① 可见在西方文化中也存在同样的问题。因此，我们从这一学说中得到的最基本的方法论启示只是任何一种文化传统都可能是多元的，中国的文化传统尤其如此。即使只就雅、俗文化分野而言，二者之间也存在着极为复杂的对立、冲突、交叉、互文、互动乃至角色转换的张力关系，更不用说俗文化传统本身就存在着种种大小传统的不同范域和谱系了。

欧洲学者认为大传统通过学校等相对封闭的专控途径传播，不对大众开放，从而形成了所谓的精英文化；小传统则没有什么正式的或封闭的传播途径，是向所有人敞开的文化。这种情况自然导致了精英可以参与小传统，而大众则无法也不大可能参与到大传统中去。就此而言，大传统会不断影响小传统，而小传统则几乎不能对大传统产生什么影响。如果这种情况属实，则其社会根源应该深植于欧洲长期的贵族阶层与非贵族阶层的二分社会结构之中。中国古代的情况显然与此不太一样。俗谚云：穷学文，富学武。中国的统治性文化、主流文化（即所谓大传统文化）看起来高高在上，而且不经过专门教育根本不可能掌握。但实际上，这一文化的传播途径在两千多年前中国贵族社会解体时，就很快失去了其完全封闭和专控的状态，逐渐成为一种向全社会、向所有人敞开的文化。朝为田舍郎，暮登天子堂。即使是处于边远的农村社会和底层文化中的贫民，也可能经由私人相授的学习而直接进入所谓大传统的统治性文化之中。事实上，当科举制建立之后，所谓大传统中的文化精英阶层，就几乎全部是来自社会各阶层的民众之中。因此，中国古代的统治性文化或曰大传统文化，具有一定程度的非特定社会等级性质。相对于被统治文化或曰小传统文化，并不处于一种自我封闭状态或与世隔绝状态。实际情况倒是，经由各阶层民众组成的文化精英阶层，中国古代的所谓大小传统文化实际上一直处于一种既相斥又相容；既互动又互文；既彼此独立又相互影响的状态之中。王国维在《屈子文学之精神》中说：“我国春秋以前，道德政治上之思想，可分之为二派：一帝王派，一非帝王派。……前者贵族派，

① 余英时：《士与中国文化》，上海人民出版社 2013 年版，第 117 页。

后者平民派也。前者入世派，后者遁世派也。……前者国家派，后者个人派也。……前者北方派，后者南方派也。”[①] 这样的定性是有问题的。实际上春秋前我国政治思想界并无所谓平民派。贵族统治阶层基于统治的需要在一定程度上或从一定角度关注下层社会的生存状态与心理状态，是所有统治阶层都会做的事，非独中国春秋前统治阶层所专有。在春秋之后，文化专控的格局被打破，非周文化、边缘文化和下层文化勃兴，才有较为明确的文化二分的问题。余英时先生在谈到中国大小传统的关系时说：“更值得注意的是中国人很早便已自觉到大、小传统之间是一种共同成长、互为影响的关系。……根据中国人的一贯观点，大传统是从许多小传统中逐渐提炼出来的，后者是前者的源头活水。不但大传统（如礼乐）源自民间，而且最后又回到民间，并在民间得到较长久的保存，至少这是孔子以来的共同见解。……《诗》、《书》等经典中确实反映了一些民间各阶层人的思想和情感。无论我们是否相信周代有‘采诗’之事，《诗经》国风中有不少诗起源于各地的小传统，在今天看来已成定论。至于汉武帝设立乐府之官，有系统地在各地搜集民间歌谣，则更是尽人皆知的历史事实。今天文学史家大概都不否认现存汉代乐府中有许多源出民间的作品，承担大传统的统治阶层对于各地的民间小传统给予这样全面而深切的注意，这在古代世界文化史上真可谓另具一格。”[②] 我认为这样的说法倒是更符合中国的文化史实的。

第二节　中国古代上层雅文化或曰精英文化的文化特性

孔子说：“唯上智与下愚不移。”（《论语·阳货》）所谓上智，自然是指掌控着文化大权的统治阶层。所谓下愚，自然是指无知无识、没有文化的下层社会。所谓不移，则是说这种情况不会改变。但孔子说的是当时还存在贵族社会阶层时的状态，而且是一种理想的状态。商朝时，社会统治性、主导性文化被牢牢掌控在商王朝统治者手中，甚至连诸侯贵族都不允许染指。[③] 周王朝建立之后，虽然主导性文化依然由王朝专控，但建立了

① 王国维：《王国维学术经典集》上卷，江西人民出版社 1997 年版，第 149 页。

② 余英时：《士与中国文化》，上海人民出版社 2013 年版，第 120 页。

③ 《尚书·多士》云：“惟殷先人，有典有册。”

相对普及的学在官府体制，各诸侯贵族都应该在王朝的专门机构中接受精英文化教育，情况似乎要好一些。但实际上，文化专制的程度还是相当高。一直到春秋时期，当时已经是所谓的礼崩乐坏的状况，大量王朝文化精英流散民间，文化亦随之下移。《左传·昭公十七年》载孔子言："天子失官，学在四夷。"社会底层人士亦有了通过学习、掌握社会主导性文化而进入社会上层的机会。可《左传·昭公二年》载晋国大夫韩起访问鲁国时，"观书于大史氏，见《易》、《象》与《鲁春秋》，曰：'周礼尽在鲁矣。吾乃今知周公之德与周之所以王也。'"晋国与鲁国同为姬姓国家，为王室近亲。当时已是春秋后期，晋国当政者却似乎仍难以一睹经典文献的全貌。鲁国因为是周公所封之国，地位特殊，所以才拥有这些典册。可知只要贵族社会形态依然存在，其贵族统治性文化的封闭状态和专控状态就会依然存在。但事实上，就在孔子生前，贵族社会就已经处于分崩离析的边缘了。虽然中国贵族社会究竟终结于何时是个有争议性的问题，但从鲁国初税亩，到郑国铸刑鼎，到秦国的商鞅变法，春秋战国时期，中国的贵族社会封建制就一步步走向了土崩瓦解，应该是一个基本事实。秦统一六国后，全面普及郡县制，不再分封。然后刘汉以一布衣而取天下，袭秦制，不封异姓王，先秦六国贵族的复辟梦最终破灭，中国的贵族封建社会事实上就已经终结了。而在后孔子的时代，因为贵族社会逐渐走向消亡，在长达两千五百年的时间里，中国就再也没有了贵族阶级及其专控文化一手遮天、一元独大的现象。

事实上，从战国时代起，中国就开始由阶级贵族社会走向了文化贵族社会。不论处于哪个阶层的民众，只要掌握了统治性文化，在一定机遇下就可以进入统治阶层。荀子说："今之人化师法，积文学，道礼义者为君子。"（《荀子·大略》）"虽庶人之子孙也，积文学，正身行，能属于礼义，则归之卿相士大夫。"（《荀子·王制》）"子赣季路，故鄙人也，被文学，服礼义，为天下列士。"（《荀子·大略》）韩非子说："藏书策，习谈论，聚徒役，服文学而议说，世主必从而礼之曰：'敬贤士，先王之道也。'"（《韩非子·显学》）他还讲过一个这样的故事：说晋国有个叫王登的中牟令，向晋君推荐了地方上两个学问渊博的士人，结果这两个士人都被晋君任为高官。这件事在地方上引起轰动，以至于"中牟之人弃其田耘，卖宅圃而随文学者邑之半"（《韩非子·外储说左上》）。这些说法都表明，以"文化"而贵，而得以跻身统治阶层，已经是战国时期的普遍现象。到汉朝时举贤良方正，设五经博士并任为高官，到隋唐全面建立沿袭千余年的科举文官体制，都可说是这一文化贵族社会逐渐成形后的必然结果。

这一文化贵族社会最典型的特征便是文化贵族阶层或曰精英文化阶层成为整个社会的政治、文化和意识形态的基本统治阶层。而这一独特的统治阶层性质，则集中体现在每一个统治阶层的构成者都应该具有的文人、士、大夫这三重身份上。根据正统人文统治理念，这些不断更新的文化贵族或文化精英可以有三个评价标准，即“太上立德，其次立功，其次立言”。[①] 这三个评价标准则大致可以与士、大夫、文人的三重身份相对应。

一般而言，文化精英们的三重身份都具有主体性文化、统治性文化承载者的性质与意义。而其中最主要的也是他们最渴望在现实人生中实现的身份则是大夫身份，也就是从政身份、文官身份。对于所有的中国文化精英来说，大夫身份都是一个预设的政治家身份或准政治家身份，这是他们实现现实人生价值的最重要的方式和最直接的证明。士的身份则相对复杂一些。《孟子·尽心上》中：王子垫问孟子：“士何事?”孟子说：“尚志。”问：“何谓尚志?”孟子说：“仁义而已矣。……居仁由义，大人之事备矣。”同一篇中，孟子亦曾说：“士穷不失义，达不离道。穷不失义，故士得己焉；达不离道，故民不失望焉。……得志，泽加于民，不得志，修身见于世。穷则独善其身，达则兼善天下。”可见，士既是中国文官政治体制中的后备官员，更是中国文化系统中社会良知、人文信念和价值原则的担当者、体现者与守护者。尤其以政教为任的所谓儒士，更是具有主流意识形态传教士的身份，是古代中国国家意识形态的传承者、阐释者和代言人。而所谓文人，则是中国的上等文化、统治性文化、精英文化或主流文化，即以四书五经为圣教经典、以经史子集为基本文献构成的、文言文化的掌握者、运用者和主宰者。他们是文化贵族统治的象征，亦是文化贵族统治的保证。“登高能赋，可以为大夫也。”（《汉书·艺文志》）他们同样可以是文官后备军。但是由于他们以文艺为术业，与文化的社会应用和俗众的现实生存关系更为接近、更为密切，因此这种文化贵族身份有时会显得模糊而虚幻一些。

由此可见，大夫身份代表着现实政治权力，士身份代表着国家意识形

① 参见《左传》襄公二十四年鲁大夫穆叔言。

不得不然，而非圣人异于前人，此道法之出于天者也。故隋唐以前，学校并祀周、孔，以周公为先圣，孔子为先师。盖言制作之为圣，而立教之为师。”虽然已经见到至孔子时，政权与意识形态教权分立的历史必然性，但并未能见出其对于中国古代帝制社会政治结构所具有的重要意义。因此他曾这样论述道：“盖自官师治教分，而文字始有私门之著述；于是文章学问，乃与官司掌故为分途，而立教者可得离法而言道体矣。……以吏为师，三代之旧法也。……东周以还，君师政教不合于一，于是人之学术，不尽出于官司之典守。秦人以吏为师，始复古制。”（《文史通义》内篇三“史释”）三代只是想象，姑且不论。西周时政教合一，则可能有以吏为师的制度。这正是周王朝力图高度集权专制的政治表现。章只见政教分离、道法分殊不合古道，以为不过是学术文章的术业分途而已，是不知其重大意义。反以秦以吏为师的独裁专制为复古制，则是不见其反动。余英时先生见章之所见，也认为吏、师之分不过是道术为天下裂的历史发展而已，依然没有见到意识形态教权自立和在野的重要性。①

我们强调意识形态教权自立的重要性，除了需要更为正确、准确地认识中国古代社会的政治结构和性质之外，也因为它与我们要讨论的中国古代雅文化与俗文化、文化贵族与庶民社会、国家意识形态与民间生存理念的关系有关。同时，也涉及中国古代意识形态教化与世俗社会的关系问题。秦汉确立了郡县国家体制之后，形成所谓士、农、工、商四民社会。在这个社会中，明显缺乏上通下达的意识形态教谕建制。余英时先生认为，这一社会建制的缺乏，某种程度上是通过所谓循吏及士绅的某种自为的准教士身份来予以弥补的：“循吏在表面上是‘吏’，在实质上则是大传统的传播人。”“‘师’重于‘吏’，‘教’高于‘政’。”② 余先生认为汉时循吏担任了类似于西方教士所起的教化作用，自有一定道理。《论语·阳货》记载：“子之武城，闻弦歌之声。夫子莞尔而笑，曰：‘割鸡焉用牛刀？’子游对曰：‘昔者，偃也闻诸夫子曰：“君子学道则爱人，小人学道则易使也。”’子曰：‘二三子！偃之言是也；前言戏之耳。’”子游是武城的长官，将武城治理得很好，是个典型的政、教兼任的循吏。可见吏之兼教，本是阶级贵族社会向文化贵族社会转化时就已确立的人文传统。而

① 参见余英时《士与中国文化》，上海人民出版社 2013 年版，第 148 页。

② 同上书，第 182、183 页。

征之于全部中国古代史，文官制度的建立，其实也就是要发挥这样的作用：使士成为大夫，而使大夫得以兼士之职。因此，所谓循吏，与其说像教士，不如说像兼职主教或大主教。治政（为吏）之外，兼以督促教化（师儒）而已。但是，余先生显然有点过高地看待了循吏的所谓“行事”身教。这种所谓教化虽合孔子德治之义，但并不全合历史实情。循吏的教化作用实际上后来非常有限，大抵只是一种想象，更不用说身教了。事实上，民众基本上只是服从于管制而非听从于教化。形成这种局面，与循吏在国家建制上其实只是政权管理者，而并无建制上的教化职权有关。所以余先生也认为，虽然汉规定掌教化者为“三老”，但是“循吏的教化设施多是自出心裁，未必受朝廷指示”，“汉代循吏致力于文化秩序的建立完全出于自作主张。……吏之为‘循’、为‘酷’可由各人的思想和风格来决定”[①]。且“三老”的教化机制后来逐渐形同虚设，逐渐消失而为乡绅所取代。但士绅也好，循吏也好，如果情况属实，他们的所谓“化民成俗”，也只是基于“儒士”的角色意识和个人的自主行为，并无体制性规约与职能，这使得大多数情况下，地方上的所谓教化只是处于一种理论上存在的状态。相比较而言，在野之士所起的教化作用还要相对大一些。因为在野之士，多为人师，而凡受教者，均不能不受儒学教化。儒士亦为民范，是民众心目中的文化典范与道德楷模——虽然就广大没有接受正式文化教育的民众而言，这个作用也很有限。

认清统治性文化的这一特性，对于我们将要讨论的俗文化不是毫无意义的：因为主流意识形态信仰文化系统并没有建立起宗教式的社会组织形式和教义传播体制，因此虽然通过普及于全社会的教育，形成了一个庞大的文化贵族阶层，但并没有在整个下层社会的全体俗众中形成有效的普及与教谕机制。对民众进行的主流文化价值与意识形态的传播，基本上只能通过吏治来实现。因此虽然形成了思想与理念管控，但并没有完全深入到庶民俗众的日常生活和个体精神中去。因此二者的关系几乎始终只是油与水的关系：油覆盖在水上，却并没有与水融为一体。

另外，孔子以后，意识形态教权的相对独立与在野状态，也使得士君子阶层对现实政治权力形成了很大的制约性力量（这种力量大多时候也会通过在朝的士大夫发挥作用。中国的文官政治家不仅仅是大夫，而

① 余英时：《士与中国文化》，上海人民出版社2013年版，第156页。

且是士大夫。士是在大夫之前的，是给大夫定性的)。而这种力量，当它以在野的姿态与朝廷对立时，有时也会成为世俗社会的一种精神力量的构成。

因此，中国古代社会往往是一种相对混杂、相对混沌、同时又不断上下流动换位的官方—民间，在朝—在野，庙堂—江湖，上层—下层，大夫—庶人，精英—大众，上智—下愚，书斋—社会，高雅—低俗，文言—口语，文—野，士族儒门、府邸宫院、士林清流、仕途官场、仕宦人家—市井、俗世、众生……的上下区分，而非固定不变的贵族与平民、黎庶的阶级之分。这导致了中国古代的精英文化相对于世俗文化既高高在上、特权统治、互相脱节、难以接近的“高雅”“高贵”性质，又并不完全自我封闭、一元独大和拒斥世俗文化，而是与世俗文化形成了一种复杂而微妙的互渗互动的关系。

第三节　中国古代俗文化的相对发达状态与强势状态

《孟子·尽心下》中说：“民为贵，社稷次之，君为轻。”这是中国贵族政治、王道政治理念中的所谓民本观念。《左传》襄公十四年引师旷言：“天之爱民甚矣，岂其使一人肆于民上，以从（纵）其淫，而弃天地之性（生)？必不然矣。”伪古文《尚书》“泰誓中”亦有言：“天视自我民视，天听自我民听。”（《孟子·万章上》引）形成了重视民生、关注民心、倾听民言的政治文化传统。因此，即使在中国的贵族制度时代，王治政治也是一直秉持上通下达的理念的。王朝对天下的统治要一直关注、落实到各地最下层的生存状态中，并不只是控制住各封建诸侯、地方事宜交由各领主自行处置就行了。这也许是周与商统治天下最大的不同之处。商朝的统治更偏于共主，还不具备完整的、政治管理行之有效的国家框架。周朝的统治才更偏于天子、王治，才有了相对完整的、政治管理更为行之有效的国家建构。所以才有《左传·襄公十四年》师旷所云：“自王以下，各有父兄子弟以补察其政：史为书，瞽为诗，工诵箴谏，大夫规诲，士传言，庶人谤，商旅于市，百工献艺。故《夏书》曰：‘遒人以木铎徇于路，官师相规，工执艺事以谏。’”以及《国语·周语上》邵公所云：“故天子听政，使公卿至于列士献诗，瞽献曲，史献书，师箴，瞍赋，矇诵，百工谏，庶人传语，近臣尽规，亲戚补察，瞽、史教诲，耆、艾修之，而后王斟酌焉，是以事行而不悖”这样的政治体制说明。

因此，周王朝基于政权忧患意识，据说曾建立过采集民间歌谣、收集民间言语的制度，以为了解民情、民俗、下层生活现实和各地社会心理的方式。《礼记·王制》中云：“天子五年一巡守。……命太师陈诗以观民风。”《公羊传》何注云：“五谷毕入，民皆居宅，从十月尽正月止，男女相从而歌，饥者歌其食，劳者歌其事，男年六十女年五十无子者，官衣食之，使之民间求诗，乡移于邑，邑移于国，国以闻于天子，故王者不出户牖，尽知天下。”可知对下层社会、民间风俗的关注，本是中国古代雅正文化、贵族政治文化注重俗文化的正统理念。从这一角度说，俗文化从来就没有、也不可能完全被统治性文化所忽视所屏蔽。秦代建立的郡县制，以及汉代开启的士、农、工、商的四民社会，其整个政治制度也不可能不建立在广大社民之上。因此，就政治管理而言，乡村社会、民间社会、庶民社会、草根社会、市井社会都不可能完全游离于统治阶层的关注之外。而这一关注民情风俗的民间舆情收集制度，在后世也得到了传承。汉武帝时建立乐府机构，就与这一制度有关：“自孝武立乐府而采歌谣，于是有代赵之讴，秦楚之风，皆感于哀乐，缘事而发，亦可以观风俗，知厚薄云。”（《汉书·艺文志》）《后汉书·方术李郃传》中亦载：“和帝即位，分遣使者，皆微服单行，各至州县，观采风谣。”因此东汉学者应劭认为：“为政之要，辨风正俗，最其上也。”① 这使中国古代俗文化的发展得到了相对有力的保障。

《中庸》中说：“仲尼祖述尧舜，宪章文武。”这句话很清楚地表明，中国政教信仰文化的建构，是由孔子在传承古代文化积累的基础上完成的。这个信仰文化的核心，是建立一个被充分理想化了的类似于尧舜时代的所谓王道乐土、大同天下的理想社会。而这一信仰文化的最大特性，就是它完全是一个此岸信仰。孔子是个传统文化的整理者，是个将文化的传承转化成了道统的传承和人文信仰传承的人，而且是商人后裔——我们知道，商人是非常崇信鬼神的——却没有对传统文化中的宗教文化内容进行系统的改造和规范，以使其适应大一统条件下的民族精神治理的需要。这其实算得上是个文化之谜。这且不论。总之他最终建构起来的，只是一种

① 《风俗通义·序》，《百子全书》，岳麓书社 1993 年版。

文化道统信仰，是从传统文化积累中提炼出、建构出的政治文化信仰和意识形态文化信仰，是坚信可以在现实世界中建立起一个治平的、即他所认为的理想文明社会的信仰。他不把希望寄托在死后的、现实中无法出现的、纯精神性的、只属于渺不可及的未来的彼岸世界，而是把希望寄托于现实的世界。而他所建立的信仰文化的意识形态统治的权威性与合法性，则完全来自祖先崇拜基础上的古代帝王之道的神圣性。为此，他也为我们虚构了一个理想境界，这个虚构的理想境界就是古典文献中讲述的我们曾经拥有过的远古的历史。依据这样的信仰和理想，现实中的中国人所要做的，就只是复兴远古先人已经做到过的一切。这给了中国人一个只关注现实社会的理由：我们的先人既然已经建立过一个这样理想而美好的社会，而且我们已经知道它是一个什么样的社会，那我们现在有什么理由做不到呢？而正因为作为信仰的这个理想社会已经存在过，所以中国古代社会的帝王便不得不坚信这个社会他本人就可以提供给他的人民，就不得不时时以这个已经存在过、因此现在也可以做到的社会典范来提醒自己，要求自己，不得不将自己的人文追求牢牢地限定在此岸世界的建构之中。

中国古代文化中人文信仰的此岸性对于理解中国的世俗文化精神非常重要。学界曾经为儒教是不是宗教争论不已。其实，人文信仰与宗教是不能完全等同起来的。儒教确实是中华民族的人文信仰，但它只是一种此岸信仰。而宗教的本质就在于对彼岸世界的信仰。在这样的信仰中，现实世界不仅为彼岸世界所掌控，而且彼岸世界是现实世界的精神家园与最终归宿。现实世界是彼岸世界创造的，并且为其所决定，甚至将为其所毁灭所终结。所以，现实世界只有将自己的现实生存，以及全部的精神和灵魂，都交付给彼岸世界，才能得到庇佑和安宁，也才能在身后为终极的归宿所接纳。就此而言，中国自古确实没有宗教，甚至不可能有宗教。因为中国人似乎自古就有一种原始的进化论思想。他们似乎“知道”人类社会如何由一种茹毛饮血的原始状态——甚至是由一种生活在树上的动物状态——逐渐进化、发展到一种文明状态。《庄子·盗跖》篇中说：“古者禽兽多而民人少，于是民皆巢居以避之，昼拾橡栗，暮栖木上，故命之曰有巢氏之民。古者民不知衣服，夏多积薪，冬则炀之，故命之曰知生之民。神农之世，卧则居居，起则于于，民知其母，不知其父，与麋鹿共处。耕而食，织而衣，无有相害之心，此至德之隆也。”庄子几乎是给我们描绘了一幅人类原始社会进化过程的乐生图。人类由树栖，进化到学会用火，再进化到母系氏族社会。因此，现实世界不可能是由另一个彼岸世界突然创造出来的——盘古开天地、女娲造人之类神话都是后来出现的，因此很可能是外来的。它的现世生存与精神、灵魂，自然也不会完全被什么彼岸世界所掌控、所庇佑。它的命运或曰历史，自然也不可能完全为那个彼岸世界所决定、所终结。最后，它的最终归宿，也不是回到（或者说被接纳到）那个彼岸世界中去。即使在后来有了佛教信仰或神道文化以后，虽然有什么西方极乐世界、十八层地狱之说，它依然没有成为现实世界的终极归宿。人死后，无论成神成鬼，实际上都还是在人间社会游荡。如果信仰轮回转世之说，则更没有彼岸归宿可言了。人死后，无论是变猪变狗，或是投胎富贵人家，他终究还是生存在现实世界之中，只是换了一种活法而已。连阿 Q 临死时都会说，二十年后又是一条好汉。因此别说极乐世界了，连地狱也不会收留任何人。在这种信仰中，现实世界甚至是永生的。那么，既然不存在这么一个终极的归宿与家园，中国古人怎么可能将自己的全部灵魂与精神交付给一个虚无缥缈的所谓彼岸世界呢？怎么可能去追求、去依赖、去信从这样一个世界呢？也许，正是因为自古就具有这样一种原始的社会进化论观念，所以中国人的真正信仰一直只是对一种现世的理想社会的向往。这种信仰是如此根深蒂固，以至于后来无论什么宗教进入、融入了中国文化，无论中国人信了或接受了什么宗教，都不能使中国人完全取消或取代这种信仰，都不能使中国人不将现实世界看作自己永世的和唯一的家园。中国人的灵魂是没有彼岸归宿的。它没有来处，自然也没有去处。它只会在现实世界中寻找依托，即使变成找不到依托的孤魂野鬼，它也依然会在现实世界中四处游荡，然后消失于无穷。

中国人没有甚至不可能有宗教，还有一个根本原因，就是中国人自古就有一种原始的宇宙自然生成论观念。道生一，一生二，二生三，三生万物。与宇宙起源于一个奇点的现代宇宙观简直不谋而合。虽然宇宙生成的终极因是道，但道法自然，即道是它自身的终极因。因此，它不可能成为一种外在于宇宙生成的力量，更不可能成为一种外在于宇宙生成的人格化力量。这种观念起于何时不可知，但渊源一定极为古老，否则其思想力量不会如此深且大，几乎可以说是中国人以及中国文化的潜意识和原始基因。因此，虽然同样有上天观、天帝观、天命观、命运观、鬼神观等，它们都不足以成为也始终没有成为凌驾于一切之上的唯一的决定性力量。在一定的意义上，它们甚至都只是道的力量，也就是宇宙自身的力量的显现方式而已。人就生存于宇宙之中，人的力量也是宇宙自身力量的显现方式之一。人类社会和自然世界一样，不过是宇宙自己化生过程中的一个自然结果罢了。我们看看《庄子·至乐》中的这段话：“种有几，得水则为㡭，得水土之际则为蛙蠙之衣，生于陵屯则为陵舄，陵舄得郁棲则为乌足，乌足之根为蛴螬，其叶为胡蝶。胡蝶胥也化而为虫……久竹生青宁，青宁生程，程生马，马生人，人又反入于几。万物皆出于几，皆入于几。”这简直就是一篇臆想的原始生命进化论的概说。而且包含了朴素的能量转化、物质不灭的现代热力学定理。在这种终极理念中，它还如何能成为与人的现实世界相割裂、彼此对立、完全不同且存在于所谓的彼岸的另一个世界呢？

所以，我们可以说，当中国主流文化在先秦逐渐定型，国家统治性意识形态逐渐成熟时，并没有形成本土宗教信仰。中国的信仰文化，最终在汉代被确立为儒家政教学说。当时虽有“神道设教”的主张，但因为这一学说本身的信仰是指向理性社会、建设王道文治天下的，本质上是此岸信仰，因此终究还是没有形成纯粹的宗教性的信仰形式、僧教体制和神学性质。这使得当后来外来宗教开始进入中国社会并全面融入中国文化时，也一直不能达到控制或取代中国统治性意识形态的程度。它更大的影响毋宁说是在民间、在世俗社会。也正因为现世主义、世俗生存主义文化精神与政教人文信仰的治平主义的社会理想是一致的，因而是宗教文化被纳入现世文化系统和现实文化秩序，而非现世文化被纳入宗教文化系统与宗教文化秩序。而且，最终的结果是宗教世俗化的程度，要远高于世俗对宗教崇信化的程度。这使得各种宗教的彼岸意义和精神救赎意义，几乎被消解、削弱、稀释到可以忽略不计的地步。它只是成了世俗社会追求自身现实功利和改善此岸生存状态的一个虚幻寄托机制和自慰机制。中国社会因此从来就不是一个、也不会成为一个宗教化的社会，中国文化因此也从来就不是一个、也不会成为一个宗教化的文化。在一定程度上，充分世俗化的宗教，倒是成了世俗文化精神和民间意识形态的一个构成部分。

因为不存在宗教化社会，没有宗教文化覆盖与控制全社会的现象，所以，中国文化中没有人格化的上帝，因此也没有集真善美于一身的终极价值理念。其终极本体是超越价值分殊的。人格化的上帝必须是真善美的化身，否则不足以为信众所崇信所膜拜。中国文化中的终极本体概念，即所谓“道”，则超越了价值追问，抹杀了价值界限，虚化了价值差异，绝对化了价值的相对性意义，因而也超越了是非之理、得失之心，并终究归结于无，归结于不执。也正因为如此，现世主义、生存主义文化精神最终成为中国文化精神中的支配性力量，成为一切社会运动、人文追求的集体无意识支柱——同时也成为一切社会运动、人文追求（一切理想崇信、非现实性的人文理念与文化精神）的解构性力量。因此，从消极的角度看，它也具有某种反道德、非道德乃至反文明、反信仰的虚无主义倾向。而这是非常适合中国社会的俗世生存需要的。

从文化分野来看，正统文化的单一政教性质和文言文化与现实生存的脱节，也使得中国古代的俗文化比雅文化或曰上等文化拥有更大的文化空间，使得更多领域的文化与知识系统为俗文化所容纳与统合——比如上等文化中几乎就不存在各种专业独立的技术型职业知识阶层——这也应该是民间文化、俗世生存文化生生不息、繁荣发展的原因之一。事实上，中国古代的雅文化对于专业知识与技术知识一直是不以为然的。道家反对机械机心，儒家鄙视农圃，小道不为。这等于是将这类文化知识全都拱手让渡给了俗文化的实用领域和生活领域。另外，即使一心为大道，儒士们也是重操行要重于思考。孔子说："我欲载之空言，不如见之于行事之深切著明也。"（《史记·太史公自述》）因此，中国正统文化自古缺少冥想文化惯例和个体性抽象思想创造惯例。一直到今天，尽管已经受到并接受西方思辨哲学的广泛影响，个人的纯粹抽象性的思想成果，还是不大能为中国主体文化所热衷与重视。

而直接的思想言说恰好是民间文学和俗众文学文化的一个基本特征。文言文化的非言说性使言说文化得以在俗文化中独立地兴盛与发达起来。民间文化以及俗文化的经验性传承性质，在文学上则表现为听觉隐喻性授受传统。这一点，与中国正统文化的文本传承及制度传承性质，以及与此相关的文言文学的视觉隐喻性授受传统表现出根本的区别。

因此，事实上在贵族制度走向解体之时的战国时期，就有了俗文化的第一次勃兴与繁荣。战国策士苏秦在说齐宣王合纵抗秦时，这样谈到齐国都临淄城中民众的日常生活状态："临淄甚富而实，其民无不吹竽、鼓瑟，击筑、弹琴，斗鸡、走犬，六博、蹹踘者。临淄之途，车毂击，人肩摩，连衽成帷，举袂成幕，挥汗成雨。家敦而富，志高而扬……"（《战国策·齐策一》）虽然策士好为夸张之辞，但如果说得太离谱，身居国都的齐宣王自己就能听出来，所以真实情况应该八九不离十。类似的各种俗文化活动，在《庄子》《列子》和《史记》中都有所记载。而摆脱了周朝等级森严的礼制束缚的俗文化的兴盛，也使得现世主义、实用主义精神与俗世审美消费热情第一次被激发出来。战国时期，各国君主大都好新乐、好郑卫之音，喜爱并热衷于参与各种俗文化活动，与当时世俗文化生活的这种兴盛状态是分不开的。

这也导致了中国古代的城市文化、市民文化大概自战国起就一直相对发育，因此古代中国的地方性文化、民间（底层、草根）文化、俗世文化（包括农业社会文化）一直得到了相对多元、相对独立、相对自由的发育与发展。只是由于文言文化的专制，其文本化程度极低。另外，俗文化虽然自古就与上等文化和主流文化存在着各种各样的互动关系，但互相隔膜（主流文化的陌生性、非亲和性与高高在上）依然是一种普遍的文化现象，因而，以民间文化为主干的俗文化，往往表现出鲜明的自发性色彩和相对于主流文化的他者色彩，并且在这种自发的、相对独立的生成与发展中，形成了更接近人之本性的种种文化理念、社会生存理念和文学艺术理念。而具有文化贵族性质的文言文化之所以能长盛不衰，一方面固然与其日益普及于全社会有关，另一方面亦与这种深厚丰富、广大多元、生生不息的俗世文化的不断滋养是分不开的。因此，俗文化力量的相对强势与相对发达，对于理解中国文化的种种现象是具有重要的说明意义的。

第二章

中国古代俗文学的活动方式及其文学意识的表达

第一节　中国古代俗文学的活动方式

因为中国自古存在着一种高高在上的统治性文化即文言文化，并且作为文言文化的载体而存在着同样具有文化统治性质的文言文学，中国古代俗文学的存在与活动方式因而具有大不同于其他文化体系中俗文学活动的某种特定性与特异性，而其文学意识的表达，亦由此而表现出特有的言说方式和思想形态。

所谓俗文学，从美学性质来说，就是面向广大俗众的文学。就此而言，唐诗可以是俗文学（如写来为大众歌曲填词的诗作），小说也可以是雅文学（如用文言写成的唐传奇）。当然，一部任何体裁的作品也可以是雅俗共赏的、性质不那么分明的文学（如《聊斋志异》）。就中国古代文学史而言，所谓俗文学，其实只是个相对雅文学而言的现代命名而已。中国古代的文人们虽然也言雅俗，但只是就文化惯例而言，其定位往往带有动态性和模糊性。因此，在我们讨论中国的俗文学思想时，自然有必要对我们所谓的俗文学有个基本的界说。

学界曾经对俗文学与民间文学的区别有过讨论。在这些意见中，钟敬文先生的文化上中下三分说①，可以从文化层级上对俗文学和民间文学的区别有所认识。无论就大小传统的理论而言，或者就民间文学的定位而言，所谓民间，一般也就是指的下层社会，甚至是乡土社会。但与俗文学相关的所谓俗世，却不一定就是下层社会。尤其在中国古代的帝制文治社会中，几乎

① 参见董晓萍《钟敬文的俗文学研究》，陈平原主编《现代学术史上的俗文学》，湖北教育出版社2004年版，第500页。

每个人都会生活在俗世，却未必每个人都会生活在下层民间。因此，民间文学与俗文学的区别，在文化层级上其实也就是民间与俗世的区别。

但这依然只是表面上的区别。严格讲起来，民间文学不仅是俗文学的根源和土壤，而且在很多情况下，民间文学也直接就是俗文学。不过，这却很难反过来说。因此，基于研究的需要，还是有必要将俗文学与民间文学在性质上予以相对明确的区分。一般而言，俗文学虽然源于民间文学，有时不得不从它的民间状态谈起，但是它不同于民间自发的、即时的创作和审美共享活动——在我们的定义中，俗文学是具有专业性、行业性、公共性和全社会性的一种大众文学活动方式。

因此，俗文学大致可分为表演类或曰视听类（歌唱、说话、说唱、戏曲等）和阅读类（民间诗歌文本、笑话逸事等杂记杂录、志怪传奇小说等）两类。表演类俗文学活动有专门的活动场所，有专门的演出者和观赏人群，有定型的专业化的作品形式与演出形式；阅读类俗文学活动则必须形成文字文本，并有提供特定审美阅读享受的文体形式。当然，这两类俗文学活动也会有交叉重叠之处，比如说话与话本。而且在一般情况下，这两类俗文学活动都是有偿的。

但是，俗文学活动并不是从一开始就具有这样成熟的形态的。无论是它的文学内容还是它的审美形式，都是在全社会的各种自发的文学活动中逐渐形成、逐渐定型的。这里所说的“全社会”，并无阶级或上下层社会之分，但是它当然也包括而且主要包括下层民间社会。在专门的审美性或娱乐性文学创作出现之前，在上古的社会生活中，正如在今天的社会生活中一样，实际上一直充满着各种非正式的、非专业的文学活动或文学性活动。对于这些基本上只存在于口头的文学性活动的内容和方式，我们今天已经不可能完全知晓。但通过自先秦以来就一直存在的口头谈说与民间歌曲的收集活动，我们多少可以想象出这类活动的广泛性与丰富性。而一旦这些活动的内容被收集成文，并因此而重新转为人们审美欣赏的对象，它也就成了我们所谓的俗文学作品——因为它不是正统文人按正统文学规范创作出来的作品——并对整个俗文学系统的建构与运作，产生广泛而持久的影响。

因此，俗文学活动逐渐成形的历史与具体活动方式，对于我们研究中国传统俗文学思想来说自然不是无关紧要的。因为中国特有的俗文学意识与观念，就是在这种特定的历史过程中、活动方式中与存在的形式中产生出来、呈现出来，并形成自己独特的面貌的。因此，我们的俗文学思想研究不光要针对抽象的文学意识与观念，而且要基于具体的文学事实与现象，以便准确地认识和理解相关文学意识的内涵与实质。

一　口述文学

俗文学一开始主要为口头文学，后来开始出现口述文学活动和口语文学文本（文本化过程虽有文化人参与，但只是粗通文墨者的提示和记录，并不存在有意识的、自觉的、创作性的文学文本写作），口语文学的主要特征是与表演（说唱与戏曲）相结合，语言、文体具有表演性，这与它的生成方式（唐俗讲与宋说话）有关。然后才进入相对专门的阅读文本写作阶段：此时文言文化开始全面介入——俗文学进入文人文学创作阶段。

但是具体的俗文学史并不是这样简单，因此我们应该先对它进行一番辨析和梳理。

口传文学审美始于原始社会，是神话产生的心理学依据。但是这种民间文学审美活动是自发的、即时的，是不需要专业人员和消费费用的。它是文化传承的一种原始方式，自生自灭，此生彼灭，时生时灭。它逐渐成为一种表演活动和有偿文学审美活动，也就是说，成为一种自觉的文学创作活动已经是比较晚近的事情了。大众化的阅读文学审美消费活动有赖于教育和书籍的普及，因此大众性俗文学活动应首先兴盛于表演性的讲说文学。一开始的民间讲说表演活动可能就是不需要文本的。不用说，俗文学的阅读文学审美活动也只能是先在文化人中普及开来。

从神话时代开始，内视审美就是人类文化生存的一种基本方式。人类需要这种文化生存方式，是因为人类需要通过这种方式进入时间性存在，并以时间的方式（也就是本质的方式而非现象的方式）确证自己的存在，且由此获得生存的意义。中国自古这种文化生存方式并不发达，原因可能很复杂。其中一个重要原因，可能就是因为贵族时代市民社会的不健全不强大，全民性、公共性文化生活的不发达所导致的公共性内视审美活动不发达，以及对于民间自发性存在的这种文化生存方式的文本性疏忽所造成的。而这种有意无意的文本性疏忽，则与中国古代的文字文化和文本写作高度的文言化，以及文言文化高度的文化贵族化、高雅化和意识形态化有关。这使得原始的、原生态的内视审美文学活动，一直只能存在于口传之中。当然这只是就专业性的和阅读性的文学活动而言。因为民间社会中很可能自神话时代以来就一直存在着广泛的、普及于每一个家庭或聚落的、一代一代口耳相传的内视审美活动。只是大量的这类民间文学、俗文学，由于一直不为文本文化所关注而逐渐失传了、湮没了、消失了。甚至直到今天，它仍然是我们世俗生存的一种基本经验。

《周礼·地官司徒》中有所谓任“诵训”之职者，他的工作就是“掌道方志，以诏观政”。郑玄注：“说四方所识久远之事，以告王观博古所识。”也就是向周王讲说各个地方的风俗、掌故以及历史故事。这说明口耳相传久远之事，亦是一古老文化传统，甚至形成了王政制度，有专司其职者。宋朝时皇帝请人定期讲逸事传闻的制度，不过是远古同类制度的遗响罢了。看起来，周朝王族的文学生活似乎已经很丰富很完备。只是经过战国后期的动乱，尤其是秦朝及秦末起义、楚汉相争对文化制度及文化传统的破坏与摧残，这些已经自成一体的成形的制度化的文学生活，竟至消失殆尽了。秦国的崛起和秦朝的建立，似乎造成了中国文化史上的一个巨大的空白档。然后自汉朝建立，才又有了一个漫长的文化重建的历史时期。资源虽然来自先秦，但重建的文化已经完全不一样了。

而民间故事性的口头文学活动，其源起当更早。但因为缺乏文本记录，所以实际情况已不可知。不过从司马迁写《史记》曾广为收集民间传闻的情况来看，神话、传说、野史、故事的讲说活动，都曾广泛存在于广大庶民俗众的生活之中。司马迁在《史记·太史公自序》中写道：“二十而南游江、淮，上会稽，探禹穴，窥九疑，浮于沅、湘；北涉汶、泗，讲业齐鲁之都，观孔子之遗风，乡射邹、峄；厄困鄱、薛、彭城，过梁、楚以归。”“网罗天下放失旧闻，王迹所兴，原始察终，见盛观衰。”可以想见他在各地收集民间传说的情况。而这次壮游的具体经历及访谈情况，在相关历史人物、事件的写作中都有所描述。比如司马迁为写五帝本纪与夏本纪，收集了许多关于五帝三代的传说。其传记中对陈涉庸耕、樊哙屠狗，以及曹参、萧何、张良、陈平、周勃、韩信、刘邦的生平行事，均为年轻壮游时在淮北寻访时了解到的。《史记》一书中，亦记录了大量的民间歌谣俚语。

隋唐之前，文人多有录写神怪之作。其中大部分内容，应该收集或改编自世人口头传说之中。其民间口耳传说的具体情况，已经不得而知。《太平广记》卷二四八记隋人侯白故事：“白在散官，隶属杨素，爱其能剧谈，每上番日，即令谈戏弄。或从旦至晚，始得归。才出省门，即逢素子玄感。乃云：'侯秀才，可以（为）玄感说一个好话。'白被留连，不获已，乃云：'有一大虫，欲向野中觅肉。见一刺蝟仰卧，谓是肉脔，欲衔之。忽被蝟卷着鼻。惊走，不知休息，直至山中。困乏，不觉昏睡。刺蝟乃放鼻而去。大虫忽起欢喜，走至橡树下，低头见橡斗，乃侧身语云：旦来遭见贤尊，愿郎君且避道。'"可以想见隋唐前世人间"说话"取乐的情况。

而讲说性文学活动真正成为一种公众性的、表演性的审美娱乐活动，应该说兴起于唐朝。唐赵璘《因话录》（卷四）所载"文淑僧""假托经论"聚众"谭说""淫秽鄙亵之事"的材料，隐约可见大众听说书之滥觞与缘起："有文淑僧者，公为聚众谭说，假托经论。所言无非淫秽鄙亵之事。不逞之徒，转相鼓扇扶树。愚夫冶妇，乐闻其说。听者填咽寺舍，瞻礼崇拜，呼为和尚教坊。效其声调，以为歌曲。其氓庶易诱。"[①] 当时已有演出之教坊，故有"和尚教坊"之说——事实上，唐朝的演出场所，往往多集中于寺院处。"所言之事"鄙俗，而又具表演性，声调动听，故俗众"乐闻""易诱"，并模仿其声调作为歌曲转相传唱。史书中甚至记载，唐敬宗宝历二年六月"己卯，上幸兴福寺，观沙门文溆俗讲"。[②] 一般认为，此"文溆"即彼"文淑"。皇帝都亲往观看，可见其魅力之大，影响之众。

由于敦煌藏经洞文献的发现，现在我们知道，唐朝这种"谭说"文学的出现，是与唐朝寺院定期举行面向俗众的普及性讲经活动分不开的。这种讲经活动名为"俗讲"，大体上是结合一些佛教故事讲解经义。寺院有专门的俗讲僧。这些佛教故事被称为"变"。实际上，真正吸引俗众乐于参与的，恐怕主要就是这些生动的佛教故事。因为这等于向广大俗众提供了一种从未有过的公众性的内视审美活动。它所激发出的审美热情和喜好，当不难想象。

"文溆"或"文淑"和尚，大概本来就是个俗讲僧，后来脱离了寺院，"假托经论"而专事"聚众谭说"。是由俗讲，转而主动追求表演性与表演效果。手段转化成了目的，由此也可见得讲说文学活动是如何由寺院俗讲逐渐演变为民间说话与说唱的。

---

① 《唐五代笔记小说大观》（上），上海古籍出版社2000年版，第856页。已重予断句。

② 《资治通鉴》（四），岳麓书社1990年版，第261页。

我们知道，唐朝的文学阅读活动中已经出现了一种全新的具有俗文学性质的作品，即唐传奇。但是，唐传奇虽然内容材料大多收集自民间，但这样的“俗文学”活动基本上还是在正统文化或曰文言文化内部进行，并没有直接成为下层庶民社会或“没有文化”的广大俗众的“文学性”生活的一个有机组成部分。也就是说，它还并不是一种为俗众的以及俗众能够直接接受的文学审美对象。因此，真正的俗文学活动的出现，即社会性的口头讲说性文学活动的出现，也就只能从佛家俗讲算起。

《唐代变文》中引述汉学家普实克的话说：“对现存的宋代（960—1279）民间故事的分析表明，这种文学形式是唐代变文的改编和发展。因此，唐代的民间说书人已经受到宗教布道的影响的假说是可能成立的。尽管说书人在中国出现得很早，但是在唐代，这种民间艺术受到通俗佛教文学的深刻影响，以至于变成一种全新的文学体裁，而这种文学体裁，至少在形式上，与古代的通俗故事，即在汉代文学史上已经出现的‘小说’，是很不一样的。”[①] 日本人“狩野氏并指出：‘治中国俗文学而仅言元明清三代戏曲小说者甚多，然从敦煌文书的这些残本察看，可以断言，中国俗文学之萌芽，已显现于唐末五代。至宋而渐推广，至元更获一大发展。’‘中国俗文学’这个专门性词语，或者说专名词，就此创造出来”。[②]

所谓“变文”，是对“说变”的文本录写。文体为散韵结合，是因为有说有唱。唱更具审美性与表演性，且更易传唱而为大众所共享，成为大众生活中审美玩乐的有机内容。但这种文体形式，被认为是经佛教而传入的印度传统文体形式。《唐代变文》中说：“无论敦煌变文中韵、散文的比例如何，两者间关系怎样，韵散交错的体制是绝大多数变文的基本特征。最为重要的大概是，这种体制也是变文之后的许多中国俗文学体制的特点。必须再次指出，说唱体制并非仅以‘变文’进入中国。其他许多佛教文学体式，或经典的，或通俗的，采用了典型的印度式的韵散交错。这些体式早在二世纪就开始进入中国并对文化的各层面产生影响。”[③]

写录者如何一字不落地全部记录下口语演唱的全本俗讲文学作品，是

---

① ［美］梅维恒：《唐代变文——佛教对中国白话小说及戏曲产生的贡献之研究》，杨继东、陈引驰译，中西书局 2011 年版，第 247 页。

② 白化文：《敦煌俗文学研究回顾》，《现代学术史上的俗文学》，湖北教育出版社 2004 年版，第 219 页。

③ 同上书，第 105 页。

个问题。因为从道理上看，这几乎是不可能做到的一件事。他不可能当场速记，也不可能将数小时的演出包括所有字句全部记在自己的脑子里。即使他看过、听过多次，也不大可能做到。更不用说口语演出者每次都可能会有即兴发挥之处，或任意增减之处。因此，严格地说，写录者也许一般都只能记个大概。他可能不会忘了特别出彩的地方，但其中有很多琐碎细节或不够精彩之处，则需要他发挥想象力，尤其是发挥他的文字能力予以再创作。正是因为这种再创作，才使这种写录文本获得了比口语实录更高的文学性和文学造诣。

佛家先有“俗讲”，然后扩充为“讲俗”。也就是开始用“说变”的方式，讲说中国本土的历史故事。敦煌文献中的“赋”（如《晏子赋》《韩朋赋》），已经是用平直、通俗而规整的文言讲说史传故事。但这些所谓“赋”，不清楚是表演用的文本，还是写来阅读的作品。至少，讲说或者写作中国本土历史故事，在唐时已经成为相当普遍的甚至是服务于一般大众的文学审美活动。这一点无疑是很有意义的。

至唐朝，公众性俗文学活动在一个出人意料的领域开始自发地出现与形成，俗讲与说变成为中国古代俗文学开始成形的标志。唐代因服务于说经而产生的俗讲、变文（以及起源于南宋的宝卷）等，虽然就其文学性而言尚嫌幼稚、粗糙、简单、笨拙，但较之同一时期文言写作的传奇，提供了更为大众化的内视审美活动方式。而这是中国人的文化生存中前所未有的公共性内视审美享受与审美满足，因而顺理成章地成为后世说书、鼓词、说唱等专业俗文学审美活动的缘起与滥觞。这些口头讲说性兼表演性的俗文学审美活动成为后世白话小说的起源，且一直延续到今天。虽然后来二者的关系反了过来——这些讲说性兼表演性的俗文学活动再也很少原创性的作品，一般都是由现成的小说或其他写实性叙事作品改编而成。

到宋代，由于皇帝的喜好，“说话”成为最具代表性的俗文学活动。明笑花主人《今古奇观序》中说：“宋孝皇以天下养太上，命侍从访民间奇事，日进一回，谓之说话人。而通俗演义一种，乃始盛行。”宋代说话虽为口头讲说文学，但有录写文本。这些录写文本直接开创了中国古代阅读类俗文学写作的全新局面。宋元小说类话本现存仅四五十篇，其文学性成就有限。而到明代的拟话本，就显然已经是非常成熟的小说了。而宋代的另一种说话艺术“讲史”，也终于导致了中国长篇小说在明代的成形。明朝时，文人们开始全面整理口语俗文学文本，并开始积极投身到俗文学的创作活动中去了。但有一点我们应该记取：古代讲说性的俗文学活动最终文本化为阅读性文学活动之后，其对内视审美程度的专注和对口头表演性的倚重，依然是其突出的美学特征之一。

二 文本文学

阅读性俗文学的起源，则要上溯到先秦的小说作品上去。《汉书·艺文志》上说："小说家者流，盖出于稗官，街谈巷语，道听途说者之所造也。孔子曰：'虽小道，必有可观者焉，致远恐泥，是以君子不为也。'然亦弗灭也。闾里小知者之所及，亦使缀而不忘，如或一言可采，此亦刍荛狂夫之议也。"但作品不存。因此现在已很难确知当时所谓"小说"的真实面貌。依《艺文志》所说，古代即设有专事收集"小说"的稗官。其收集的对象，则是街谈巷语、道听途说的民间口头言谈。其目的和采诗制度类似，是为辅政收集一些民间的舆情、议论[①]。大约西周之后，制度废弛，稗官流落民间，有继续此业者则成为所谓的"小说家"。根据《左传》和《国语》中的说法，当时为了了解下层民心，辅佐王政，确实一直有体制性的各种民间声音的传播渠道，似乎大小官吏人人皆有记言、记事、记俗、记物、记志以佐王政之责，而不仅仅是收集、呈览各地民歌而已。《隋书·经籍志》云："小说者，街说巷语之说也。《传》载'舆人之诵'，《诗》美'询于刍荛'。古者圣人在上，史为书，瞽为诗，工诵箴谏，大夫规诲，士传言而庶人谤。孟春，徇木铎以求歌谣，巡省观人诗，以知风俗。过则正之，失则改之，道听途说，靡不毕纪。"因此，从理论上来说，这些作品实际上是贵族制度的产物，其文本形式也应该是上等文化即文言文化的文体，其人文性质应该属于正统文学系统的文学读物。但因为其文本内容收集自下层社会，不登大雅之堂，被班固讥为诸子十家，可读者九家而已，排斥小说于主流文统之外，所以它实际上开启了古代非正统阅读类文学作品的先河，成为中国古代通俗文学的基因与源头之一。其文体形式对后世游移于政教文统之外的消闲游艺之作有直接而深远的影响，并最终与讲说性通俗文学活动合流，成为通俗文学的重镇之一。尤其是，小说家们致力于"街谈巷语"的收集与文本化，已经是制度废弛后一

① 鲁迅《〈古小说钩沉〉序》："是则稗官职志，将同古'采诗之官，王者所以观风俗知得失'矣。"《鲁迅全集》第10卷，人民文学出版社1981年版。

种纯粹的个人行为。虽然还谈不上文学创作，其作品也并非普及性通俗读物，但其文学目的已经判然有别于正统雅文学的文治叙事追求，已经是非常难能可贵了。其内容虽然因此而不传，但可以想象，既然“小说”是广泛采自街头巷尾的口头谈说，其内容应该是五花八门的，也许就有一些传闻逸事和神话传说。失传的汉初虞初小说作品多至九百多篇，很难想象就只是一些俗语或街头议论。兴盛于六朝的志怪记异之作，应该就是这一文化传承的结果。

既然《艺文志》称之为“小说家者流”，可见当时是有一批有志于此、有兴趣于此的人在专门从事这项工作。他们是当时真正有文化责任感的文化工作者，亦是真正的专家。虽为当时的主流思想家们所鄙薄，但他们似乎并不自轻，至少历整个战国时期而代不乏人（否则不至于从庄子到荀子都对之发议论）。尤为重要的一点是，他们是一批最早的文学田野工作者。他们也许并不清楚他们工作的意义和价值（否则他们就会理直气壮地站出来张扬和吹嘘了），或竟亦承认主流思想家们对他们工作成果的意义和价值的轻蔑和不以为然，但他们仍然不肯放弃他们的工作。虽有猎奇、投世俗之所好乃至哗众取宠之议，但仍然直觉地同时也固执地觉得不该让这些有意思的丛残小语或道听途说自生自灭，而应该收集起来，或许至少有助于文化的积累与丰富。可惜的是，主流思想家们的轻蔑还是起了作用，他们数百年的工作成绩，最终还是被弃之不顾，灰飞烟灭了。这就像一次文化清场，将一项追求无用之用的文学事业生生给扼杀了。这其实是非常可惜的。而唯一不可扼杀的，则是这样的文化心理和文学心理。数百年之后，它终将以新的方式浴火重生。

所以，田野性是中国古代阅读性俗文学写作的一个极为重要的特征。俗文学的文本化，一开始只是文人的录写，包括个人自觉在民间进行大量的采集活动。晋干宝写《搜神记》，就自云做了很多这样的工作。所谓“访行事于故老”，“采访近世之事”，“博访知之者”①。在这个过程中，才有逐渐加重原创与虚构的比例的问题。

后来清人蒲松龄写《聊斋志异》，同样也进行了大量的田野采集工作。就此而言，亦可知汉及以前的文言小说失传的损失有多大。所以“田野性”，亦可说是中国传统阅读性俗文学的主要文学特质或文化基因之一。

---

① （晋）干宝撰：《搜神记》，中华书局 1979 年版，第 2、3 页“自序”及“表”。

即使是后来文人的创作，也大多是在田野工作的基础上加工的结果。田野工作，是中国俗文学创作的生命力之所在。中国的俗文学，即使是文人作品，往往也充满了浓郁的“俗味”，与这种田野性的基础是分不开的。

因此，中国古代阅读性俗文学的出现究竟应该从什么时候算起，并不是个容易说清楚的问题。至少，隋唐以前，并不存在真正意义上的阅读性俗文学。正统文人基于政治制度的需要或纯粹的文化兴趣，对一些下层社会的言说内容予以了关注和进行了文言文本的记录，应该说只是将其内容纳入了主流文化系统或文学系统，而并没有使其成为正式的专门的俗文学活动方式。其主要的文学关注点，也只是在语言艺术性上和神怪文化内容上，而这种关注是符合政教文化传统的。

因此，中国阅读文学中的传统“小说”并不一定讲故事，或者说其内容远过于讲故事的界限。小说者，有所说而已。汉桓谭在《新论》中说：“若其小说家，合丛残小语，近取譬论，以作短书，治身理家，有可观之辞。”[①] 汉王充《论衡》“骨相”“书虚”中云“短书俗记”“短书小传”；汉徐干《中论》“务本”中称“短言小说”；唐刘知几《史通》“叙事”“杂述”“杂说上、下”中称“杂家小说”“小说卮言”“短部小说”“短才小说”；等等，不一而足。[②] 故后世中国的传统俗小说，故事之外，必追求“近取譬论”“治身理家”的价值，即即事说浅显道理，与这种文化传承是有关的。这是古代俗文学最基本的文化担当与文化职责，实际上也是中国俗文学读者最基本的需要之一。现在的俗文学写作早已抛弃这一传统，是很可惜的。

六朝志怪风行，并产生了像《世说新语》这样的志人之作，和《汉武内传》《飞燕外传》这样的野史之作。虽然皆为文人作品（或有僧道之作，因皆为文言作品，故统称为文人作品），并杂有史志之义，但内容光怪陆离、荒诞不经，所以虽然并非真正的俗文学作品，但亦均可看作是消遣性文学阅读之作。至唐朝，出现裴铏所作的名为“传奇”的小说集，后世遂以唐人此类作品称为传奇（《新唐书·艺文志》载裴铏著有《传奇》三卷，原书久佚，仅《太平广记》所录四则，得传于今）。唐传奇的创作性质比较突出，但田野性依然是其特点之一。所以，依然可看作是民间口

① 《文选》第三十一卷，上海古籍出版社 1986 年版，第 1453 页，江文通杂体诗之《李都尉·从军》诗注引。

② 参见李剑国《唐前志怪小说史》，天津教育出版社 2005 年版，第 73 页。

述内视审美活动文人文学化的一个结果，即民间传说转化、升华为文化人阶层阅读性内视审美活动的结果。这是中国古代阅读性俗文学发展的一个具有里程碑意义的阶段。

《唐代变文》中说："按照霍世休的说法，唐代文学的两个主要成就是诗歌和传奇。这两种文学体裁都可以追溯到六朝时期，前者与佛教翻译家的声律研究有关，而后者则可以追溯到直接受印度影响的'志怪'。霍氏指出，'许多六朝志怪从佛教经书和外族传说那里剽窃故事情节……'传奇的作者们以比他们的六朝前人更高的技巧和成就采用并改编了这些外国故事。通过对《五卷书》、《故事海》和佛经的研究可以证实唐代传奇与印度说书艺术的关系。……霍氏令人信服地指出，唐代最著名的短篇小说之一、沈既济的《枕中记》（亦称《黄粱梦》）的原型便可以在一种佛教故事集中找到。"[①] 就是说，唐传奇还有一个重要来源是佛教故事。但是在唐朝，佛教已经成为中国俗文化的一个重要构成。其中的一些离奇故事，通过俗讲、说变，已经成为民间口头文化中广为流传的内容。因此为唐传奇所收集、改编，亦可看作这类写作的田野工作的一个成果。

到唐朝，佛家俗讲最终导致了"变"文的产生。而志怪志异传统与民间口头讲说活动的结合，则导致了唐传奇的出现。而这两种文体的出现，则标志着这两条俗文学发展线索开始合流，并开始形成真正属于俗众社会的俗文学阅读系统。这两条线有着各自的文学传统，一重纪实，一重虚构，对后世中国的俗文学创作理念均形成了根本性的影响。而这两条线完全合流的结果，便是宋元说话（包括小说、讲史、说经等）的兴盛与各种话本的成文。但是就俗文学本身的活动性质来说，这时还没有专为广大俗众阅读审美而进行的文学文本创作。随着文化教育的日益普及和印刷成本的大幅下降，大约到明代时，阅读性俗文学就已经蔚为大观了。虽然不是所有的文人都加入了俗文学阅读文本创作者的行列，但说所有的文人都已经是俗文学文本作品的阅读者，当不为虚言。正统文学领域亦因此而受到了巨大的冲击，并从此江河日下。明清两代，虽然文言写作依然是文人士大夫安身立命之术业，但就文学审美领域而言，实际上已经是俗文学的天

① ［美］梅维恒：《唐代变文——佛教对中国白话小说及戏曲产生的贡献之研究》，杨继东、陈引驰译，中西书局 2011 年版，第 275 页。

下。许多天才文人已经断然与正统文化分道扬镳，全面进入了相对专门的、职业性的俗文学工作领域。从“三言二拍”到《红楼梦》，阅读性俗文学终于取得了可与唐诗宋词比肩而立的辉煌成就。

但我们有必要意识到的是，中国古代阅读性俗文学最终蔚为大观，也不能仅仅简化成这两条线合流的结果。前面已经提到，中国古代的小说之名所指很宽泛，其小说理念可谓包罗万象。大体上，任何讲述各种故事的通俗文学作品，均可谓之小说，而其中一个重要的写作传统，便是对野史杂记的热衷。明陈言《颍水遗编·说史中》云：“正史之流而为杂史也，杂史之流而为类书、为小说、为家传也。”[①]《四库全书总目》卷一四一“小说家类二”云：“纪录杂事之书，小说与杂史最易相淆。”[②] 其他如清梁绍壬《两般秋雨盦随笔》中云：“小说起于宋仁宗，……而今之‘小说’，则‘纪载’矣。‘传奇’者，裴铏著小说，多奇异可以传示，故号‘传奇’。而今之‘传奇’，则‘曲本’矣。”[③] 不知所谓“纪载”指的是什么体裁的小说作品。清梁章钜《归田琐记》则云：“而吾乡村里，辄将故事编成七言，可弹可唱者，通谓之‘小说’。”[④] 均可见小说名目之杂。所以《四库全书总目》卷一四〇“子部小说家类小序”说：“迹其流别，凡有三派：其一叙述杂事，其一记录异闻，其一缀辑琐语也。……然则博采旁搜，是亦古制。”[⑤] 其实要认真考究起来，三派恐怕是远远不止的。

因此，我们要特为提到一个中国古代文化中的文学传统，即书写和记录传统，或曰书记传统。《汉书·艺文志》中说：“左史记言，右史记事。”或如《礼记·玉藻》中所说：“动则左史书之，言则右史书之。”另如《搜神记》自序中干宝所谓“国家不废注记之官”，以及前文引《四库全书总目》“博采旁搜，是亦古制”之言，都说明这一传统由来已久。这是中国古代文人的一个渊源久远的文化使命，由宫廷王室记录而最终发展为中国文人们为书写而书写、为记录而记录的文化惯习。中国最早的所谓小说，其实就是基于单纯的书写与记录的文化动机与文化惯例，而写出来的。没

① 转引自李剑国《唐前志怪小说史》，天津教育出版社2005年版，第138页。
② （清）永瑢等撰：《四库全书总目》下册，中华书局1965年版，第1204页。
③ 孔另境编辑：《中国小说史料》，上海古籍出版社1982年版，第7页。
④ 同上书，第8页。
⑤ 同上书，第1182页。

有任何崇高的目的，没有任何创作的意识和理念。后人强加给它的意义，也只是或可作为了解民情的参考。而文人书写本身的意义或曰价值定位，则贯穿了中国俗文学创作合法性的全部历史。唐人写作传奇，据说就有纯粹的练习文言书写乃至炫耀文言书写才能的动机。它已经足以让俗文学活动理直气壮了。因此，中国俗文学写作系统的形成，还要注意甚至重视中国悠久的书写与文字记录传统。它不仅成就了俗文学的写作事业，而且造就了俗文学某种特有的文学意识。一事不知，儒者之耻。[①] 俗文学之好，亦向有“博识”之说。所谓博洽之士，其实是文化人本能般的文化好奇心所造成者，甚至与文化担当无关，只是因追求博识，耻于一事不知，而搜罗务尽。而这一点，亦往往成为重要的文学创作动因。这是我们研究中国俗文学传统中的文学意识时，所不应忽视的因素之一。

三　演唱文学

表演性俗文学主要源于宫廷弄臣。王国维认为，中国古代戏剧起源于先秦巫觋娱神活动和宫廷俳优的戏谑活动。但是即便如此，唐参军戏以前，中国的表演艺术与文学也一直没有什么关系。参军戏有点类似于现在的相声，两个人表演，一名参军，一名苍鹘或苍头；一个为戏弄者，一个为装傻者。因此也可算是一种表演性的语言艺术。但文本不存（唐段安节《乐府杂录》俳优条中有“陆鸿渐撰词”之说）。大多数情况下也许无须预先写好的文本。演员临时发挥，机智应对即可。所以可以想见，其口语化程度应该很高。简言之，中国表演性艺术大体上应该说源于先秦巫觋，然后有周秦宫廷的专职逗趣俳优。汉代出现带情节性的散乐（如东汉张衡《西京赋》中描述的“东海黄公”）。始自南北朝而盛行于唐的歌舞戏“代面”“拨头”“踏摇娘”等（参见《旧唐书·音乐志》、唐段安节《乐府杂录》、唐崔令钦《教坊记》等），以及唐参军戏。然后宋将参军戏发展成宋杂剧和后来的金院本。其戏剧故事内容、道白方式或承小说、讲史而来，演唱形式却应该是在各种歌舞曲、诸宫调等歌曲基础上发展出来的。其演出文本的写作，则主要是由演唱音乐的带动、文人的唱词写作参与结合而成的。有意思的是，唐宋歌词均为文言，故后来的戏剧唱词乃至某些道白亦概用文言或半文半白言。所以中国古代戏剧产生之初，虽然已经是

---

① 《南史》卷六六《陶弘景传》：“一事不知，深以为耻。”

一种俗文学艺术活动方式，但它也基本上是在文人俗文化活动中酝酿、培育出来的。其面向的对象，一开始并非广大庶民俗众。这一特征，事实上深刻影响了后世的戏剧艺术的发展，并成为中国古代戏剧文学的一个特有的文学传统和文学惯例。

就此而言，社会俗文化、文人俗文化以及文人雅文化之间，界限其实不是那么分明。尤其通过各种俗文学形式，三者之间往往相互交流贯通。纯粹的民间文学，不通过文化人及相对定型的文学共享形式，其实是形成不了普遍性的、全社会性的俗文学活动门类的。此亦即民间文学与俗文学的分别之所在。元在宋杂剧、金院本、说唱诸宫调基础上发展出完整的戏剧艺术元杂剧，有了形式完美、自成一体的文学剧本，被王国维誉为一代之文学。元朝文人也已经成为表演性俗文学的创作主体。中国戏剧的文学创造性本质，大概到这时才真正确定下来。南戏始于南宋，定型于元末明初（如高明《琵琶记》与四大传奇）。戏剧文本虽为文人写作，但因为是表演给大众看的，因此无论从内容，还是表演形式来看，其艺术性质还是具有俗文化性的。明传奇繁荣，产生了汤显祖这样的戏剧文学大师。正如小说写作中后来出现了曹雪芹一样，大大提高了戏剧文化中文学性造诣的品格和级次。清地方戏剧繁盛，最终形成了中国文化中的代表性剧种，但其文学价值则终于被表演和音乐所遮盖，基本上不再重要。

《唐代变文》一书中说："唐代的佛教演出艺术对中国戏曲的发展产生过深刻的影响。"① 梅维恒主要是从佛教俗讲韵散结合的说唱方式而言，当然也与后来戏剧对故事的讲述有关。此前的中国传统乐舞表演确实是缺乏完整的故事性追求的，唐参军戏也不例外。这也正是其文学性缺失的重要原因之一。韵散结合的说唱故事方式，从内容到形式都更接近后来的戏剧构成方式。因此，在他看来，直接影响了中国说书、说唱艺术，从而也影响了后来白话小说的诞生的佛家俗讲活动，同样也直接影响了中国戏剧的产生和成形。因此他说："由于中国的戏曲和小说实出同源，我们不妨将它们定义为戏曲式的故事或故事式的戏曲（在这里，小说的概念包含在故事概念中）。"② 这一意见也是我们研究中国传统戏剧文学观念时应该予以重视的。

---

① ［美］梅维恒：《唐代变文——佛教对中国白话小说及戏曲产生的贡献之研究》，杨继东、陈引驰译，中西书局2011年版，第275页。

② 同上书，第300页。

不过，在唐代佛教俗讲活动之前，中国民间的文化活动中，从来没有出现过韵散结合的说唱形式吗？中国说唱艺术究竟起源于何时？所谓史诗，即为民间艺人用韵文体说唱的历史与英雄传奇。就此而言，古代中国汉文化中没有史诗，是因为中国自古没有说唱艺术吗？这确实是些令人困惑的问题。晚清以来，颇有学者认为，先秦荀子所写的《成相》，可能就是模仿当时民间的某种说唱或唱和方式而作的。[①] 但这一说法缺乏足够的证据支持，还只能看作一种猜测。亦有学者认为，《穆天子传》即有韵散结合的文学特征。因为周穆王与西王母欢会于瑶池时，彼此赋诗酬唱，实际上是穿插吟唱于散文之中。[②] 当然也还有屈原楚辞与楚地娱神歌舞的关系问题。对于我们来说，中国说唱艺术起源于佛教俗讲之后，是具有说明性的。因为中国说唱艺术如果先于俗讲就已经产生，由于自古以来中国文本写作与口语的脱节，其说唱艺术的文体传统就应该呈现出与中国文言文本作品完全不同的面目，而事实上并没有这样的文本被发现或流传至今。今天我们能看到的所有古代说唱文学或戏曲文学文本，文言化程度都很高，因此无疑都是文人参与写作的结果。这与说唱和戏剧起源于俗讲的文体传统是相吻合的。与文言文化无关的下层艺人是不可能以这样的语言方式来创作通俗文学作品的。因此，中国的通俗文学史中，也许迄今为止，还没有发现过完全按照民间口语演出的原始状态原原本本记录下来的说唱作品。似乎连相关的描写也没有。因此中国民间戏剧不久前还由文盲演员依据口耳相传来演出，并不能说明原始创作者就是文盲或一开始只是民间艺术家的口头创作。因为这些口耳相传的戏剧如果写录下来的话，其文言化的方式都很明显，有些甚至有很高的文言造诣。因此事实上很多著名演员并不完全知道或理解所演唱的词语的意思，以至于一些台词只能记录发音，其文意已经不通且不可解。这都是由于最早的非语体性的文本源头已经太过模糊或已经湮灭造成的。

在俗文学的发展历史中，唐宋两朝也许算得上是视听文学审美活动的第一个繁盛期。就唐以后的说唱文学而言，许多话本流传到了后世，且至今续有发现，而绝大部分各类唱词却都失传了。这也许说明话本的文学阅读性要远强于唱词。那时的唱词对音乐的依附性很大，而独立阅

---

① 参阅（清）王先谦撰《荀子集解》“成相篇”题解。

② 参阅（晋）郭璞注《山海经　穆天子传》文正义“跋”，岳麓书社1992年版，第11页。

读的价值却很有限。因此，只要后世不再有人演唱，唱本也就会逐渐湮没无闻了。

最后，中国古代的主流文学系统中，与俗文学关系最紧、发生关系也最早的文学门类，其实也正是正统文学的代表性文体：诗歌。中国最早的诗集《诗经》中的《国风》，其绝大部分作品的原生形态当是各地民歌，应该是没有什么问题的了。屈原骚体诗与楚地娱神歌舞的血缘关系也很明确。汉代学术昌明，文言写作发达，但是纯审美文体主要是汉赋，文人诗歌则长时间缺席。汉武帝时成立乐府，开始大量收集“感于哀乐，缘事而发”（《汉书·艺文志》）的民间歌谣歌曲。虽然汉乐府现在仅存五六十首，但是当时它的出现，几乎成为中国后世诗史的一个新的源头，并给了中国文学以全新的创作灵感。尤其是其中新兴的五言诗，几乎可说是拯救了中国诗统，使中国正统诗歌死灰复燃般地获得了重生和复兴。

而后来唐诗、宋词、元曲的兴盛与民间歌曲的关系，更是尽人皆知，无须赘述。中国传统诗歌与民歌的这种绵延不绝的亲缘关系，导致了一个很有意思的现象。即中国诗人诗作（非学者诗作）的语言（诗言），往往比文人文言文章的语言要更为通俗一些。也正因如此，中国俗文学中的诗学精神、诗学意识，往往是通过正统文人的诗学创新表现出来的。或者说，中国传统诗学中的许多观念突破，往往是正统文人通过对民间诗歌美学的接纳、认同和发扬所导致的结果。

对于我们的研究来说，还有一点重要的就是演唱在俗文学中的意义。民歌本身是演唱出来的。因此，受其影响而兴盛的古代诗歌往往也都是能够配乐演唱的。汉乐府不用说了，唐诗、宋词、元曲，其实也都是能配乐演唱的。奇怪的是，在唐诗兴盛的时代，到处都有歌伎演唱著名诗人的诗歌，可见诗歌演唱的流行程度和普及程度。但是有个问题：为什么当时没有出现大量的白话唱词呢？因为唐诗毕竟还是雅正文学系统的产物。就通俗演唱来说，出现白话唱词应该是个顺理成章的事情。到底是现实条件的制约，还是文化观念的制约？这其实是个很重要的理论问题，因为这个问题对于中国传统戏剧来说也同样存在。事实上，从唐诗经宋词到元曲，唱词依然是文人所写，却明显越唱越白。到元曲，大多数情况下，其唱词从内容到语体，都已经不能归于雅正文学系统了。

唐长篇叙事诗也应该是演唱的，只是不知叙事诗的演唱始于何时。一般而言，什么时候有唱者，则什么时候即开始有作者。郑振铎先生《中国俗文学史》中说："最好的一篇叙事歌曲，乃是《季布骂阵词文》。"[①] 看来郑也认定这些长篇叙事诗是歌唱作品。就此而言，中国历史上实际上是有过英雄史诗的演唱活动的。只是因为后世没有传承，当时的具体演出情况已经不可知了。

但是这或可说明俗文学对演唱或歌唱性的偏好和依赖。前述文溆僧的俗讲活动，因为声调动听，他的讲说就被依其声调编成了歌曲到处传唱。《乐府杂录》"文叙子"条记载："长庆中，俗讲僧文叙善吟经，其声宛畅，感动里人。乐工黄米饭依其念四声'观世音菩萨'，乃撰此曲。"[②]《太平广记》卷二百四引《卢氏杂说》则云："上采其声为曲子，号《文溆子》。"[③] 他讲经的声调甚至被皇帝采用为宫廷乐曲。后世说唱文学的兴盛，乃至戏剧的最终产生，应与这种偏好及依赖均不无关系。毕竟，即使是最贫穷、最无知、最孤独、最无助的一个人，也能够从这种俗文学活动的视听中得到享受，并学会吟唱。而对于这些俗众来说，有了独自的哼唱，也就有了生活的乐趣。这是其他任何一种审美活动都做不到的。甚至只要有韵能够让人记住就行，就足以满足独自哼唱的需要了。因此，基于语言声调成曲的民歌、唱词，是在非媒体时代与非媒体生存状态下最具大众共享性质即最具大众接受与传播性质的审美方式或艺术形式。在最极端的情况下，这甚至是唯一的最普及的人生审美乐趣。这样的重要性，在文化普及之后，尤其是在媒体普及之后，就不再为人们所意识到了。甚至不到文化普及时代，它都不会为文化所注意到。也就是说，当它被文化注意到时，它的消亡尤其是它存在的意义的消亡也就开始了。

总之，俗世文化生存中的口头说唱文学活动，一直是俗文学的源头活水。但是虽然俗文学主要根源于口头说唱文学，它却不能等同于口头说唱文学。因此，我们对所谓俗文学意识及其思想的考察，也要兼顾两条发展线路：一条是下层文化生活中自发生成的文学活动及其意识，一条是主流文化对此具有的某种文学自觉意识。这两条线路，基本上到明朝时才你中有我、我中有你，合而为一，形成完整的自成一体的俗文学思想景观。

---

① 郑振铎：《中国俗文学史》，吉林人民出版社 2013 年版，第 122 页。

② 俞为民、孙蓉蓉主编：《历代曲话汇编·唐宋元编》，黄山书社 2006 年版，第 41 页。

③ 《太平广记》卷二百四，中华书局 1961 年版，第 1546 页。

第二节 俗文学意识的出现、形成与表达

考察中国传统俗文学中的文学思想与意识，必须从俗文学活动的事实与自身经验出发，因为其思想与意识，往往有从隐性到显性的不同层面，和从自发到自觉的发展过程。同时，中国传统俗文学基于自身的文化特性与文化本能，往往表现出特定的文学性追求，因此其文学思想与意识的表达，从方式到内涵，亦往往具有某种特异性乃至另类性，需要用心甄别和认真释读。而且，由于文学立场与文学身份的不同，中国俗文学自身所具有的思想意识和种种不同的关于俗文学的思想意识，往往也显示出不同程度的、有时是根本性的差异，亦应尽量避免混为一谈。这是我们在进入具体的研究之前，应该先在研究理念上有所澄清的认识。

因此，以下从六个方面提出涉及中国古代俗文学意识生成的一些相关问题，并尝试对其进行一些基本的辨析与讨论，希望能为后续的深入研究奠定一些方法论基础。

一 隐性文学意识

一般而言，在非文本阶段，中国古代俗文学的文学意识只是隐性的。其意识内涵往往表现在其存在形态、活动方式和相对于正统文学的文化定位与文学定位上，需要揭示与阐释。然后，在口头文学的文本化过程中，文化精英对其文学性开始有所认识，而俗文学活动中也开始表现出某种观念、意识上的自觉。最后，大体上在明清时期，尤其是到了清朝，无论是表演性的还是阅读性的俗文学意识，才在广泛参与其活动的各个层次的文化人士那里得到系统的讨论与表达。

隐性的文学意识，往往在俗文学尚处于萌芽状态或自发活动时期时，就已经隐含于俗文学生成的各种因素之中了。俄国著名民间文学学者弗拉基米尔·雅可夫列维奇·普罗普在他的《神奇故事的历史根源》中写道："我认为仪式、神话、原始思维形式及某些社会制度都是前故事，我认为通过它们来解释故事是可能的。"① 这个"前故事"的理念可说非常重要。

① ［俄］弗拉基米尔·雅可夫列维奇·普罗普：《神奇故事的历史根源》，贾放译，中华书局2006年版，第24页。

事实上，在所谓的前故事阶段，也可以有“前观念”和“前意识”，即作为事实乃至作为基因存在的、可以解释观念产生和观念本义的各种前提。我们所讨论的中国俗文学尚处于非文本性阶段时，即具有某种意义上的“前文学”阶段性质。在它的活动方式、存在形态和演化过程中，就已经包含了一些属于中国俗文学所特有某种“前思想”或“前意识”。

我们并不能确定最早的俗文学活动是一种什么样的情况，自然那时的俗文学活动具有什么样的、原发性的文学观念和文学意识也难以考察。如果我们把上古时的民间口头讲说（故事、传说、神话、见闻）活动看作最早的原始俗文学活动的话，那么这种活动所显示的文学意识，也可以从后世相同的、类似的、但更为专业的俗文学活动中表现出来。比如从司马迁的采集活动来看，很大一部分口头文学作品就是历史传闻。就是说，中国古代俗文学从一开始就具有一种口传历史的性质。这也正是中国传统俗文学的文学性质之一：叙事文学就是正史之外的历史，是史外史。这一命题同时也就是中国俗文学传统中的基本理念之一。

民歌之外，中国最早的口头文学的收集活动要算是先秦至汉的“小说”家的作品。而在小说这一用语的所谓“说”里，就已经包含了中国俗文学的某种特殊意识。先秦语境中，所谓“说”，往往就是讲道理。中国历史典籍中，君主在回应臣下的劝谏时，常常会问一句：有说乎？就是问：有什么道理可讲吗？但同时，说亦不仅仅是抽象地讲道理，而是举事实、讲道理。所以，“说”往往有通过讲故事来说明一个道理的含义。《韩非子》一书中，有所谓的“说林”上下篇，有“内储说”“外储说”上下左右共六篇，就是通过大量的寓言和故事来讲说道理。汉代刘向著有《说苑》一书，就是从先秦典籍和当时书籍中收集的各种故事的汇编。而他这样做的目的就是“撰其正辞美义可为劝戒者”（《崇文总目》卷三“儒家类”），以为治世修身之助。直至唐朝时的“说变”，也并非就是讲佛经故事，而是通过讲佛经故事来解释佛经之义，这才是说变之“说”的本意。故仅就“小说”之名而言，其中所隐含的独具的中国俗文学意识，就不容轻易忽视。

根据普罗普故事研究的思想，俗文学故事本身显示出来的普遍性的文学意识自然也很重要，虽然不是观念和理念的自觉，但可以提炼成、概括成完整的理论表述。其独特性，以及对文学创作实践的指导意义，可能还要强于抽象的理论观念。这更需要进行大量的归纳、总结和比较的工作，才能从中概括出真正独具的文学意识来。

二 从视听审美意识到阅读审美意识

唐朝的俗讲和说变，客观上导致了中国古代通俗视听文学活动的成形。在这之前的唐参军戏，表演性强而文学性弱，故事性和戏剧性因素都很缺乏，并不足以直接导致中国说唱艺术乃至戏剧的诞生。这个问题其实是可以细究的。《唐代变文》的作者梅维恒先生说："研究中国文学的学者们经常被这样一些（实际上是无益的）问题所困扰，比如为什么描写英雄人物绝望奋斗的悲剧以及具有连贯情节并以人物心理发展为重点的长篇小说在中国不发达。首先，这些文学体裁没有非要在中国发达不可的必要。中国和西方在哲学世界观以及由此产生的价值观点有很大的不同，因此它们各自产生不同的文学形式也是很自然的。我从未听到人们提出这样的问题：'为什么西方没有对联？'或'为什么西方没有发达的联诗艺术？'在中国有许多文学体裁是西方完全没有的。显然，任何一个民族都有资格创造和发展自己的文学形式，而不必理会这些形式是否适应其他民族的口味和文学创作。"① ——其实梅维恒先生所否定的，正是一些真正的、具有深刻的文化心理与文化精神意义的问题，而且是可以甚至是有必要得到解答的。这一事实本身就包含着中国特有文化中的特有文学意识，并且是对为什么具有这样的文学意识的最明确的答案。其实在本书中，也就是在这段话的前文中，梅维恒先生对中国为什么佛教本土化以后才产生了虚构小说的解释，也就是对此类问题的最深刻的解答之一。

比如，变文如果都是文言文或半文言文写成的，就很难想象它一开始只是口头和白话创作，也很难想象它是由没经过系统文言文化学习的人创作的。这样的作品，一定先由一个文化人写出，然后才教给演唱者去讲述、演说。事实上和尚中就有很多是文言文化修养很深厚的文化人。唐朝寺院设有世俗私塾，教授中国古典文献与文学。唐朝寺院实际上起了普及文言文化的作用。当时的很多日韩留学生就是住在寺院里学习的。而这对于俗文学起源于寺院也具有重要意义。这也可以由此推导坊间说唱文学的创作情况。很多说唱艺人其实都是文盲，可说唱文本身，尤其是韵文部

① ［美］梅维恒：《唐代变文——佛教对中国白话小说及戏曲产生的贡献之研究》，杨继东、陈引驰译，中西书局 2011 年版，第 299 页。

分，文言程度往往不低，因此他们的说唱文本很可能都是由专门的作者提供的。而这个地方，正是雅俗文学交接之处，也是雅俗文学观念互动、互相影响之处。

再如，敦煌发现的大量变文作品都是写本，这一事实本身就需要认真思考。供听说的口头文学写记下来、记录下来，往往是供保存或供写录者自身读诵需要的。纯粹为广泛阅读需要而写作文学作品，则有赖于印刷术的发明和普及。隋末已经发明雕版印刷，可是敦煌变文均为写本而非印刷品。这可以提示我们，印刷业是为商业化传播与阅读服务的。敦煌写本正好不属于这样的对象，不具有这样的性质。

梅维恒先生认为，变文一开始也许只是佛教变相图的“图画复述”，后来才逐渐脱离了这一关系而成为各种通俗故事的写本。[①] 即它是由“视听”对象，逐渐转化为“阅读”对象的。就是说，它是为阅读服务的，这决定了它的美学本质。他认为，变文是被听众尤其是商人写录下来供阅读用的，而非说变文者自己写下来供表演用的。因为说唱艺人往往是文盲或半文盲，他们自己甚至不愿意有这样一个可以供他从而也可以供所有人使用的本子。存在这样一个本子，不仅给自己的演艺对手提供了便利，而且夺去了大量潜在的现场观众。这个观点很有启示性，因为可以由此思考话本等通俗说唱文学的文本生成情况。但问题是，对于变文来说，则未必有这样的意义。因为说变的俗讲僧是寺院培养的，其目的是传播佛教经文，并不存在如后来说唱文学演出那样的潜在的和显在的商业性竞争对手。否则的话，敦煌抄本为什么会被保存下来？尤其是为什么会被保存在寺院？佛教寺院为什么要收藏这些非正规佛教文本的、用来供通俗演出用的文学性文献？这只能说明，敦煌抄本显然是由俗讲僧们自己录写下来的，因为寺院需要用这些抄本来培养新的讲唱者。更何况，一个听众，无论他听过多少遍俗讲演出，要他一字不落地把所有听过的俗讲内容都完整录写下来，实在是不太可能。另外，唐朝有专以抄写经书谋生的文人，而且收入不菲。这些人会不会也就是寺院雇来的变文的录写者？录写变文是不是也是一种谋生的手段？现存变文中就有录写者的自述。看起来，他似乎就是把录写当作一份工作在做的。而且，如果变文真是听众录写下来

① ［美］梅维恒：《唐代变文——佛教对中国白话小说及戏曲产生的贡献之研究》，杨继东、陈引驰译，中西书局2011年版，第93页。

的，也就不能解释，为什么变文没有流传？为什么变文完全没有进入世间俗文学的传播过程之中？以至于如果不是敦煌文献的被发现，后世的人们已经完全不知道曾经有过这样辉煌的通俗说唱文学成果了。

佛家讲经也好，后起的说唱文学也好，这些通俗表演性口语文学被记录下来后，之所以能发展、转化为话本、演义、小说等阅读文本，而不是由于艺人们抵制记录而逐渐消失，一定有阅读胜于观看说唱表演的理由。这个理由正是文学性的。梅维恒先生在《唐代变文》中写道："可以设想，至少在唐后期，初步的通俗文学阅读群已存在。这对于抄录通俗文学的本子是一有力的刺激，它还是宋及以后刊印的通俗文学大繁荣的先导。"[①] 由现场演出转变而来的供阅读的通俗文学作品，虽然根据文化惯例有意追求一种虚幻的现场感、作者的在场感和表演感，但本质上还是供阅读审美而创作的。就是说，它的视觉符号意义还是要大于听觉符号意义。

三　语言艺术意识的出现

《楚辞·招魂》中写道："主此盛德兮，牵于俗而芜秽。"这应该算是上等文化对俗文化最早的一个否定性判断了吧？尽管中国上古时期贵族阶层对俗文学就有着制度性的关注，但基于贵族文化高高在上的统治性质和高雅趣味，对俗文化不可能有太过正面的价值判断。司马迁写《史记》时，对于口头民俗材料，态度就很明确。他在《五帝本纪赞》中写道："《百家》言黄帝，其文不雅驯，荐绅先生难言之。……书缺有间矣，其轶乃时时见于他说。非好学深思，心知其意，固难为浅见寡闻道也。余并论次，择其言尤雅者，故著为本纪书首。"另外，他还秉持"纪异而说不书"的孔子记史原则（《天官书论》），"所有怪物，余不敢言之也"（《大宛列传赞》），"非天下所以存亡，故不著"（《留侯世家》），慎传：信则传信，"疑则传疑"（《三代世表序》），等等。他也曾在《报任安书》中提到自己"网罗天下放失旧闻"的田野工作情况，但显然并不凡采必录。除明显的高雅文化立场与态度外，他对口头文学材料基本上也只是抱持史家态度而非文学家态度。就司马迁的工作而言，他这种态度无可

① ［美］梅维恒：《唐代变文——佛教对中国白话小说及戏曲产生的贡献之研究》，杨继东、陈引驰译，中西书局2011年版，第154页。

非议，且为后世的信史确立了极高的标准。但因为《史记》正好是中国传统俗文学中讲史文学的最重要源头之一，因此他对待口头传闻的取舍褒贬态度与方式，也影响了后世对待民间俗文学材料的态度。这个态度基本上就是以真实性、史实性为唯一标杆和最高追求，以至于即使对于鬼怪神异之事的异闻传说，亦以事实目之方可。此外，将传说、传闻、故事等口头文学淘洗为历史材料的做法，也使得俗文学活动中的文学性意义被忽视了。民间故事性的俗文学活动长时间没能获得审美性文学独立，没能逐渐发展成为一门专业性的俗文学活动方式，似乎与此有着很大的关系。而且最终，史传意识反而成为俗文学意识中的一个重要组成部分。

最早录写民间口头文学材料的“小说家”们的态度和标准则显然要更加文学化一些。虽然从目前已能掌握的情况看，当时小说记录并不看重故事性，但显然很关注其语言形式。这显示了某种意义上的文学性追求：所谓文学，首先是说话的艺术。春秋时孔子曾对巧言表示反感，但巧言却显然是中国传统文学意识中对文学之美的一种追求。事实上，无论是就早期宫廷弄臣的机智应答而言，或是就“小说家”们收集的街谈巷语而言，基本上都是一种非故事性的说话艺术。但是将其作为一种文学艺术来看待的视点，其实是基于一种文言文化的视角来聚焦的。因此，虽然它源于俗众与口头言说，但并没有成为一种俗众性的文学活动。它真正的文学化，反而是这一说话艺术的文言文本化。《世说新语》，虽然只是以文人及上流社会人士的说话艺术与特立独行为审美对象，但实质上，则是这一文学传统的遗绪与发扬。当然，正统文学观念中亦有“游于艺”的传统，所以巧言为戏，也可看作文人俗文学活动的一种。王国维云：“唯《魏略》（《魏志·王粲传》注引）言：‘临淄侯植，诵俳优小说数千言。’”① 俞樾《诗梦钟声录》序云：“昔鲍明远集中有‘数诗’，有‘建除体诗’，而《北史·崔光传》又有所谓‘八音诗’‘十二辰诗’者。文字游戏自古有之。”而“著《天咫偶闻》的震钧在给《榆社诗钟》作品集作序时（光绪十六年）说：‘楚人“大言”“小言”，晋人“了语”“危语”实肇始之。’认为诗钟与楚襄王、宋玉和晋人顾恺之的文字游戏同一

① 王国维：《宋元戏曲史》，《王国维学术经典集》上卷，江西人民出版社1997年版，第211页。

源流。"[①] 可见其源远而流长。

而在俗众社会的俗文学活动中，作为一种非文本性的口头语言艺术，这一传统应该说同样也有所传承和发扬。唐参军戏不用说了，古人所列宋代勾栏的说话种类中，有许多也可能就是一种相对纯粹的说话艺术或巧言艺术。

宋元时期兴起的"说话"艺术，奠定了我国俗文学白话小说创作的基础。说话是俗文学的讲说性审美活动方式，需要表演和视听效果的加入（说到底也是为了强化内视想象的效果）。它是专为大众审美生活中特定的审美消费需求而存在的，因此从一开始就是地道的自觉的文学创作，一开始就对作品的内容、表现技巧与审美效果予以了充分的关注，在创作中有"投其所好"的听众审美心理视角。这对后来中国古典小说的写作以及其美学特点的形成，无疑产生过很大的很直接的影响。对小说文学观念来说也是如此。（明）绿天馆主人《古今小说序》云："南宋供奉局，有说话人，如今说书之流，其文必通俗……"这正是全新的专业文学审美活动的诞生，虽然一开始只是服务于皇室，但很快便成为公共性的、大众性的文学审美活动。这一文学活动从产生初始，就带有鲜明的口语文学的特性和特质，并因而呈现出完全不同于正统雅文学的美感形态和语感质地。白话写作的心理性、内在性和思维性程度都要高于文言。而语感与文体的异类性，是正统文人们首先意识到的最为直观的"文学性"特征。而且也许正是这一直观导致了中国文学观念在文学语感与文体上的第一次真正的"文学性"自觉。就正统文学思想体系而言，很少有人在理论上特别关注和重视文学用语的本质性与必要性问题。也极少有人或观念将文学用语的语感、文体、文化形态作为文学创作的主要目标之一。事实上当下的文学创作中依然存在着这样的现象。没有人在写作前先确定（或曰先行虚拟出）作者是一个什么样的说话人（即什么文化身份、什么语体形态、用什么言说方式与人交流的讲述者），以至于在文体的文化形态上几乎是千人一面、千部一腔，除了不同作家在文字能力上的些微差异外，几乎看不出什么文学用语上的文化意味、身份意识和艺术创造性来。而这在中国俗文学兴盛之初，即已成为一种相当自觉的"文学性"追求。[②] 所以，在中国传统俗

---

① 转引自王鹤龄《诗钟研究的逐渐展开》，陈平原主编《现代学术史上的俗文学》，湖北教育出版社2004年版，第117页。

② 可参阅元代散曲家睢景臣的套曲《哨遍·高祖还乡》。

文学理念中，创作作品之前，必须先创作和虚构出叙事者。这样的文学理念虽然没有形成强有力的传统，但在俗文学文本化后的作品中，这样的意识还是会有意无意地显现出来。

四　俚俗意识

俗文学源于大众文化、平民文化，他们既是创作者又是消费者，因此具有鲜明的大众文学意识，并且在此基础上形成了一整套大众化的文学审美趣味追求。

俗文学的一个极重要的方面就是民间歌曲。由唐而宋，中国古代正统文人们开始将越来越多的审美关注投入到这类活动中去。借助歌唱的魅力，歌词往往风行，士大夫好之，然后极俚俗之词亦随之成为好尚。王国维《宋元戏曲史》中写道："曾敏行《独醒杂志》（卷五）：'先君尝言宣和末，客京师，街巷鄙人，多歌蕃曲……其言至俚，一时士大夫亦皆歌之。'"① 中国自古歌曲，一般词依附曲，而非曲依附词。因此，往往曲的创制在先，然后依曲填词。这导致了曲的创制可以来源不一：既可以为民间无名氏所创，亦可由宫廷专业乐师所创，当然更可由爱好音乐懂音乐的任何人所创。而词则除了民间乐曲的原创者，一般只能由文人来填写。勾栏瓦舍的通俗演出作品，填写者必须满足普通观众的欣赏和接受水平，因此歌词白话程度相对要高一些。而写来阅读的作品，虽然歌曲本来就是通俗艺术，但因预期读者是文人士大夫，自然更为讲究，文言程度就要高一些。在通俗说唱的基础上最终产生了成形戏剧之后，这两个倾向就会形成矛盾和戏剧文学写作中的文字张力或语言张力，结果自然是妥协，但有时也会形成尖锐冲突。这时，两种文学意识的差异和对立，就会充分表露出来。

但因中国歌曲依赖语调而成腔，因此曲之格律又全然依附于原创之词。这种情况，导致了填词格调的死板与严谨。因此，亦非一般稍通文墨者可为。汤显祖所写戏剧，唱起来拗口，与其拒绝依声填词有关。中国戏剧，并非根据剧本唱词创作全新的独一无二的歌唱乐曲，而是唱词依据已有的固定曲调而写成。这种情况，虽近现代稍有变通，但至今未有根本改变。

① 王国维：《王国维学术经典集》上卷，江西人民出版社 1997 年版，第 250 页。

徐渭《南词叙录》云："今南九宫不知出于何人，意亦国初教坊人所为，最为无稽可笑。夫古之乐府，皆叶宫调；唐之律诗、绝句，悉可弦咏，如'渭城朝雨'演为三叠是也。至唐末，患其间有虚声难寻，遂实之以字，号长短句，如李太白《忆秦娥》《清平乐》，白乐天《长相思》，已开其端矣；五代转繁，考之《尊前》《花间》诸集可见；逮宋，则又引而伸之，至一腔数十百字，而古意颇微。徽宗朝，周、柳诸子，以此贯彼，号曰'侧犯''二犯''三犯''四犯'，转辗波荡，非复唐人之旧。晚宋，而时文、叫吼，尽入宫调，益为可厌。'永嘉杂剧'兴，则又即村坊小曲而为之，本无宫调，亦罕节奏，徒取其畸农、市女顺口可歌而已，谚所谓'随心令'者，即其技欤？间有一二叶音律，终不可以例其余，乌有所谓九宫？必欲穷其宫调，则当自唐、宋词中别出十二律、二十一调，方合古意。是九宫者，亦乌足以尽之？多见其无知妄作也。"民间歌曲音乐上不甚讲究，"顺口可歌"，因此其歌词口语化、言说化程度之高，当可想见。这既是俗文学的原生态，也反映了俗文学的即兴娱乐意识。原生态俗文学并无文本化追求，因此在文学用语上尚无刻意而为的倾向。但是既然要"顺口"，也不能说毫无追求可言。所要追求的，恰好是口语性的美感与表现力。这样的意识，在俗文学成熟之后，也就是有了明确的文本化目的之后，反而日见淡薄了。它理应成为俗文学的标志性美感形态，甚至应该成为俗文学创作的主要语感追求，但它实际上却逐渐退化成了阅读性俗文学作品的隐性基因。它的自觉性，只是在否定俗文学的过度雕琢性、书面性和晦涩性追求时才会表现出来。

五 文学谱系意识

在中国传统的文化谱系意识中，大传统文化向来不大愿意承认有独立发展的、完全自立的小传统文化系统。当需要认可和接纳大传统文化系统外涌现出的新的文化现象时，往往会立即将其纳入自身的文化谱系之中。而所有的小传统文化，也都因此而在寻找这种接纳与认可的可能性，总是极力向大传统文化，也就是权力文化和中心文化，认祖归宗。如黄帝之被确立为整个华夏民族的始祖，以及非中原新兴民族的祖述心理，均是如此。楚人虽迁自中原，但与传说中的黄帝应无直接血缘关系，故一向被称之为南蛮。而屈原是楚国人，却自称"帝高阳之苗裔"，可见楚人当时就已经将自己纳入黄帝谱系了。当然也许正是这样的文化心理，使中国文化与民族的大一统成为可能。而这也形成了一种文化惯例，在正统文人对待俗文学以及俗文学力图获得人文合法性时，这种文化惯例同样会起作用。

元陶宗仪《辍耕曲录》“杂剧曲名”云：“稗官废而传奇作，传奇作而戏曲继。金季国初，乐府犹宋词之流，传奇犹宋戏曲之变，世传谓之杂剧。”这其实很难说是一种历史事实的陈述。将元杂剧的文学谱系上溯至稗官制度，是要将元杂剧纳入正统，以获得人文合法性。传奇与所谓稗官制度的存亡没有关系，与戏曲的关系只是在故事题材上，于戏曲的产生也没有直接关系。

明代人为了抬高俗文学的地位，常常将小说戏剧作品与六经以来的经典文献相提并论，认为通俗文学作品本由先秦古文发展而来，并且同为“古今至文”①。就文论文，其实是为了超越意识形态叙事性制约而获取高贵性文化的话语权。明何良俊《曲论》云：“夫诗变而为词，词变而为歌曲，则歌曲乃诗之流别。”事实上也并没有这样的发展史。要说有，也是反的。真正的历史其实是，歌曲之演唱文本先是乐府、五七言诗，然后是词、曲、剧，文体形式依歌曲演唱的历史演变发展而演变发展，逐渐多样化、复杂化，同时也越来越通俗化、大众化。岂有歌曲乃诗之流别之说？这同样是正统文人要为俗文学张本，接续上主流文统，以使其取得合法地位。明李开先《西野春游词序》则反向追溯道：“由南词而北，由北而诗余，由诗余而唐诗，而汉乐府，而三百篇，古乐庶几乎可兴。故曰：今之乐，犹古之乐也。呜呼！扩今词之真传，而复古乐之绝响，其在文明之世乎！”私心喜好的是为庶民俗众所喜闻乐见的俗文学，却要故意高尚其事，神圣其说。以为这样一来，通俗戏剧也就可以等同于《诗经》了。这恰好反映了当时文人以俗为尚的某种微妙心理。其实，从《诗经》到唐诗，包括汉乐府，其文学审美价值早已不在音乐。不言文学性内容而言音乐之复古，只是一个噱头。今乐固然犹古之乐，但今乐的文学性价值与成就，并不因此就等于古代文学经典的文学性价值与成就（事实上，即使就音乐而言，汉乐府已不知三百篇之乐，唐诗宋词已不知汉乐府之乐。此一统绪亦无由构建，古乐并不能因今乐而得以恢复）。但是这种比附，也揭示了一个中国诗学史上的秘密：中国诗歌的历史，实际上一直是由民间音乐和民

① 见（明）李贽《童心说》，《焚书·续焚书校释》，岳麓书社 2011 年版，第 173 页。

间歌唱在带动着、引导着发展的。就这一意义而言，孟子说今之乐犹古之乐，是不错的。因为虽然有宫廷音乐与民间音乐之分，但中国的宫廷音乐，其实一直是由民间音乐和外来音乐支撑着生存的。它自身的创造能力与更新能力非常有限。这一点，与中国文人诗歌和民间歌谣的区别是完全不一样的。中国文人诗歌可以从民间歌谣中吸取养分乃至体裁形式，但其文学生命、文学价值和文学性追求，则基本上还是按照自身的文化逻辑和人文轨迹来运行的。因此，虽然民歌歌词（如乐府歌词）的某些意趣对于正统诗歌的创作也会产生影响，但真正导致正统诗歌的创作发生某种根本性的分化、改变、更新和发展的，主要还是音乐形式或歌曲演唱形式的变化。

这里的区别还在于，一个是一种文言文体，另一个是一种依音乐而存在的演唱形式。前者不能摆脱文人文化的影响，后者则不能摆脱俗众审美需要的制约。两者之间，实际上不光有文学与音乐的不同追求的矛盾，而且也是两种文学文化对立冲突和达成妥协的地方。临川、吴江两派之争的性质可谓词人与文人之争。词之为乐，是为听觉艺术，与案头文学主要追求阅读审美效果自是不同。将俗文化中的文学性表演艺术纳入正统文学谱系，只是已分化为艺人的文人获得文化授权和人文合法性的一种话语策略。

事实上，虽然主流文化一直没有屏蔽或完全排斥下层俗文化，但是那种自上而下的、出于某种政治功利或文化兴趣的关涉，并不意味着俗文学本身的创生。不光作为文学活动，其参与者都只是文化精英阶层人员，而且作为文学文本，那些记录、编撰与写作的结果，其接受对象也并非庶民俗众。但是说唱、戏剧和白话小说就不同了。他们源自民间，一开始就是由下层社会的文人针对庶民俗众的文学性审美需要而创作出来的。只是因为主流文化一直有着接受民间文学成果的传统和兴趣，因此对于新兴的俗文学活动，自然也不缺乏接受的能力和理由。他们只需要将这种接受与曾经的俗文学游艺传统联系起来、接续起来就行。由此可见，文学谱系的建构，其理由和依据并不就是文学性的。

真正的俗文学谱系则只能上溯到民间传说、演唱和口头文学传统。这才是专业性的俗文学谱系。但这一谱系与正统文人、文学与俗文学的互渗互动所形成的谱系确有交叉、合流和纠缠不清之处，并不能处处截然划分。我们所要尽量澄清的，是两者基于不同的立场和文学理念所形成的全然不同的文学意识与文学谱系意识。看看哪些才是真正特异的具有另类理论价值的俗文学意识。

六　文学审美意识

为公众审美而存在的戏曲小说没有什么艺术本质上的困惑，其审美理论的丰富与发展是在专业内部进行的。事实上从楚辞开始，然后是汉乐府诗和具有歌词性质的唐诗、宋词，新的文学样式就开始被当作纯粹的审美对象或曰艺术创作来看待了，因为它们都不属于儒家政教文论所涉及的文体范围，政教文论并不能理直气壮地将这些新生事物完全纳入自己的管束范围，它的一些观念即使强行进入了对新文学样式的讨论之中，也只是作为审美文学观的一部分被接受下来，或者干脆就只是一个虚套子，如治平教化之类，并不影响人们从纯审美的角度来研究相关的文学问题。因此，从宋词开始，所有对新的文学样式进行的批评和理论探讨，都直接就是审美文学观的构成内容，而不用再考虑非审美文学观念交叉和混杂的情况。受此影响，对诗文的讨论在绝大多数情况下也可以这样看待了。

俗文学艺术自古就是下层社会的审美文化活动。虽然没有确切的证据证明先秦时就存在说唱文学艺术，但类似的说唱活动存在于民间，也是不无可能的，否则也不至于出现集市上一人唱《下里巴人》而众人皆和的景象了。因此审美活动所要求于审美产品的一切性质与价值，俗文学艺术其实无不具有，并在此基础上建立起自己特有的文学理念和美学理念（说到底，高雅艺术也无非是原生态艺术精致化、考究化、理念化加上天才创造性拓展的结果）。虽然大文化传统、主流意识形态及其价值理念，也会以不同的方式和话语形式渗透到俗文学的本质理念与价值意识中去，但是由于长期游离于中心文化和权力话语体系之外，其观念、意识往往会一方面表现出不同于大文化传统的特异性，另一方面也可能更接近文学艺术的人文本性和审美本性，因此在文学艺术的娱乐性、消费性、通俗性、人本性、现实性与超现实性、二分对立价值意识、真善美的终极价值信念、二元存在论的内视世界的建构、人性化叙事等观念层面，会体现得尤为明显，而这正是我们有必要努力发掘并力图阐释清楚的俗文学审美的种种理论问题。

第三章

史外史、生存诗意与内视审美

文学是内视审美的艺术，俗文学自然也不例外。内视世界的出现，是人成为人的标志之一。而人类最早的内视审美艺术就是神话。普罗普说：“……神话则是对神圣秩序的讲述。实际上人们不只是相信这一讲述，它还表达了民众的神圣信仰，因而它们的界限不在形式方面。”[①] 神话是人类最早的时间性生存与本质建构，是自然力量的人格化乃至社会化——以及社会力量的神化（自然力量化）。因此，神话也就是人类最初的历史，是人类的史前史。周作人在《童话研究》中说：“……乃知神话真诠，原本风习，今所谓无稽之言，其在当时，乃实文明之信史也。”[②] 人类的历史叙事是从神话开始的。虽然神话中想象的成分可能多于记忆，但它也正是在原始的历史记忆基础上开始的想象。神话是人类原始记忆、早期记忆（基于某种远未充分研究的原始文化心态、文化理念和社会心理、社会理念）的变形。

一般认为，中国上古神话不够发达。但这个问题有其复杂的一面。首先，事实上可能很发达，因为至少商朝是非常崇信鬼神的。其鬼神文化之丰富而多样，以至于商王朝统治者不得不作出“绝地天通”的决定，以整饬其鬼神文化与社会统治秩序的混乱关系。但它作为一种提供内视审美文化的传承，则是需要条件的。比如能很方便地文本化，或者一代一代地有专人传唱传诵。但这些条件中国上古时期都不具备，因此有可能不断散佚而终至失传了。

其次，远古神话本来就是一种口传文化，因此即使不具备上述条件，

---

① ［俄］弗拉基米尔·雅可夫列维奇·普罗普：《故事形态学》，贾放译，中华书局 2006 年版，第 196 页。

② 周作人：《周作人民俗学论集》，上海文艺出版社 1999 年版，第 29—30 页。

也可以永久性地存活于民间口头的讲说活动之中。而就后人所见而言，这种情况似乎并不存在。但如果就此认同不发达的观点，也要看到其原因恐怕极为多元。是物质条件、自然条件、社会条件的限制所致，还是上古生民的生存方式或文化品格的限制所致？就上古文献来看，我们先民似乎缺乏明确的神话学追求与神话学意识。即使有一些零星神话故事，也没有充分地思维化和信仰化。在我们先民那里，自然力量的人格化程度不高，更不用说社会化了。因此其社会力量，自然也就没有成为人格化的自然力量的一部分。《山海经》里记录了一些神话传说，有一定的神谱学和神话学价值。虽然记录不准确，听闻和想象的成分居多，但它确实主要还是一部上古地理志。其中神话因素故事性成分较弱，缺乏整体性神话世界的建构意识与建构能力。

直观来看，这种情况的出现，可能与周文化的重现世、重生存的文化精神及重历史、重祖先崇拜的崇信理念有很重要的关系。毕竟，所有神话都不过是先民的历史、生存史想象和神化的结果。人类社会总是先有了生存的历史，才有了神话，而不能颠倒来说。古希腊人将历史、将人类社会充分神话化，所以才有了各种各样的神，才有了神的系列、神的族谱、神的历史。就此而言，中国上古神话的不发达，恰恰不是如有些学者所说的神话历史化的结果，而是中国历史神话化程度不高的缘故。经过周王朝八百年的文化整合，中国历史被高度地社会化、政教化、王道化、理想化即乌托邦化了。

另外，古希腊人将历史神话化，但并没有充分信仰化或曰终极信仰化。因此，希腊神话逐渐从人们的崇信文化领域淡出，成了观赏的对象，成了人们保持着审美心理距离的诗意对象，成了最早的文学和艺术，而不是始终高高在上地保持着现实社会理性和现实社会意识形态统治的性质。在这一点上，文化生存方式之外，古希腊的哲学理性与政治理性可能起了非常大的作用。而中国古人没有建构起一个这样的内视审美的对象与世界，取而代之的则是历史和想象的历史。历史和想象的历史成了中国文化中最早的内视审美建构。

但是毋庸讳言，这样的建构一开始是在统治性文化即文言文化的内部进行的，并非我们所要研究和讨论的早期俗文学的活动方式。但问题是，因为它几乎是中国古代文化生存中唯一的内视审美世界的建构，所以它依然成了中国俗文学最早也最直接的审美源头之一。只是历史的文学化有其局限，因此俗文学的历史审美意识经由口头讲述、说唱的讲史和说书活动，以及在文字教育普及、文人分化和书籍印刷业兴盛发展后的文本化过程中，最终扩展为对历史叙事之外的俗世生存、个体人生的内视审美追求，从而形成了中国俗文学传统中特有的内视审美文学观。

第一节 叙事文学的史外史观

一 天地间无非史

明王世贞《艺苑卮言》云："天地间无非史而已。三皇之世，若泯若没；五帝之世，若存若亡。噫！史其可以已耶?"① 这是中国古人对人类时间性生存的本质性认识。无非史而已，也就是无非过程而已，无非空间的时间化而已。在这样的观念之中，人类生存的现实状态只是一种空间状态。只有历史，才是人类时间性的生存。这一观念的形成，与中国古代叙事文学开始于历史叙事而非神话叙事是相表里的。因此，这同时也是中国古代叙事文学理念的史学情结的一种表达。

中国古代的历史叙事之所以是中国叙事文学的发端，是因为从一开始它就具有文学叙事的因素。比如中国上古历史，就可说是历史叙事的文学建构的一个结果。历史消失在时间之中，只有在历史叙事中，它才能重新获得内视性的具象性存在。但是三皇五帝之世，其实已经缥缈难知。要真正进入这样的历史，所能依据的便只能是想象和想象性的内视建构。而这，也就意味着进入历史的文学化和审美化的过程了。

这可能也是历史叙事的宿命。人类历史记忆与想象的滥觞，也正是人类内视世界建构的发轫。记忆与想象是历史建构与历史审美的前提。动物是否已经有记忆与想象能力，因为动物不能通过语言进行表达，或者说因为人和动物之间还没有能够共享的语言形式，而不能确知。但人类内视世界的出现，肯定是先于语言的。也就是说，在人类拥有完整的语言形式之前，记忆和想象能力就已经开始发育起来了。因此，原始人类的表象思维的发达程度要高于语言形式。但是如果没有语言，原始人类的表象思维内涵也无法交流与共享。因此，在完整的语言形式形成之前，人类应该有过一段通过声音、表情、手势和体态来交流与共享表象思维内容的"立体语

① 丁福保辑：《历代诗话续编》，中华书局 2006 年版，第 963 页。

言”时期。就此而言，人类内视世界的建构，与人类语言的出现和成形，应该是同步进行的。这是人类语言足以建构、传达和共享内视世界的人类学前提。

但是记忆不同于回忆。记忆只是心理印记，是在条件相类的情况下帮助记忆者作出正确反应的能力。而回忆则是使记忆成为纯粹的心理事件。回忆是对记忆的享受，是在心理上重温曾经的生理性过程。因此，回忆本质上是个将记忆重构化和审美化的过程。因此，动物有“记性”，但动物不会“回忆”。狗会“记得”并“认出”旧主人，但它不会在离开旧主人之后的生存中，经常“回忆”和旧主人在一起的日子或经历过的事件。因此，动物很可能有记无忆，不会通过“忆”来“享受”它所“记”住的东西。

因此，历史的内视性重现是从回忆和追忆开始的，是对记忆的追溯、重构和想象。而且，作为一个完整的内视生存的世界，它必须通过语言或文本建构起来。中国古人似乎很早就意识到了这一点。金王若虚在《文辨》中说：“凡为文有遥想而言之者，有追忆而言之者，各有所定，不可乱也。《归去来辞》，将归而赋耳。既归之事，当想象而言之。”①这无疑是对文学内视审美本质的一种精确描述，不光有追忆的过程，也有想象、虚拟或曰假想性虚构的过程。中国古代的历史叙事，正发端于这样的过程。

《左传》建立在追忆、记忆重构和想象性虚构基础上的历史叙事，可说是给我们提供了第一份包含了丰富的内视审美意识的历史文学样本。

首先，《左传》有明确的想象性虚构叙事理念。比如在它所叙述的二百四十多年的历史中，几乎每一次占梦卜筮的结果都应验了。如庄公二十二年，懿氏将嫁女与陈敬仲为妻，占卜预言敬仲将在齐国昌大。而陈国灭亡后，敬仲的后代陈成子将在齐国专政，并“代陈有国”。又如闵公元年，晋赐毕万魏，毕万占卜，结果预言其后代将为公侯。而这两个预言后来都为实际的历史发展所验证了。但这两个堪称重大的历史事件都发生在春秋之后，也就是《左传》所记录的历史时期之后。可见这是《左传》作者在知道这两个历史事件的情况下，基于某种历史命定观念，在叙述以前的

① （金）王若虚著，胡传志、李定乾校注：《滹南遗老集校注》卷三十四，辽海出版社2006年版。

历史时所预设的一个情节。这样的情节虽然可能有某种传说的蓝本，那也只能证明它更是建立在民间口头文学基础上的一种想象性虚构，显现了某种原始神话思维的文学基因。而且，这一虚构的内视审美意识的自主性和刻意性还表现在，这两个发生在战国时期的历史事件，不单为春秋时的卜筮所预言，而且也为当时一些贤人智士所预言。如晏婴在昭公三年对晋国的叔向预言前者说："此季世也。吾弗知齐其为陈氏矣。"而孔子在昭公二十八年预言后者道："魏子之举也义，其命也忠，其长有后于晋国乎!"（魏立侯以后亦称晋国）这显然不是基于历史真实的理念而是基于历史本质的理念所有意强化的内视审美建构。这样的历史文学意识，事实上也成为后世俗文学传统中历史演义的基本理念，并且在历史演义之"义"中得到了充分的发挥。

其次，《左传》有明显的强化内视生存效果的具象性追求，其表现出的正是以历史叙事为内视审美活动的某种文学性意识。这一点，我们可以从书中虚构性的细节描写看出来：宣公二年，晋灵公因暴虐无度受到赵盾的一再进谏，便派了刺客鉏麑去刺杀赵盾。鉏麑"晨往，寝门辟矣，（赵盾）盛服将朝。尚早，坐而假寐。麑退，叹而言曰：'不忘恭敬，民之主也。贼民之主，不忠；弃君之命，不信。有一于此，不如死也。'触槐而死"。

这是一个为学界所熟知的很有名的例子。当时鉏麑身边无人，因此其自杀前的独白细节，显然只是为了增强叙事的内视性在场效果而进行的文学性虚构。不用说，这一虚构大大增加了内视审美的生动性和逼真性。而这一以追求内视审美效果为目的的虚构性历史叙事意识，正是后世俗文学传统中历史演义之"演"的核心理念。

《左传》并不满足于对历史事件的概述，而是通过许多生动的情节与细节，塑造了大量的性格各异的历史人物形象，给后人创建了一个具体可感的、提供了丰富的内视生存体验的上古世界。在这个内视世界的营造中，《左传》表现出相当文学化的对传奇性和内视审美效果的强烈兴趣和自觉意识。

历史叙事中这种自觉的内视审美意识，在同样为先秦典籍的《战国策》里也得到了很好的体现，并且最终为司马迁的《史记》所继承和发扬。《太史公自序》云："扶义俶傥，不令己失时，立功名于天下，作七十列传。"成仁取义，风流倜傥，时势英雄，风云际会，建功立业、显身扬名于天下，由这样的一组组英雄群像构成一座千年历史画廊，这就是司马迁写作七十列传所要达到的历史叙事目的。这样一个塑形性的历史叙事理念，显然具有明确的、有意的塑造人物形象、创作英雄传奇的文学性追求。鲁迅称《史记》为“无韵之《离骚》”，感叹它充满了激越的个人情感和丰富的诗性美感。而实际上，《史记》堪称一部散文体的长篇史诗。

《史记》作为中国历史写作中永不可及的最高典范，树立了多方面的高标准。其中有一项最具文学价值的成就就是，《史记》是中国所有的历史著作中最具想象力的一部作品。除了司马迁特立独行的历史写作理念之外，《史记》是中国所有历史著作中唯一一部主要为“遥想而言之”的作品，可能也是原因之一。《史记》前后的其他历史著述，即使不是亲历者、当代者的记忆之作，也大都是人们对刚过去不久的历史“追忆而言之”的作品。这也大大降低了人们基于内视审美建构的需要充分发挥想象和虚构的可能性。因此，《史记》之后，历史写作的文学化就难以为继了。裴松之注《三国志》，就是使历史具象化的一种努力。也正因为如此，《三国志》才成了后世俗文学取之不尽的题材渊源之一。而事实是，没有裴注，就没有《三国志演义》。裴注《三国志》，成为《史记》之后最具文学想象性和内视审美魅力的历史杰作。

中国上古虚构文学不发达，所以从一开始就由史传文学担当起了古人内视审美活动的主要责任。历史取代神话，成为中国最早的内视审美建构。司马迁过于历史上所有历史学家之处，就在于他的史传写作更具文学性，充满了人生性、具象性、戏剧性和性格色彩，充满了内视审美的诗意与美感。因此中国由传奇而小说的写作，其实源于司马迁。

不过历史叙事的文学性，并没影响中国古人对历史叙事真实性的判断，反而由于历史叙事是唯一的古典叙事文学形式，使得中国古人认为后起的所有叙事文学写作，也只能是甚至必须是一种历史叙事。至少在文学写作的潜意识里，他们很难摆脱这样的历史叙事情结。

二 正史之未备

但是历史叙事依然具有很大的审美和内视建构的局限性。这不仅是史学家个人的写作理念的问题，而且主要是历史文本化自有其要求和标准的问题。它只关注重大的、重要的历史事件和人物，以及整体性的历史过程，因此不能不带有很大的抽象性与概括性。因此：历史无细节，此其一；历史是个舞台，只有角色性演出，没有幕后的生存故事，此其二；历史是事实的罗列，不是生活逻辑、情理逻辑的完整而自洽的呈现，不构成具有普遍意义的诗意人生、人格、人情，因此，也不构成完整的心理过程和充分内化的心理事件，此其三。它并不是人类具体的生存史。人类具体的生存历史，实际上是由文学勾画出来的。因此只有文学，才是全体人类时间性生存的家园。而这一点，正是叙事文学最早的存在理由，以及其最早的文学本质意识。

因此，历史叙事的文学局限性，导致了中国叙事文学的史外叙事的审美追求。事实上，当裴松之注《三国志》的时候，这样的意识可能就已经开始萌芽了。他引注的细节更为丰富更为具象的材料，很多都来自野史，实在只是民间传说。但他乐此不疲。这使得他的注充满了俗文学意味和俗文学精神。

在裴注之后，中国古人的内视审美追求就逐渐移出了正史，指向了野史和杂史。明李贽《出像评点忠义水浒全书发凡》云："失之于正史，求之于稗官；失之于衣冠，求之于草野。"[①] 李贽所说的失之于正史的是什么呢？他没有明言，但既然存之于稗官之中，其中显然有深意存焉。而明人熊大木《大宋中兴通俗演义序》中的一段话也许正可看作是对这个问题的回答："或谓小说不可紊之以正史，余深服其论。然而稗官野史实记正史之未备，若使的以事迹显然不泯者得录，则是书竟难以成野史之余意矣。如西子事，昔人文辞往往及之，而其说不一。……质是而论之，则史书、小说有不同者，无足怪矣。"[②] 正史失去的，正是历史宏大叙事之外被忽略了的人的具体生存，正是被历史重大事件和角色身份所遮蔽了的、由人的生活内容所构成的内视世界的具象之美和诗意之美，正是被历史的表象真实所排斥的想象的真实和真实的想象。而这一切，正是所谓稗官野史所着意追求的。诚如熊大木所云，野史之所作，不在成史之意，恰在成史外之"余意"。而史外之"余意"，即史之不足以成之"诗意"也。在正史的局限之外，正是野史要开拓和建构的更具审美性的世界。因此，明蒋大器《三国志通俗演义序》中说："一开卷，千百载之事，豁然于心胸

① 郭绍虞主编：《中国历代文论选》第 3 册，上海古籍出版社 1980 年版，第 128 页。

② 黄霖编：《中国历代小说批评史料汇编校释》，百花洲文艺出版社 2009 年版，第 145 页。

矣。其间亦未免一二过与不及，俯而就之，欲观者有所进益焉。”[①] 历史画卷在内视世界的重新建构，必须有“过与不及”，即超出历史事实的想象性虚构。这是为了观看者“有所进益”，即有超出历史认知的更高的、更丰富的、更具美感的、更深入心灵的，也更本质的收获。事实上，非具象化，非诗意化，非高度内视化，则不足以进入时间性生存。因此，历史的野史化、演义化或曰文学化，使历史转化成了历史性生存的本质化呈现。

宋耐得翁《都城纪胜》中说：“‘讲史书’，讲说前代书史文传、兴废争战之事。最畏小说人。盖小说者，能以一朝一代故事，顷刻间提破。”[②] 宋吴自牧《梦粱录》中说：“又有王六大夫，元系御前供话，为幕士请给讲，诸史俱通。于咸淳年间，敷演《复华篇》及《中兴名将传》，听者纷纷。盖讲得字真不俗，记问渊源甚广耳。但最畏小说人。盖小说者，能讲一朝一代故事，顷刻间捏合。”[③] 前云“提破”者，此处云“捏合”。这两段话突出显示了历史叙事的“短板”。所谓“最畏”者，就在于历史叙事毕竟是限定的真实，即使是作为俗文学活动方式之一的“讲史”，对所讲的历史有所虚构、有所想象、有所发挥，也不离既定的历史事件与角色人物。而小说的讲述者没有这样的限定。对于他来说，他要讲的只是全然虚构的或不为历史所关注的个人生存故事。在他的讲述里，再宏大的历史事件也只是人物生存故事的背景，稍事交待就行。因此，讲史者不免担心，自己准备要“敷演”半天的历史过程，人家讲小说的一句话就交待完了。

而在这样的描述里，我们同时也看到了以历史叙事为基本内视审美活动的中国传统俗文学意识，终于在经历了对历史余意的追问之后，将目光和思考投向了真正虚构的内视审美艺术——小说。历史传奇的审美意识，也就走向了世相生存的审美意识。

三　史统散而小说兴

明绿天馆主人《古今小说序》云：“史统散而小说兴。”[④] 这一观点认

---

① 郭绍虞主编：《中国历代文论选》第 3 册，上海古籍出版社 1980 年版，第 62 页。

② 孔另境编辑：《中国小说史料》，上海古籍出版社 1982 年版，第 1 页。

③ 同上书，第 3 页。

④ 郭绍虞主编：《中国历代文论选》第 3 册，上海古籍出版社 1980 年版，第 226 页。

为，小说的兴起，就意味着以史学著作为内视审美活动正宗的终结。但史传传统，是中国俗文学尤其是小说的强大的前驱。其力量的强大，不仅体现在它依然是通俗小说的素材库与文化惯例，尤其体现在小说内视审美理念的拓展依然要以历史写作理念为基本参照系，并由此而确定小说美学本质的坐标。因此，明笑花主人《今古奇观序》依然说："小说者，正史之余也。"[①] 但是此处所说的正史之余，已经不是野史性质的余了。此处之余，已是历史之外的余。是历史之外的历史。是历史之外的个体人生的生存史，是俗世俗众的生活演出与众生相。

宋末元初小说家罗烨《醉翁谈录·小说开辟》云："夫小说者，虽为末学，尤务多闻。……世间多少无穷事，历历从头说细微。"[②] 很明显，中国俗文学中的小说意识，从白话小说产生之初，在这一点上就有着充分的自觉。它自认为是微历史、小历史、具体生存的细节历史，是非正统历史视野的个体生活诗意、人生诗意的内视化审美。历史文本的视野中止之处，正是小说艺术风光无限的敞开之域。历史舞台的聚光灯外，正是俗世人生任意表演的广阔天地。

《娱萲室随笔》中转述了这样一个故事："王渔洋《香祖笔记》，谓阳谷县有潘、吴二姓，自言是西门嫡室吴氏、妾潘氏之族，且因演《水浒记》戏剧，致成讼事。是耐庵之书，固非尽出于谰言也。……夫汉代丛书，唐人小说，当时亦不过为文人一时之游戏，流传既久，词章家遂为故实……是在好事者之广为传播耳。"[③] 看起来似是无中生有、无理取闹、无聊攀附，但实际上，正可看出古人的俗文学意识。对于庶民俗众来说，甚至对于一般文人来说，小说确实就是他们的《史记》。小说虚构的故事，也就是他们真实的历史。

因此，历史也许从来就是重大事件、宏大主题的记忆与想象，而小说一开始不过是琐碎的、凡俗的记忆与想象。历史是概括的、宏观的记忆与想象，小说是具体的、微观的记忆与想象。历史是结构性的、骨架性的记忆与想象，小说是个体性的、有血有肉的记忆与想象。历史是人类文明、文化、社会演进历程的记忆与想象，小说是人类社会中各种各样的人生、生活、生存的记忆与想象。因此，历史是基于事实的更为客观、更为现

---

① 郭绍虞主编：《中国历代文论选》第3册，上海古籍出版社1980年版，第229页。

② 孔另境编辑：《中国小说史料》，上海古籍出版社1982年版，第4—6页。

③ 同上书，第35页。

象、更为抽象、更为伦理、更重规律、更具形态性的记忆与想象，小说是基于虚构但更为真实、更为本质、更为深入、更为具象、更具诗意、更富美感的记忆与想象。也因此，如果真要进入本质性和本体性的时间性存在，依照明王世贞的思路，则不妨更进一步说：天地间无非文学而已。历史不过是人类人文发展的进程与历程，只有文学，才是人类的生存史、生活史、人生史和心灵史。因此，中国古代的叙事文学审美追求，最终便落实到了小说中对俗世生存诗意的追问之上。

第二节　对俗世生存诗意的追问

《汉书·艺文志》里说小说是街谈巷语，是道听途说者之所造。这个"所造"是有意义的。人们为什么要"造"出这些道听途说的"小说"来呢？因为这是人类基本的心理需求之一。人类需要通过生存共享来确证人的类本质，来确证自己的类的存在性。一个人只有在人类生存的共相中发现自己，他的俗世生存才获得了意义。这不是中国古人的理性自觉。但是他们通过对这种最普通的文学审美方式的追求，显示了这种需要的存在。

宋罗烨在《醉翁谈录·小说开辟》中写道："夫小说者，虽为末学，尤务多闻。非庸常浅识之流，有博览该通之理。幼习《太平广记》，长攻历代史书。烟粉传奇，素蕴胸次之间；风月须知，只在唇吻之上。……论才词，有欧、苏、黄、陈佳句；说古诗，是李、杜、韩、柳篇章。……辨草木山川之物类，分州军县镇之程途。讲历代年载废兴，记岁月英雄文武。有灵怪、烟粉、传奇、公案，兼扑刀、杆棒、妖术、神仙。……曰得词，念得诗，说得话，使得砌。言无讹舛，遣高士善口赞扬；事有源流，使才人怡神嗟讶。诗曰：'小说纷纷皆有之，须凭实学是根基。开天辟地通经史，博古明今历传奇；蕴藏满怀风与月，吐谈万卷曲和诗。辨论妖怪精灵话，分别神仙达士机。涉案枪刀并铁骑，闺情云雨共偷期。世间多少无穷事，历历从头说细微。'"①

这一篇论说对于通俗小说的作者提出了极高的学养及修养要求。他认为，小说本是个无所不包的内视审美世界，一个作者要能完全胜任对这个

① 孔另境编辑：《中国小说史料》，上海古籍出版社 1982 年版，第 4—6 页。

世界的营构，能使观看者因此而身临其境，感同身受，则必须在知识、思想、文化、阅读资源的积累、生活经验的积累以及文字造诣方面，都能达到无远弗届的境界。其观念的核心，还是如何创构一个包容了“世间”“无穷”生存内容的内视审美世界。所谓“多闻”的写作理念，强调的依然是如何有利于俗世生活场景和生活内容的内视建构，强调的是如何将外视性生存转化为内视性生存、审美性生存的努力。他的观念中所体现出的生存诗意关怀而非人文意义关怀，正是中国古代俗文学创作最根本的理念基础。

可以毫不夸张地说，中国古人对俗世生存诗意的发现是随着俗文学的成熟而明确起来的。因为在俗文学兴起之前，还没有任何一种正统文学活动达到过如小说中“极摹人情世态之歧，备写悲欢离合之致，可谓钦异拔新，洞心騑目，而曲终奏雅，归于厚俗”[①] 这样的生存审美效果。

“极摹人情世态之歧，备写悲欢离合之致。”这两句话可谓是说尽中国俗文学传统中写实性文学观的美学理想。歧者，丰富多样。强调其差异性，就是要求小说类文学作品穷尽世俗社会生存之美的种种状态和可能性。致者诗意也，是对人的生存、生活的普遍性审美价值的深刻认识。同时，它也表达了中国小说美学的一个重要思想：俗世生存叙事。大约自明始，写“世情”“世相”“俗人”“俗事”便成为中国通俗小说的主要传统之一。(明）笑花主人《今古奇观序》中说：“天下之真奇，在未有不出于庸常者也。”如果说，俗文学传统中的好奇喜异趣味是基于对世俗生存的超越性心理需要而产生的，那么人们对于世俗生存本身的诗意审美追求，则是基于世俗生存意义化、价值化的需要而形成的。宋之后，生活本身的诗意逐渐成为俗文学中写实文学观念关注的核心。

明袁宏道在《寿存斋张公七十序》中说：“旷逸不足以出世，是白、苏之风流，不足以谈物外也。大都士之有韵者，理必入微，而理又不可以得韵。故叫跳反掷者，稚子之韵也；嬉笑怒骂者，醉人之韵也。醉者无心，稚子亦无心，无心故理无所托，而自然之韵出焉，由斯以观，理者是非之窟宅，而韵者大解脱之场也。……从者纵也，纵小则理绝而韵始全。”[②] 韵者余音，此处则指难以言传的俗世生存的审美意味。即现世生存、生

① （明）笑花主人：《今古奇观序》，《小说批评史料汇编校释》，百花洲文艺出版社 2009 年版，第 300—301 页。

② 郭绍虞主编：《中国历代文论选》第 3 册，上海古籍出版社 1980 年版，第 122 页。

活、天然本色之诗意，即所谓真趣，性情由之而已。其审美意义本不在价值是非之理上。不基于理，亦不落实在理上。这是一种全然不同于正统文学理念的文学审美观，所以谓之大解脱。袁宏道意识到出世是真正以另一种方式、以与入世全不相干全不搭架的方式生存，而不是以与入世不合作的、对立的甚至是互补的方式生存，文人的所谓旷逸风流之不足以谈物外，正是因此。这实际上是对另一种生存诗意，即俗世生存诗意的发现。而这一发现在很大程度上要归功于俗文学的审美成就。而这一番议论，也正是非正统的新的审美活动带来的新的审美认识。同时，它也是力图要将俗世生存之审美因素人文理念化的一种理论努力，即将审美的非价值化定性为俗趣之美的人文性意义之所在。

明凌濛初《拍案惊奇序》云："今之人但知耳目之外，牛鬼蛇神之为奇，而不知耳目之内，日用起居，其为谲诡幻怪，非可以常理测者固多也。……则所谓必向耳目之外索谲诡幻怪以为奇，赘矣。"[①] 这是对小说理应关注的世俗生存诗意形态的认识，是俗世生存诗意审美的一种自觉。生存的诗意要向日用起居中求，但并非向千篇一律的常态中求，而是要细心揣摩，关于从生活的各种变态中去发现美、体验美、感知和意会其难言的诗意。但这种生活诗意观自然也显示出某种人文局限：它对生存诗意的关注，用心追求的还是表面的、现象性的非常态效果，而缺乏对人性诗意的追问。睡乡居士《二刻拍案惊奇序》也说了类似的话："今小说之行世者，无虑百种，然而失真之病，起于好奇。知奇之为奇，而不知无奇之所以为奇。"[②] 要求在生活的真相中去追求所谓无奇之奇。无奇之奇自然指对世俗生存内容的诗意发现。但这也反映了俗文学活动进入商业性消费阶段后某种双重性趣味之间的张力和冲突：一为追求超常性、他在性生存的审美价值，是之为好奇；一为喜闻乐见对现实生存的诗意性的揭示，是之为真趣。二者虽并重于通俗艺术之中，但是前者更有商业噱头，而后者因更接近对生存本质的诗意追问，因而更容易获得艺术存在的恒久价值。

究竟什么才是俗文学最重要、最本质的文学性内容——或曰审美内涵？这是古代从事俗文学活动的文人们所普遍关心的问题。明王骥德《曲

① （明）凌濛初原著，石昌渝校点：《拍案惊奇》，江苏古籍出版社1990年版，第741页。

② （明）凌濛初原著，石昌渝校点：《二刻拍案惊奇》，江苏古籍出版社1990年版，第785页。

律》“论家数第十四”云：“……夫曲以模写物情，体贴人理。”[①] 清陈忱《水浒后传原序》说：“世道之隆替，人心之险易，靡不各极其致……”[②] 均强调对世人外在的、内在的生存诗意进行全面开掘。所谓极其致者，即要求小说作者远远超出个体经验的可知程度，使受到拘束的个体一跃而为能俯瞰芸芸众生的全知全能者。这固然是一种创作观，同时如果能做到，自然也应该是文学最吸引人之处。小说的可读性，是建立在内容的精彩和难能上的。而前提是作者、故事讲述者要能做到无所不见、无所不感、无所不知，并且足以借助文字有效传达，读者才能同样感同身受，成功建构内视世界，共享内视审美收获。因此，作者首先得是个无所不在、无所不能的观审者、感知者。作者的观审、感知的能力与程度，以及传达观审、感知内容的文字功力，往往是作品能否成功的关键。对小说内容及其可读性的关注，正是俗文学活动蔚为大观后的题中之义。

林纾是清末民初的著名小说翻译家。他在《孝女耐儿传序》中写道：“天下文章，莫易于叙悲，其次则叙战，又次则宣述男女之情。”“（狄更斯）以至清之灵府，叙至浊之社会。”“……《石头记》。叙人间富贵，感人情盛衰……其间点染以清客，间杂以村妪，牵缀以小人，收束以败子，亦可谓善于体物。”[③] 虽从中已经可见西学的影响，比如拳头加枕头之类抽象的、非价值论的审美母题，但依然可以看作中国俗文学传统对小说写作内容的进一步审视。其着力强调的，依然是要善于体物，即要善于发现生存的诗意，善于营构审美的镜像呈现，善于创造并提供色调丰富、细节多样的俗世生存的全幅画卷。

至此，我们可以说，中国古代叙事文学理念，通过对历史叙事情结的不断超越，最终在通俗小说的创作实践中达到了自觉——其最根本的理念就是写出世人俗世生存的诗意与意趣。《儒林外史》如此，《红楼梦》亦如此。不用说，这也是人类叙事文学存在的终极目的之一。

第三节 传统叙事文学观中的内视审美追求

与音乐、美术和影视戏剧这类靠人类视听感官把握、具有空间物质性

① （明）王骥德：《王骥德曲律》，湖南人民出版社1983年版，第118页。
② 郭绍虞主编：《中国历代文论选》第3册，上海古籍出版社1980年版，第322页。
③ 郭绍虞主编：《中国历代文论选》第2册，上海古籍出版社1980年版，第157页。

的艺术类型不同，文学是人类依靠自己特有的内视能力，通过在心理意识中建构内视审美形象来进行艺术创作和艺术审美，因而基本上不具有空间物质性的一种艺术类型。相较于前者的外视性质，文学因此可以定义为内视艺术。

对于文学的这种内视艺术性质，亚里士多德已经有所觉察。在其《诗学》第十七章中，他这样写道："诗人在安排情节，用言词把它写出来的时候，应竭力把剧中情景摆在眼前，唯有这样，看得清清楚楚——仿佛置身于发生事件的现场中——才能作出适当的处理……"[①] 实际上已经提到诗歌的内视"显形能力"和仿佛"亲眼看见"的文学幻象创造过程。虽然没有使用内视概念，但他已经把内视审美世界的敞开与内视美形象的传达看作艺术创作的基本方式，而将"幻觉"看作实现这一目的的根本途径。法国汉学家弗朗索瓦·于连因此写道："沿袭拉丁传统的昆提连对此作如此回应：多亏了希腊人所称的幻觉（拉丁文为 visiones），'我们能表现不在场的物，以致我们感到亲眼看到这些物，并且就在我们面前'。"[②] 当然，后世西方的诗学理论更多是将这种内视形象建构活动表述为"想象"。

另一方面，人类早期的原始思维主要就是一种表象思维，事实上也就是一种内视化程度最高的思维。法国学者罗兰·巴尔特写道："斯多噶派哲学家们细心地区分出了心理表象、实在事物和可言者（dicible）三个方面。"[③] 这里所说的心理表象，就是内视形象。当时的思维交流，其实也就是通过各种身体视听符号传递内视形象共享来实现的。因此，俄罗斯学者普罗普说："原始思维的形式也应该用来解释故事的起源。"[④] 当人们开始有了历史意识时，他们的历史叙事往往就是根据共同积累的各种形象语汇来组织的，而其思维的结晶也就是神话。因此，当人类的文化发展开始进入文明时期时，其思维的内视形象化程度是应该高于抽象化程度的。这是文明早期人类的内视审美文化发达而活跃的根本原因。

---

① 《亚理斯多德〈诗学〉·贺拉斯〈诗艺〉》，人民文学出版社 1982 年版，第 55—56 页。

② ［法］弗朗索瓦·于连：《迂回与进入》，杜小真译，生活·读书·新知三联书店 1998 年版，第 158 页。

③ ［法］罗兰·巴尔特：《符号学原理（结构主义文学理论文选）》，李幼蒸译，生活·读书·新知三联书店 1988 年版，第 137 页。

④ ［俄］弗拉基米尔·雅可夫列维奇·普罗普：《神奇故事的历史根源》，贾放译，中华书局 2006 年版，第 21 页。

中国的情况似乎有些特别。现象地看，中国上古时期叙事性内视审美文化并不发达，甚至后来的发育也很缓慢，直到唐朝俗文学全面兴起之后，才加速发展起来。可与之对照的是，中国自古对于人的内视能力和内视生存方式，却有着极为深刻的认识和了解。古代的哲人们甚至大力提倡通过这种方式来获得对道的悟解。

内视一词，首见于《庄子·列御寇》："贼莫大于德有心而心有睫，及其有睫也而内视，内视而败矣。"但此处所谓"内视"与我们所说的内视并非同一概念。它的意思是以道德为心机，察言观色，揣度而为，即俗语所谓"有心眼"也。心眼多则败坏道德。因此，此内视依然是向外看，而我们所谓内视则是向内看：陆机说的"收视反听"（《文赋》），正是这个意思。老子说："致虚极，守静笃，万物并作，吾以观复。""涤除玄览，能无疵乎？"所谓"观""览"，即通过内视的方式以观象悟道。庄子说："唯道集虚。虚者，心斋也。""虚室生白，吉祥止止。夫且不止，是之谓坐驰。夫徇耳目内通而外于心知，鬼神将来舍，而况人乎！是万物之化也。"（《庄子·人间世》）"以虚静推于天地，通于万物，此之谓天乐。"（《庄子·天道》）主张"坐驰""虚静"，主张自闻自见，也就是返回内心，在意想中打开一个万象毕现的世界。荀子说："人何以知道？曰心。心何以知？曰虚壹而静。……虚壹而静，谓之大清明。万物莫形而不见，莫见而不论，莫论而失位。坐于室而见四海，处于今而论久远。疏观万物而知其情，参稽治乱而通其度，经纬天地而材官万物，制割大理而宇宙里矣。……明参日月，大满八极。夫是之谓大人，夫恶有蔽矣哉？"（《荀子·解蔽》）正是一种通过内视去除外物之蔽、向无限敞开的状态。这样的内视能力与内视境界，其实也非常符合内视审美活动的性质和状况。毕竟，文学审美同样也要通过内视向无限敞开，只是它的目的和结果都不是观象悟道，而是要通过内视审美，来达到、来实现对人的种种生存诗意的审视与把握，从而使人之为人的自我肯认与确证得到极大的满足。但可惜的是，这一内视文化在后来中国正统诗学文论里都得到了张扬和发挥，却没能使内视审美追求成为唐以前普遍的民众文学审美活动。

因此，中国古代文学传统中内视审美的自觉和理论化，首先是在诗学审美理念的建构中表现出来的。陆机《文赋》云："伫中区以玄览。""其始也，皆收视反听，耽思傍讯，精骛八极，心游万仞。其致也，情曈曨而弥鲜，物昭晰而互进。……观古今于须臾，抚四海于一瞬。""课虚无以责有，叩寂寞而求音。”生动描述了内视审美世界的充分敞开对于文学创作所具有的本质意义与先决作用。刘勰《文心雕龙·神思》云：“文之思也，其神远矣。故寂然凝虑，思接千载；悄然动容，视通万里；吟咏之间，吐纳珠玉之声；眉睫之前，卷舒风云之色；其思理之致乎。故思理为妙，神与物游。……枢机方通，则物无隐貌；……是以陶钧文思，贵在虚静。……独照之匠，窥意象而运斤。此盖驭文之首术，谋篇之大端。夫神思方运，万途竞萌，规矩虚位，刻镂无形……”对于文学创作过程中内视世界的呈现方式及意知性质进行了深入分析与论说。其所谓意象，即为内视之象。运斤自然是对语言的调度和经营，而所谓“窥”，也就是一个充分内视的过程。《文镜秘府论·南卷》“论文意”云：“夫置意作诗，即须凝心，目击其物，便以心击之，深穿其境。如登高山绝顶，下临万象，如在掌中。以此见象，心中了见，当此即用。”[①] 亦是对诗歌创作过程中内视化审美想象机理的深刻认识与精当描述。范温《潜溪诗眼》“李义山诗”条云：“写出当时物色意味。”[②] 中国古人诗歌创作重诗歌意象的内视之美、之诗意，重其内视美感的深广度，因此论诗往往反复强调诗歌意象之内视美的鲜明、新巧和意味深长。

不过，早期中国的散文写作中也并不缺少对内视性的重视与追求。具象思维和类比思维就都是当时颇为普遍的一种思维现象，其基本方式就是通过形象性的故事讲述或通过不同物象之间的类比来说明抽象的道理。周秦时人尤其有拟人化类比的习惯，亦喜欢以自然对象和自然现象来类比人事。战国时期的诸子之作，便大多热衷于具象类比，或采用大量的故事和寓言来讲述道理。在这一方面，庄子可能是最自觉的。《庄子》一书中，据统计，大约使用了二百则寓言。这些寓言，绝大部分都是作者编造创作出来的，有不少具有很强的可读性和内视审美感染力，这也是《庄子》一书在诸子作品中文学意味最强的原因之一。另一个善用寓言说理的大师是韩非。《韩非子》“内外储说”六篇就使用了二百多则寓言，“说林”二篇则基本是民间传说与历史故事集。这说明叙事性内视形象的审美感染力和说服力，先秦的思想大家和文化先驱们都是清楚的。

因此，中国早期文学是有强调视觉隐喻性的一面的。不仅有象的视觉

① ［日］遍照金刚撰，卢盛江校考：《文镜秘府论汇校汇考》，中华书局2006年版，第1312页。

② 郭绍虞辑：《宋诗话辑佚》，中华书局1980年版，第329页。

隐喻问题，也有文的视觉隐喻问题。这一传统源自老庄，象的隐喻直指本体；中国古代经学则更偏于听觉的隐喻性一些，因此更长于直接言述思想。这一传统源自孔子。但是，因为经学是文言文化，所以同样也有文的视觉隐喻性问题。不过，经学的授受诉诸经验与理解，是历时性的沟通与传承，因此有较为明确的宣喻者与倾听者的身份定位。事实上，中国正统文化的听觉隐喻性一直不发达，这一事实与正统文化的文言文构性写作直接相关。当然也与中国自古象喻性、类比性思维比较发达有关。但是，强调视觉隐喻性仍然只是借助了人的内视能力和具象的能指性，并不足以构成完整的内视世界，更不用说直达时间性诗意生存的内视审美世界了。

因此，中国上古时期的内视性叙事文学写作，以及相应的内视性叙事文学意识，都只能说是从历史文本的写作发端的。海登·怀特说："一种关于历史话语的理论必须提出叙述性（narrativity）在历史文本的生产中的功能这一问题。"[①] 叙述是使内视世界及其所具有的心灵性内容得以共享的一种言说方式，而且是最基本的一种方式。历史写作的叙述性，其主要功能就在于提供历史阅读中所必需的内视性观照。自《左传》起，史学写作便开始担负起了中国早期内视审美文化活动的职责。而后司马迁写作《史记》时，在这方面尤其自觉，并因此而确定了史学写作的形象塑造传统。明袁宗道《论文》"上"中说："司马迁之文，其佳处在叙事如画，议论超越……"[②] 所云这两条优长都是其文学性特征，且兼具视觉与听觉的隐喻性。明凌濛初《二刻拍案惊奇序》云："如史迁纪事，摹写逼真。"[③] 即以司马迁的形象塑造成就为中国叙事文学的优良传统。司马迁的《史记》本是史诗性质的写作，因此其内视形象的塑造，达到了很高的文学境界。

而中国文化中真正的叙事性内视审美世界的建构与理论自觉，实际上最终是由俗文学完成的。当然，中国古人并没有明确的内视形象塑造的概念。当他们谈到文学写作中的内视形象塑造时，往往用外视性艺术活动——比如绘画——这样的概念或创作方式来进行类比性说明。如明天都外臣《水

① 《"描绘逝去时代的性质"：文学理论与历史写作》，［美］拉尔夫·科恩主编《文学理论的未来》，程锡麟、王晓路、林必果、伍厚恺译，中国社会科学出版社1993年版，第46页。

② 郭绍虞主编：《中国历代文论选》第3册，上海古籍出版社1980年版，第197页。

③ （明）凌濛初原著，石昌渝校点：《二刻拍案惊奇》，江苏古籍出版社1990年版，第786页。

浒传叙》在形容其内视形象之美的创作成就时，这样写道："如良史善绘，浓淡远近，点染尽工……"[①] 即将内视形象的刻画看作史家之专长，并以绘画作譬，强调作品中内视形象的可感受性和可想象性。

唐朝俗文学兴起之后，发展至宋，就开始有了较为成熟较为专业的俗文学本质意识与创作理念，内视审美形象的塑造意识，也日益自觉起来。宋赵令畤陈述其所作鼓子词《元微之崔莺莺商调蝶恋花》的编撰理由时说："乐天谓微之能道人意中语。……何者？夫崔之才华婉美，词彩艳丽，则于所载缄书诗章尽之矣。如其都愉淫冶之态，则不可得而见。及观其文，飘飘然仿佛出于人目前，虽丹青摹写其形状，未知能如是工且至否！"[②] 所谓"仿佛出人目前"，说的正是文学想象性描写所达到的高度的内视共享境界。内视审美创造所需的假想、拟想能力不同于一般的想象能力。一般的想象有所本，是记忆基础上的形象思维；假想则是无中生有，是创造性地幻象塑形，这正是虚构文学的本质所在。因此，这里所谈到的内视审美的逼真性，正是文学写作中虚构的合理性所产生的逼真效果。而所谓"能道人意中语"者，即是说能用语言描述出只存在于人们的意想中的形象。他解释道，崔莺莺的才华尚可以通过她所写的文字来呈现，而她的姿容仪态之美却无法直接让人看见。而元微之却做到了这点，他通过文字描写在人们的阅读想象中生动地显现了她的美色，使人物如在目前。这样真切感人的形象描绘，恐怕连画家也是做不到的。他涉及了文学形象的间接性、意想性和幻象性，也意识到了这种幻象性内视之美的不可取代之处，而这正是小说作家的才华和功力之所在。

到了明代，俗文学的发达程度，已经使其内视造型美学意识成了批评界的一种共识。明李贽《出像评点忠义水浒全书发凡》评价其内视塑形造景成就道："此书曲尽情状，已为写生，而复益之以绘事，不几赘乎？……是以云台凌烟之画，豳风流民之图，能使观者感奋悲思，神情如对，则像固不可以已也。"[③] 明代小说评点家大多以内视审美形象的塑造成就及高度的内视审美魅力为小说的文学存在价值张目，由此而强调小说的艺术性质及相关人文意义。李贽的这段评说，认为高度逼真的内视形象塑造，能使书中人物的生存诗意得以充分揭示与敞开。他并且以既有的视像知识为

---

① 黄霖编：《中国历代小说批评史料汇编校释》，百花洲文艺出版社 2009 年版，第 156 页。

② 同上书，第 75 页。

③ 郭绍虞主编：《中国历代文论选》第 3 册，上海古籍出版社 1980 年版，第 128 页。

据，强调和突出人们在阅读该书时以画像强化内视形象审美的意识内涵、心理内涵的收获。同时，他的评说也涉及小说这种时间艺术的外视空间化的问题——当然还是以内视场景的美感为喻。更为丰富、更为强化的空间感受，确实可以增强审美接受的普及性与亲历性，使阅读过程的听觉历时性更好地转化为内在的视觉共时性。

明沈际飞在《牡丹亭题词》中写道："数百载以下笔墨，摹数百载以上之人之事，不必有，而有则必然之景之情而能令信疑，疑信，生死，死生，环解锥画。后数百载而下，犹恍惚有所谓怀女、思士……从楮间眉眼生动。……《牡丹亭》词，非词也，画也；不丹青，而丹青不能绘也；非画也，真也。……当其意得，一往追之，快意而止。……理于此确，道于此玄。"[①] 讨论了文字造型的刻画之美、动态之媚和幻视之真。认为能得意想之真之美，乃为文学之能事。最后他写道："理于此确，道于此玄。"为什么道于此玄？他没有说。其实玄就玄在虚构性的内视审美世界，却能给人以如此生动而逼真的生存体验；玄就玄在它是纯粹的时间艺术，却能使人收获丰富的空间美感。这里的道理就在于，就人的存在而言，时间维度本只是一个心理的维度、意识的维度和精神的维度，只有纯空间的把握才会形成物性维度和生理感知维度。而文学内视审美的不可思议之处就在于，它是将一种思维的和意识的信息接受，转化为各种丰富而复杂的心理感受，并进而转化为各种既逼真又内化的生理性感受。

在文学的内视审美本质方面，清朝文人的意见和明朝文人没什么区别。清李渔《闲情偶寄》"戒浮泛"写道："文人之笔……宜从脚色起见……填词义理无穷，说何人肖何人，议某事切某事，……善咏物者，妙在即景生情。"[②] 清惺园退士《儒林外史序》云："摹绘世故人情，真如铸鼎象物，魑魅魍魉，毕现尺幅……"[③] 表现出摹绘刻画的塑形观念和世故人情的写实观念，要求形象刻画追求写实效果、可信度，追求亲历感与在场感，追求观阅者心理的契合度。

清严复、夏曾佑《国闻报馆附印说部缘起》云："数千百年之事，胡越秦楚，悬隔千里，而又若存若亡，杳冥不可知之人，皎皎乎若亲至其人

① 郭绍虞主编：《中国历代文论选》第3册，上海古籍出版社1980年版，第152页。

② 同上书，第275页。

③ 同上书，第458页。

之庭，亲炙其为人，而更目睹其生平前后数十年之事者，盖莫不然。”①这里谈到的内视审美的不受时空限制，正是内视审美艺术最大的优长。而对内视性和幻视效果、亲历性和内视生存的强调，正是中国俗文学意识中最为重视的美学理念。

有必要特为指出的是，对内视审美的镜像性质的认识，是中国俗文学内视审美思想的重要表达方式之一。庄子说：“生而美者，人与之鉴，不告则不知其美于人也。”（《庄子·则阳》）镜子是人类的一大发明。无论美丑，人都是希望能通过镜子来审视自己的。这样的心理需要，其实也是文学性内视审美的一种心理基础。因此，中国俗文学从它面世开始，就将镜像审美作为文学审美的基本方式和文学的存在意义。元胡祗遹《赠宋氏序》中说：“……近代教坊院本之外，再变而为杂剧。既谓之杂，上则朝廷君臣政治之得失，下则闾里市井父子兄弟夫妇朋友之厚薄，以至医药、卜筮、释道、商贾之人情物理，殊方异域风俗语言之不同，无一物不得其情，不穷其态。”② 俗文学的美学优势之一，就在于它总是热衷于某种广义的、人本性的镜像映照。几乎每个阅读者、审美者，都能在这种普遍性的生存映照中看清这个世界，同时也看清自己。清闲斋老人在《儒林外史序》中评价其书道：“其书以功名富贵为一篇之骨……而其人之性情心术，一一活现纸上。读之者无论是何人品，无不可取以自镜。”③ 文学对生活的诗意性提炼即为个体生存的本质化呈现。因此在当时的中国文人看来，通俗小说的镜像审美作用具有高度的人文价值自足性。因此，对《儒林外史》的这种评价几乎成了当时人们的共识。清程晋芳《勉行斋文》中说：“《儒林外史》五十卷，穷极文士情态，人争传写之。”④《一叶轩漫笔》则说：“《儒林外史》一书，寓怒骂于嬉笑，雕镌物情，如禹鼎温犀，莫匿毫发。”⑤ 无不以小说镜像审美所达到的高度为其最为突出的文学成就。

黄人在《小说小话》中写道：“小说之描写人物，当如镜中取影，妍

① 黄霖编：《中国历代小说批评史料汇编校释》，百花洲文艺出版社 2009 年版，第 676 页。

② （元）胡祗遹著，魏崇武、周思成校点：《胡祗遹集》，吉林文史出版社 2008 年版。

③ 黄霖编：《中国历代小说批评史料汇编校释》，百花洲文艺出版社 2009 年版，第 510—511 页。

④ 孔另境编辑：《中国小说史料》，上海古籍出版社 1982 年版，第 173 页。

⑤ 同上书，第 176 页。

媸好丑令观者自知。”① 显然，中国俗文学意识格外看重的是小说的镜像呈现性，是阅读审美中内视形象的高度“可视性”，是内视审美形象在审美价值上的高度客观性，从而表现出一种尽量向内视共享的可能性充分开放的美学追求。因此，中国俗文学尤其强调镜像审美的内视生存价值，古人笔记中尤喜记录和谈论阅读俗文学作品致读者废寝忘食乃至走火入魔的故事，间接反映了这种观念。清陈其元《庸闲斋笔记》记载了这样一件事：“余弱冠时，读书杭州，闻有某贾人女，明艳工诗，以酷嗜《红楼梦》，致成瘵疾。当绵惙时，父母以是书贻祸，取投诸火。女在床，乃大哭曰：‘奈何烧杀我宝玉。’遂死。”② 清邹弢《三借庐笔谈》里也有类似的读《红楼梦》走火入魔的记载：“苏州金姓，吾友纪友梅之戚也。喜读此记（指《石头记》），设林黛玉木主，日夕祭之。读至绝粒焚稿数回，则呜咽失声。中夜常为隐泣，遂得痫疾。一日，炷香长跽，良久拔炉中香出门。家人问：‘何之？’曰：‘往警幻天见潇湘妃子耳。’家人虽禁之，而或迷或悟，哭笑无常，卒于深夜逸去，寻数月始获云。”③ 均可看作是镜像审美导致的内视生存化和过度自我化审美案例。

真正的美其实只能诉诸五官感觉来领受，尤其是视听感官，如绘画雕塑音乐之美，那么，文学阅读之美在哪里呢？就在五官感觉的内化，尤其是视听内化。内视美像，内听语气音声节奏韵律，由于其美已直接内化，所以美感虽不直接，却更融和，往往于不知不觉中、不动声色中已心领神会、感同身受。不仅如此，内化之美较之外感之美，往往更为净化，殊少杂质干扰，即使是全方位的全景式的想象，也只是所有可能的诗意的集合，在外感中有可能呈现的种种杂质、不快因素都不会出现，或在感觉中大大淡化。这是有心理学依据的，比如人的心理防御机制会主动忘记和排斥那些令人不快的对象。这也是内视之美不可替代之处。

除了现实生存，每一个人也都不同程度地生活在一个内视世界里。这是人之为人的本性之一。中国俗文学传统特别强调对这样一个世界的营构。因此，我们不妨讨论一下这个传统的意义。马克思说：“实际创造一个对象世界，改造无机的自然界，这是人作为有意识的类的存在物的自我

① 黄霖编：《中国历代小说批评史料汇编校释》，百花洲文艺出版社 2009 年版，第 883 页。

② 同上书，第 187 页。

③ 同上书，第 191 页。

确证。"[1] 虽然马克思说的是人造的物质世界，但实际上，人在头脑中，即在内视中创造一个世界，也是人作为有意识的类的存在物的一种自我确证。而且，因为这个创造的世界完全是人的现实生存世界的精炼化、提纯化、审美化和诗意化，这种自我确证也就更加具体、更加全面、更加直观直接、更加亲切自然、更加细致入微、更加感同身受和更加深入人心，因而也就更加为创造者所肯认和满足。这，也可说是我们在中国传统俗文学观念的内视审美追求中所认识到的根本意义吧。

① 马克思：《1844年经济学—哲学手稿》，刘丕坤译，人民出版社1979年版，第50页。

第四章

世情审美与心理人生

第一节　世情审美与心理性生存

中国古代俗文学从兴起之初，似乎就有了很明确的情感审美意识。北齐出现《踏摇娘》，由三人演出，为戏剧雏形。唐参军戏盛行，促进了戏剧的生成和宋元戏剧的繁荣发展。说书与戏曲等更能满足民众的公共审美心理的需要，因此也可说是公共审美心理的需要促进了通俗文学的繁荣发展。而这种公共审美心理的满足，则主要体现在情感审美的满足之上。这一点，在早期的戏剧批评中就显露出来了。如唐代常非月的《咏谈容娘》（即《踏摇娘》，“谈容”即“踏摇”之同音别称，可见其作品的口语相传性质）诗这样写道：“歌要齐声和，情教细语传。不知心大小，容得许多怜。”（《全唐诗》卷二〇三）常非月为之张扬，正因为其能满足人心的某种情感审美共享的需要。而这实际上已经涉及人需要文学的心理学理由，以及文学存在的美学性质。普罗普说：“有关起源的问题不应从狭义的地理角度提出。……从社会历史角度来说，惟一起源是心理意义上的。”① 情感的沟通、认同和共享，是人社会化生存的基本条件之一。情感的诗意化、审美化，或诗意情感的审美共享，则使人的个体生存得到社会学的、类本质的皈依，并被赋予意义。这正是文学艺术活动往往能通过情感的融通与共鸣，使参与者得到极大的心理满足的根本原因。事实上，这成为文学艺术得以存在的社会学和心理学依据，同时也成为文学艺术的生命力、感召力之本。而对文学艺术的这一人文特性的认知（“不知心大小，容得许多怜”），在俗文学兴起之时，就几乎是不言自明的，并很快成

---

① ［俄］弗拉基米尔·雅可夫列维奇·普罗普：《故事形态学》，贾放译，中华书局 2006 年版，第 103 页。

为俗文学最根本的的艺术自觉与美学目的。

常非月并没有为这种心理满足寻找更多的、更符合政教叙事文学观的理由。在他看来，世道人心得到的同情性满足，而且是难以言传的极大满足，本身就具有足够的审美合理性了。这种重视普通世俗情感审美的观念与态度，与正统文学观念强调任何审美活动的人文价值性，对情感审美享受持保留态度与节制态度——如“发乎情，止乎礼义”——是不一致的。这并不奇怪。因为它几乎是人之为人的一种本能的反应。但是这样的观念和态度随着俗文学审美活动的出现而出现，几乎立即成为一种审美共识，后来却似乎并没有受到正统文学观念的质疑，从而没有被后起的儒家理学教条所否定、所扼制，则是很有意思的一件事。我想一方面固然与中国政教、礼教人文理念中对人的自然天性、本能与普遍性情感在本体论上是接受与宽容的有关；另一方面是否与从一开始，俗文学活动就产生于并因而外在于正统文化语境有关。它只是俗人俗世的一种自得其乐的生存方式，一开始并没有与政教文化系统及话语系统发生联系，从而也就避免了发生冲突。

因此到宋朝时，洪迈便得以在纯审美的意义上，第一次确定了传奇与正统文学的经典样式——诗并立的文学地位和文学价值：“唐人小说，不可不熟。小小情事，凄惋欲绝，洵有神遇而不自知者，与诗律可称一代之奇。”[①] 这种对小说阅读意义和价值的肯定，几乎只是基于一种美学本能般的理由：它讲述一个小故事，却具有强烈的情感激荡的力量，使人不能自已，在忘我的、不知不觉的心理体验性满足中得到意想不到而又深广无垠的精神收获。这是唐以来的俗文学活动所孕育的对文学审美性质的一种全新认识。我们只要想想班固《离骚序》中对屈原诗作感情过于激越所作的批评：“……怨恶椒兰，愁神苦思，强非其人，忿怼不容……多称昆仑冥婚宓妃虚无之语，皆非法度之政，经义所载。”[②] 就能明白它的美学意义了。在洪迈的这段话中，“神遇”观念尤堪重视。“神遇”至少包含了两层涵义。一层涵义是在阅读中完全融人作品所提供的内视世界，进入、神游于乃至迷失于作品人物的内视化生存之中。另一层涵义是在内视审美中获得生存诗意和情感审美的共享，并通过各个层次上的心理交融，得到

---

① 《唐人说荟·例言》，黄霖编《中国历代小说批评史料汇编校释》，百花洲文艺出版社2009年版，第84页。

② （清）严可均辑：《全后汉文》卷二十五，中华书局1958年版。

极大的心理满足。这实际上涉及文学存在的必要性和必然性：内视化生存的心理满足感，是每一个人都需要的。每个人都会在回忆与想象中有意无意地创造自己的内视生存情景，而叙事艺术则给每个人提供了一个丰富而广阔的内视生存空间和足以满足其心理需要的内视生存内容。而同时，文学阅读也是一次情感审美共享的过程，是一种高度移情、同情和融情的审美享受方式。这一切，正是文学阅读最基本的心理收获。民间俗语云："听评书掉泪，替古人担忧。"说的其实也不过是这一道理。

所以，中国古人对此其实心知肚明。明何良俊《四友斋丛说》卷三十七"词曲"中说："大抵情辞易工。盖人生于情，所谓愚夫愚妇可以与知者。观十五国风，大半皆发乎情，可以知矣。是以作者既易工，闻者亦易动听，即《西厢记》与今所唱时曲，大率皆情词也。"[①] 俗文学艺术因为描摹世情，贴近庶民百姓生活和人生，因此往往能达到强烈的情感共鸣和共享的效果。就此而言，俗文学艺术等于为庶民百姓打开了另一扇大门，使他们得以从自己劳碌的生理人生走进充满世情诗意的心理人生——走进一个他们原不知道其实却完完全全属于他们自己的内视审美的心理人生。

一般而言，内视审美即生理性存在的心理化，回忆、想象如此，文学审美更是如此。而且这个过程也是可逆的。如果如马克思所说，工业"是人的本质力量的打开了的书本，是感性地摆在我们面前的、人的心理学",[②] 那么文学与艺术，就是社会心理学、文化心理学、即人的心理学本身。

明袁中道《游居柿录》载有人抄《水浒传》而欲学鲁智深走火入魔的故事：

> 袁无涯来，以新刻卓吾批点《水浒传》见遗。予病中草草视之。记万历壬辰夏中，李龙湖方居武昌朱邸。予往访之，正命僧常志抄写此书，逐字批点。常志者，乃赵瀔阳门下一书史，后出家，礼无念为师。龙湖悦其善书，以为侍者。常称其有志，数加赞叹鼓舞之，使抄《水浒传》。每见龙湖称说《水浒》诸人为豪杰，且以鲁智深为真修

① 《明代笔记小说大观》（二），上海古籍出版社 2005 年版，第 1168 页。

② 马克思：《1844 年经济学—哲学手稿》，刘丕坤译，人民出版社 1979 年版，第 80 页。

> 行，而笑不吃狗肉诸长老为迂腐。一一作实法会，初尚恂恂不觉。久之，与其侪伍有小忿，遂欲放火烧屋。龙湖闻之大骇，微数之。即叹曰："李老子不如五台山智真长老远矣。智真长老能容鲁智深，老子独不能容我乎？"时时欲学智深行径。龙湖性褊易嗔，见其如此，恨甚，乃命人往麻城招杨凤里至右辖处，乞一邮符，押送之归湖上。道中见邮卒牵马少迟，怒目大骂曰："汝有几颗头？"其可笑如此。后龙湖恶之甚，遂不能安于湖上，北走长安，竟流落不振以死。痴人前不得说梦，此其一征也。①

所谓"痴人前不得说梦"，这句话其实大有深意。因所谓俗文学者，正可谓痴人前说梦也。文学本只是个"梦"，本只是时间性的人生而非空间性的人生。因此，就应该以对待梦的方式来感受它、接受它。也就是把它看作是另一种人生，他在的人生，纯心理的人生，来进入、来体验、来享受。这种纯粹的、非实在性的内视生存中的心理体验，本质上只是一种没有身体介入的心理游戏和心理娱乐，因此才能不设防地投入到这种享乐中去。审美对象的自由创造，导致了审美享受的自由体验，因而才会有如此大的吸引力、感染力和感召力。所谓演戏的是疯子，看戏的是傻子，正是此义。在这样的文学意识里，不知道说梦话陷迷狂者，不是好的合格的俗文学创作者与表演者；不是痴人与傻子，亦不是好的合格的读者与观众。心理游戏与心理娱乐有助于人的心理成长与心理健全，但是再好的心理游戏、心理娱乐与梦境畅游，如果太过投入，将自己完全代入虚构的心理性人生之中，以戏为真，以梦为实，走火入魔，弄假成真，也就会成为一种心理伤害、心理事故，甚至导致现实生存的失衡。袁中道之言，实有提醒之意。

第二节　动人与心理满足

因此，"动人"——打动人心、感动人情，成为俗文学自觉的文学追求。当俗文学艺术开始在下层社会的文化生活中兴盛壮大时，类似的赞叹推许就立即开始不断涌现出来。唐人范摅《云溪友议》载有对善于演唱参

---

① 孔另境编辑：《中国小说史料》，上海古籍出版社1982年版，第16—17页。

军戏（《陆参军》）的女演员刘采春的表演的评论，其中元稹《赠采春》诗道："言词雅措风流足，举止低徊秀媚多。更有恼人肠断处，选词能唱《望夫歌》。"且云："采春一唱是曲，闺妇行人莫不涟泣。"[1] 中国正统审美观念从未肯定过纯粹的只追求以情动人的审美意识，即使明显只是为了审美而创作的作品，也要强调所谓"曲终奏雅"，以利于风教。因此，无论在正统文学领域还是艺术领域，一旦出现无关风教的纯审美追求，往往立即就会受到抵制和批评。但在新出现的俗文学艺术的审美赞赏中，风流、秀媚，恼人、肠断、涟泣，已经是无关风化的纯粹的审美评价与判断了。这显示了俗文学不同于正统文学的自为追求：它只诉求于广大受众的审美收获和心理满足，而没有任何其他的人文功利的他为性追求——至少一开始它没有自觉地或刻意地表现出这样的追求。能让普通人为之动情伤心，几乎成了肯定艺术审美价值的唯一标准。这一标准亦意味着，俗文学更属于情感的世界而非理性的世界，因此美学标准要优先于人文性质标准。同时更是充分说明，由于有形象的直观性（视听感官审美接受的直接性）和情节、内容的具体性、亲近性，戏剧性的美感力量要更大，更为普遍有效。这一现象表明，审美文学观念中有了新的因素，即审美文学应重视其审美吸引力和强化其美感效应，应尽量满足人们（民众而非小圈子里的文人士大夫）审美享受的需求。文学创作者应有文学欣赏者的角度，即应对他们的审美渴求、审美期待和审美消费心理有足够自觉的了解和理解。使人动情的美感力量成为艺术审美合理性的不证自明的人文理据，实际上显示了中国传统文化中人本主义因素的决定性作用。

戏剧文学的发展和后来小说等民间文学样式的逐渐占据消费性文学欣赏的主流地位，是与这些文学样式较之诗歌等正统文学样式要更能"感动人深"，并能更为广泛普及地感动人深是有关的。戏剧是体验心理人生、情感审美共享与满足心理需求的统一，又是文学性内视的外视化，并有独立的外视美追求；剧本只是时间艺术，演出却已经是加入了时间因素的空间艺术。这无疑使观众的感受与体验要更加直接一些，心理共鸣的强度也要更大一些。

明朝时，俗文学几成文学主流，上流精英文人亦无不介入俗文学活动之中。这一方面使俗文学观念得到更为充分的揭示与阐释，另一方面也使

---

[1] 《唐五代笔记小说大观》，上海古籍出版社2000年版，第1308—1309页。

得大量的正统文学观念开始进入俗文学评价领域和美学规范领域。对于我们来说，更为重要的自然是俗文学本身具有的特殊审美意识如何进一步得到张扬、阐释和引申。明王世贞批评《拜月亭》时说："无词家大学问，一短也；既无风情，又无裨风教，二短也；歌演终场，不能使人堕泪，三短也。《拜月亭》之下，《荆钗》近俗而时动人，《香囊》近雅而不动人，《五伦全备》是文庄元老大儒之作，不免腐烂。"[①] 虽然前二"短"中加入了文人的人文价值意识，但依然以风情为标杆，奉动人为圭臬。对于"动人"何以能成为审美价值得以成立的必要依据，王世贞并没有深究，他只是直观地看到了这一现象本身对于审美合法性的重要性，并强调了心灵美感的程度（使人堕泪）的美学意义。与之相对照的，则是一味追求政教伦理叙事的"大儒之作"的"腐烂"。因此，对于"动人"这一审美效果不证自明的人文合法性和价值性，我们想，古人的潜意识里大概有这样的价值论逻辑：即不具有风教价值的审美活动不足以动人，故动人本身就可以证明这一审美活动具有这样的价值性。因此，既然动人的审美效果能使人获得巨大的、丰富的心理收获和满足感，那它的人文意义也就不言而喻了。

这种潜意识里的不言而喻，使得中国古人几乎可以无条件地去张扬"动人"的美学意义。明汤显祖《宜黄县戏神清源师庙记》中说：戏剧艺术的美感效果可以"使天下之人无故而喜，无故而悲。……无情者可使有情，无声者可使有声。……"[②] 无故者，没来由也。因此所谓"无故"，就审美对象而言自然是指其非现实实存性和非现实功利性，但同时也是指文学审美内容与审美者自身生存的非相关性。古人直觉到"无故"是很有眼光的美学意识：既然是为一种不相干的且非实存的对象所悲所喜，这种悲喜自然只能是一种纯粹的心理收获与心理享受。这样一来，感动人深本身就足以具有其人文价值了：正如迷幻药或酒精的价值一样。人们需要酒来获得或纾解或摆脱现实制约和现实痛苦的快感，来获得一种虚幻的安慰感或自由感。在这里，文学艺术的审美，也有了大抵相同的性质。这种观念，看起来似肤浅不足道，有自居末流之意。但其实，其观念源头与儒家乐教文化的情治关怀意识也不无关系。先秦儒家的文化观念中，有所谓乐

① 俞为民、孙蓉蓉编：《历代曲话汇编·明代编》第1集，黄山书社2009年版，第519页。

② 同上书，第608页。

教文化，所谓“乐行而伦清，耳目聪明，血气和平。移风易俗，天下皆宁”（《荀子·乐记》）。但这种乐教文化主要是关注情感的状态，而不是关注情感的价值。在这种乐文化观里，情感本身是先天合理的。因此，重要的是安抚，而不是剥夺。落实到礼治上，它也只是要求以礼节情，而不要求以礼（理义）为情。重要的也只是控制，不能过度（即所谓“淫”），而不是取舍。对于庶民俗众的情治来说尤其如此。这正是中国传统文化中的情本主义因素。它对于中国传统俗文学观念的意义，我们后面还会谈到。

正因为有如此强烈的美感力量，所以戏曲也可以是“以人情之大窦，为名教之至乐”[①]。虽曰名教自有乐地，但实际上名教之乐本身就建立在普遍人性人情的观念之上。而诗意情感，则是每个人的情感的共性与本质。俗文学中纯粹的情感诉求，更符合俗世人生的心理之需。在俗文学的审美活动中，人们得以外在于自己的现实而内在于一个他在之“梦”。即让审美化的内视生存成为一个纯心理事件，让心暂时脱离现实生存而进入一个高度心理情节化和心理经验化的过程。通过这样的对象化的情感经历，而使现实平凡的人生获得更为本质的存在意义。这是俗文学理念奉打动人心为圭臬的理论意义。

因此，到清代，文人们基本上就不再借助正统文学概念来说明俗文学动人效果的人文价值了。清毛宗岗评《三国演义》之《三国志演义序》中说：“余尝集才子书者六……今览此书之奇，足以使学士读之而快，委苍不学之人读之而亦快，英雄豪杰读之而快，凡夫俗子读之而亦快也。”[②]虽然将俗文学才艺化，也是将俗文学引入正统文学语境的一种话语策略。但是论此书而谓才子，也是摒道统政教标准于其外，而纯从阅读审美的角度看作品。才子书的命名本身即表明了这类书所具有的不同于以往各类书的特异性质与特异标准——它只关乎写作者的艺术创造才能，而不及于其他人文价值和意义。因此其审美快适感才能与正统人文价值标准无干，只是具有审美的普适性和普遍有效性。因为书的人文价值只是在审美快感，满足了普遍性的审美心理需要，所以什么人读都会获得相同的愉悦感受。这一价值评判标准诉诸普遍人性，甚至是普遍本能，不再从文治文化叙事

① （明）汤显祖：《宜黄县戏神清源师庙记》，《历代曲话汇编·明代编》第1集，黄山书社2009年版，第609页。

② 黄霖编：《中国历代小说批评史料汇编校释》，百花洲文艺出版社2009年版，第374页。

的角度为其定性。在这样的意识里，阅读对象成了一种对人人有效的审美“召唤结构”，成了一套具有情感能指度和意指度的心理编码，诱导着阅读者摆脱其现实生存、个体生存，成为一个他在的人生的构成因素与共存方式。同时，也使他在的对象性的人生成为阅读者自己的心理人生。人人读之而快，就是因为人人都能在心理上、感情上拥有对方，拥有进入心理性存在的一切。这样的观念，终于使得对审美效果的要求，成为俗文学最重要的一条美学标准。

清黄周星《制曲枝语》云：“论曲之妙无他，不过三字尽之，曰：‘能感人’而已。感人者，喜则欲歌、欲舞，悲则欲泣、欲诉，怒则欲杀、欲割，生趣勃勃，生气凛凛之谓也。”① 根据这样的观点，俗文学的最高审美境界不过是“能感人”，其最佳状态则是使欣赏者达于感情失控的境地。欣赏者的情感参与度越高，审美对象的审美价值就越高。所谓生趣云云，则是指能感动人的审美内容，亦即能引起欣赏者强烈审美共鸣的俗世生存之意趣。这种审美效果观，触及了艺术审美活动的自由本质问题。在文学艺术的审美中，欣赏者的心灵得以充分敞开，在心理人生的经历与享受中获得自由。这种超越个体现实生存的心灵自由感，在这段表述里，成了俗文学活动存在的最大理由与价值。因此酉阳野史的《新刻续编三国志引》断言，“夫小说者，乃坊间通俗之说，固非国史正纲”，但它的特性就在于“豁一时之情怀”，所以尽管如传奇戏剧一般“百无一真”，但是却能做到“人悦而众艳”。因为“观是书者”，不过是为了“解颐世间一时之通畅，并豁人世之感怀君子云”。②

也因此，清钱大昕《与友人书》云：“方氏……谓功德之崇，不若情辞之动人心目……”又说，“至于传奇之演绎，优伶之宾白，情词动人心目，虽里巷小夫妇人，无不为之歌泣者……”③ 将俗文学的诗意内涵称之为“情辞”（情词）。而俗文学中的所谓“情辞”，虽然讲述的是“他者”的故事，但同时也正是广大庶民俗众的心理人生。正因为如此，“情辞”才能如此动人心目。能动人心目，自然也就具有高于一切的人文价值了。因此，俗文学对感动人心的追求所具有的理论意义，是不需要正统文学的

① 俞为民、孙蓉蓉编：《历代曲话汇编·清代编》第1集，黄山书社2008年版，第224页。

② 黄霖编：《中国历代小说批评史料汇编校释》，百花洲文艺出版社2009年版，第213—214页。

③ 郭绍虞主编：《中国历代文论选》第3册，上海古籍出版社1980年版，第404页。

观念范畴来予以说明的。因为对于俗文学活动而言，文学艺术审美中情感冲击、精神刺激的合理性，就在于它使得审美者的个体生存通过对审美内涵的这种高度的心理参与，而得以意义化、主体化和人文化，并充分开拓了被压抑的个体生存本质的自由境界。因此，创作上求真，接受上求动人、求心理刺激，可说是俗文学相对纯粹的审美追求所酝酿出的直观性人本主义文学观念的表达。

清焦循《花部农谭》序云："其《琵琶》《杀狗》《邯郸梦》《一捧雪》十数本外，多男女猥亵……花部原本于元剧，其实多忠孝节义，足以动人；其词质直，虽妇孺亦能解；其音慷慨，血气为之动荡。"[①] 民俗文化天然具有原始人本性，但主流价值理念常常也会通过生存诗意在民间文化活动中得到反映与表现。这一点并不难理解。而焦循认为，这正是民间戏曲足以动人的根本原因。但许多人看不到这一点，反以动人之处只在"男女猥亵"的内容。其实，这只是个审美享受与审美满足的心理层次问题。对于观赏戏剧的庶民俗众来说，男女猥亵与忠孝节义一样足以动人。因为这都是他们现实人生、生存内容的重构化、对象化。更为感性的审美还是有一定人文深度的审美，只要真正满足了他们的审美心理需要，"妇孺亦能解"，并且"血气为之动荡"，就同样可以是他们的情感盛宴与精神盛宴。

前引唐范摅《云溪友议》描写刘采春演唱《望夫歌》的效果道："采春一唱是曲，闺妇行人莫不涟泣。"清钱大昕《与友人书》云："至于传奇之演绎，优伶之宾白，情词动人心目，虽里巷小夫妇人，无不为之歌泣者。"讲述了广大俗众是多么乐于享受这种感动。在这里，在俗文学活动的审美中，哭泣成了一种幸福。为什么芸芸众生会乐于享受感动？古人们没有解释，因为在他们看来，为之感动已经说明了一切。其实，真正说明一切的是他们提到的感动者的身份。清阮葵生《茶余客话》中说："是书（《西游记》）明季始大行，里巷细人乐道之，而前此未之有闻也。"[②] 无论是闺妇行人、里巷小夫妇人，还是里巷细人，他们都是为现实生存所困的草根阶层。俗文学艺术对于他们来说，是他们摆脱现实困顿而进入所谓"诗意的栖居"的唯一方式。诗意的栖居就是心理性的栖居。在这种纯心

① 俞为民、孙蓉蓉编：《历代曲话汇编·清代编》第3集，黄山书社2008年版，第472页。

② 孔另境编辑：《中国小说史料》，上海古籍出版社1982年版，第71页。

理性、纯内视性的栖居中，他们甚至更愿意经历与他们的生存更为切近的心灵苦痛。因为心理体验越深、越强烈、越持久，它带给人的心理经历感、心理拥有感也就越强。心理经历感、拥有感越强，其心理同化的程度也就越大。心理同化程度越大，这种内视化的心理生存内容就越丰富、越难忘。邓实《谢皋羽晞发集后序》中说："治世兴国之文，终不及乱世亡国之文之足以传之久远，令人流连咏叹凭吊欷嘘而不已者，则以其境则然也。"① 其实也就是这个道理。

所以，俗文学话语中的这些讨论说明，再普通、再卑微的人，也需要只用心灵来经历的人生。因为用心经历过的人生，才是真正的人生，才是超越了被动受困而进入了主动品味的人生。而只有在更高的、更类本质的层面品味过、享用过人生，一个人的人生才不是空白。而俗文学给予他们的，正是这样的人生。

① 郭绍虞主编：《中国历代文论选》第4册，上海古籍出版社1980年版，第229页。

第五章

笔补造化与好异重幻叙事文学观

中国叙事文学源于上古历史叙事，因此上古以降的历史叙事意识，亦深深影响了后来的俗文学中叙事文学理念与叙事审美追求。而这样的理念与追求，当然也就形成了中国古代俗文学中叙事文学的艺术特性与美学面貌。其中最突出的，大概一是史实的叙事化追求，这是经由《左传》到司马迁奠定的史传传统。这构成了中国叙事文学中征实与想象性创构、叙事与传人之间的美学张力。二是逢怪异必记的存疑传统。这个传统的起点甚至更早，是由孔子的《春秋》所奠定的。它催生了古代俗文学中一类好异重幻的叙事美学理念和超常态的内视审美追求。

第一节　史传传统与笔补造化

中国史传文化最早的经典作品是据说为孔子所作的《春秋》。《春秋》有史有传。比如《春秋》为史，《春秋》三传为传。史与传本身即有本质区别。中国古代文体史上，传依附、比对于经而存在。经为纲，为概述，为抽象的道理；传为详解、事实说明和具象化。从史与传的关系上看，则应该是史为史实，传是借由史实表达的史识。但实际上，孔子著《春秋》，有微言大义之说，本就是借史实的取舍、详略、措辞、说法等来对史实进行褒贬、评价和定性，并无纯粹的客观性可言。传要进一步阐明和凸显经中的道理，其对史实的加工、演绎乃至虚构，就更要远胜于经的微言大义了。明李贽《出像评点忠义水浒全书发凡》云："传始于左氏……顾意主劝惩，虽诬而不为罪。"[①] 李贽因此而认为，史传本不以真实性为上。《春

① 郭绍虞主编：《中国历代文论选》第3册，上海古籍出版社1980年版，第127页。

秋》三传，都以解释、凸显春秋大义而非提供历史真相为目的。可见“传”本来以示意、明义为本，而非以追求客观真实为本。正如后人所谓实事求是，目的还是为了“求是”而非求实。实事是为“是”服务的。因此，实事的说明性和表意性，要远高于其真实性。这给了历史叙事建构化的理由和名义。弗朗西斯·培根在其《学术的进展》中说：“虚构历史的用途是在自然之物不尽如人意之处给人一些朦胧的精神满足。”[①] 看来中西在这方面的意见有相当一致之处。不过，《左传》要给人的不是“朦胧的精神满足”，而是劝惩之意。就此而言，历史叙事从一开始就具有演义性质：用经过了虚构处理的史实，来演绎褒贬之义。从《左传》的虚构性叙事方式来看[②]，李贽所说，当不为虚言。但李贽显然并不认为《左传》之“诬”就是虚构。他在讨论到当时的小说创作时，这样说：“今世小说家杂出，多离经叛道，不可为训。……或捏饰而非习见，虽动喜新之目，实伤雅道之亡，何若此书之为正耶？昔贤比于班马，余谓进于丘明，殆有《春秋》之遗意焉，故允宜称传。”[③] 并不认为纯文学性的虚构追求是值得称道的事情。虚构必须为一个正确的理念服务。虚构理念的合理性，或曰历史叙事不可避免的某种虚构性，必须基于政教文治文化精神的表意需要。这一套叙事学理念的正统还是在《左传》那儿，所以，“称传”也成了一种话语授权，一种文学乃至文化身份。这不是雅俗之别的问题，而是人文价值、文学等级之别的问题。这种以符合传义为正道的叙事理念，在古代俗文学中的史传文学的创作中，起了相当重要的作用。

而这样的叙事理念也就等于是确定这样一条历史叙事道统：为了表达史传作者的某种理念和意愿，可以甚至是必须对史实进行加工和虚饰，以凸显其意义、感染力与说服效应。也就是说，中国历史叙事的道统从一开始就已经隐含了某种超越事实常态的叙事意识与叙事追求。

司马迁则开拓了文学化的叙事学原则。司马迁写史，命名为“记”，应该是有其深意的。以记录为名，强调的是纪实性。这似乎成了中国正统历史叙事的第一原则。但实际上这只是一个基本前提。《史记》确实有信

① ［英］拉曼·塞尔登编：《文学批评理论——从柏拉图到现在》，刘象愚、陈永国等译，北京大学出版社 2000 年版，第 102 页。

② 参阅拙作《郁郁乎文》，河南人民出版社 2000 年版，第 429—430 页。

③ （明）李贽：《出像评点忠义水浒全书发凡》，《中国历代文论选》第 3 册，上海古籍出版社 1980 年版，第 127 页。

史之誉。但它真正的贡献远不仅在此。《史记》是中国上古时的史学文体集大成之作。其中有纪有传有志，并不一样，且自有其不同性质。由此而确立的历史叙事原则，自然也有分殊。而从文学的角度来看，司马迁《史记》最突出的价值，则是它开创了中国历史叙事学的全新局面，并由此而形成了中国文学发展史中最重要的叙事学传统。

其中尤为重要的是由司马迁开创的中国历史叙事中的传人传统。司马迁为个人立传，叙写个体性人生，通过丰富的情节与细节描写，塑造形象鲜明、个性突出的人物形象。其次是司马迁的历史叙事重视传说材料，富有传奇色彩，甚至有意追求传奇性效果，从而使他的历史人物具有超越于现实人生的想象性创造性质。重视想象性，依赖想象性，创造性地塑造人物而不是平实地记录人物，这成了《史记》叙事学最重要的文学性遗产。

因此，由司马迁确立的历史叙事传统大体上是更重历史人物及其形象的刻画与描述，而不是只知追求历史事件的完整交待与详尽叙述。总的来说是重人重过重事，重个人传记重过重宏大叙事，重传奇性与内视想象重过重历史规律的研究与分析。先秦古史本有记言记事传统，到司马迁始确立了记人传统。在司马迁那里，一定程度上历史确实走向了传奇——这实际上也是它超越《左传》基于劝惩而进行历史虚构的地方。神话、传说、英雄传奇作为一种“原始文化遗留物”，在司马迁的历史叙事里，留下了大量的或清晰或隐晦的印痕。

有必要指出的是，传说的失真与历史记载的失真具有不同的性质。前者基于夸饰的心理需求和寄托的情感、精神需求，后者则基于正史写作的基本理念，基于现实与价值观的束缚。也就是说，前者的失真是文学性的，后者的失真是史学性的。自古有人认为野史与传说可以补正史之不足，其实二者很难有互补性。被正史所屏蔽的内容，如要为野史或传说关注，除非正好符合俗文学好奇异与寄托美好情意的要求。而实际上，大多数内容则未必具有这样的条件。野史和传说中为正史所没有的内容，更多的是野史与传说基于自身的需要所创作出来的，因而也许正是其失真之处。或许，我们真正应该重视的，是为什么野史会选择了某一个人来予以虚饰和传说。这里面隐藏的，才是野史或传说在民间生成的秘密。在中国古代俗文学意识中，小说以补史之不足为义。则史不足在何处，自可悟小说意义与价值之所在：历史未能对生存的空间有限性进行真正的超越，而这正是虚构性叙事文学的本质。

因此，对于后世中国的叙事文学创作来说，尤其是对于继承了《史记》叙事学传统的古代俗文学传奇与小说来说，司马迁《史记》叙事学最大的启示便是建立在事实基础上的想象性创构和虚构。这一叙事理念被清高珩概括为“笔补造化”。高的话是这样说的：“且二十一史果皆实录乎?”“而况勃窣文心，笔补造化，不止生花，且同炼石。”[①]“笔补造化”后来成为中国俗文学——尤其是讲史文学——一个最基本的创作原则，是与这种历史叙事的文学性传统有关的。在高珩这段话里，“文心”是关键。什么是文心？按文意，应该就是指的叙事理念，或者创作中的文学性追求。是基于所持的叙事理念和文学性追求，对基本事实进行想象性加工、重组、创构和再塑造。“文心”不会满足于所谓实录。而且即使是纯粹的历史叙事，也永远有谁写和如何写的问题，其间“文心”有无大小，会决定历史叙事的最终面貌。这是“笔写的历史”的宿命。选择、精炼、重组、融通、修饰、美化、文本化、诗意化、表意化、有机整体化，历史叙事也不得不面对文学化，这才是最根本的问题。中国古代历史叙事的文学性其实不仅体现在文构性写作上，更重要的是体现在其叙事性写作上。这类写作追求历史人物与故事的内视审美性和审美完整性，往往自觉不自觉地将史实写作诗意化，甚至不惜引进虚构成分。文学性叙事的诗意化是本质性的，内视审美的虚构化同样是本质性的。司马迁就是个具备“勃窣文心”的历史叙事者，因此他才将“史记”写成了“史诗”。后世的俗文学创作者，即使是讲史，其创作理念也与实录无关，而只关乎“文心”。对于他们的叙事而言，“笔补造化”的理念，就是通过文学性叙事将现实生存诗意化、将生存诗意本质化的创构意识，是对文学拓展生存可能性命题的高度概括。这同样提供了一种超越常态意识的文学审美性追求。

美国学者梅维恒在《唐代变文》中说：“《左传》和《史记》便是一种高度发达的历史叙事文学的绝好例证。但是它们不是‘fiction’。不过，大约从汉代前后，在《战国策》《吴越春秋》《越绝书》等著作中，出现了一些可以被称作‘fiction 式的历史’（fictionalized history）的东西。”[②]这一说法其实是有问题的。实际的情况是，不光他列举的汉代前后的那些

① （清）高珩：《聊斋志异·高序》，《聊斋志异》，人民文学出版社 1989 年版，第 1 页。

② ［美］梅维恒：《唐代变文——佛教对中国白话小说及戏曲产生的贡献之研究》，杨继东、陈引驰译，中西书局 2011 年版，第 278 页。

杂史作品有 fictionalized history 的因素，《左传》《史记》到《三国志》也都有这样的因素。倒是前四史之后，这些因素越来越稀薄，历史叙事的观念也越来越保守了。明绿天馆主人《古今小说序》云："史统散而小说兴。"[①] 这里的史统，只能是前四史的史统。前四史之后，术业的分化使得历史写作逐渐远离叙事文学的审美性追求，越来越像一笔历史的流水账，是之谓"史统散"。

基于纪实性的历史叙事最终直接导致了虚构性叙事文学的出现，这对于认识中国古代的叙事性写作——无论是历史写作还是文学写作，都是有重大意义的。明高儒《百川书志》评《三国演义》："据正史，采小说，证文辞，通好尚，非俗非虚，易观易入，非史氏苍古之文，去瞽传诙谐之气，陈叙百年，该括万事。"[②] 说明了历史叙事小说化的过程。历史叙事本非现实生存内容，亦非纯虚构性内容，因此在它的基础上笔补造化、生花炼石，简直就成了顺理成章的事情。历史叙事之所以能够小说化，是因为历史叙事本来就具有小说基因。这对于我们理解中国历史小说的文学理念和美学面貌均很重要。

第二节　志怪记异与迷幽重幻

子不语怪力乱神。不语，只是不谈论，并不等于不重视。孔子著《春秋》，惜墨如金，有微言大义之说。但是这本也许是世界上写得最简省的历史著作，却从不放过对怪异的或特别的自然现象的记录。刘知几《史通》卷三《书志篇》云："古之国史，闻异则书。"卷八《书事篇》云："三曰旌怪异……幽明感应，祸福萌兆则书之。……此则事关军国，理涉兴亡，有而书之，以彰灵验，可也。"[③] 可知对怪异事物事件的关注，从未真正为主流文化、精英文化或所谓文化大传统所排斥。它甚至一直就是正史的历史叙事理念中的一个文化惯例。这种逢异象必记的历史叙事理念，对后世的文学叙事写作，显然产生过深远的影响。清余集《聊斋志异序》云："夫《易》箴载鬼，《传》纪降神，妖祥灾异，炳于经籍。"[④] 清

---

① 郭绍虞主编：《中国历代文论选》第 3 册，上海古籍出版社 1980 年版，第 226 页。

② 孔另境编辑：《中国小说史料》，上海古籍出版社 1982 年版，第 40 页。

③ （唐）刘知几、（清）章学诚：《史通　文史通义》，岳麓书社 1993 年版，第 19、83 页。

④ 黄霖编：《中国历代小说批评史料汇编校释》，百花洲文艺出版社 2009 年版，第 537 页。

冯镇峦《读聊斋杂说》云："千古文字之妙，无过《左传》，最喜叙怪异事，予尝以之作小说看。"① 晚清陆绍明《月月小说发刊词》亦云："《周易》《春秋》好言灾异，则《周易》《春秋》亦有小说野史之旨。"② 这些广为称引的说法说明，在后世的俗文学创作理念中，好奇尚异甚至具有正统文学谱系上的合理合法性。

志怪叙事传统，大概与中国或隐或显、不绝如缕的巫史传统有关。"志怪"一词出于《庄子·逍遥游》："齐谐者，志怪者也。"一般认为齐谐为人名。则齐谐，当为当时之小说家。这也说明志怪有很久远的传统。最先提到"小说"一词的也是《庄子》一书，大约指小的论说。在提到这一词的前面，庄子讲了一个任公子钓大鱼的可谓荒诞不经的故事，其实类同志怪。然后书中这样写道："已而后世辁才讽说之徒，皆惊而相告也。"（《庄子·外物》）这是对一些"讽说"之徒对于以前任公子钓大鱼的传说"惊而相告"的描述。这可说是志怪传奇文学的一种生成方式，既涉及文体发生学的问题，亦涉及文学心理发生学的问题。同时，它也显示了口传文学活动中一种好异的群体审美意识。

"恐惧"是人们创造和传播惊悚故事的最原始的心理依据之一。而恐惧的心理根源则是对隐秘未知的力量的担心。对于原始人来说，隐秘的、未知的，甚至不可知的东西（力量）实在太多了。对于一般俗众而言，何尝不也是这样？常言道，痛苦让人分担能减半，快乐与人分享能加倍。人们追求惊悚怪异故事的创构、传播与共享，大概也有这样的心理防御机制在起作用。俗文学、民间故事，因此在审美本质上会有一种"心理去蔽""减压"甚至"答疑解惑"的作用。同样，隐秘未知和如影随形的恐惧，会引发猜测、推测和想象。这既是求证和认识的前提，也是创作和内视审美的前提。清人杜濬《书影序》云："志怪者为存人耳目之所未经。"③ 所以，虽说是"志"，其实只是想象，只是人们未可感知、只能在内视世界中创构出来的对象。

商朝鬼神文化发达，经周王朝八百年王道政治理性的抑制与弱化，在主流意识形态中大大减轻了这类文化因素的影响。但这并不能说明人们的文化生存与生活中不再存在这样的文化活动方式。尤其是在非主流意识形

① 黄霖编：《中国历代小说批评史料汇编校释》，百花洲文艺出版社 2009 年版，第 582 页。

② 《月月小说》1906 年 12 月 30 日第 1 年第 3 号。

③ （清）周亮工：《书影》，上海古籍出版社 1981 年版。

态的文化视域中，鬼神文化仍然是人们文化心理结构和文化知识背景的一个重要组成部分。《墨子·明鬼下》中说："古者圣王必以鬼神为其务，鬼神厚矣。又恐后世子孙不能知也，故书之竹帛，传遗后世子孙。"这说明记录鬼神、怪异之事，亦是历史悠久的文化传统与文学传统之一。汉晋间文人好记神怪，后有"道家小说"之谓。则道家神鬼意识亦为后世俗文学意识的文化来源之一。明焦竑《国史经籍志》卷三传记类序云："流风遗迹，故老所传，史不及书，则传记兴焉。……即高僧、列仙、鬼神怪妄之说，往往不废也。"[①] 明谢肇淛《文海披沙》云："俗传有《西游记演义》……读者皆嗤其俚妄。余谓不足嗤也，古亦有之。"[②] 即将俗文学中的神魔小说上续这样的传统。

清蒲松龄在《聊斋自志》中写道："才非干宝，雅爱搜神；情类黄州，喜人谈鬼。闻则命笔，遂以成编。久之，四方同人，又以邮筒相寄，因而物以好聚，所积益夥。……集腋为裘，妄续幽冥之录；浮白载笔，仅成孤愤之书；寄托如此，亦足悲矣。"[③] 则说明"书鬼"的传统，至少至明清时，已经演化成一种真正的文学创作理念了。与唐宋时尚存主动的积极进取心态不同，明清时文人们读书做官的被动的人生驱策，与人主动的本能的生存享乐的心理需求，形成了前所未有的紧张与冲突关系。人生的意义，也不只能在政教文化系统中得到唯一的说明。这使得鬼神故事这种超常态文学审美内容的书写和创作，成了一种"孤愤"人生的彼岸性精神追求，和超越性心理人生的建构。

《文献通考》卷一九五引《宋三朝志》云："杂史者，正史、编年之外，别为一家。体制不纯，事多异闻，言过其实。"[④] 这可说是志怪记异的另一历史传统。《左传》襄公四年记魏绛与晋侯的对话，魏绛曾提到一本叫《夏训》的书，记载了后羿被寒浞所杀的故事。《国语·郑语》中周太史史伯亦对郑桓公提到过一本叫《训语》的书（或云《周书》中篇目），里面记载有褒姒的神异故事。据文义，训者教训，或者名为《训》的书，即是一种杂史，所记皆一些应该引为警戒的史传异说。《隋书·经

① 王承略、刘心明主编：《二十五史艺文经籍志考补萃编》第23卷，清华大学出版社2014年版，第209页。

② 孔另境编辑：《中国小说史料》，上海古籍出版社1982年版，第64页。

③ 黄霖编：《中国历代小说批评史料汇编校释》，百花洲文艺出版社2009年版，第405—406页。

④ （元）马端临：《文献通考》，中华书局1986年版，第1847页。

籍志二》序“杂史”云：“其属辞比事，皆不与《春秋》、《史记》、《汉书》相似。盖率尔而作，非史策之正也。……又有委巷之说，迂怪妄诞，真虚莫测。……通人君子，必博采广览，以酌其要。故备而存之，谓之杂史。”序“杂传”类云：“古之史官，必广其所记，非独人君之举。《周官》：外史掌四方之志，则诸侯史记，兼而有之。……是以穷居侧陋之士，言行必达，皆有史传。……因其事类，相继而作者甚众，名目转广，而又杂以虚诞怪妄之说。推其本源，盖亦史官之末事也。”[①] 说明了杂史的记异性质与叙事理念。所以刘勰在《文心雕龙·史传篇》中写道：“俗皆爱奇，莫顾实理。传闻而欲伟其事，录远而欲详其迹。于是弃同即异，穿凿旁说，旧史所无，我书则传。”认为稗官野史杂记迎合的正是俗众好奇尚异的心理，从而形成了这样一种叙事理念。

古有记事传统、名物传统。“撰记古今怪异非常之事”[②]，亦是文人、文吏之正途。东晋刘惔以干宝为“鬼董狐”，虽有嘲讽之意，但既谓之董狐，本身即有实录之意。所以，志怪文统本身秉承的本是历史叙事的纪实传统，并不认为录写怪异非常之鬼事为纯粹向壁虚构的创作。这一点，鲁迅先生早就看得很明白。他说：“文人之作，虽非如释道二家，意在自神其教，然亦非有意为小说，盖当时以为幽明虽殊途，而人鬼乃皆实有，故其叙述异事，与记载人间常事，自视固无诚妄之别矣。”[③] 话虽如此说，但干宝《搜神记》自序对于写作神异故事的理由与意义，则更有所说。文中有云：“国家不废注记之官，学士不绝诵览之业，岂不以其所失者小，所存者大乎？……及其著述，亦足以明神道之不诬也。群言百家，不可胜览，耳目所受，不可胜载。今粗取足以演八略之旨，成其微说而已。幸将来好事之士，录其根体，有以游心寓目而无尤焉。”[④] 就史统而言，固然自古有“神道设教”之说（《礼记》），后董仲舒张扬之。孔子虽“不语怪力乱神”，但“祭神如神在”，于神道亦不无敬仰态度。这也是写作神异故事足以理直气壮的正统文化底气之一。但是一来，干宝自认志怪的文学性质为“微说”，无关宏旨。二来，其本为“好事之士”之作，虽不自外于雅正文统，但亦自甘末流。三来，其文学目的，也不过就是“游心寓

① 高占祥主编：《二十五史》第5卷，线装书局2007年版，第1313、1223页。

② （晋）干宝撰：《搜神记》，中华书局1979年版，第3页。

③ 鲁迅：《中国小说史略》，岳麓书社2010年版，第24页。

④ （晋）干宝撰：《搜神记》，中华书局1979年版，第2页。

目”，只是提供一种文学性的消闲娱乐而已。此三者，即已经将志怪纳入了文人俗文学活动的范围与层次。

这就说明，即使一开始只是本于纪实理念进行的志录工作，但在实际的志录活动中，对神鬼怪异事件的追求，已经转变为了一种文学好尚甚至是嗜好，于是搜罗之不足，则有意虚构以补之。[①] 其写作已经是一种有心惊世骇俗的文学行为。汉郭宪《洞冥记序》云：“愚谓古曩余事，不可得而弃。……今籍旧史之所不载者，聊以闻见撰《洞冥记》四卷，成一家之书，庶明博君子该而异焉。”[②] 晋王嘉《拾遗记》“萧绮序”云：“王子年乃搜撰异同，而殊怪毕举，纪事存朴，爱广尚奇，宪章稽古之文，绮综编杂之部，《山海经》所不载，夏鼎未之或成，乃集而记矣。”[③] 均以文化担当为己任，以实纪怪异为名义。而《史通·杂述》却认为：“如郭子横之《洞冥》，王子年之《拾遗》，全构虚辞，用惊愚俗。”[④] 认为他们的写作完全是为了追求某种惊悚效果而进行的虚构性创作。

王充《论衡》“谈天”篇云邹衍之说“此言诡异，闻者惊骇”。[⑤] 惊骇是雅正文学叙事之外的一种文学性追求，所以被王充批评。但对这种效果的追求，正是文学的审美本性之一。明胡应麟《少室山房笔丛·三坟补逸下》中说：“《山海经》偏好语怪，所记人物率禽兽其形，以骇庸俗……”[⑥] “以骇庸俗”就说到了点子上。这是志怪文学所要极力追求的一个内视性效果，并且在志怪传奇文学的传统中形成为一个基本理念。惊骇的对象不是作为社会理性存在的文化精英，而是平民百姓，是喜爱和追求阅读快感的广大俗众。这是古人对志怪作品的俗文学性质的认识。因而“惊”与“骇”，由此都成了俗文学尤其是志怪传奇文学的自觉追求、有意追求。

胡应麟《少室山房笔丛·九流绪论下》云：“方士（虞初）务为迂怪，以惑主心。”[⑦] 意指虞初《周说》的创作，是为了蛊惑汉武帝的心。

---

① （晋）郭元祖《列仙传赞》有“因迹托虚，寄空为实”语，见严可均辑《全晋文》卷一百三十九，《全上古三代秦汉三国六朝文》，中华书局 1958 年版，第 2262 页。

② 《百子全书》，岳麓书社 1993 年版，第 4061 页。

③ （晋）王嘉撰，（梁）萧绮录，齐治平校注：《拾遗记》，中华书局 1981 年版。

④ （唐）刘知几、（清）章学诚：《史通　文史通义》，岳麓书社 1993 年版，第 97 页。

⑤ 《百子全书》，岳麓书社 1993 年版，第 3320 页。

⑥ （明）胡应麟撰：《少室山房笔丛》，上海书店 2001 年版，第 344 页。

⑦ 同上书，第 284 页。

这即是一种通过纯想象性的、怪诞不经的、非现实性的故事讲述以诱导观阅者进入虚幻的内视世界为目的的文学意识。虞初既然被后人目为小说之祖，这种文学意识自然对后世产生了深远的影响。后世的小说写作，尤其传奇志怪之作，蛊惑人心尤其是蛊惑俗众之心，成为其文学性追求的内在的、隐性的目的之一。这在我们看来，这种内在的隐性目的，或者揭示的正是文学的艺术本质之一。对于后世那些自觉的俗文学创作者来说，文学不以蛊惑人心为目的，那还要文学干什么？其作品不足以蛊惑人心者，大都是作者于此未为自觉之人。

《异闻记》《列异传》《神异记》《异林》，均有异字，可见"记异""传异"是俗文学的自觉追求之一。异同，正是文学审美中最富张力的一对接受心理概念。读者审美心理的满足程度，往往有赖于二者的处理是否恰到好处。因此，对其性质与分寸的把握，正是文学审美魅力和生命力多寡的根本原因之一。也许，极而言之，文学的本性就是要蛊惑人心，危言耸听，哗众取宠，惊世骇俗，振聋发聩，勾魂摄魄，妖言惑众，引人入胜，迷情乱意，诲淫诲盗……何况是俗文学，何况是志怪记异、搬神弄鬼的俗文学。故明袁于令在《李卓吾批评西游记》前的《题辞》中说："文不幻不文；幻不极不幻。是知天下极幻之事，乃极真之事；极幻之理，乃极真之理。故言真不如言幻，言佛不如言魔。魔非他，即我也。我化为佛，未佛皆魔。"①

中国古代俗文学中追求"幻"的意识，与佛教文化的传入有关，当然也与中国自古即有的鬼神怪异文学传统有关。幻者虚幻，即一种非实存性的内视生存方式。其实也是鬼神怪异文学的美学本质之一。不幻不足以诗意化，亦不足以本体化。因此，幻强调以心理真实性为本，主张作品"驾虚游刃"。幻即真，极幻即极真，是俗文学理念中情理对事理的胜利。正是由于神怪文学的怪异性和虚幻性，中国俗文学叙事理念意识到想象的、体验的、感受的、心理的真实性要远高于客观现实的真实性。所谓"我"即人之本性，幻较之于异、怪，离真实性要更远，因而更为强调其幻想和创造性想象的一面。不过，这一理念主要强调的还是内容的虚幻性，与真正的虚构理念还有一定距离。只是因为追求审美内容的奇幻性已经成为中国古代俗文学叙事观念中的一个相当核心的内视理念与审美理念，因而促

① 黄霖编：《中国历代小说批评史料汇编校释》，百花洲文艺出版社2009年版，第307页。

进了创造性想象能力的发展以及对其在文学创作中的重要性的认识。

晚清洪楝园《〈后南柯〉又序》中云："兹编大旨，以世人沉迷醉梦，故托之于蚁，欲人之以幻为真也。"[①] 虽然《庄子》一书中有庄周梦蝶而不知真幻的内涵，但这里所表达的虚幻文学意识，依然有着明显的佛教文化的印记。既然以现实生存为"沉迷醉梦"，自然也就以梦以幻为真实生存了。可知至少在后世俗文学的创作中，虚幻意识已经有了超越于特定美感诉求的人文性追求。即由强调幻想、幻觉在文学非常态内视审美中的意义，到刻意突出幻想、幻觉在非常态内视审美世界的营构作用及引导作用，再到利用幻想、幻觉，实现某种自觉的文学虚构理念的审美目的。

第三节　传奇与好奇

唐代兴起传奇。传奇文学意识的缘起，上溯应至司马迁，而且与志怪传统也应有某种相关性。之所以叫传奇，就是因为这种写作的用意就是传播奇闻异事。这一点，和志怪的被动记录有了根本的区别。既然是有意传播，就有了是否值得传播的考虑，以及如何达到最佳传播效果的考虑。另外，传的主动性也导致了对传的内容的主观性追求。这就使得传奇作者不得不对故事内容的"意义"进行思索，并且为了彰显意义、强化审美感染力以达到最佳传播效果，传奇作者也不得不在写作技巧上下功夫，并对故事进行必要的虚构、加工、修饰和改进。从传奇作者的夫子自道来看，他们对此也是有着较为清晰和自觉的认识的。如唐沈既济在《任氏传》结尾中写道："建中二年，既济自左拾遗于金吾将军裴冀……浮颍涉淮，方舟沿流，昼燕夜话，各徵其异说。众君子闻任氏之事，共深叹骇，因请既济传之，以志异云。"[②] 首先是对"异说"有主动追求的"共好"，其次是由此而获得印象极为深刻的审美心理收获，复次是有自觉的保存、传播的愿望和意识。

好奇是一种具有普遍性的社会心理。但在这里，好奇与以前的志怪心理还是有了区别。志怪是为了记录非人事之神异鬼怪之说，传奇则基本心

① 郭绍虞主编：《中国历代文论选》第4册，上海古籍出版社1980年版，第234页。

② 张友鹤选注：《唐宋传奇选》，人民文学出版社1997年版，第6页。

理还在传人世之奇、人事之奇。即使是事涉怪异，但与志怪相比，还是更为生活化和人性化。对“异说”的喜好，显示了人们摆脱现实生存有限性的一种人生超拔意愿。这是一种纯心理性、纯时间性因而纯诗意性的人生历险。人们在这种只存在心理投入的人生历险中收获超凡体验，得到刺激性满足，是一种深具审美感动的心理铭刻活动。人之本性似乎也乐意保存和共享有价值的东西。异之可志可传，也是因为其具有这种精神愉悦、心理消遣和审美享乐的价值，所以人们才不忍其湮没无闻。物质的美味可以独享，精神的美味则非分享而不足以得到充分享受。这似乎也是一种文化责任意识在起作用。在儒家思想体系中，小道可观即是一种人文关怀意识的表达。就此而言，中国文学虽乏人本关怀意识，但普遍的人文关怀精神却是传统意识形态中的题中之义。传奇志异的合理性在可骇可叹，正是这种非常态的生存故事，显示了常态生存所不具有的生存意义，是人情人性的飞扬与升华，因此人们有责任使其为世人所共享。在《任氏传》的作者看来，这个故事之所以值得传播，不仅因为它具有强烈的审美感染力，而且作者在故事结束时的感叹：“嗟呼，异物之情也有人道焉！……”[①] 说明他也认为它还具有人生的启迪意义。

所以唐李公佐于《谢小娥传》后写道：“余备详前事，发明隐文，暗与冥会，符于人心。知善不录，非《春秋》之义也。故作传以旌美之。”[②]这正是前文所谓的文化责任意识的表达，也是作者为此而寻找到的价值依据及人文合理性。写作这一故事是为了“旌美”，使之广为传扬。为了达到这一目的，他不仅尽可能详尽地进行了描述，而且经过了有意的想象性创作，以使意义凸显，并使故事更为契合读者审美接受的心理。非常态审美追求促进了叙事性写作中的虚构理念，亦成为俗文学故事虚构的一个基本出发点。

可见，唐人写传奇有两方面的动力，一是作者有传播好故事的冲动；二是读者有共享好故事的习俗与需求。精神世界有交流与共享的本性。事实上，精神世界就是在交流与共享中建构起来的。精神世界也只能“存在”于交流与共享中。而就文化生存而言，说到底就是人们的审美活动中出现了新的文学性内容。先在口头传说的这些传奇故事，一开始可能都有

① 张友鹤选注：《唐宋传奇选》，人民文学出版社 1997 年版，第 6 页。

② 同上书，第 99 页。

一个“真实”的外衣，以加强其可信度。但实际上，从一开始就具有创作的性质。无论是有一个怪异事件的基础，还是基于耸人听闻进行的想象性虚构，人们终究是越来越热衷于“创作”这样一些故事来满足自己的内视性幻象审美需求。这实质上是俗文化生活中一种具有自发性的文学需求与生产。后来，由于文人的文本化的热情，才使这些口头创作成为一种特定的文学样式。只是在那个时代，由于书籍印刷尚未普及，人们还没能意识到这类文学活动的商业价值，因此，它终究还是没有得到更大程度和更大规模的风行与普及。也就是说，文人的文本化并没有使这种始于口传的文学活动更加俗文学化。

但是，传奇与志怪一起，毕竟形成了古代叙事文学传统中对非常态审美内容的一种好尚风习和美学理念。宋赵令畤陈述所作鼓子词《元微之崔莺莺商调蝶恋花》的编撰理由时说：“夫传奇者，唐元微之所述也。以不载于本集而出于小说，或疑其非是。今观其词，自非大手笔孰能与于此！至今士大夫极谈幽玄，访奇述异，无不举此以为美话。至于娼优女子，皆能调说大略。”[①] 清人梁绍壬《两般秋雨盦随笔》也说：“裴铏著小说，多奇异可以传示，故号‘传奇’。而今之‘传奇’，则‘曲本’矣。”[②] 由此可见唐传奇的这一好尚风习与美学理念对后世俗文学乃至俗世文化生存的深远影响。

宋洪迈著有《夷坚志》，有序若干篇。其《夷坚乙志序》说自己“好奇尚异”，写作此书则“天下之怪怪奇奇尽萃于是矣”。又云前代志怪之书“皆不能无寓言于其间”（否则便不会、亦不必奇怪了），而自己的故事实际上也都来自“乌有先生”。[③] 可见他认为所谓传奇都是作者基于某种理念而虚构出来的故事，是一种自觉的创造。创造的动机则来自一种“好奇尚异”的审美心理，其虚构的目的也在将这种新奇怪异的美感集中地展示给读者。可见此时的文人已经开始意识到奇、异、怪等非常态审美内容所具有的特定的超日常意义的意指性和能指性。这一点很重要。好奇尚异，原是有更深刻的生活认知、生存认知、人生认知即审美意知价值的。奇、异、怪等非常态审美内容天然具有的某种表意性和寓意性，最终自觉为文人的虚构理念。

① 黄霖编：《中国历代小说批评史料汇编校释》，百花洲文艺出版社 2009 年版，第 75 页。

② 孔另境编辑：《中国小说史料》，上海古籍出版社 1982 年版，第 7 页。

③ （宋）洪迈：《夷坚志》，中华书局 2006 年版，第 185 页。

金王若虚《文辨》中说："善为文者因事出奇。"① 说明审美对象的某种特异性总是更具有不同寻常的表意性和说明性。茅暎在《题牡丹亭记》中说："传奇者，事不奇幻不传，辞不奇艳不传。其间情之所在，自有而无，自无而有，不瑰奇愕眙者亦不传。"② 清孔尚任《桃花扇小识》中说："传奇者，传其事之奇焉者也，事不奇则不传。……此则事之不奇而奇，不必传而可传者也。"③ 所云都只在一个"奇"字。其意都在强调艺术虚构世界、内视审美世界与现实世界的异质性和他在性，强调内视审美生存与现实生存的心理距离。日常生存、为生存而奔波的生存，正是埋葬生存意义、遮蔽生存意义的主要方式。而在一种非常态内视世界的审美活动中，庶民俗众借助某种独特的、奇特的心理寄托、心理漫游和心理体验，可以实现对现实庸常人生、无意义生活的超越。因此这是强调了非常态审美内容具有更为突出、更为广泛，因此也更为久远的审美共享价值。

宋以后小说，开创了俗世生存和世相人生审美的新局面和新境界，但以唐传奇为代表的非常态审美好尚传统，依然在小说故事的创构中起着重要的作用。明田汝成《西湖浏览志余》中说："杭州男女瞽者，多学琵琶，唱古今小说平话，以觅衣食，谓之'陶真'。大抵说宋时事，盖汴京遗俗也。……若《红莲》《柳翠》《济颠》《雷峰塔》《双鱼扇坠》等记，皆杭州异事，或近世所拟作也。"④ 可以瞥见这一事实。

清金人瑞《三国志演义序》云："作演义者，以文章之奇，而传其事之奇。"⑤ 虽说未免本末倒置——根本上还是因所传之事之奇，而得以成就文章之奇——但强调了非常态之美在讲史类俗文学创作中的意义。吴承恩《禹鼎志序》中则说："余幼年即好奇闻。在童子社学时，每偷市野言稗史，惧为父师诃夺，私求隐处读之。比长，好益甚，闻益奇。迨于既壮，旁求曲致，几贮满胸中矣。"⑥ 吴的个人经验亦说明，现实生存的有限性，更加凸显了心理性生存、内视性生存、内视审美化生存在生存拓展上的无限可能性。因此对所谓"奇闻"，也就是非常态内视审美内容，在

① （金）王若虚著，胡传志、李定乾校注：《滹南遗老集校注》卷三十四，辽海出版社 2006 年版。

② 《历代曲话汇编·明代编》第 3 集，黄山书社 2009 年版，第 449 页。

③ 《历代曲话汇编·清代编》第 1 集，黄山书社 2008 年版，第 661—662 页。

④ 孔另境编辑：《中国小说史料》，上海古籍出版社 1982 年版，第 6 页。

⑤ 郭绍虞主编：《中国历代文论选》第 3 册，上海古籍出版社 1980 年版，第 69 页。

⑥ 黄霖编：《中国历代小说批评史料汇编校释》，百花洲文艺出版社 2009 年版，第 151 页。

精神上、心理上的审美需要和享乐需要，也就成了一种普遍的审美欲望。不同的人，其强烈程度往往大不一样。孩子的这种欲求一般要比大人来得更为强烈，就因为孩子现实生存的世界和经验要更为有限。他们急于在心理上超越自身的这种有限性束缚，通过感受强烈的内视审美化生存，去不断探索生存、生命的无限可能性与诗意。“尝爱唐人如牛奇章、段柯古辈所著传记，善模写物情，每欲作一书对之，懒未暇也。转懒转忘，胸中之贮者消尽。独此十数事，磊块尚存，日与懒战，幸而胜焉，于是吾书始成。因窃自笑，斯盖怪求余，非余求怪也。”① 有些人天生酷爱生活于内视审美世界之中，往往不能自拔，以至于为内视审美世界所主宰。吴承恩大概就是这样的人。而他之所好，尤其在非常态的审美对象身上。以至于自小即为之吸引，而终至转为渴望自己创造一个这样的世界，以使自己的自由意志，得以驰骋于生存可能性的无限创构之中。

吴的故事显示出，宋之后，由民间而及于士林，喜爱俗文学审美活动似已逐渐成为文人时尚。好奇尚异的审美欲求，在经济发展、市民社会充分发育之后，在书籍印刷成为普遍的商业性的文化传播方式之后，在文化教育得到更大程度的普及之后，在俗世文化生活日益丰富日益常态化之后，终于被普遍激发了出来，并成了文学活动的基本动力和新的生长点。吴个人的文学道路也表明，非常态审美（好奇）是文学阅读与创作的重要动机与目的之一。在吴的表述里，并不存在什么高尚其事的所谓人文精神和道义意识，只是为好奇心所驱使，亦只是唯奇是认，唯奇是从，而沉湎于文学审美享受之中。故他的所谓文学理念，也就只是止于奇而已。但重要的是，奇本身就已经是对生存诗意乃至存在诗意的凸显、发掘与追求，已足以支撑起文学创作的一片天空了。清夏曾佑《小说原理》中说：“（史）……不若小说可爱者，因实有之事常平淡，诳设之事常秾艳，人心去平淡而即秾艳，亦其公理。”② 可见追求异常性，最终在一般性的俗文学叙事理念中，亦成为了一种常识。

从街谈巷议、道听途说的收集，到志怪、记异、传奇，再到后世的种种非现实小说的创作，所表现出来的收集记录者和撰作者通过超现实的内视世界的建构，追求可能有、可以有、应该有的生活的心理，在俗文学的

① 黄霖编：《中国历代小说批评史料汇编校释》，百花洲文艺出版社2009年版，第151页。

② 同上书，第686页。

非常态审美理念中得到了充分的表达。应该说，这既是人类普遍的生存心态，也是人类生存意义的有效呈现方式。因此，最后有必要指出的是，古代传奇志怪的文学传统，不仅提供了一种非常态审美的文学理念，而且在不断地发展演化中，也越来越具有更为明确的文学性和审美性追求。从六朝志怪到《聊斋志异》，神话、传说、志怪故事不断改进、充实、丰富的历史，也是其文学意识不断加强的历史。而且从被动记录到主动创构，渐渐借神仙笔墨，写人间情事。其中显示的，正是种种文学性审美心理需求作用于其上的结果。可见，俗文学审美心理需求，亦不仅在怪诞而已。其对更为贴近现实生存的人情、人性、人生内容的审美心理需求和所谓纯文学的审美心理需求，其实是一般无二的。

第六章

娱乐休闲意识与意趣审美追求

文学是艺术门类之一，其基本人文功能是提供内视审美享受。但这种泛泛之论不足以解答文学消费的复杂多样的需求与满足。审美是一种精神享受，具有复杂的构成要素与接受层次，而其最基本的层次就是休闲娱乐：阅读审美的娱情消费乃至消遣。所以审美趣味是有高下雅俗之分的，并不能一概而论。所谓“趣味无争辩”之说，只有在同一级次的审美接受范围内才能成立。低级趣味是不能在审美上与高级趣味拥有同等的人文价值与意义的。这一点，我们未必在理论上已经有了足够清晰的认识与辨析。从娱乐和玩好的角度看待文学和从事文学活动，在中国古代，是一个重要的文学审美传统，而且自有其特异性和复杂性。但因其在观念上摒弃或不关心人文叙事，故向来为正统文论所轻视。也因为如此，便很少为学界所重视和深入探究。大多数情况下，有所提及，也往往只是提供反面对照并予以简单否定。而实际上，这一观念在俗文学兴起、兴盛之后，很快成为俗文学观念中最具普遍性的文学审美意识，并且表现出强大的文化生命力。在后来的历史发展中，随着俗文学逐渐成为中国传统文学审美消费中的主干和重镇，这一文学意识虽然经过了西学东渐、救亡图存、泛政治化、泛意识形态化等影响，却依然在中国本土文学观念中日益根深蒂固，甚至成为中国文学审美精神中的核心构成之一。

就是说，当文学的充分个人化与民间大众性审美消费需求结合之后，文学娱乐庶民俗众的功能得到了最独立的观念认可、最自足的强调与发挥，虽然为正统文学思想中的人文叙事审美观念所不齿，却足以成为民间（大众、庶民、民族）精神生活最直接的表达与呈示。雅正文学的艺术性审美具有精英文化性质，在审美中充满了主动的艺术性追求、人文叙事意识和深度理解能力，而具有俗众文化性质的娱乐性文学审美，则只消毫无心理障碍地参与与接受就足够了。而且，基于其消遣性，在俗文学的审美理念中，美往往并非其最核心的概念，趣味和意味反而具有了更为重要的地位。

第一节　娱乐性与休闲性文学观

一　娱乐性文学审美观

娱乐性本来亦是审美的题中之义，中国自古亦多从娱乐的角度来看待审美活动。如《史记·廉颇蔺相如传》中，蔺相如对秦王说："赵王窃闻秦王善为秦声，请奏盆缻秦王，以相娱乐。"在早期的文学审美上，同样也存在这样的现象和意识。

先秦时期，文言文本真正的纯文学性分化应该说是从楚国宫廷里开始的。这就是战国时期，楚国宫廷中文学弄臣的出现，即《新唐书·艺文志序》所谓："《离骚》作而文辞之士兴。"而其代表人物当数宋玉。《史记·屈原贾生列传》上说："楚有宋玉、唐勒、景差之徒者，皆好辞而以赋见称。"宋玉诸人，实际上不过是楚王的文学弄臣，但作为中国文学史上最早的一批"专职"文学工作者，他们也成为文学已然从一体化的文治政教文化中分立而出的一个历史性标志。所谓"赋"，虽则已经是纯粹为文学审美需要所进行的创作，但这种文学审美，主要还是为君王提供娱乐性审美需要的满足。比如宋玉在《高唐赋》的序中说，有一次他陪楚襄王"游于云梦之台，望高唐之观"，楚王问到高唐上空的云气，宋玉说，昔日楚怀王游高唐时，白天睡觉，梦见一个妇人投怀送抱，与他交合。这妇人自称巫山之女，"旦为朝云，暮为行雨，朝朝暮暮，阳台之下"。这个故事折射出的其实是楚人云梦野合的习俗，因此楚襄王听了后很是兴奋，心向往之，不由得命令宋玉道："试为寡人赋之!"于是宋玉便写下了这篇《高唐赋》。很显然，这样的文学从一开始就具有很鲜明的玩乐与游戏性质。因此在某种意义上，这也可看作是中国古代文学史上娱乐性审美追求的一次滥觞之作。

这样的性质也体现在先秦其他的文学性审美活动之中。韩非子在谈到可谓汉赋先声之一的策士之辞说时，就是这样说的："盛容服而饰辩说。"（《韩子·五蠹》）"今世之谈也，皆道辩说文辞之言，人主揽其文而忘有用。""不谋治强之功，而艳乎辩说文丽之声……为虚辞，其无用而胜……”（《韩子·外储说左上》）诸如此类。认为这种文学性审美活动具有突出的虚美不实的娱乐性质。

由此可见，无论是策士之辞，还是文学弄臣之赋，中国古代文学在其从文治政教文化中分化、分立出来之初，在审美追求上就具有某种以满足感性快适（视听之愉）为目的的性质，而相对缺乏应有的人文升华与人性追问的意义。这对于随之而起的汉赋过度强调形式美感，追求“丽以淫”的感官审美效果，以及后世以文学为“爱玩”对象的文学意识的形成，是起了某种“示范”作用的。

因此，当纯文学审美活动在中国正统文言文学系统内正式兴起后，以文学审美为娱乐，就成为中国古代传统文学审美活动与审美观念中的基本意识之一。

《汉书·枚皋传》中说：“皋不通经术，诙笑类俳倡，为赋颂，好嫚戏，以故得媟黩贵幸，比东方朔、郭舍人等，而不得比严助等得尊官。”《汉书·严助传》中亦说：“（东方）朔、（枚）皋不根持论，上（汉武帝）颇俳优畜之。”《汉书·王褒传》中则有这样的记载：“上（宣帝）令褒与张子乔等并待诏，数从褒等放猎，所幸宫馆，辄为歌颂，第其高下，以差赐帛。议者多以为淫靡不急。上曰：‘……辞赋大者与古诗同义，小者辨丽可喜。譬如女工有绮縠，音乐有郑卫，今世俗犹皆以此虞说耳目，辞赋比之，尚有仁义风谕，鸟兽草木多闻之观，贤于倡优博弈远矣。’”这些记载都说明，汉赋的创作对于当时皇帝贵族来说就是一种娱乐之具，具体表现为以司马相如为代表的文学弄臣们投君王之所好，以文谀上，供其玩乐。如相如见汉武帝好神仙，因写《大人赋》奉上。虽有劝讽之意，但《史记·司马相如传》上说：“相如既奏《大人之颂》，天子大说，飘飘有凌云之气，似游天地之间意。”扬雄也因此而认为：“靡丽之赋，劝百而讽一，犹骋郑、卫之声，曲终而奏雅，不已戏乎！”（《汉书·司马相如传下》）因此司马迁在《报任安书》中这样写道：“文史星历近乎卜祝之间，固主上所戏弄，倡优畜之，流俗之所轻也。”扬雄也以赋“劝而不止……又颇似俳优淳于髡、优孟之徒，非法度所存，贤人君子诗赋之正也，于是辍不复为”（《汉书·扬雄传下》）。在这些史实中表现出来的君主们对待文学和文学弄臣的态度、意识，无疑也强化了传统文学观念中对文学审美活动的某种娱乐性定位。

对于文学审美活动的娱乐定性，在中国正统文学的观念史上，还有另外一条不可忽视的线索：即所谓“游于艺”理念的影响。在孔子的时代，虽然已经出现了“文学”一词，但是没有任何文言文本被定性为今天意义上的所谓文学。孔子曰：“《诗》三百，一言以蔽之，曰‘思无邪’。”（《论语·为政》）从这句话可以看出，孔子并没有从今天所谓文学的性质上来看待《诗》的文本涵义问题，反而是否定了从艺术的、审美的价值和意义上来定义《诗》的文学性质——因为他是要从意识形态叙事的人文性质上来定义和解读《诗》的文本涵义。当我们今天从纯文学的意义上来看待、接受和解读《诗经》时，可以看出，“《诗》三百”中实际上有大量的民间爱情诗歌。这些诗歌在爱情内容上的本能与野性，在爱情表白上的大胆与坦诚，以及由此而显示出来的诗意之美与文学本性，都实在不是孔子意识形态叙事理念的“思无邪”概念可以定性的。但孔子必须这样说。因为《诗》经乃六经之首，是正统文化乃至统治性意识形态的经典文本，因此不论其实际内容为何，都必须予以政教意识形态叙事的雅正解读（这个问题，我们后文会有进一步的解释）。因而在孔子的观念里，既没有今天意义上的所谓文学问题，也没有如何理解今天意义上的文学审美性质的问题。一般而言，在屈宋之前，中国并没有出现今天意义上的文学写作和文学术业。虽然在后世看来，当时所有的文体写作和文言文本都具有文学性和文学性问题。大概也正因为如此，孔子便在政教文学的严肃习读之外特意网开一面，给出了个“游于艺”（《论语·述而》）的相对独立的、非意识形态的、具有一定程度的审美活动性质的文艺活动方式。根据《礼记》中的理解，孔子的本意，是要在政教意识形态文化、文献的学习过程中，通过以一种相对超脱的游戏审美的态度来学习的方式，摆脱一味刻板的束缚，以获得求道生涯中某种愉悦感与自由感。所谓“不兴其艺，不能乐学”（《礼记·学记》），说的就是这个意思。不过，在后人看来，孔子的话中，应该还有这样一层含义：即以一种游戏的态度或悠游的方式，来参与那些与求道的关系不太大的技艺性的活动。这样理解的理由在于，孔子自己就是个多才多艺的人。因此，这个“游于艺”的审美理念与审美方式，实际上也就确立了雅正文学系统内部的某种娱乐性和消遣性审美思想传统。

魏晋南北朝时，中国古代正统文言文学系统中的审美文学活动开始进入所谓相对独立而自觉的兴盛时期，而以文学审美为娱乐的观念也从不同的层面得到了表达。魏文帝曹丕在《与吴质书》中回忆当年与好文学之士同游时写道："每至觞酌流行，丝竹并奏，酒酣耳热，仰而赋诗。当此之时，忽然不自知乐也。"[①]《晋书》中亦有载："（郭象）州郡辟召，不就。常闲居，以文论自娱。"（《郭象传》）"（张协）……弃绝人事，屏居草泽，守道不竞，以属咏自娱。"（《张协传》）诸如此类。陶渊明则在《五柳先生传》中借五柳先生以夫子自道："常著文章自娱，颇示己志。……衔觞赋诗，以乐其志。"[②] 故梁昭明太子《文选序》在论各体文章之美后说："譬陶匏异器，并为入耳之娱；黼黻不同，俱为悦目之玩。"[③] 这一时期的文学娱乐观念，与前述汉人对待文学活动的娱乐态度，显然有很大的不同——他们明显具有一种高尚其事的心态。这与"游于艺"的观念传统是不无关系的。

这一观念传统实际上贯穿了整个中国古代文学史。唐韩愈作《毛颖传》，就被认为是"以文为戏"（裴度《寄李翱书》）。而宋人叶梦得认为："韩退之作《毛颖传》，此本南朝俳偕文《驴九锡》《鸡九锡》之类而变之耳。"（《避暑录话》卷下）其实不过是古已有之的游戏为文、消遣为文的传承罢了。唐温庭筠《乾馔子·自序》中也曾提到唐传奇"能悦诸心，聊甘众口"的娱乐性质。而据宋元时期人所言，唐传奇之所以能在文人中风行，与当时文人们热衷于"游于艺"性质的文学活动及娱乐性文学审美追求确实有着直接的关系。如南宋赵彦卫《云麓漫钞》卷八云："唐之举人，先借当时显人，以姓名达之主司，然后投献所业，逾数日又投，谓之温卷，如《幽怪录》《传奇》等皆是也。盖此等文备众体，可见史才、诗笔、议论。"唐传奇"文备众体"，正好显示其文艺才华，所以成为文人们竞相戏笔的游艺炫技之作。元虞集的《道园学古录》卷十八《写韵轩记》中则这样描述唐传奇的创作心态："唐之才人，于经艺道学有见者少，徒知好为文辞。闲暇无可用心，辄想像幽怪遇合、才情恍惚之事，作为诗章答问之意，傅会以为说。盍簪之次，各出行卷，以相娱玩，非必有其事，谓之传奇。"[④] 元夏庭芝《青楼集序》也说："唐时有传奇，皆文人所编，犹野史也，但资谐笑耳。"均认为这不过是唐人游戏笔墨以为娱乐的

① 《文选》卷四十二，上海古籍出版社1986年版，第1897页。

② 《陶渊明集》，人民文学出版社1956年版，第101页。

③ 《文选》，上海古籍出版社1986年版，第1页。

④ （元）虞集：《写韵轩记》，《道园学古录》卷三十八，上海中华书局据明刻本校刊《四部备要》1912年版，第266页。

游艺之作。

所以，这个观念所形成的传统的一个基本表现，似乎就是文人士大夫们以诗文“自娱”的一种“习性”。韩愈《病中赠张十八》云：“文章自娱戏，金石日击撞。”[①] 是这一习性的典型表达。而这一习性在明朝俗文学兴盛时期，似乎也得到了很大程度的激发，使以自娱自乐的心态享受诗文活动成了一时之风气。如陈全之的“兴来发高吟，击壤聊自娱”。[②] 汤显祖《答张梦泽》所谓：“时为小文，用以自嬉。”[③] 最突出的是郑元勋特意编有《媚幽阁文娱》一书，公然以“文娱”自诩。他在“文娱自序”中说：“吾以为文不足供人爱玩，则六经之外俱可烧。六经者桑麻菽粟之可衣可食也，文者奇葩文翼之怡人耳目悦人性情也，若使不期美好，则天地产衣食生民之物足矣，彼怡悦人者则何益而并育之?”并声明道：“但念昔人放浪之际，每著文章自娱。余愧不能著，聊借是以收其放废，则亦宜以‘娱’名。”[④] 而当时的著名文人陈继儒也在该书的“文娱叙”中写道：“闭门谢客，但以文自娱，庸何伤?”[⑤] 而这一风气的形成，与俗文学娱乐性审美活动的盛行也应该有一定关系。

当然，这些正统文学系统内部的游艺文学娱乐观，大多还只是具有某种程度的娱乐意识，并非完整的、具有主导性理念的文学娱乐思想。但是这些表现了娱乐性指归、旨趣的因素，因为有意排除了意识形态叙事的干扰，并且并不秉持审美神圣性与人文隆盛性的人文升华追求，因而在美学性质上形成了一种以纯娱乐性为主旨的思想基因。这种思想基因在中国文学观念的历史中得到了不断的放大、发展，显示了逐渐自立、自为的成长过程，并且终于成形为一种普遍性的观念共识。

不过，我们也应该意识到，就中国传统审美文化而言，当古人从纯娱乐性的角度去看待审美活动时，一般来说，主要还是包含了轻贱之意的。《尚书》中说：“不役耳目，百度惟贞；玩人丧德，玩物丧志。”（《伪古文尚书·旅獒》）这样的玩乐理念，自然也会体现在后世对文学审美的娱乐性的认识上。前述汉人以娱乐活动的方式看待辞赋审美时，就表现出了这

① 《全唐诗》卷三四〇，上海古籍出版社 1986 年版，第 843 页。
② （明）陈全之：《蓬窗日录》卷八，上海书店出版社 2009 年版。
③ （明）汤显祖：《汤显祖诗文集》，上海古籍出版社 1982 年版，第 1635 页。
④ 《四库禁毁书丛刊》集部第 172 册，北京出版社 2005 年版，第 8 页。
⑤ 同上书，第 2 页。

样的心理。审美文学开始进入全面自觉时期时，这样的观念就更为普遍了。北齐颜之推批评当时学文的不良现象时就说：“直取其清谈雅论，剖玄析微，宾主往复，娱心悦耳，非济世成俗之要也。”① 钟嵘《诗品序》中也提到这样的现象：“使穷贱易安，幽居靡闷，莫尚于诗矣。故词人作者，罔不爱好。今之士俗，斯风炽矣。才能胜衣，甫就小学，必甘心而驰骛焉。于是庸音杂体，人各为容。致使膏腴子弟，耻文不逮，终朝点缀，分夜呻吟。”② 由此而最终则表现为宋程颐这样的文学观：“问：‘作文害道否？’曰：‘害也。凡为文，不专意则不工，若专意则志局于此，又安能与天地同其大也？《书》曰“玩物丧志”，为文亦玩物也。’……今为文者，专务章句，悦人耳目。既务悦人，非俳优而何？”③

由此可知，中国古人在文学审美上表现出的娱乐性追求也有它的复杂性，需要具体分析，不可一概而论。虽然一般而言，以娱乐休闲的态度对待文学审美，就会有一种本能地反雅正心理和性质体现于其中。但具体的娱乐休闲意识，至少有向下或向上两个维度。大体上，向下的娱乐意识追求生理性享乐的代入效果，向上的娱乐意识则追求心理性体验的审美收获。中国传统文学意识中这两个娱乐性审美维度的存在情况与自觉情况，需要根据具体的文学活动事实予以准确的辨析与认识。

就此而言，正统文学内部“游于艺”的审美活动方式，永远也不可能彻底摆脱政教文学意识形态叙事理念的监控与制约。而只有当审美性的文学活动完全外在于这个政教文化系统时，才会面具尽失，只剩娱乐玩好心态。其中比较典型的有早期的弄臣文化与里巷文化中的口头文学活动。司马迁《史记·滑稽列传》中，讲述了一些代表性的弄臣故事。他自己这样解释道：“天道恢恢，岂不大哉！谈言微中，亦可以解纷。”虽然强调了这种娱乐性口头文学活动的某种人文作用，但实际上，帝王之喜爱弄臣，并非因这种人文功利而然。逗笑取乐，才是他们真正追求的目标。

另如《三国志·魏书·王卫二刘傅传》注引《魏略》记载：“（曹）植初得（邯郸）淳甚喜，延入坐，不先与谈。时天暑热，植因呼常从取水自澡讫，傅粉。遂科头拍袒，胡舞五椎锻，跳丸击剑，诵俳优小说数千

① （北齐）颜之推：《颜氏家训》，《百子全书》，岳麓书社1993年版，第3148页。

② （清）何文焕辑：《历代诗话》（上），中华书局1981年版，第3页。

③ 《二程集》（上），中华书局1981年版，第239页。

言讫，谓淳曰：‘邯郸生何如耶？’”《陈书》卷三十六《始兴王叔陵传》记载：“叔陵……夜常不卧，烧烛达晓，呼召宾客，说民间细事，欢谑无所不为。”《魏书》卷九十一《蒋少游传》记载：“高祖时，青州刺史侯文和……滑稽多智，辞说无端。尤善浅俗委巷之语，至可玩笑。”《北史》卷四十三《李崇传》附传“李若”记载：“若性滑稽，善讽诵，数奉旨咏诗，并使说外间世事可笑乐者。凡所话谈，每多会旨。……帝每狎弄之。”这些记载，反映的正是宫廷中这类口头文学活动的娱乐性质和游戏理念。一般而言，这可说是一种自发的常态的生活艺术。会“说话”的人往往为人所喜爱，亦自古而然。有好事者书记为文本，也就成了具有娱乐性的文学读本了。而民间里巷文化中，这类活动更是在在皆是。《抱朴子·外篇》“疾谬卷”云：“左生所载不才之子也。……曰杂碎故事，盖是穷巷诸生、章句之士吟咏而向枯简，匍匐以守黄卷者所宜识，不足以问吾徒也。”此“不才之子”所不屑的“杂碎故事”，反映的正是当时普遍的里巷口头文学情状。

这样的民间口头娱乐文学活动的盛行，自然是也是唐代俗文学活动兴起的文化土壤之一。唐代借助于佛教俗讲而兴起的俗文学活动，只不过把民间即时的零散的娱乐性口头文学活动，变成了一种公众性的、更为艺术化的娱乐性口头文学活动而已。公众性的俗文学活动的吸引力，在于给广大俗众提供了一个聚众娱乐的机会。清焦循《花部农谭序》云：“……农叟渔父，聚以为欢，由来久矣。”说明了俗文学活动的这种欢聚形态和娱乐性质。因此即使是谈说佛经，亦会有很多人来赶场捧场。因为真正为了了解经意、通懂佛法的庶民俗众可能并不多，大多数人只是为了来听音乐、听故事、看表演、找乐、消遣和凑热闹。因此，俗文学艺术有时甚至只要在表现形式上有娱乐性、能让俗众欢聚凑趣，就足够了。内容是否精彩，倒无关紧要了。这大概可以解释在后来的教坊勾栏说唱文学活动中，为什么通俗文学还充当了某种意义上的民间百科全书的角色。王国维《宋元戏曲史》摘录有一些说唱名目，至有《讲来年好》《讲圣州序》《讲乐章序》《讲道德经》《讲蒙求爨》《讲心字爨》与《订注论语》《论语谒食》《擂鼓孝经》《唐韵六帖》之类，王认为“即推说经诨经之例而广之”。又有诸如《神农大说药》《讲百果爨》《讲百花爨》《讲百禽爨》以及讲果子名、星象名、草名“以名字终者二十六种”，《和尚家门》《先生家门》《秀才家门》等“摹写社会上种种人物职业”的五十五本，另有如

《难字儿》《猜谜》等仿效京师叫卖之声等说唱类别。[1] 根据有关文献记载，举凡能想到的衣食住行各个方面的各个名目，在勾栏说唱中，几乎无不编成唱本唱了出来。这种毫无内容、毫无意义的、纯粹炫技似的演唱，虽然不清楚其性质是陪衬性的，还是主打性的，但就俗文学的审美追求而言，也许光是耍嘴皮子逗笑取乐，就足以满足其“文学性”审美的需要了。这也许正是俗文学的游戏性质和自娱自乐性质要远过于雅正文学的本性使然。因此，俗文学艺术往往更注重表面的、肤浅的甚至是毫无意义、不近情理的吸引力和“召唤”效果，因为它只要能够一时吸引住人就足够了。现在的所谓大众文学艺术，同样存在着这样的现象与性质。

民间俗文学几乎自发地就具有所谓“召唤”意识。冯梦龙收集的《山歌》中，便充满了这样的句子：“有介一只山歌唱你侬听，新翻腾打扮弄聪明。”“说山人，话山人，说着山人笑杀人。”“不如忙里偷闲好，再把新闻听一巡。”说服人、打动人、取媚人、责怪人、嘲讽人……的意识：“我有介只曲子在里到唱来你听听”“你侬弗要出言吐气，我侬唱介一只曲子你听听”。“若还弗信，待我唱只《驻云飞》来你听听。”[2] 其实不光是山歌，应该说，所有的艺术都具有召唤性。所有的艺术作品都是一个召唤结构。所有的艺术作品都具有向“你”倾诉的性质。俗文学基于受众主导，在这方面要更直接一些、更明显一些。

这样的民间俗文学土壤，自然也就从起点上孕育了俗文学中小说艺术的娱乐审美意识。明人便多认为小说起源于娱乐需要。明天都外臣《水浒传序》云：“小说之兴，始于宋仁宗。……人主垂衣之暇，命教坊乐部，纂取野记，按以歌词，与秘戏优工，相杂而奏。是后盛行，遍于朝野。盖虽不经，亦太平乐事，含哺击壤之遗也。”天下太平无事，又有闲暇时间，心理的空虚度增大，娱乐欲求、消遣欲望会日益强烈，个体如此，整个社会亦如此。这类活动因此而兴起时，其性质自然也就不那么正经。因此在这类不为正统文化理念所约束的娱乐性审美活动中，人们普遍的被压抑被制约的欲求渴望得到释放，得到宣泄，得到想象中的实现和满足。无论具有多大的合理合法性，个体的本能欲求也并不会因负面性的道德判断和社会化的理性制约就全然归于寂灭和消失。有的人可以以虚伪来加以掩饰，

---

① 王国维：《王国维学术经典集》，江西人民出版社 1997 年版，第 240、241、250、251 页。

② 均引自郑振铎《中国俗文学史》，上海人民出版社 2006 年版，第 430、431、432、479 页。

有的人可以因长期驯顺于结构性制约而习惯做一个道貌岸然的正人君子，但绝大多数人只是因客观限制及理性自律而不得不长期压抑自身本能而原始的自由冲动。虽然这种压抑是必需的、合理的，但压抑终究是一种心理困境。无论以何种方式、在多大程度上得到一定的解脱，都可能是一件大快人心的事。这正是为什么越是"不经"的审美活动，往往越能成为最为普遍的"赏心乐事"的根本原因。这也能解释为什么一个社会越是理学盛行，越是礼教控制日益严厉，这种欲求就越强烈、越普遍。弗洛伊德的性欲升华说，在社会学的意义上，其实也有这样的涵义。本质上也是一种心理调节机制在起作用。宋说话艺术的兴起与兴盛与此有直接关系，而这种小说生成说与其艺术本质也是相符的。

冯梦龙在其所编《笑府》的序言中这样写道："古今来莫非话也；话莫非笑也。两仪之混沌开辟，列圣之揖让征诛，见者其谁耶？夫亦话之而已耳。后之话今，亦犹今之话昔，话之而疑之，可笑也，话之而信之，尤可笑也。经书子史，鬼话也，而争传焉。诗赋文章，淡话也，而争工焉。褒讥伸抑，乱话也，而争趋避焉。或笑人，或笑于人，笑人者亦复笑于人，笑于人者亦复笑人，人之相笑宁有已时？《笑府》，集笑话也，十三篇犹云薄乎云尔。或阅之而喜，请勿喜，或阅之而嗔，请勿嗔。古今世界一大'笑府'，我与若皆在其中供人话柄。不话不成人，不笑不成话，不笑不话不成世界。"①

竟以经书子史为鬼话，真是以娱乐玩笑的态度看待一切文字作品了。晚明或者算得上是中国古代又一个王纲解纽、礼崩乐坏的时期，其时文人所著笑话，几占中国历史上全部笑话之一半，可见其时心态开放之一斑。与之相比对，清朝大兴文字狱，则再无什么笑话著述问世了。清朝文人甚至正言厉色地斥责明朝文人耽于笑话。而明朝文人的耽于笑话，自然也可看作是其文学审美娱乐化意识的突出表现之一。

元胡祗遹《赠宋氏序》中说："百物之中，莫灵贵于人，然莫愁苦于人……于斯时也，不有解尘网，消世虑，熙熙皋皋，畅然怡然，少导欢适者一去其苦。此圣人所以作乐以宣其抑郁，乐工伶人之亦可爱也。乐音与政通，而伎剧亦随时所尚而变。近代教坊院本之外，再变而为杂剧。既谓之杂，上则朝廷君臣之得失，下则闾里市井父子兄弟夫妇朋友之厚薄，以

① （明）赵南星等：《明清笑话四种》，人民文学出版社 1983 年版，第 36 页。

至医药卜筮释道商贾之人情物性，殊方异域风俗语言之不同，无一物不得其情，不穷其态。”这一通戏剧理论就非常精到。它不光涉及戏剧的审美功能、戏剧文学的叙事性内容和戏剧表现注重形象性的特性（得其情，穷其态），也清晰地意识到了戏剧情感功能中的心理平衡作用。所谓“莫愁苦于人”，尤指心灵的饥渴、苦闷与困顿。越是摆脱了动物性的人就越是如此。而艺术的娱乐性，则发挥着心理的疏导、安抚、转移、麻醉、填充和愉悦的作用，从而实现对困苦现实的精神超越。王国维《元剧之文章》云：“明以后，传奇无非喜剧……”这一现象的形成，与俗文学的娱乐至上理念也许不无关系。

事实上，这种娱乐性追求在戏剧审美活动中表现得要更为突出。明张岱在其《陶庵梦忆》一书中曾记录了不少当时各种戏剧观演盛况，或可反映当时人们参与戏剧审美活动时的心态之一斑，因此谨胪列如下。

如在绍兴某城隍庙演出《冰山记》时的热烈气氛：“城隍庙场台，观者数万人，台址鳞比，挤至大门外。一人上，白曰：‘某杨涟’。口口谇谇曰：‘杨涟！杨涟！’声达外，如潮涌，人人皆如之。杖范元白，逼死裕妃，怒气忿涌，噤断嚄唶。至颜佩韦击杀缇骑，嗚呼跳蹴，汹汹崩屋。沈青霞缚藁人射相嵩以为笑乐，不是过也。”[①]

又记“刘晖吉女戏”云：“刘晖吉奇情幻想，欲补从来梨园之缺陷。如唐明皇游月宫：叶法善作，场上一时黑魆地暗，手起剑落，霹雳一声，黑幔忽收，露出一月，其圆如规，四下以羊角染五色云气，中坐常仪，桂树吴刚，白兔捣药。轻纱幔之内，燃赛月明数株，光焰青黎，色如初曙，撒布成梁，遂蹑月窟，境界神奇，忘其为戏也。其他如舞灯，十数人手携一灯，忽隐忽现，怪幻百出，匪夷所思。令唐明皇见之，亦必目睁口开，谓氍毹场中那得如许光怪耶！彭天锡向余道：女戏至刘晖吉，何必男子！何必彭大！”[②]

他自己于旅途中演戏的情况：“崇祯二年中秋后一日，余道镇江往兖。日晡，至北固，舣舟江口。……移舟过金山寺，已二鼓矣。经龙王堂，入大殿，皆漆静。林下漏月光，疏疏如残雪。余呼小仆携戏具，盛张灯火大殿中，唱韩蕲王金山及长江大战诸剧。锣鼓喧阗，一寺人皆起看。”[③] 居

① （明）张岱撰，马兴荣点校：《陶庵梦忆　西湖梦寻》，中华书局2017年版，第91页。

② 同上书，第65—66页。

③ 同上书，第14页。

然自备戏班戏具，随时可搭台布景演出，与人共乐。

所记当时一家客店中配备戏剧演出班子的情况：“客店至泰安州，不复敢以客店目之。余进香泰山，未至店里许，见驴马槽房二三十间；再近，有戏子寓二十余处；再近，则密户曲房，皆妓女妖冶其中。余谓是一州之事，不知其为一店之事也。……夜至店，设席贺，谓烧香后求官得官，求子得子，求利得利，故曰贺也。贺亦三等：上者专席，糖饼、五果、十肴、果核、演戏；次者二人一席，亦糖饼，亦肴核，亦演戏；下者三四人一席，亦糖饼、肴核，不演戏，用弹唱。计其店中，演戏者二十余处，弹唱者不胜计。庖厨炊爨亦二十余所，奔走服役者一二百人。……泰安一州与此店比者五六所，又更奇。”① 此种规模，今天的人真是难以想象的了。

无名氏《笔梦叙》亦记载有扬州盐司署演剧和私家戏班情况：“晚至盐司署设宴观剧，凡扬郡名班皆集。有扬州监税徐老公者亦在座，自云‘有家妓数名，颇娴音乐，明早乞枉驾一顾，稍申款曲’。至次日，复往监税署观女乐。徐公屡诩其教习之善，选择之审，侍御姑口誉之。以其为弋阳腔，心勿悦也。徐监选女乐四名来送，固辞之。徐监乃唤满江红载四女，遣管家二人，女侍二人，候镇江口，随侍御至家。”②

另如周晖在《金陵琐事剩录》中记载宦官以南京城中之佛寺作戏场敛财：“正德丙子以后，内臣用事，南京守备者十余人，蟒衣玉带。其名下内臣，以修寺为名，各寺中搭戏台扮演。城中普利、鹫峰，城外普德、静海等处扮演。各处传来扮戏棍徒，领来妻女，名为真旦。入看者钱四文，午后二文至一文。每日处得钱十余千，彼此求胜。”③

晚明时不仅庙宇广场这种公共空间演剧频繁，成为相对固定的娱乐胜地，更有不少士大夫构筑别墅花园，并在此大宴宾客，搬演戏曲。著名文士祁彪佳就曾于绍兴寓山构建别业，并将其借与族人演戏娱宾。④ 而他自己对于家庭内的这种戏剧演出，却又心怀忐忑，担心其中的色情内容会对未成年子女起到“戏乐晦淫”的不良作用，因此曾让子女回避：“今人家

① （明）张岱撰，马兴荣点校：《陶庵梦忆　西湖梦寻》，中华书局 2017 年版，第 55 页。

② （清）虫天子编：《中国香艳全书》第 1 册，团结出版社 2005 年版，第 131 页。

③ 转引自王晓传辑录《元明清三代禁毁小说戏曲史料 · 前言》，作家出版社 1958 年版，第 14—15 页。

④ 《祁忠敏公日记》之《自鉴录》，参阅戴健《明代后期吴越城市娱乐文化与市民文学》，社会科学文献出版社 2012 年版，第 140 页。

搬演阴媟戏剧，以为寻常之事，不复呵止；曾不思男女之欲，如水浸淫，即日事防闲，犹时有渎伦犯义之事，而况乎宣淫以道之？试思此时观者，其心皆作何状，不独少年不检之人，情意飞荡，即生平礼仪自闲，到此亦不觉津津有动，稍不自制，便入禽门，可不深戒。”① 这之中反映了走向“宣淫导欲”的娱乐之用的戏剧创作与戏剧演出对于正统文化的冲击和解构，同时也反映了过分注重娱人之用，以观众的喜好欲望为重心的戏剧艺术极易丧失人文追求。当然这也可见文人士大夫对于戏剧的某种低级娱乐性的矛盾态度：又要在家庭里演男欢女爱的戏剧以为不时之乐，又担心未成年人会受到不良影响。其实说到底，自己还是乐在其中的。

在经济发达的吴越地区，于自家搬演戏文的娱乐之风也很盛行，顾起元曾记录当时的风俗：“南都万历以前，公侯与缙绅及富家，凡有宴会，小集多用散乐，或三四人，或多人，唱大套北曲。乐器用筝、纂、琵琶、三弦子、拍板。若大席，则用教坊打院本，乃北曲四大套者，中间错以撮垫圈、舞观音，或百丈旗，或跳队子。后乃变而尽用南唱歌者……”② 不一而足。故当时即有人批评道：“唯今之鼓弄淫曲，搬演戏文，不问贵游子弟，庠序名流，甘与俳优下贱为伍，群饮酣歌，俾昼作夜，此吴、越间极浇极陋之俗也。”③ 不难看出，这一批评充分显示了正统文人对此类娱乐风俗的不屑与反感。在他们眼里，贵族子弟和社会名流与俳优下贱为伍，鼓弄淫曲，搬演戏文，且不分白昼地群饮酣歌，是一种自甘堕落的行为，这之中的文学行为和文学实践也是一并让人鄙夷的，是一种“极浇极陋之俗”。事实上，对于这种娱乐性审美活动，当时的文人士大夫们一方面是尽享其乐，特别是颇具经济实力的喜好者，筑戏台，养优伶，乐其所极，而另一方面无论是明言斥责的还是保持沉默的，其心底从道德立场出发，都是对此持否定态度的。与之互为因果的是，既然已经抱着做错事的态度以偷着乐、堕落着乐的态度对待艺术，那艺术也就难逃其害，一并堕落为人的情感和欲望的无节制的宣泄口。若对于此种心态下之艺术仍抱着崇高的审美追求和人文追求，也就无异于痴人说梦了。

---

① 王晓传辑录：《元明清三代禁毁小说戏曲史料》，上海古籍出版社 1981 年版，第 179 页。

② （明）顾起元：《客座赘语》卷九，《明代笔记小说大观》，上海古籍出版社 2005 年版，第 1430 页。

③ （明）管志道：《从先维俗议》卷之五《深追先进遗风以垂家训议》，王利器辑录《元明清三代禁毁小说戏曲史料》第 3 编，上海古籍出版社 1981 年版，第 172 页。

这种全方位的娱乐审美观使俗文学摆脱了正统意识形态话语的制约。同样，这样的娱乐文学观也可以为人本主义的审美享乐大开方便之门。古人所谓不为无益之事，何以遣有涯之生，表达的其实就是这种意识：不为娱乐消遣之事，何以麻木、安慰、忘却、消减生之苦痛？何以泅渡生之苦海？人生有太多的空虚、空白需要填充，有太多生存痛苦和心理纠结需要缓解和平复，有太多无意义感、无目的感和绝望感需要逃避、屏蔽和忘怀，有太多的无聊时间需要打发。绝大多数人生都没有事业、功业、价值目标、奋斗理想可言，都只是生之挣扎、生之耗费、生之忍受、生之瞎混、生之苦挨，对于他们来说，抵消——或者说补偿这一切的最有效的生之乐事，就是娱乐活动了。光阴需要打发，人生需要消磨，情感需要宣泄，心理需要填充，精神需要麻醉，意识需要融通，这一理由看起来无任何崇高感可言，但实际上却可能蕴含着巨大的深刻的人文意义。儒教文化之人生追求与人生价值观，没有也不可能包括这样的人生内容，但这却是绝大多数人主要的人生内容。这样的人生内容要找到值得一过的理由，“生趣”就成为主要的必不可少的生存理念了。俗世生活中的审美娱乐活动，就是使俗世生存娱乐化、审美化、诗意化、观赏化、享受化、愉悦化的基本方式。而且，越是衣食无忧的生活，这一点越是重要。即使是过有价值的、道德化、事业化的人生，这一理由同样存在。因为再充实、再严肃的人生，也有空闲之时和空闲之心。不用说，这正是大众文化意识与审美意识的典型表达。

西人美学理论中，亦有以审美为游戏的观念。因此，当晚清西学东渐之时，中国俗文学传统中的娱乐至上观念，也就借西方的游戏说之“理论性”，在清末正统文人的文学观中开始大行其道。

清康有为《闻菽园居士欲为政变说部诗以速之》云：“经史不如八股盛，八股无如小说何。郑声不倦雅乐睡，人情所好圣不呵。”“（小说）衿缨市井皆快睹，上达下达真妙音。……茶余睡醒用戏谑。”完全抛弃了正统文学观念里的政教叙事理念，只要是人情所好就具有充分的审美合理性了。娱乐消遣的传统俗文学活动事实，成了小说审美合理性的自足理由。林纾《孝女耐儿传序》云：“余将继续以伧荒之人，译伧荒之事，为诸公解酲醒睡可也。”甚至明确表示要以放弃、自贱和自甘堕落的心态，以给读者提供娱乐消遣为目的，而从事文学翻译工作。

最典型的是熟悉西学的王国维在《文学小言》中这样写道：“要之，

文学者，……此其所以但为天才游戏之事业，而不能以他道劝者也。”认为所谓文学，说到底只是一游戏之艺，并无任何人文崇信理念（他道）的支撑。这样的观念，与其说是学舌西人，倒不如说是接续中国俗文学娱乐理念而作的发挥。

鲁迅先生大体上也是这个意见，他曾说过：“以意度之，则俗文之兴，当由二端，一为娱心，一为劝善。”① 至于轶事小说，鲁迅先生也认为“若为赏心而作”，“虽不免追随俗尚，或供揣摩，然要为远实用而近娱乐矣”。② 在他的《拟播布美术意见书》中，他这样写道：“美术诚谛，固在发扬真美，以娱人情，比其见利致用，乃不期之成果。”也是将娱乐性纳入艺术的本质规定性之中。当然鲁迅自有其高明之处，在张扬娱乐性的同时，他仍然强调了艺术对生存诗意的揭示，以及其能指性的人文功利价值。

二 休闲性文学审美观

如上所及，俗文学的娱乐意识中，消闲性是一个重要侧面。这与社会生活的发展使人们有了更大的生活空间，以及生活中有了更多的闲暇时间有关。前引明郎瑛言小说缘起的话，里面就说到了这样的前提：“小说起宋仁宗。盖时太平盛久，国家闲暇，日欲进一奇怪之事以娱之。故小说得胜头回之后，即云‘话说赵宋某年’。”③ 明酉阳野史《新刻续编三国志引》中也说：“夫小说者，乃坊间通俗之说，固非国史正纲，无过消遣于长夜永昼，或解闷于烦剧忧愁，以豁一时之情耳。”④ 可见古人们认为闲暇对于通俗文学艺术的兴盛与消费需求具有重要的意义。

鲁迅先生在《中国小说的历史的变迁》中对此作了理论上的阐释和合理推测：“至于小说，我以为倒是起源于休息的，人在劳动时既用歌吟以自娱，借它忘却劳苦了，则到休息时，亦必要寻一种事情以消遣闲暇。这种事情就是彼此谈论故事，而这谈论故事正就是小说的起源。——所以诗歌是韵文，从劳动时发生的；小说是散文，从休息时发生的。”

休闲性自然也是正统文学审美娱乐观的一个有机构成部分。白居易曾

① 《鲁迅全集》第 9 卷，人民文学出版社 1981 年版，第 110 页。

② 《鲁迅学术作品精选集》，云南人民出版社 2013 年版，第 33 页。

③ 孔另境编辑：《中国小说史料》，上海古籍出版社 1982 年版，第 6 页。

④ 黄霖编：《中国历代小说批评史料汇编校释》，百花洲文艺出版社 2009 年版，第 213 页。

将自己的“闲适诗”界定为：“或退公独处，或移病闲居，知足保和、吟玩情性者一百首，谓之闲适诗。”白居易创作“闲适诗”及其夫子自道中表达出来的观念，说明当人们卸下道义的重担，不再从辅政治民的意义上去看待文学时，娱乐和游戏的消闲心态就会成为其基本的文学活动意识。这也成了宋程颐批评人们学诗的一个理由：“或问：‘诗可学否?’曰：‘既学诗，须是用功，方合诗人格。既用功，甚妨事。’……先生尝说：‘……某素不作诗，亦非是禁止不作，但不欲为此闲言语。且如今言能诗无如杜甫，如云“穿花蛱蝶深深见，点水蜻蜓款款飞”，如此闲言语，道出做甚?’”①

而在俗文学审美活动中，休闲观念直接就是其娱乐性追求的题中之义，因而也就不存在这样的观念障碍了。清幔亭过客《西游记题词》云：“洋洋洒洒数百万言，而不复一境，不离本宗。日见闻之，厌饫不起，日诵读之，颖悟自开也。故闲居之士，不可一日无此书。”这就是从读者闲居状态下的消闲需求着眼，来讨论小说的人文价值。俗文学以娱乐性为其基本理念，所以“闲”理应是其审美过程中的基本状态和基本心态。而一“闲”字，也说尽了俗文学自外于正统文化、主流文化、意识形态文化的他者性质。在这样的意识中，俗文学审美者有意放弃了任何社会角色的担当，摆脱了任何社会实用理性与意识形态理念的结构性制约，使心灵得以开蒙去蔽，自由放飞。在这样的意识中，俗文学被看作是世人通向另外一个世界的一扇门。在这样一个世界中，世人在审美中得到娱乐，在娱乐中得以悠闲地享受自己的生命。

因此，清金人瑞《读第五才子书法》说：“大凡读书，先要晓得作书之人，是何心胸。”所谓心胸，传统解为立意，实际上应该是指写作动机。俗文学作品的写作动机不过是娱乐，非要从中去寻找作者严肃自任的人文担当与价值追求，实在是有违俗文学审美活动的本性。金人瑞这样解释道：“《水浒传》却不然。施耐庵本无一肚皮宿怨要发挥出来，只是饱暖无事，又值心闲，不免伸纸弄笔，寻个题目，写出自家许多锦心绣口，故其是非皆不谬于圣人。后来人不知，却于《水浒》上加忠义字，遂并比于史公发愤著书一例，正是使不得。”这是从作者的角度讨论“闲”的重要性。对于俗文学活动来说，创作中保持心闲的状态也很

① 《二程集》（上），中华书局 1981 年版，第 239 页。

重要。心不闲，绝不能细细想来，细细写来，从而从容写出许多“锦心绣口”——也就是内视之美和语言之美。心不闲，也没那么多幽默感和轻松感。一般而言，越是重娱乐性追求的俗文学作品，作者创作过程中的心态也就越闲。

清曹雪芹在《红楼梦》第一回中写道：“其中家庭闺阁琐事，以及闲情诗词，到还全备，或可适趣解闷。”其实，曹雪芹写《红楼梦》，心情并不是那么闲适的。同样在第一回中，他自我评说道：“满纸荒唐言，一把辛酸泪。都云作者痴，谁解其中味?”又说什么“因空见色，由色生情，传情入色，自色悟空”。显然有很沉重的创作意识与理念蕴含其中。但是这并不妨碍他依然从俗文学基本理念的角度去看待自己的作品。对于读者而言，他的作品正是合适的足以帮助人们摆脱种种心理重负的娱乐性审美对象：“世井俗人，喜看理治之书者甚少，爱看适趣闲文者特多。”“这几个女子，虽不敢说强似前代书中所有之人，但事迹原委，亦可以消愁破闷也。有几首歪诗熟话，可以喷饭供酒。”“所以我这一段事也不愿世人称奇道妙，也不定要世人喜悦检读，只愿他们当那醉余饱卧之时，或避世去愁之际，把此一玩，岂不省了些寿命筋力?”他一再强调自己作品的纯娱乐性与纯消遣性，有故意掩盖自己真正用心的目的，但也并非完全矫情而言。虽然可以说，《红楼梦》之所以高于其他说部者，全在于它并非只是为了给人消愁破闷而作。但它也不是因为要表达什么崇高的人文价值理念而作。书中自有作者的一腔血泪，不光是为自己，亦且是为艺术。他只是比此前的俗文学作者更为认真更为投入地追求了作品的审美价值和艺术价值而已。因此，至《红楼梦》，才以俗文学之形，而有了雅文学之实。而文学无论雅俗，有基于深刻人性的痛苦和达于艺术极境的自为追求，才有真正卓越的艺术价值和美学价值可言。相较而言，《水浒传》正是在生发出“忠义”理念之处，因其外在的他为性而断送了本来可以更高的文学生命和美学价值。金圣叹腰斩《水浒传》，正可见他为此而痛心疾首之处。

清李元复《常谈丛录》中说：“说部之书，以‘话说’字起者，至今渐益多。有凭虚结构者，亦有依傍古事而装点者。大概皆为说书人所撰。多成于粗鄙之人，或闲放之士。儒者不屑道，故其籤帙不登于架。然此亦别是一家笔墨，其流总出于稗官野史也。”“话说”正是俗文学的一种娱乐性开张姿态。它既显示了作者为娱乐性内视审美活动服务的表演者身份，又显示了有心为娱乐消遣提供内视审美服务的目的。事实上，它也表示了一个纯内视性的世界正要展开。因此李氏将俗文学作者定性为粗鄙之人和闲放之士，是从作者的角度来认定俗文学作品的消闲本性和别是一家的非主流文化的文学性质。

明袁宏道说："世间便宜事，真无过闲适者。"[①] 俗文学的消闲本性，使它从不具有雅正文学那种高高在上、与俗世生存保持距离、难以亲近的形态，而是成为人们俗世生存的一个有机构成部分，一个毫无隔阂感的"生活内容"，因此几乎没有什么"准入门槛"。这使得俗文学成为一种生存性娱乐文化，即一种生活化的娱乐文化。人们无须克服什么文化心理障碍就可参与到俗文学审美活动中来。因此，俗文学的消闲理念，也就为古人的闲适生活，开辟出了一片可以轻松进入的休闲的空间。《三笑姻缘》开场《鹧鸪天》道："吹竽声曼讯千古，弹铗歌惭走四方。番旧谱，按新腔，权将嘻笑当文章。齐谐荒诞供喷饭，才拨冰弦哄一堂。"[②] 弹词最为长日无事的妇女们所喜爱。因此弹词作者往往有意为她们消闲需要而作："补纲目之遗，修史篇之失。高贤睹之而喷饭，闺媛阅之而解颐。"[③] 而且她们不但喜欢听，喜欢吟唱，也开始自己进行创作。[④] 著名的弹词作品《再生缘》的女性作者就是为了消遣闲暇而创作了这一作品的。[⑤] 俗文学生活化消闲程度之高，于此亦可见一斑。

艺术创造是一种审美追求，更是一种精神追求，没有或缺乏精神追求的审美追求最终必然会流于平庸、肤浅、空洞和低俗。俗文学艺术同样如此。因此，古代俗文学强调娱乐性和消闲性理念，并不等于俗文学只能为娱乐和消闲而作。这个道理，其实中国古人也是明白的。借他人酒杯，浇自己心中块垒，以娱乐之名，行泄愤之实，这样的意识，在俗文学的创作中同样屡见不鲜。

---

① （明）袁宏道著，钱伯城笺校：《识伯修遗墨后》，《袁宏道集笺校》卷三五，上海古籍出版社 2008 年版。

② 郑振铎：《中国俗文学史》，上海人民出版社 2006 年版，第 492 页。

③ 长篇弹词《安邦志》"学海主人序"，郑振铎：《中国俗文学史》，上海人民出版社 2006 年版，第 486 页。

④ 参阅郑振铎《中国俗文学史》，上海人民出版社 2006 年版，第 482—483 页。

⑤ 同上书，第 496—497 页。

第二节 意趣审美观

相较于正统文言文学，中国传统俗文学有自己全然不同且相当自觉的美学理念与审美追求。这一独具的美学理念与审美追求，尤其集中体现于一“趣”字之上。因此，对“趣”字内涵的丰富性、复杂性和多层次性的深入认识，也就成为我们理解中国传统俗文学的美学性质及其审美追求的关键点，甚至是最佳门径。

明叶昼评点《水浒传》第五十三回回评有言：“试看种种摩写处，那一事不趣，那一言不趣？天下文章当以趣为第一。”所谓天下文章，实际上只是指审美性文本乃至娱乐性审美文本——也就是就文学而言。在这一表述里，“趣”成为文学之美的最高评价标准，甚至是唯一评价标准。这样的表述其实是有上下文的。它针对的是雅正文学对美善的一本正经的美学追求；是对反情和志、思无邪、文质彬彬等雅正文学之美的核心命题的公开反叛和刻意颠覆。

因此可以说，“趣”是古代俗文学传统中一个重要的审美范畴。从俗文学兴起始，这一范畴就是俗文学审美追求中的题中之义。但是，对这一范畴的充分自觉应该是在明代。明代代表性的文学家与批评家，无一不以趣为张扬和奉行的最高美学理念。这种高度的共识，其意义在于，中国古代的俗文学思想系统有意将“美”排斥在了核心概念之外。对于俗文学纯娱乐性的美学定位来说，文学审美的对象是不是美并不重要，重要的是这一对象有没有趣。很显然，这是一高度生活化的概念，而非如“美”是一高度理想化的概念。它更接近庶民俗众们现实的生存状态，更接近一种感性的、直接的、动态的、非理性的、不受拘束的快乐，而非一种静态的、内敛的、含蓄的、理性的精神性愉悦。因而明显表现出对精神性人文价值意识的疏离。因此，对趣的张扬，也就是对雅正文学之美的解构和超越，也就是对政教道统文学叙事理念的挑战、背叛与否定。

汤显祖《点校虞初志序》中云：“以奇僻荒诞，若灭若没，可喜可愕之事，读之使人心开神释，骨飞眉舞。虽雄高不如《史》《汉》，简澹不如《世说》，而婉娴流丽，洵小说家之珍珠船也。其述花妖木魅，牛鬼蛇神，则曼卿之野饮。意有所荡激，语有所托归，律之风流之罪人，彼固歉然不辞矣。使咄咄读古，而不知此味……何所讨真趣哉！”这一通说辞，以“真趣”对“读古”，不妨看作对俗文学之趣的一次全面阐述。“奇僻荒诞，若灭若没，可喜可愕之事”，是指俗文学作品的阅读内容，直是使生成趣——即通过文学性创构，将人世的生存内容奇趣化，使之成为趣味横生的审美感知对象。“读之使人心开神释，骨飞眉舞”，则是使生生趣——充满趣味的文学阅读内容给人生带来了无穷乐趣。“婉娴流丽，洵小说家之珍珠船也”，则最终使生有趣——即使平凡的俗世生活内容和人生经历通过俗文学同样获得了诗意升华，而具有了本质性的生存意义和价值。正因为如此，陶醉于这种迷幻般的内视享乐之中，在纯粹的想象性、心理性生存中放浪形骸、风流堕落，亦了无遗憾，快然自得，并且公然以一种人本主义人生观蔑视和鄙薄价值主义人生观，从而显示出俗文学之“真趣”的优势地位。

由此可见，找乐寻趣心理是审美消遣文学观的一个基本组成部分，亦是生存性娱乐文化所必然具有的一种基本心理需求。有了人本性生存文化的支撑，文学娱乐观的人文合理性在俗文学理论中似乎也是不证自明的。在汤的表述中也可看出，正统文化观念中纯审美的非道德性文化意识，也导致了中国俗文学观中的审美自渎意识。这一点并非毫无意义。俗文学这种诉诸本能的原始自由精神与娱乐至上的本性，这种放弃正统文化操守的审美享乐主义精神，给了俗文学艺术以不断探底与试错的机会与可能性。

汤显祖《艳异编序》中对所谓“生趣”进行了阐述：“从来可欣可羡可骇可愕之事，自曲士观之，甚奇；自达人观之，甚平。吾尝浮沉八股道中，无一生趣。月之夕，花之晨，衔觞赋诗之余，登山临水之际，稗官野史，时一展玩，诸凡神仙妖怪，国士名姝，风流得意，慷慨情深，语千转万变，靡不错陈于前，亦足以送居诸而破岑寂……”在这一概念中，趣是与生命的意义、生存的意义紧密相连的。趣是生命的本真状态，亦是生命的生机勃发状态和充分享受状态。与之相对应的，则是一种被动的价值主义人生追求。这种追求外在于人的生存本性，压抑人的生命本能，扼杀人的生命活力。而俗文学的审美享乐活动则正好相反。它是向人敞开一个具有无限诗意生存与诗意体验可能性的世界——当然也就是一个内视审美的世界。这样一个世界一旦向人敞开，则人的所有情感都将得到释放，而现实生存的所有束缚均不解而去。这真是对俗文学之趣的极妙解说。不过，这毕竟还是在文言文。对于很多人来说，将自己的一生消耗在文学审美的世界里，同样也是极不现实的一件事。且不说正统文人士大夫的人文担当和道义担当，要求他们积极投入超越世俗生存的人生进取，实际上任何纯粹的、抽象的、非娱乐性、非游戏性、非直接实用性的学习，都不可能不具有外在于生存本性的性质。但这可能就是俗文学以娱乐的姿态放下一切担当后的勇气吧？“一世不可余，余亦不可一世。”以生命意志高调对抗意识形态社会化的结构性制约，以至于汤显祖不仅以“生之趣”为俗文学的第一要义，而且根本上他就是以之为人生的第一要义。“其为物也多姿，其为态也屡迁……”对于他来说，俗世的个体性生存局促在有限的可能性里，一般总是单调的、单色的、乏味的、无聊的和千篇一律的。而文学艺术可使生存的诗意性即生存的丰富意味、意义和各种各样的审美内涵充分显示出来，同时亦可增加生存本身的乐趣、色彩和诗意性。丰富多态本是生命的本质，进化的本质。“纵横流漫而不纳于邪，诡谲浮夸而不离于正……”因此，人本性的审美自由同样可以符合生命的正道。

生趣的追求压倒了道义性和价值性的追求，是俗文学特有的人文本性的张扬。汤显祖以文学审美愉悦对抗和颠覆正统文学价值论，是文学审美自足论的公开宣示。其人文依据具有人本论和存在论因素。以生趣、真趣为纯审美追求的人文价值和人文目的大旗，中国文学至汤显祖始得第一次理直气壮地高扬审美享乐为文学（戏剧）活动的全部存在意义和人文价值的理念，故堪称娱乐性审美文学宣言。所以中国传统文论中独立自足的文学审美意识是在俗文学活动中才出现的。其文学智慧在依托于生存可能性、人生体验的丰富与诗意，而不是人本主义的人文价值崇信理念，其文学精神则具有疏离正统和价值人格、挑战意义人生、自由自在享受俗世人生乐趣（或进一步为诗意人性人生）的放达性人性内涵。隐士传统中断以后，文人志士对正统与中心的疏离不再表现为隐遁江湖，而是流连放任于俗世乐趣及文学艺术的审美活动之中。

明袁宏道《叙陈正甫〈会心集〉》中说：“世人所难得者唯趣。趣如山上之色，水中之味，花中之光，女中之态，虽善说者不能下一语，唯会心者知之。今之人慕趣之名，求趣之似，于是有辩说书画、涉猎古董以为清，寄意玄虚、脱迹尘纷以为远，又其下则有如苏州之烧香煮茶者。此等皆趣之皮毛，何关神情？夫趣得之自然者深，得之学问者浅。当其为童子也，不知有趣，然无往而非趣也。面无端容，目无定睛，口喃喃而欲语，足跳跃而不定，人生之至乐，真无逾于此时者。孟子所谓不失赤子，老子所谓能婴儿，盖指此也。趣之正等正觉最上乘也。山林之人，无拘无缚，得自在度日，故虽不求趣而趣近之。愚不肖之近趣也，以无品也。品愈卑故所求愈下，或为酒肉，或为声伎，率心而行，无所忌惮，自以为绝望于世，故举世非笑之不顾也。此又一趣也。迨夫年渐长，官渐高，品渐大，有身如梏，有心如棘，毛孔骨节俱为闻见知识所缚，入理愈深，然其去趣愈远矣！”[①] 这是一段很有名的话，多为人所引述，因为确实代表了当时文人们种种审美追求活动中的一时风气和典型理念。这种求趣观，亦被人概括为“无品求趣”，是相当准确的。而作为风行一时的审美观，亦可看作是对俗文学审美追求意识的一种高度概括。

什么是“趣”？袁宏道有他自己的解释。在他看来，“趣”无非是俗世生存所具有的审美意味，尤其是俗世生存中不为任何人文教条所束、没加任何“文明”修饰的自然粗朴状态，就是一种“趣”的原生态。因此，从今天的理解来看，“趣”正是原始生命力的自由表达所形成的对社会理性、既定秩序、规范形态的轻松解构。“趣”之审美形态，正来自生存诗意、生活审美和人生审美，而这正是俗文学叙事性审美文学艺术产生之前所一直缺乏的。“趣”无法一语而断，是因为其具有太多的变量因素和形态差异，从而表现出时空维度上的种种不确定性。因此，袁氏之“趣”非趣味一词之中性义，乃放任之真趣，即放弃价值标准、超出价值规范的一种趣味追求。但以无品为趣，虽具颠覆意味，但也正是暴露了中国文化精神中以放弃道德甘居下流为审美的自由心态的心理内涵——这种情况我们在以后的讨论中还会不断遇到。当然，这也只是一个方面。“趣”正是以轻松随意的方式颠覆正经的一种生存意味，所以，假正经从审美的距离与角度来观看，也就成了一种趣。

因此可以说，在宋明理学盛行的时代，俗文学的娱乐化追求，诉诸本能的原始生命力与自由意志，对于打破正统文化专制下表面上一本正经、道貌岸然的文化面貌有着重要意义。它的探底与试错，它的率性而为，它的自发创造，使文学审美活动得以不断出现打破沉闷局面的“事件”，从而使得整个文化生活生动起来、活跃起来、新鲜起来，是之为“生趣”。试想一下，一个全由道德完善的“好人”、道貌岸然的正人君子组成的社会将会是个多么无趣的社会！一个全由循规蹈矩、政治正确、风格雅正的

① （明）袁宏道：《叙陈正甫〈会心集〉》，《袁宏道集笺校》卷十，上海古籍出版社 2008 年版。

文学艺术作品构成的文化生态将会是个多么沉闷、多么乏味的文化生态！事情就是这样奇怪。我们渴望建设一个太平无事、安居乐业、人人良善、一团和气的社会，但又讨厌总是生活在没有欲望、没有激情、没有故事、没有事件甚至没有新闻的社会中，规规矩矩、千篇一律、日复一日心如止水地过着一眼能望到坟墓的同样的日子。尤其难以想象的是，未来的人类社会就将是这样一个社会吗？没有刺激，没有事件，没有悲剧，没有堕落，没有欲望的放纵与享乐，没有悲欢离合的人生，没有为不羁的激情所支配的、自由的破坏与创造，甚至连这样一些离经叛道、无所顾忌的想象、意淫、艺术宣泄与内视审美都没有，这样的世界还有什么意思呢？在这样一个井然有序、波澜不惊、人人自律、一切如常的社会中，人为什么还要以生命的形态存在？就是说，为什么还要“活着”？如何才能创造一个既平和美好、正确完善，又能恣情纵欲、充满“生趣”、充满刺激、事件不断、新奇不断的社会？这是个终极性的问题，总有一天人们必须要面对它。

话题再回到我们在讨论的俗文学的趣味理念上来。从汤、袁二人的“趣”文学审美观来看，趣也可以是有形态之分、对象之分、层次之分或意味之分的。吴承恩多次强调文学作品要有“真趣”“情趣”（《禹鼎志序》），可知他也是以此为标准衡量艺术作品的高下的。重真趣、情趣，可以说是以俗世生存诗意为文学审美本质和人文价值的一种自觉。明何良俊《曲论》云：“蕴藉有趣。”“谐于俗耳。”“所欠者，风味也。”趣、韵、风味，皆是将俗世生存的审美追求引入诗意性范畴的一种理论表现。既强调“蕴藉”，则所谓趣亦重在意趣。可知在美稀少的地方，意趣却丰富了起来。明沈际飞《玉茗堂文集题词》云：“言一事，极一事之意趣神色而止；言一人，极一人之意趣神色而止。”即明确提出了“意趣”问题。即使是在俗文学审美活动中，意趣也是内视审美的诗意把握与呈现的一个重要理念。它显示了俗文学的趣味观对趣之诗性内涵的关注与重视。吴梅《顾曲尘谈》则有所谓“机趣”之说：“欲免腐气，全在机趣二字。机者传奇之精神，趣者传奇之风致。”“机趣”者，机智巧妙，出人意表之趣也。这正是符合俗文学追求娱乐性，讲究即时审美效果的一种趣味意识。所谓传奇之精神，即是指俗文学之审美追求旨在摆脱任何观念形态、陈腐因素的束缚，新异感、刺激感和快感高于一切，审美的效果和反响高于一切的美学意识。明末人夏履先编印《禅真逸史》一书，就特意提到“爽阁主人素嗜奇，稍涉牙后则弃去”，他甚至专门将“清新俊逸，秀雅透露，菁华奇幻，摹写有趣之处”用圈点标示出来，以为提醒。[①]

清代文学家袁枚《随园诗话》卷一第二条中引用了据说是杨诚斋的一段话：“从来天分低拙之人，好谈格调，而不解风趣。何也？格调是空架子，有腔口易描；风趣专写性灵，非天才不办。”实际上表达了他自己在诗学审美理念上的刻意追求，亦可见明以降俗文学重趣的文学意识在传统诗学中的影响。

从一开始，俗文学的创作目的就很明确：满足及取悦于广大俗众的审美需求。这一目的虽然没有文学理论上和审美意识上的自觉，但是适应俗世生存中的内视审美心理需求的结果。因此所有的重趣观念，亦都可以看作是俗文学为俗众服务的审美消费性意识的表达。清黄周星《制曲枝语》云：“制曲之诀无他，不过四字尽之，曰：‘雅俗共赏’而已。”“制曲之诀，虽尽于‘雅俗共赏’四字，仍可以一字括之，曰‘趣’。……凡属有情，如圣贤、豪杰之人，无非趣人；忠、孝、廉、节之事，无非趣事。知此者可与论曲。”以圣贤豪杰、忠孝廉节为俗文学之“趣人趣事”，终究不免给人以将主流人文价值观念强行纳入、归入俗文学的审美趣味中来的感觉。而究其实，则是要以此抵制或抵消主流人文价值观念对俗文化价值观念及其美学趣味的反感与抵制。其雅俗共赏观念，则实质上还是来自公共审美活动方式本身的要求。因为俗文学兴起后，文人就既不能自外于俗文学审美活动，也不能自足于文言文学审美活动了。而投身于俗文学活动，又不免心生文化自卑心态。因此，以雅俗共赏为宗旨，亦可看作是以俗文学为业的文人不得不兼顾雅俗两种文化的美学理念与生活意趣这种矛盾心理的一种现实反应。事实上，诗赋古文没有要与俗共赏的问题，民歌俗话也没有要与雅共赏的问题。因此，雅俗共赏的主要目的，还是要求雅接受俗、在俗言俗。另外，所谓雅，不过是高居于世俗生存之上的文言文化及文治文化所形成的一种人文品格与美感形态。若无人文理念支撑，则文人之雅，亦不过是一种审美习惯而已矣。俗文学大成气候之后，雅俗亦可共趣，则知所谓雅俗在审美的人文理念上原已一致。以雅文化入俗，雅即是俗。将俗趣神圣化，则神圣亦被戏谑化了。

---

① （明）夏履先：《禅真逸史·凡例》，黄霖编《中国历代小说批评史料汇编校释》，百花洲文艺出版社2009年版，第311页。

第三节 心理性的生理快感

夏曾佑《小说原理》谈到小说的娱乐本性时说："……是真于饮食、男女、声色、狗马之外，一可嗜好之物也。"看起来，这样的文学意识只有低级人本主义的审美消遣、情欲满足意识。叙事文学的审美满足，成了物欲满足、生理性愉悦满足的等价物或替代物。而推究起来，在中国传统俗文学意识中形成这样的观念并不奇怪。因为俗文学大盛之时在明朝，而明朝也可谓中国历史上文人士子们的文化生活中最为纵情于饮食男女、声色犬马之乐的时期。二者相为表里，由生活而文学，由文学而观念，以至于声色之乐成为俗文学审美娱乐性的最为感性的美学表达。

明朝开国不久，朱元璋就曾于洪武二十七年八月在金陵建十六楼储备官妓，广宴群臣。据《明太祖实录》记载："其楼有鹤鸣、醉仙、讴歌、鼓腹、来宾、重译等名，既而又增作五楼，至是皆成，诏赐文武百官钞，命宴于醉仙楼。九月癸丑，定正蔡传书成，赐诸儒宴及钞，俾驰释还。"[①]十六楼后来便成了明代文人士大夫们饮酒赋诗、纵情声色、乐享浮生的"最佳"场所。余怀《板桥杂记》记金陵冶游旧事，云崇祯年间，桐城孙武公"于牛女渡河之明夕，大集诸姬于方密之侨居水阁。四方贤豪，车骑盈闾巷。梨园子弟，三班骈演。水阁外，环列舟航如堵墙。品藻花案，设立层台，以坐状元。二十余人中，考微波第一。登台奏乐，进金屈卮。南曲诸姬，皆色沮，渐逸去。天明始罢酒。次日，各赋诗纪其事。余诗所云'月中仙子花中王，第一嫦娥第一香'者是也"。[②] 以声色之娱为时尚诗情，其文化生活中的滥淫风气可见一斑。

每年的都会秋试，来自全国的科举士人云集而来，"嘉兴姚壮若，用十二楼船，于秦淮招集四方应试知名之士，百有余人，每船邀名妓四人侑酒。梨园一部，灯火笙歌，为一时之盛事"。[③] 据余怀记载："旧院与贡院遥对，仅隔一河，原为才子佳人而设。逢秋风桂子之年，四方应试者毕集。结驷连骑，选色征歌。转车子之喉，按阳阿之舞。院本之笙歌合奏，

① 《明太祖实录》，台北"中研院"历史语言研究所校印 1963 年版，第 3417—3418 页。

② （清）虫天子编：《中国香艳丛书》第 3 册，团结出版社 2005 年版，第 1591 页。

③ 同上书，第 1592 页。

回舟之一水皆香。或邀旬日之欢，或订百年之约。”[①]

顾起元《客座赘语》中曾描写当时的浮华冶游习气道：“游士豪客，兢千金裘马之风，而六院之油檀裙屐浸淫染于闾阎，膏唇耀首，仿而效之，至武定桥之东西。嘻，甚矣！故其小人多嬉靡而淫惰。”[②]

有明一代，文人士子们尤喜结社，以为诗酒声色游乐之会。《梅村诗笺》中载，慎交社、同声社于万历二十年在虎丘集会，是日，“以大船二十余，横亘中流，每舟置数十席，中列优倡，明烛如繁星。伶人数部，声歌竟发，达旦而止”。[③] 当时著名文人如祝允明、唐寅、王九思、康海、梁辰鱼、陈继儒之流，也大都热衷于纵情酒色于歌舞风月之场。《四友斋丛说》卷十八中记载康海“常与妓女同跨一蹇驴，令从人赍琵琶自随，游行道中，傲然不屑”。[④] 卷十五言其与“歌妓并进，酣饮达旦”。[⑤] 康海本人在《浒东乐府序》中也说自己“自谢事山居，客有过余者，辄以酒骰声妓随之”。《明史》中则记载王九思、康海“每相聚浒东鄠、杜间，挟声妓酣饮，制乐造歌曲，自比俳优，以寄其怫郁”。[⑥] 徐“子仁七十时，于快园丽藻堂开宴，妓女百人，称觞上寿。缠头皆美之诒者”。[⑦] 名噪一时的山人陈继儒也是“管弦书画，兼以名童妙妓，来往嬉游，故自号为浪仙”。[⑧] 更有甚者山人魏耕“于酒色有沉癖。一日之间，非酒不甘，非妓不寝。礼法之士深恶之，惟祁氏兄弟竭力资给之。先生至，辄为置酒呼妓”。[⑨]

奢靡浮华、诗酒声色的文学娱乐风习，于晚明为盛。钱谦益对于那个时段文人士子们诗酒娱情之会的大致情况这样概述道：“弘、正之间，顾华玉、王钦佩，以文章立掸，陈大声、徐子仁，以词曲擅场，江山妍淑，士女清华，才俊翕集，风流弘长。嘉靖中年，朱子价，何元朗为寓公；金

① （清）虫天子编：《中国香艳丛书》第3册，团结出版社2005年版，第1585页。

② （明）顾起元：《客座赘语》卷一“风俗”条，《明代笔记小说大观》，上海古籍出版社2005年版，第1213页。

③ 《吴梅村全集》下册，上海古籍出版社1990年版，第1463页。

④ 《明代笔记小说大观》，上海古籍出版社2005年版，第1007页。

⑤ 同上书，第977页。

⑥ 《明史》“文苑传”，线装书局2007年版，第1553页。

⑦ （明）顾起元：《客座赘语》卷六，《明代笔记小说大观》，上海古籍出版社2005年版，第1332页。

⑧ 《青浦诗传略》，转引自陈寅恪《柳如是别传》上册，生活·读书·新知三联书店2001年版，第98页。

⑨ （清）全祖望：《雪窦山人坟版文》，《鲒崎亭文集选注》，齐鲁出版社1982年版，第88—89页。

在衡、盛仲交为地主；皇甫子循、黄淳父之流为旅人，相与授简分题，征歌选胜，泰淮一曲，烟水兢其风华；桃叶诸姬，梅柳滋其妍翠，此金陵之初盛也。万历初年，陈宁乡芹，解组石城，卜居笛步，置驿邀宾，复修青溪之社，于是在衡、仲交，以旧老而莅盟；幼子、百谷，以胜流而至止。厥后轩车纷眈，唱和频频。虽词章未娴大雅，而盘游无已太康，此金陵之再盛也。其后二十余年，闽人曹学佺能姑迥翔棘寺，游宴冶城，宾朋过从，名胜延眺。缙绅则臧晋叔、陈德远为眉目；布衣则吴飞熊、吴允兆、柳陈父、盛太古为领袖。台城怀古，爰为凭吊之篇，新亭送客，亦有伤离之作。笔墨横飞，篇帙腾簸，此金陵之极盛也。"①

另钱谦益《列朝诗集小传》中也提到许多士妓交往的往昔韵事，如顾大猷"尝游秦中，赋诗吊古，留连武功鄠杜间，访问康王遗伎，召置坐中，青衫白发，歌残曲，道故事。风流慷慨，长安少年至今传之"，李蓑"左官家居，好纵倡乐。有所狎女优，往来汳雒间，于田微服往从之，与群优杂处。女优登场，持鼓板为按柏。久之，群优相与目笑，漏言于主人翁。主人翁知为李翰林，具衣冠，肆筵席，再拜延请。于田拂衣就坐，欢饮尽日。借主人翁厩马，与女优连骑而去。中州人至今传其实"。又如，祝允明"好酒色六博，善度新声，少年习歌之，间傅粉墨登场，梨园子弟相弗如也。海内索其文及书，贽币踵门，辄辞弗见。伺其狎游，使女伎掩之，皆捆载以去……玩世自放，惮近礼法之儒。故贵仕罕知其蕴"。② "万历甲辰中秋，开大社于金陵，胥会海内名士，张幼于辈分赋授简百二十人，秦淮伎女马湘兰以下四十余人，咸相为缉文墨，理弦歌，修容拂拭，以须宴集，若举子之望走锁院焉。承平盛事，白下人至今艳称之。"③

有人甚至将这种沉溺于声色的人生夸饰为一种最宜的归隐——"色隐"："一遇冶容，令人名利心俱淡。视世之奔蜗角蝇头者，殆胸中无癖，怅怅靡托者也。真英雄豪杰，能把臂入林，借一个红粉佳人作知己。将白日消磨，有一种解语言的花竹，清宵魂梦，饶几多枕席上烟霞。须知色有桃源，绝胜寻真绝欲，以视买山而隐者何如？"④

---

① （清）钱谦益：《列朝诗集小传》丁集"金陵社集诸诗人"条，上海古籍出版社 2008 年版。

② （清）钱谦益：《列朝诗集小传》丙集"祝京兆允明"条，上海古籍出版社 2008 年版。

③ （清）钱谦益：《列朝诗集小传》"朱承采"条，上海古籍出版社 2008 年版，第 471 页。

④ （明）卫泳：《悦容编》"招隐"条，《中国香艳全书》第 1 册，团结出版社 2005 年版，第 32 页。

章学诚在《文史通义》中曾分析这种现象道："盖自唐、宋以迄前明，国制不废女乐。公卿入直，则有翠袖熏炉；官司供张，每见红裙侑酒。梧桐金井，驿亭有秋感之缘；兰麝天香，曲江有春明之誓。见于纪载，盖亦详矣。又前朝虐政，凡缙绅籍没，波及妻孥，以致诗礼大家，多沦北里。其有妙兼色艺，慧擅声诗，都士大夫，从而酬唱。……是知女冠坊妓，多文因酬接之繁；礼法名门，篇简自非仪之诫，此亦其明征矣。夫倾城名妓，屡接名流，酬答诗章，其命意也，兼具夫妻朋友，可谓善藉辞矣！"且云，"夫教坊曲里，虽非先王法制，实前代故事相沿。自非濂、洛诸公，何妨小德出入"。[①] 鲁迅也在《中国小说史略》中写道："唐人登科之后，多作冶游，习俗相沿，以为佳话。"可知士妓交游、声色之乐，本来是中国古代文人士大夫的文化惯习。而至明朝，经济繁荣、城市发展而致市民娱乐生活日益奢华放荡，俗文化兴盛一时，此种文化风习也就日炽月盛，终至泛滥而无所不至。

袁宏道《觞政》一文中宣称有所谓五种真正的快乐："然真乐有五，不可不知。目极世间之色，耳极世间之声，身极世间之鲜，口极世间之谭，一快活也。堂前列鼎，宾客满席，男女交语，烛气薰天，珠翠委地，金钱不足，继以田土，二快活也。箧中藏万卷书，书皆珍异。宅畔置一馆，馆中约真正同心友十余人，人中立一识见极高，如司马迁、罗贯中、关汉卿者为主，分曹部署，各成一书，远文唐宋酸之陋，近完一代未竟之篇，三快活也。千金买一舟，舟中各置鼓吹一部，妓妾数人，游闲数人，浮家泛宅，不知老之将至，四快活也。然人生受用至此，不及十年，家资田地荡尽矣。然后一身狼狈，朝不谋夕，托钵歌妓之院，分餐孤老之盘，往来乡亲，恬不知耻，五快活也。"

袁中道有诗作道："人生贵适意，胡乃自局促。欢娱极欢娱，声色穷情欲。"[②] 公然以纵欲为尚。何心隐为著名的阳明心学思想家，他也认为人性就是："性而味，性而色，性而声，性而安逸，性也。"[③] 虽然并无新意，但在当时的人文语境中，也可看作是对当时纵欲风气的一种有保留的理论肯定。

---

① （唐）刘知几、（清）章学诚：《史通　文史通义》，岳麓书社 1993 年版，第 181 页。

② （明）袁中道：《味怀四首》其一，《坷雪斋集》卷二，上海古籍出版社 1989 年版。

③ （明）何心隐：《寡欲》，《爨桐集》卷二（容肇祖整理：《何心隐集》，中华书局 1960 年版）。

而仅就审美理论而言，过于强调审美的娱乐性的观念，也必然会伴随着审美的浅层次追求意识。而最常见的浅层次审美追求，无非就是感官愉悦和生理美感的狂欢。

清俞樾《余莲村劝善杂剧序》云："天下之物最易动人耳目者，最易入人之心。""……（讲学）不如里巷歌谣之感人深也：……（教令）不如院本平话之移人速也。"认为人的生理感受与心理体验具有正比例相关性，因此其生理美感与心理美感同样具有相通性甚至一致性。美食、音乐、美术、游乐，乃至戏剧影视，均经由生理性的快感或美感而达于、而转化为、升华为、深化为心理性的审美收获。因此，在这样的审美活动中，俞樾说的这个道理会很有说服力。可是文学是唯一经由意想性的内视审美，而直接成为纯心理性的审美收获的一种艺术，为什么它同样被认为强调感性美感的浅层次审美更具有感人力量呢？事实上，我们的任何一种生理需求，都会不同程度地向心理需求转化，否则我们就还只是动物。可是，在现实中这种转化是一种压抑或驯化过程，有时会很艰难，甚至很痛苦、很受伤、很自残。而俗文学可以使这种转化成为一种愉快的、得到心理满足的审美享受过程。事实上，不光是俗文学，文学的本质之一就是使人类的物性生存全部转化为包含了各种人文意义的心理事件。因此，在俗文学中，每一种感官的收获，尤其是当这种感官收获成为一种普遍现象或模式的时候，它总是具有深远的或象征性的文化意义的。院本平话之类俗文学之所以移人速，无非是因为"天下文章，莫易于叙悲，其次则叙战，又次则宣述男女之情"。①

因此俗文学写作，也是人们用来满足永不能在现实中得到满足的身心欲望的一种方式。中国自古——从宋玉遇巫山神女起——就有无数各种男人与美丽的神女、仙女、狐女相遇相爱相通的故事，后来又逐渐泛滥为俗文学中各种生活中的艳遇故事。在这样的故事中，性爱的欲望被诗意化并得到意想性的满足。另一个被普遍诗意化的欲望就是施暴的欲望。因此，俗文学常常被一些正统文人批评为诲淫诲盗之作，是不足为奇的。"随着社会向前发展，性欲满足被推到了首位。"② 从宋元到明清，社会生活尤

---

① 林纾：《孝女耐儿传序》，《中国历代文论选》第4册，上海古籍出版社1980年版，第157页。

② ［俄］弗拉基米尔·雅可夫列维奇·普罗普：《神奇故事的历史根源》，贾放译，中华书局2006年版，第325页。

其是遍布全国的大大小小城市的市井生活，有了极大的丰富与发展。也正是伴随着这种市井生活的丰富与发展，俗文学的规模也成级数增长，低层次的娱乐性情色作品则几成泛滥之势。清焦循《花部农谭序》云："……十数本外，多男女猥亵……"通俗小说的情况只有更甚。俗文学成为俗众们生理本能及原始生命力的间接宣泄。这是个有趣的问题。得不到满足的生理欲望转化为一种心理需求，这是人之为人的特点之一。事实上，食欲很容易得到满足，其他衣住行相对困难一些，但也不难解决。唯有性欲，则几乎永无满足的可能，皇帝都难以做到。连西门庆都是在对性欲的渴望中死去的。人们能满足的，其实只是性欲的替代物，比如婚姻，或更好一点的爱情。如果二者都得不到满足，人们便只好在内视世界中去寻求一种审美的诗意化的欲望满足。雅正文学因为种种理念束缚和心理障碍而往往将其压抑成一种隐性话语、一种潜意识。但俗文学因为其娱乐本性，没有或者说很少这样的束缚与障碍，因此往往非常直露地追求这样的满足。

所谓艺术，所谓娱乐，所谓消遣，所谓游玩，所谓审美，无非是人在生理享受（享用、享乐）的满足之外所追求的心理享受（享用、享乐）的满足而已。如同人的生理需要有种种不同、种种层次一样，人的心理需要也有种种不同、种种层次，只是更为复杂、更为虚幻、更为无限而已。"对我说来任何一个对象的意义都以我的感觉所能感知的程度为限。"[①] 俗文学之俗正是由此。它必须满足广大俗众的感官接受能力与接受方式。"如果你想得到艺术的享受，你本身就必须是一个有艺术修养的人。"[②] 反过来说，如果一个艺术对象要使你获得享受，它就必须和你的感受能力相匹配。古代俗文学在娱乐性追求中突出生理欲望满足的因素，其实不过是适应受众需要的一个结果。

马克思《1844年经济学—哲学手稿》中讨论人和人的对象的关系时，特别谈到了人的感觉与感觉对象的关系性质。这些讨论没有直接涉及文学，但对于我们理解文学审美活动中人的审美感官与感觉对象的关系性质，理解审美收获的性质，在我看来就几乎具有直接的说明性。

马克思说："一切对象也对他说来成为他自身的对象化。"这也正是文

---

① 马克思：《1844年经济学—哲学手稿》，刘丕坤译，人民出版社1979年版，第79页。

② 同上书，第108—109页。

学审美的性质。“人不仅在思维中，而且以全部感觉在对象世界中肯定自己。”这正是文学审美的收获与满足感的性质。“人同世界的任何一种属人的关系——视觉、听觉、嗅觉、味觉、触觉、思维、直观、感觉、愿望、活动、爱——总之，他的个体的一切官能……是通过自己的对象性的关系，亦即通过自己同对象的关系，而对对象的占有。”而实际上，这种关系的非物质化程度越高，这种占有也就越全面。审美、艺术尤其是文学，就是如此。因为只有这种占有是完全超越了实际“拥有感”的占有，因而才是前面所说的“人以一种全面的方式，也就是说，作为一个完整的人，把自己的全面的本质据为己有”。“私有财产的废除，意味着一切属人的感觉和特性的彻底解放。”实际上，绝对的废除简直就只是一种遥不可及的幻想。人其实只有在审美中才是真正自由的，才能做到一切属人的感觉和特性的彻底解放，因而才是对“私有财产的彻底废除”。[①]

① 参阅马克思《1844年经济学—哲学手稿》，刘丕坤译，人民出版社1979年版，第77—79页。

第七章

俗韵俗体

中国古代主导性的文学语言观，是建立在正统文言文学的美学理念之上的。俗文学的兴起，使口语和白话成为文学叙事的基本方式，其新兴的文学言说方式、文体风格，必然要对正统文言文学语言观构成巨大的冲击。不仅如此。其异于正统文学的新文学语言观，实际上也赋予了中国古代文学以全新的文化生命力。这样的文化生命力，是理应在今天的文学实践中得到延续和光大的。

这一章我们将讨论中国传统俗文学观念中的文学语言意识与审美趣味问题。

一般而言，语言即是思想的直接现实。马克思在《1844 年经济学—哲学手稿》中说："甚至思维本身的要素，作为思想的生命表现的要素，即语言，也是感性的自然界。"① 语言，也就是作为思想的直接外现的言说，是感性的，自然的。虽然马克思主要是就语言的物质属性而言，但语言和思想的同一性和共生性，应该说是语言学说的一个基本共识。但是中国古代的文言则有所不同。

文言是与人们的日常口语言说严重脱节的一种书写语言。这与中国文字一开始只是一种记事、记意而非记言的非语言性构形示意的文字有关。后来发展为文字的组合示意，但依然不是对语言的记录。它最终成为一种文本语言，是文字组合示意与口语言说长期互动而被口语言说不断改进的一个结果。因此，越是古老的文言，其语言化的程度越低。大约在春秋时期，佶屈聱牙的古文言有一个大的语言化的巨变，几乎彻底改变了古文言的非言说性面貌，并且作为一种成熟的书写语言——文言——定型下来，

① 马克思：《1844 年经济学—哲学手稿》，刘丕坤译，人民出版社 1979 年版，第 82 页。

之后的两千多年，再也没有根本性的变化。不过，这种书写语言，虽然具有了成熟的语言形态，却依然与口头语言保持着脱节状态。并且，其文构示意的基本性质，也没有得到根本性的改变。因此，当人们要用它来表达思想时，就不得不在思想与文言表达之间进行一次转换。思想要转换成含意、意思，而言说要转换成文言。其达成的最终结果，则不是思想本身得到了表达，而是思想中所包含的意思得到了呈现。因此，对于古代的读书人来说，即使通过了长期的专门学习，要熟练地掌握它、运用它来表达内心的思想、意识和感情活动，也还是一件极不容易的事。可见，依前述马克思对语言的定性，则文言作为思想浓缩、转化、意识化和构意重组后的文本结果，则是非感性的（知性的）、不自然的（人为造作的）一种语言形态。

之所以要先提到文言问题，是因为中国古代文言文化的强势地位与文化中心地位，以及它与口语文化的长期脱节与隔离，造成了中国口语文本文化的长期不发育状态，以及对大众性、通俗性文学文化产生了极大的阻滞作用。而中国古代的口语文化意识，以及口语文学的语体意识，很大程度上都是在与文言文化的对抗与互动中形成与表达出来的。

第一节　言说性

中国口语文化第一次被大量引入文本书写文化应该是周朝的采诗活动。周朝是否有采诗制度虽然尚需证实，但《诗经》文本中存在着从民间采集的诗歌，这一点几乎是毋庸置疑的。可问题是，我们所看到的《诗经》文本中的作品，已经不是口语民歌的原貌。因为就《诗经》现在的文本来看，采集到周王朝的各地方民歌作品，在最终整理成文字文本时，显然都进行了统一的雅言化翻译和改造。情况正如汉刘向《说苑》中所录的《越人歌》："滥兮抃草滥予昌枑泽予昌州州𩜱州焉乎秦胥胥缦予乎昭澶秦逾渗惿随河湖。"纯粹用当地语言记录的诗歌，根本无法让人理解。因此，翻译成楚语后写成的文言文本便成了："今夕何夕兮，搴舟中流。今日何日兮，得与王子同舟。蒙羞被好兮，不訾诟耻。心几顽而不绝兮，得知王子。山有木兮木有枝，心说君兮君不知。"很明显，这也并非纯粹的楚语口语表达，而是楚语的雅言形态。因此，用标准雅言写成的《诗经》，也成了当时最好的雅言教本。当然，雅言本身的口语化程度有多高，是一个现在已经很难完全弄明白的问题。但雅言显然促成了春秋时期的文言革新运动——或者它本身即是文言革新运动的一个产品。总之它成为早期口语文化与文本文化的一次全面互动，其结果则是新文言的形成。

但问题是，新文言仍然是文言。也就是说，新文言仍然是与口语脱节的一种书面语。它并不能直接记录口语。事实上，以文言为中心的统治性文化也并不“允许”用文字直接记录口语。为什么？这是谁定的规矩？也是个未解之谜。司马迁《太史公自序》云：“年十岁则诵古文。”此处所谓古文，既指古文字，亦指由文言文写成的古代文献。说明对于古代的文化精英来说，文言文的学习是掌握经典文献、进入统治性文化的一个首要的知识准备和技能准备。这种特殊的古代书本语言，由于言说性程度低，对生存于口语文化语境中的广大庶民来说，无疑形成了巨大的文化障碍。而这正是文言中心文化所乐于看到的。但是同样，它也对思想的表达，即对于整个思维世界的言说性呈现，形成了巨大的障碍。

第一个意识到这种言文隔阂不利于思想的言说性写作的人是王充。他不仅对此表示了极大的不满，并且第一个提出了这样的意见：彻底抛弃文构示意的文言写作，而让写作成为思维的直接言说，或者说言说的直接记录。他说：“口言以明志；言恐灭遗，故著之文字。文字与言同趋，何为犹当隐闭指意?”明确要求“口言”与“文字”书写同一化。他对文雅的文学追求重新定位，要求“高士之文雅，言无不可晓，指无不可睹”（《论衡·自纪》）。实际上是主张以言说性写作取代文构性写作。但是最为吊诡的是，他自己著述一生，却从来没有做出过任何这样的尝试。结果，他的想法和主张只如历史上的空谷足音随风而逝，未能落实为真正的书写现实。

因此，中国古代的口语文化长期不能进入文本文化，使得民间的口头文学创作随起随灭，一直未能形成真正规模化的、全社会性的俗文学活动系统。一直到唐代，这层坚冰才终于被打破。它的突破点是佛家口语体讲经即所谓俗讲的出现（魏晋以还，佛家的公众性讲经活动，可能就已经有口语性的讲说。但因无明确记载，亦无文本传世，故无从断言）。佛家俗讲，其用意在化缘，即求善男信女们的布施，间接目的则在化俗，即说服俗众信佛，所以不光要用演唱的方式以为吸引（六朝时的讲经活动，已有所谓唱导），而且要用口语讲说以图明白。而佛家俗讲，由讲经而至讲经变，即只讲佛教故事；又由讲佛教故事到讲历史故事；又由讲历史故事到讲现实故事，而终至完成了古代白话文学的奠基。在这个过程中，虽然并无自觉的对口语言说性的认识与主张，但从佛家俗讲开始，这个“言说性”能更加直接地表情达意的意识，就已经是很明确的了（仅从现存的变文文本来看，其口语性并不明显，依然是文言或半文言的作品。因为汉字不足以完整记录口语言说，或者说汉字不足以完全胜任依口语进行的文本写作。因此俗讲僧们真正面对俗众讲说时，也许并非按这样的变文照本宣科，而是将其作为一个基本的文本依据，然后用口语讲说其内容。这一点，因缺乏文献依据，尚难以证实，目前只能进行这样的“合理猜测”）。

宋代开始有了对言说性的自觉追求。宋“说话”文学先不论，即在精英文化界，这种意识也逐渐成为一种共识。先是佛家用口语体辑录师傅言谈，后来的宋儒，如理学家二程的门人弟子，也开始用接近口语的语录体来记录老师的言论。二程的弟子杨时大概认为语录体近口语而不够文雅，因而用更为文雅的文言将二程的语录进行了改写，所谓“变语录而文之”，而后由张栻编为《粹言》一书。[①] 由此一事实亦可见当时确实已有相对自觉的口语体写作倾向存在（现存二程语录为朱熹综合其弟子们的记录重新编定，其语体可能已不是当初原貌）。不用说，这种意识的普遍认同，对于俗文学在文体上的自觉与自立，无疑是起了很大的促进作用的。

口头文学必然要求文学语言的言说性，因为它本质上不是写来读的，而是说来听的。宋吴自牧《梦粱录》中说：“说话者，谓之舌辩。……谈古论今，如水之流。”一语概括尽宋“说话”艺术的口语言说性特点。《武林旧事》云：“百戏社名小说为雄辩社。”[②] 说明所谓小说不光是讲故事，且有很明确的“演说”之义。所以王国维说：“宋之小说，则不以著述为事，而以讲演为事。”（《宋元戏曲史》）既以讲演为能事，其“言说性”的文体意识和表达追求自然是很自觉的。

俗文学源起于说和唱，原是为不会阅读的俗众服务的。写来读的俗文学，就已经是很晚近才盛行的事了。也就是说，只有俗众已经有很大一部分是读书识字的人之后，写来读的俗文学才能兴盛起来。即使如此，俗文学也还是以言说为中心的。所谓小说，它就是一种说，是以说为根基建构起来的。因此，建立在语言共享上的内视审美想象，才是俗文学的安身立

① 参见《二程集》“出版说明”，中华书局1981年版，第2页；张栻《粹言序》，第1167页。

② 孔另境编辑：《中国小说史料》，上海古籍出版社1982年版，第7页。

命之本。而这正是所谓的纯文学要超越的地方。对纯文学而言，文体本身的美学意味与独特个性，必须要高于对语言共享（即普及性）的追求。文字上的文学性造诣与成就，甚至要高于内容上的内视审美价值。当然，俗文学如果也能做到这一点，它的伟大同样会是毫不逊色的。

在中国文学史上，白话、文言互相影响，也互相吸收对方的成分与因素。一般而言，作为上层文化的文言文学明有排斥意识而暗受影响，或通过接受俗文学形式（如词）渐受影响；身为下层文化的白话文学则主动趋附，大量引入文言因素，以图赢得主流文化至少在文学性上的认可。因此此类影响明目张胆，有意张扬，更为明显。但到了宋代，白话对文言的影响，似乎也变得明目张胆起来。

宋李觏《上宋舍人书》中说："近年以来，新进之士……不求经术，而摭小说以为新，不思理道而专雕锼以为丽，句千言万，莫辨首尾……"显示出口语性写作的自由度对文言的文构性写作的冲击，以及更为自由的文学性言说本身的美学魅力。可见在宋代，小说文体的言说性所显现出来的表达思想的自由特性，已经对精英文学阶层的所谓"新进之士"产生了很大的影响。小说艺术未成熟前，文人写作便存在着纯粹以文体为美的文章审美意识。这种意识使得传统文人对任何文章写作在技艺上的新变，都有着一种特殊的敏感和尝试意识。因此唐代传奇兴起后，便有很多文人以此为游戏笔墨，或练习与炫耀文章写作技艺的方式。小说艺术的兴盛，对于宋代文人显然也起了同样的作用。其中李觏所说的"句千言万，莫辨首尾"，应该是小说的口语言说性文体优势启发和影响文人写作的一个结果。

明惠康野叟《识余》云："《水浒》……不事文饰，而曲尽人情耳。……《水浒》所撰语，稍涉声偶者，辄呕哕不足观，信其伎俩易尽。第述情叙事，针工密致，亦滑稽之雄也。世所传《宣和遗事》，极鄙俚，然亦是胜国时闾阎俗说。……友人王承父，尝戏谓是编（指《水浒》）《南华》《太史》合成……"① 这段话里显然有着两种语言观的对立。但是尽管对《水浒》在文言上的学养极为不屑，但依然不得不折服于白话的言说性在"述情叙事"上的极大优势。可见俗文学的言说性写作在表达思想的能力上与便捷性上要远胜于文言，其作为文学语言，在叙事塑形能力上同样要远胜于文言。这正如清金人瑞《水浒传序一》中所说："心之所至手亦至焉

① 孔另境编辑：《中国小说史料》，上海古籍出版社1982年版，第18页。

者，文章之圣境也；心之所不至手亦至焉者，文章之神境也；心之所不至手亦不至焉者，文章之化境也。”所谓得之于心而应之于手，讲的正是思想与思想的言说性表达的直接同一性。想得到，则写得出；想得好，则写得好。甚至无须细想，文思来时，听其自由表达即可。虽然苏轼在描述自己的写作方法时有过类似的表达，但真正能做到思言一致、内外一致的，或者说能够更好地做到这一点的，还是直接的口语言说。金之言，正是强调了白话写作这一优势。所以他说：“依古人之所谓才，则必文成于难者才子也。……依文成于难之说，则必心绝气尽面犹死人者才子也。”他所说的“文必成于难”的观念，正是文言写作的一个基本理念。如前所述，文言不能直接外化思想，而要经过一个文构示意性的转化，因此相对来说，较之于思想的直接言说，自然就要难得多。口语体的言说性，使得思想的表达变得顺畅而自由，自然就要方便得多了。当然，口语性写作表面上看起来是“文成于易”了，但实际上也许更难。只是其难又有别于文言的标准而已。

甚至在戏剧文学的写作上也是如此。明王骥德《曲律》“论家数第十四”云：“……所取委曲宛转，以代说词，一涉藻缋，便蔽本来。”唱词是用来代替说词的，同样有言说性问题。一旦过于文构化，便会形成对言说性表达的遮蔽。明何良俊《曲论》云：“……叙说情事，宛转详尽，全不费词，可谓妙绝。”不费词者，无须雕辞琢句，在文构技艺上下功夫。只要富于韵律感而又详尽通顺地“叙说”了内容，就能达到最好的文学美效果。俗文学不同于文言重辞章构形的写作方式之处就在于，它必须重视叙事、塑形的具体性、细节性，表达的有效性和易接受性。所以，当有人批评汤显祖写的曲本不合律时，汤显祖这样说道：“彼恶知曲意者哉！余意所至，不妨拗折天下人嗓子。”（王骥德《曲律》引临川语）所谓“曲意”，就是汤显祖心中所要表达的戏剧性内容或曰诗性内涵。为了达到最好的表达效果，所谓的格律，也就在所不顾了。这里显示的虽然不是文言的文构性与白话的言说性的典型冲突，但对于任何束缚言说性效果的反感，则同样反映了俗文学完全不同于正统文言写作的语言观（公平地说，在这一个案里，戏剧文学的听觉性审美追求、视觉性审美追求与文本文学的阅读性追求的冲突，或者说戏剧文学的感官性接受与文本文学的会意性接受、内视性接受的冲突，充分体现了出来。就这一事实而言，汤显祖个人在文学史上胜利了。但戏曲作为一个表演艺术整体，在戏剧艺术上和戏剧史上却最终战胜了文学文本，而赢得了它自身在视听审美上的主导性。事实上，今天的昆曲《牡丹亭》已经不是汤显祖的文学《牡丹亭》了）。

另外，徐渭在《南词叙录》中，则从观众本位的观点出发，强调了口语言说性对于俗文学的重要意义。他说："曲本取于感发人心，歌之使奴童妇女皆喻，乃为得体；经、子之谈，以之为诗且不可，况此等耶？……吾意与其文而晦，曷若俗而鄙之易晓也。"文学的受众差异对文学语言自然有不同的规约与要求。无论小说还是戏曲，俗文学面对的主要是广大俗众，所以必须重视其艺术传达的有效性。就此而言，正如文言文学有着其文构示意性的艺术难度和艺术美感标准一样，通俗性也可看作俗文学的一个标示其艺术难度与艺术造诣高度的艺术标准。如前所论，对于俗文学艺术来说，所谓感发人心，就已经是一种精神救赎。而就普遍的艺术理论意义而言，歌唱就是为人心的需要而存在的。所以，它必须为这种需要服务，并且必然为这种需要所决定。为俗众服务的任何俗文学门类，自然也都摆脱不了这种被动性。言说是传递信息的一种方式，音乐（包括歌唱）是传递更为复杂、更为混沌、更为心灵化的信息的一种方式。正因为心灵性的、情感性的信息不容易得到有效的、充分的表达与传达，所以人类才如此需要音乐艺术。就此而言，任何艺术，甚至任何美，都是言说、传递和传达更为复杂、更为混沌、难以确指、难以限量的人类精神性、心灵性、情感性和意识性信息的一种方式。在俗文学系统中，相比较于小说，戏剧语言的言说性问题里，文言视觉认知因素与唱词听觉接受因素之间的张力与冲突，就是其中一个具有特殊性的内容。

徐渭所批评的"文而晦"，正是文人自觉不自觉地将俗文学文体文言化的一种习惯性表现。可俗文学艺术是以受众审美接受效果为第一要义的文化产品，是完全为满足俗众审美需要而进行的创作。因此，俗文学艺术几乎是下意识地秉持着向低接受水平看齐的美学理念。"俗而鄙之易晓"因此是硬指标、铁门槛。戏曲本不为阅读而作，诗言本不同于文言，古人已知，专业艺术家更清楚。"填词如作唐诗，文既不可，俗又不可，自有一种妙处，要在人领解妙悟，未可言传。名士中有作者，为予诵之，予曰：'齐、梁长短句诗非曲子，何也？其词丽而晦。'"此一段话中，"文既不可"还好理解，"俗又不可"则需要认真领悟。俗文化再俗，也存在人文升华的问题。无论其感官把握、感官愉悦的享乐有多强烈，都必须转化为审美的心理性收获，或者说获得心理化的审美形式感，成为生存诗意的审美性表达，俗之美才足以名文化而进入艺术殿堂。作为歌词，其词丽而晦，则无从演唱。所以作为为演出服务的俗文学作品，听觉审美的重要性是处于主导地位的，要远高于阅读审美的重要性。虽然阅读性的文学作品也可以通过朗读、朗诵，获得听觉审美的收获，但其作品仍然不是为听觉审美服务的，因此本质上具有听觉审美的因素，却并不为其所主导。这正是文言文学非言说性产生的两个根本问题，一是“丽”，即过于重视文饰性、文艺性；二是“晦”，即文构性本质有示意上所产生的理解和接受阻隔。所以说，俗文学之歌词文体，不在长短句形式，而在其演唱时的言说性，即明白易懂性。文人以填词作曲为文章游艺，不愿完全与俗文学本来面目同流，又不能完全脱离俗文学之本色要求——否则也会有不类之讥，才有这文既不可，俗又不可的难度。久而久之，终不免于“丽而晦”——宋词发展到末流正是如此。所以，真正具有专业意识的文学事业，其实是从文人自觉投身俗文学的写作开始的。以浅显、动人为旨归，以为民众审美之需为基本精神，专业性意识由此便逐渐成为文学创作观念的主流了。

第二节　听觉审美性

文言基本上是视觉语言，虽然每个字都有正确读音问题，但实际上文言是不能用来说的。所以除非经过长期的和严格的训练，否则基本没法听懂文言文本的阅读（诗言不是典型文言，所以要好一些），更不用说将文言作为口语来言说、讲述、表达与交流了。口语言说性文学的兴起，大大提高了文学作品听觉审美的兴趣和需求，并引发了对叙事文学听觉审美效果和特性的高度关注。就这一点而言，可以说“说的文学”对“写的文学”产生了持久而深远的影响，使“写的文学”在“说的审美”上得到了更多的重视与自觉。

从元朝起，越来越多有艺术天分的正统文人成了戏曲作家。而正统文人的介入，既带来了更高的品位追求，也带来了书卷气。所谓书卷气，也就是服务于视觉模式的文构性文言写作习惯。这很快便形成了戏剧专业写作中的新问题：“往往泥文采者失音节，谐音节者亏文采，兼之者实难也。”（杨维桢：《周月湖今乐府序》）这里所说的，就是戏剧文本的阅读审美和听觉审美的冲突，是所谓文构模式与音构模式的冲突。而问题的出现，其根本还是参与戏剧创作的正统文人想把大众性唱词纳入文言文化范域的结果。但戏剧是为大众服务的艺术，不能只以文人的文言习惯和趣味为准的。明何良俊《曲论》云："……词虽不能尽工，然皆入律，正以其声之和也。夫既谓之辞，宁声叶而辞不工，无宁辞工而声不叶。"认为在戏剧文本的写作中，文言阅读审美的需要，必须让位于唱词听觉审美的需要。为什么？因为无论是哪门艺术，其艺术审美的目的和手段都必须做到高度统一，而且其目的必须是主导性的。在戏剧艺术的剧本创作中，词与曲之文学性与音乐性的冲突可说是个永远没法绕开的难题，但是原则上，其阅读的文学性必须为戏剧演唱的艺术目的服务。

所以中国传统戏曲理论一般都非常重视演唱剧本的听觉审美有效性。明东山钓史《九宫谱定·总论》"套数论"云："务要意新语俊，字响调圆，有规有矩，有色有声。"就是强调既要讲究言说的表达性，更要讲究音乐的表现性。其"用曲合情论"云："凡声情既以宫分，而一宫又有悲欢文武缓急等，各异其致。"则进一步强调了音声之美在戏剧情感表现上的重要性。

另如明王骥德《曲律》"论用事第二十一"云："明事暗使，隐事显使，务使唱去人人都晓，不须解说。"其意是说，视听艺术的唱词也要追求言说性，即追求一听即晓的交流效果，或曰追求审美接受效率，因为视听审美是个被动接受的过程。非如此，则无从达到预期的审美效果。其"论剧戏第三十"云："其词格俱妙，大雅与当行参间，可演可传，上之上也；词藻工，句意妙，如不谐里耳，为案头之书，已落第二义……"作为文人阶层中的一员，基于对文化贵族或文学正统的依附意识，王在戏剧文学理念上还是希望能保留住文言文化标准的文学性价值。所以他也认同文学性如果能与表演性兼善，便是戏剧文学的最高境界。但纯文学性追求只是一种非专业行为，他的根本立场显然还是戏剧性、专业性的，即以演出为第一要义的。所谓不谐里耳，即指存在表演艺术上的接受障碍。而普遍的、大众性的审美受阻，就失去了公众娱乐性表演艺术的意义。这在他看来，是不能接受的。这表明了俗文学艺术重视审美接受的亲和力，杜绝拒人于千里之外的态度。

如前所述，剧本写作中文学阅读审美与演唱听觉审美的矛盾，在汤显祖和格律派的冲突中，更是几乎达到白热化程度。明王骥德《曲律》对此评说道："吴江守法，斤斤三尺，不欲令一字乖律，而毫锋殊拙；临川尚趣，直是横行，组织之工，几与天孙争巧，而屈曲聱牙，多令歌者齚舌。”吴江为了严守唱词的乐律，而不得不付出文学性拙劣的代价。而汤临川则纯粹是个文学家，是个自觉提供文学阅读之美的作者。他只是将戏曲当作文学写作的一种体裁、一种形式、一种文体，而不遗余力地追求其文学性及文学成就。

临川、吴江两派之争，如果只是涉及内容的表达能否或在多大程度上可以突破既定形式的束缚的问题，则并不那么重要。因此冲突的根本还是在于，是文学写作为戏剧演出服务，还是戏剧文学样式为文学表达（写作）服务。前者是要为演出提供合适的文学脚本，当然一切要以便于演出为旨归；后者是要为文学写作增添一种新的文学样式——这一点很重要，自然要求这一样式充分满足文学表达的需要。是音乐或表演艺术的创作，还是文学的创作？前者强调视听表演性，后者强调阅读文学性，前提不统一，两者也就都无所谓对错。事实上，要么为戏剧表演艺术的需要牺牲文学性，要么为文学阅读审美的需要牺牲演出性，二者或可妥协共存，但几无完全统一之可能，迄今犹然。汤显祖《答吕姜山》云：“凡文以意趣神色为主，四者到时，或有丽词俊音可用，尔时能一一顾九宫四声否?”公平地说，论文可以如此论，论戏曲唱词则不可如此论。汤显祖只是以戏为文，自然全然不在乎戏曲之演唱性质与听觉审美需要。所以，他本质上还是个文学家，而非戏曲家。事实上，戏剧作品的演出性、表演性越突出，其为演出服务的脚本的阅读性和文学性就越弱。到当代电影艺术，其脚本的阅读性和文学性甚至都可有可无了。所以事实上，汤显祖的话就是从文学的角度进行辩解的。而既谓“凡文”，则这时候的所谓“文”，就只是阅读审美意义上的文了。这个问题之所以有纠缠不清处，是因为为表演而写作的脚本，依然可以有文学性与可读性；而只是以此作为一种文体形式进行文学写作，也依然可以作为演出脚本而存在、利用。孰重孰轻，或孰取孰弃，完全可以因写作者自己的追求而定。就此而言，这种批评或争论本身，其实毫无意义。它的意义只是凸显了两种不同的艺术追求不能只用一个标准来衡量。

另一个例子则是话本。话本也是演出脚本，但也可以作为文学作品来阅读，甚至可以依此形式进行相对纯粹的文学写作。但当话本完全转化为阅读性小说的文体形式后，就不再具有演出脚本的性质和价值了。宋话本因此是与唐传奇根本不同的两种小说，不光是白话文言的区别而已。宋话本具有口语表演性，是可以拿来进行口头表演的说话文本；唐传奇则是纯粹的阅读文本，只有纯文学性的阅读审美追求。

在声乐演唱性与文言文学性之间找到平衡点和妥协方式，是中国文人进行词曲类文体文学写作的一个特有的问题。可最终的结果，往往不是文学性追求被剔除出声乐演唱性娱乐活动，就是声乐演唱性成分在文学性写作中完全消失。这一事实就是清朝后，戏剧、曲艺的文本写作与词曲类文体的文学写作的分道扬镳。这里面存在很多可以探讨的问题。其中曲调的严格的唯一性，以及文人将唱词写作文言才艺化，可能就是造成这种结果的诸多因素之一。

重文学性有尚文主义文化背景，并且表现出戏文写作中专业性要求与文学性追求之间的张力与冲突，在本质上则是文学的阅读本质，即内视审美本质，与戏剧表演的视听本质，即外感审美本质，之间的差异及非兼容性，包括语言文构艺术性与物性空间艺术性的本质冲突于其中。这一冲突的不可调和性必然要永存于戏剧艺术的创作活动之中，并且最终只能是文学牺牲自己的内视本质而服从戏剧艺术的外视专业需要，现代影视艺术正是这一现象的典型展示——当然如果只是作为一种文学样式的写作而言，则不必如此。事实上，影视剧本到现在也还没有能成为一种独立的、与表演无关的文学文体。

文言写作在言说性方面的痼疾，及俗文学白话写作在言说性方面的优势，到清末国势衰颓之时，就已经为当时寻找救世出路的文化人所完全认清了。梁启超在《小说丛话》中说："即如唐代韩柳诸贤，自谓起八代之衰，要其文能在文学史上有价值者几何？……宋后俗语文学有两大派，其一则儒家、禅家之语录，其二则小说也。小说者，决非以古语之文体而能工者也。……苟欲思想之普及，则此体非徒小说家当采用而已，凡百文章，莫不有然。"梁启超在这里对文言文学成就与价值的看法，已经是基于当时受西方观念影响之后的文学概念而言的。根据这样的观念立场来看，中国古代文言散文作品中，真正具有纯文学审美价值的作品确实不多。但梁对俗文学中口语写作的鼓吹，其真实动机还是为普及思想、或者说是为颠覆以文言为中心的统治性文化服务，而非有意于文学改造。

同样，裘廷梁在《论白话为维新之本》中说："受役于文字，以人为文字之奴隶……""华人读书，偏重记性"。"愚天下之具，莫文言若；智天下之具，莫白话若。……文言兴而后实学废，白话行而后实学兴。"文言文化的非言说性，表现出强大的思想制约性，造成了古代文人读书偏重记性而非偏重思考的陋习，因为文言文本学习需要的是熟练掌握文构性词汇与技法，而非思维方法与思维能力。长期文构化训练的结果，是思维及心理内涵反过来为文构性追求所控制。所以说它是“愚天下之具”，是非常准确的。因为实际上，治天下，使民由之，文言足矣。而欲智天下，使民知之，使民自治，则自然非白话不可。要求思想学说具有广泛的普及性及应用性，就必须使思与言达到高度的一致性。而文学从审美消费的角度来说，何尝不是如此？因此，我们可以说，内在于俗文学写作中的言说性，终于结晶成了俗文学理念中的一个重要瑰宝，并成为最终颠覆文言文化统治的利器之一。

一　口语体

明王圻《稗史汇编》云：“文至院本、说书，其变极矣。”所谓“其变极矣”，是说文学文体发生了根本性的质变：说书等俗文学的口语体虽然不是对口语的直接录写，却可以看作是对古文文言文体的革命。王国维的《元剧之文章》则认为：“元剧实于新文体中自由使用新言语，在我国文学中，于《楚辞》、内典外，得此而三。”一般而言，文学变革往往也是文学语言的变革。或者也可以说，文学要变革，必得要文学语言的变革为之先锋。王国维在此提出的中国古代文学的语体三变，虽有一定道理，但也不十分准确。因为首先，文言文体在春秋时期有一个大的变革，他未提及。其次，《楚辞》的文体形式虽然是一次全新的创构，但其写作语体的变革力度其实不大。虽然加进了一些楚方言因素，但依然属于先秦雅言或曰文言的文体范畴。实际上，看看汉赋相对于先秦散文体的语体变化有多大，就能明白了。最后，中国文学史中，写作的文体、语体变革最大的，其实莫过于白话小说，他却没有提及。王所云“又曲中多用俗语，故宋、金、元三朝遗语，所存甚多”，这种情况在白话小说中更是突出，而且也正是俗文学最大的文体优势之一。中国古代戏曲道白虽说采用的是白话，但实际上并非真正的口语。元杂剧还好一点，越往后，口语色彩越淡，无论是什么人，都是在拿腔拿调地、半文不白地说话，不知这是因文人的文言写作惯习造成的，还是非如此不足以表现戏曲的表演艺术特性。或者是与中国戏曲的间离本性有关？这些问题自然也还有待于深究。

上古文献均用文言文写就，所以上古口语体的真实情况已难确知。而文言文作为中国古代的高贵文化、中心文化，在基本心态上对口语体一直是鄙薄和排斥的。这种心态几乎贯穿了文言文化的整个历史。但是，即使是在文言文化全面覆盖文本文化的时期，文本写作中的口语体实践，也不是毫无声息。首先，民间粗识文字的下层文人在写作私人文件时，会不自觉地运用一些口语体成分。比如，1975 年在湖北云梦县睡虎地 4 号墓发掘出的两件木牍，是战国晚期两个秦军士兵兄弟惊与黑夫写给兄长衷的家信。其中 11 号木牍的正面以墨书秦隶写道："二月辛巳，黑夫、惊敢再拜问中，母毋恙也？黑夫、惊毋恙也。前日黑夫与惊别，今复会矣。黑夫寄益就书曰：遗黑夫钱，母操夏衣来。今书即到，母视安陆丝布贱，可以为禅裙襦者，母必为之，令与钱偕来。其丝布贵，徒操钱来，黑夫自以布此。黑夫等直佐淮阳，攻反城久，伤未可知也，愿母遗黑夫用勿少。书到皆为报，报必言相家爵来未来，告黑夫其未来状。闻王得苟得。"虽然依然是用粗浅文言写就，但不难看出其中的口语体痕迹。以至于两千多年之下，我们读起来依然觉得明白如话，基本上没有太大阅读障碍。

而在文言文化内部，自觉的口语体写作意识也一直存在。尤其是诗言，相较于文言，其口语体追求要更突出一些。这或许与"国风"民间歌谣渊源有关，当然更是与中国诗歌的每一次新变都是民歌体直接影响的结果有关。汉五言诗与乐府的关系不用说了，唐诗、宋词、元曲，无不如此。因此唐朝诗人中，专门有一个写作口语体通俗诗作的派别，如生活于唐初的诗僧王梵志的诗、著名诗人寒山的诗等。寒山自我表白的诗作云："有人笑我诗，我诗合典雅。不烦郑氏笺，岂用毛公解。忽遇明眼人，即自流天下。"就并不以明白如话而自卑。唐以后，这一传统并未得到发扬，但由宋词而元曲，诗学中的口语体写作意识可说不绝如缕。

当然，当唐朝俗讲兴起时，直接以口语体讲说故事，开始成为一种全新的文学活动方式。经由宋代说话、讲史及说话文学的文本化，到明代的话本、拟话本、历史演义、长短篇小说的写作，终于在俗文学领域创生了一种全新的口语文体文学作品，即白话小说。说它全新，是因为它从实践到理念，都是在没有文言资源支撑的情况下自己形成的。

明袁宏道《听朱生说水浒传》诗写道："少年工谐谑，颇溺滑稽传。后来读《水浒》，文字益奇变（焕）。六经非至文，马迁失组练。一雨快西风，听君酣舌战。”（《解脱集》卷二）文字奇变，说的正是白话小说在文学语体上的全面变革与创新。应该说，口语体文本化是中国文学史上乃至文化史上具有里程碑意义的大事。它彻底改造了文构性文字写作的方式，改变了千百年来文言写作的历史。前此的文章为文而非言，通俗文学起，而言始得自为文。且千百年来，言说在与文字脱离的情况下自由发展，已经积累了相当丰富的语言宝藏，结晶了无数极为精彩的语言珍品，一经用文字组织起来，所获得的阅读审美快感，自然是千百年来文人从未体验过，也从未想象过的。当然阅读的内容也有同样的问题。这是文人们为什么会如此惊喜而如获至宝的原因。这实在是下层社会文学生活自身创造的奇迹。

黄遵宪《与严又陵书》云：“本朝之文书，元、明以后之演义，皆旧体所无也，而人人遵用之而乐观之。文字一道，至于人人遵用之乐观之，足矣。”虽然以公文与白话小说并提，但本意还是在张扬口语体写作的便利性与特有的美感价值。其便利性自然与前述所谓写作的言说性有关，其美感价值则与口语体的特殊语感有关。至此，文言文构之美的主体性审美价值才终于走向了消解。因此，这一表述几可看作是对新语体文学语言观的高度概括。

俗文学白话文创作所取得的成就，给以文言文化自傲的文人以巨大的震撼，从而导致了文人文学观念上的巨大改变。甚至可以这样说，是俗文学，而非六经——甚至史传文章——使中国文人知道了什么才是真正意义上的文学。诗学不论，中国真正的以叙事文学为核心的文学观念和文学思想，恐怕是要到俗文学兴起之后才形成的。但是也正因为这种震撼，有些正统文人对这一变革便表现出了极大的反感和抵触。反应最激烈的有明胡应麟《少室山房笔丛》的说法：“今世传街谈巷语，有所谓演义者，盖尤在传奇、杂剧下。然……绝浅陋可嗤也。”[①] 对《水浒传》《三国演义》的口语文体如此不屑，对口语体文学取得的巨大成就视而不见，恐不全是感受能力和审美趣味的问题，主要还是文言文学观念的偏见所致。

另如蒋瑞藻《小说考证拾遗》引缺名笔记云：“小说本有文言、白话之别，文言加入白话，则俗不可耐，犹之白话加入文言，亦酸腐不可读

① 孔另境编辑：《中国小说史料》，上海古籍出版社1982年版，第18—19页。

也。"[①] 虽然涉及两种语体的相斥性，但也过度强调了二者之间的异质性。尤其在俗文学文本化的过程中，口语体叙事与文本写作中的精英文化传统产生互动影响，其实是再正常不过的事情，只是有妥与不妥的问题就是了。正统文人爱嘲笑俗文学创作者不会用文言，每至弄巧成拙。而其实，口头文学中亦多有嘲笑文人以文言为口语而致笑话百出者。两者不可避免之互动影响，也许正可于这类互嘲中见出。

诗对于正统文学而言，本是主流中的主流，但在俗文学风行天下的大势之下，其诗学观念的变革也是势在必行。公安三袁的诗歌革新口号：不拘一格，独抒性灵。与明冯梦龙《序山歌》中对民歌口语体的描述："田夫野竖矢口寄兴之所为。"虽一文一野，却心意相通。所以袁宏道说："种花赋诗，随口即讴，此亦生人之至乐也。"三袁在诗歌写作上对浅显化、世俗化的追求，影响诗坛深远，蔚为一时风气，虽有正统诗学内部的原因，但俗文学浅显世俗的审美时尚的影响，自不可忽视。词学中同样也有这样的文体意识。明李开先《西野春游词序》云："诗宜悠远而有余味，词宜明白而不难知。"一直到清初的黄宗羲还在《胡子藏院本序》中说："近见为诗者，袭词之妩媚，为词者，侵曲之轻佻。"可知俗文学口语体的大行其道，几乎可说导致了中国传统文学审美观的乾坤大挪移和大倒转。即使是最正统的文学审美活动类型，也"不由自主"地、"身不由己"地满足于新型审美活动的需要，并且本能地积极融入和同化到新型的审美活动中去。

中国戏剧文学的文体语言，也许因为是一种文言体与口语体的杂处共生状态，其口语体意识也要更自觉、更专业一些。如元周德清在《中原音韵》中就已将戏剧文学的"造语"分为"可作"与"不可作"两部分，非常鲜明地表达了对文言用语及口语体的自觉要求。其"可作语"中包括"乐府语""经史语"和"天下通语"，并有"造语必俊，用字必熟，太文则迂，不文则俗；文而不文，俗而不俗"等要求。"不可作语"十七项，有"书生语""讥诮语""双声叠韵语"等。[②] 虽然也还是一种妥协的观念，但已经是过去文学语言观中所没有的意识。其中包含着文构性写作理念向言说性写作的妥协，同时也显示出即使是俗文学的写作也不可能完全

① 孔另境编辑：《中国小说史料》，上海古籍出版社 1982 年版，第 62 页。

② 参阅张玉来、耿军校《中原音韵校本》，中华书局 2013 年版，第 64—65 页。

言说化的事实，因为口头语言缺乏足以满足文学写作之需的词汇，汉字也不足以完全写出口语词汇。另外，也体现了文人力图将民间文学样式正规文学化的努力。

明臧懋循《元曲选序二》中说："诗变而词，词变而曲，其源本出于一。"以戏曲接续诗学传统，因此对戏剧文体提出了类似周德清的要求。"曲本词而不尽取材焉，如六经语，子史语，二藏语，稗官野乘语，无所不供其采掇；而要归断章取义，雅俗兼收，串合无痕，乃悦人耳。此则情词稳称之难。宇内贵贱妍媸幽明离合之故，奚啻千百其状，而填词者必须人习其方言，事肖其本色，境无旁溢，语无外假，此则关目紧凑之难。……自非精审于字之阴阳，韵之平仄，鲜不劣调……此则音律谐叶之难。"在臧的观念中，戏剧文体的词汇资源应不拘一格，但要兼及文统及通俗性。在戏剧文体中，文构性写作不再具有独立价值，或者说其独立价值要大打折扣，一切只以观众（听众）的审美接受为指归。因此不光强调了口语体（尤其特别强调了方言）的重要性，而且对戏剧用语的谐律问题提出了很专业的看法。中国戏曲演唱有自己特有的格律声调问题。戏曲乐调如同现在地方小戏，其音调是建立在各地方言语调的基础上的，而且大概都已形成固定调式，还不如现在地方小戏曲调依声而定的灵活。从这一点出发，可理解吴江派重文辞声律的原因。不同于律诗，词曲的格律是依词牌的乐曲声调而定的。创作该词牌乐曲的人，一般是依声而定的乐调，故该词牌的格律往往也就是依第一首词的阴阳平仄而定。所以初始格律决定了词牌乐曲的声调，而词牌的乐曲声调又限制了该词牌的填词格律。现在人填词，因为古乐调已经失传，某词牌的第一首原创词文往往也已不可知，故阴阳平仄之格律已不可知，亦无法可知。此所以谓难。

明王骥德的《曲律》是一部戏剧文学专著。在这部著作中，王在很多地方专门讨论了戏剧文体的用语问题。如其"论宾白第三十四"："《琵琶》黄门白，只是寻常话头，略加贯串，人人晓得，所以至今不废。'对口白'须明白简质，用不得太文字……虽不是曲，却要美听。"很明确地指出戏剧语言是为了美听，而不是为了美读。宾白则更要排斥文构传统而追求口语言说之美。这与追求最好的表演效果，讲究表演艺术上的美感如听觉美感，尽量展示、突出生存诗意本身具有的美感，尽量缩短审美接受上的心理距离一样，同是娱乐性俗文学艺术的服务性理念的表现。就此而言，俗文学的口语文体可说是"被"创造的一个结果。其"论家数第十四”：“大抵纯用本色，易觉寂寥；纯用文调，复伤琱镂。……雅俗浅深之辨，介在微茫，又在善用才者酌之而已。”所谓寂寥者，是觉得纯用口语体，可能会让人觉得不入流，难登大雅之堂。会不为主流文化、统治性文化、高贵性文化即文言文化所接纳。而纯用文言体，则会与观赏戏剧的广大俗众产生极大的隔阂。由此可见戏剧文体中文白相杂的某种尴尬与妥协。

明凌蒙初《谭曲杂劄》中说：“元曲源流古乐府之体，故方言、常语，沓而成章，着不得一毫故实。”明确主张戏曲用口语体，包括方言与日常用语。清黄周星《制曲枝语》中说：“愚谓曲之难有三：叶律一也，合调二也，字句天然三也。……亦有三易。三易者，可用衬字衬语，一也；一折之中，韵可重押，二也；方言、俚语，皆可驱使，三也。……即如宾白，何尝不易？亦须顺理成章，方可动听，岂皆市井游谈乎？”“制曲之难，无才学者不能为，然才学却又用不着。”无论三难还是三易，黄都将戏剧用语的口语体作为其中的重要一项。因为戏剧是要“听”的，所以必须适应观赏者听的需要，并且追求听的艺术效果。因此写作中的易与不易，都与戏剧用语的口语性质有关。这正是言说性写作文学化的高难度之处。所谓才学用不着，是指写作不能为文言文化传统所束缚。但也正因为如此，就更需要创作者是一个真正有才学的人，从而能真正自由进出于、取舍于这两种文化、两种文体用语的范域之中。可以看出，这些观点不仅仅是一种理念，而且是非常专业的经验之谈。这也正是戏剧批评家之长。虽然一些优秀的俗文学批评家也对戏剧文学发表意见，但一般而言，真正的戏剧批评家和理论家都是戏剧家，这是他们有别于其他批评家之处。因此其观念，往往也更本色当行。因为不受政教文化理论叙事的束缚，俗文学批评家要更具有批评的独立性与原创性。

文人对俗文学的兴趣，还在于俗言俗语中的特殊味儿（所谓生活气息）。这种特殊意味在文言文化系统中是一直没有的。而这种特殊意味，正是语言的文学性所在。语言的这种意味或曰文学美感，一直结晶于、散存于千万年来人们的世俗生活之中。一旦收罗到文学作品中相对集中地显现出来，就会显示出强大的文学生命力和审美感染力。这一点，每一个真正的文学家都会本能地直觉到。

清黄宗羲《胡子藏院本序》云：“……余外舅叶六桐先生，工于填词，尝言，语入要紧处，不可着一毫脂粉，越俗越家常，越警醒。……至散白与整白不同，尤宜俗宜真。”这话虽然源于徐渭，但似乎更有语体上的针对性。这一意识之所以广为流传，就因为它已经完全脱离文言文化的文体理念。自古中国正统文学意识中，文体本身是有高下、雅俗、正邪之分的。但俗文学成大气候之后，其专业性、公众性与审美消费性，使得其自身就具有一套完全不同的语言、文体、审美内容、生成方式、存在方式和接受方式等，加上其在艺术上的巨大成就，都使得其文学理念具有相当大的独立性与自洽性，并且对正统文人的传统观念形成了巨大的冲击，当然也产生了巨大的吸引力。其文学语体的独立性被正统文人广泛接受，正是这一文化现实的表现之一。

清李渔就是个相当专业的戏剧家，其《闲情偶寄》可谓俗文学思想的代表作之一。他在“忌填塞”节谈到戏剧用语时也这样说：“贵浅不贵深……假此以见才也……能于浅处见才，方是文章高手。”这一观点和黄周星之言有相呼应之处。所谓“贵浅”者，贵明白如话而已。则所谓“浅处”，自然指的是戏剧语言应该具有口语之体、俗世之真和自然之趣。之所以于浅处见才方是高手，是因为相较于传统的精英文人，新的文体需要全新的写作能手。这是俗文学对于自己的创作人才的召唤。按传统“诗有别才”的思路，正所谓“曲有别才”“戏有别才”“小说有别才”“俗文学有别才”。

但有一点需要指出的是，即使是李渔这样的行家，也还是从文言文化中走出来的玩家。他们的俗文学观念很大程度上也是一种玩家意识，较真正意义上的文学思考还有一定距离。特为指出这一点，一方面是因为他们不但和纯粹以读者观众为衣食父母的俗文学工作者在理念和意识都不完全相同；另一方面也是因为他们缺乏晚清以来俗文学作者的人文自觉。他们只从玩赏的角度考虑了娱乐性的因素，而缺乏任何人文关怀的意识，因此在他们的观念里，有的也只是一些玩家的经验之谈，而没有价值性焦虑和终极追问心态。这与雅俗两种文化之间的鸿沟远未填平，雅俗双重文化身份不能对等地统一于一身，是有关系的。因此，无涉人文关怀的玩家心态、玩家意识及其观念表达，成了中国传统俗文学或曰审美消费文学理念的一个重要特性，因此也是中国古代专业性文学理念中的一个重要特性，是中国审美文学即专业文学生产的一个基本传统和基本精神。

第三节 俗韵

所谓俗韵，要讨论的自然是俗文学所刻意追求的特有的俗的味道，即俗的美感意味。相对于古代正统文学的雅正之美，传统俗文学的基本美学特征，当然主要表现在一“俗”字上。但是，如何认识传统俗文学之“俗”，却不是用某一说法一言以蔽之而可以说清的。鉴于它在审美形态上与正统雅正文学表现出来的巨大差异，这一“俗”字所包括的从语言层面到审美意识层面的种种文学性内涵，还是值得我们认真去探究一番的。

在俗文学意识中，与口语体追求最相关联的一个概念自然是通俗。因为俗文学的本质在通俗，所以必须推崇口语体写作；因为主要用口语体写作，所以作品才能通俗。

明绿天馆主人《古今小说序》中说：“大抵唐人选言，入于文心；宋人通俗，谐于里耳。天下之文心少而里耳多，则小说之资于选言者少，而资于通俗者多。试令说话人当场描写，可喜可愕，可悲可涕，可歌可舞；再欲捉刀，再欲下拜，再欲决脰，再欲捐金；怯者勇，淫者贞，薄者敦，顽钝者汗下。虽小诵《孝经》《论语》，其感人未必如是之捷且深也。噫，不通俗而能之乎?”俗文学是基于听觉隐喻的写作，是对着观阅者的耳朵来“说话”的。因此相对于视觉隐喻的文言文本而言，它有着完全不同的文化资源、思想资源、叙事资源乃至文字资源。通俗者，口语化之谓也。文心与里耳之别即为文构与口语之别。文心里耳之分，并非多寡的问题，而是两种完全不同性质的文学审美活动本身所必然具有的审美文体之别的问题。对这一点，绿天馆主人虽无自觉，但有极好的直觉。他看到了俗文学因为口语体的通俗性，而深具审美的生动性与直接性。而且，在以通俗为核心的审美观中，观阅者成为文学活动的主体，观阅效果成为文学创作的目的。以感人为尚，以达到审美快感为尚，这与一些精英文人基于清玩之需而进行的“游于艺”之作是有根本区别的。只不过，感人的问题不仅仅是通俗的问题。对于广大俗众来说，就是把《孝经》《论语》翻译成白话、口语，也未必能达到这样的感人效果。小说是一种内视审美文学，它有自己美学特性与功能。要达到“捷且深”的感人效果，语言通俗只是外在条件之一。因此，这个问题有着多重的意义和含义，这里只是从文体通俗性的角度看到了俗文学的文学价值与审美魅力，体现了为文学的通俗性追求寻找理论依据的一种努力。

因此，对通俗性的追求，在俗文学意识中，也表现出各种不同的角度与层次。

明胡应麟《少室山房笔丛》中说："此书所载四六语甚厌观，盖主为俗人说，不得不尔。余二十年前所见《水浒传》本，尚极足寻味。十数载来，为闽中坊贾刊落，止录事实，中间游词余韵，神情寄寓处，一概删之，遂几不堪复瓿。"[①] 胡对俗文学是抱鄙视态度的，尤其瞧不起俗文学的口语文体。而对其中的一些文言成分，则稍有兴趣。但也认为其要投俗众之所好，为俗众所懂，因而不得不写得极为浅俗。而后来，干脆连这样的成分——所谓游词余韵——也为坊贾删除了。结果只剩下了用口语体所讲的故事。这样的东西在他看来，就一点价值也没有了。在这里，胡对俗文学的鄙视先不论，有意思的是他所说的这个现象，如果所云属实，则非常典型地显示了俗文学不断向通俗让步的表现与方式。这可以说是俗文学的一个通病。为了低就俗众的欣赏能力和审美趣味，俗文学作品对通俗性的追求，往往会出现一个不断向低水平看齐的过程。

明王世贞《曲藻》中说："骚、赋难入乐而后有古乐府，古乐府不入俗而后以唐绝句为乐府，绝句少宛转而后有词，词不快北耳而后有北曲，北曲不谐南耳而后有南曲。"戏曲文学的文体是根据演唱需要演变的。这一点很重要。而就一般而言，俗文学的文体演变，也都是根据"里耳"的需要而形成的。这是一个事实，而后则成了俗文学创作者们的自觉追求。因此，俗文学生成演化的历史，也就是其娱乐性质日益呈现，其审美接受的范围日益扩大的过程。总之是以满足大众化审美娱乐、审美消遣和审美快感的需要为基本理念而发展的。

明沈德符《顾曲杂言·时尚小令》云："元人小令行于燕、赵后……不过写淫媟情态……不问南北，不问男女，不问老幼良贱，人人习之，亦人人喜听之，以至刊布成帙，举世传诵，沁人心腑……其语秽亵鄙贱，并桑濮之音亦离去已远。而羁人游婿，嗜之独深……"这显然是尽可能迎合下层俗民趣味、提供纯粹的娱乐性、消遣性审美阅读所导致的一个结果。在相对稳定、一成不变和常态的生存状态中，更容易形成娱乐消费的需

① 孔另境编辑：《中国小说史料》，上海古籍出版社 1982 年版，第 19—20 页。

求，比如市民社会。娱乐的档次，往往与生存形态的档次、文化形态的档次是相互适应的。俗文学艺术的趣味，是俗世生活、俗世人生的状态本身孕育出来的。他们就是这样生存的，因此也就这样娱乐着、审美着。他们在俗世生存中分享着、孕育着、生成着、制造着这样的乐趣，自然也就以这样的乐趣这样的娱乐方式为美。审美趣味不过是生活趣味、文化趣味的自然体现罢了。比如这类作品最为"羁人游婿"所嗜好，就因为这类人更容易有垃圾时间需要消磨，更容易产生娱乐消遣心态。

清翟灏《通俗编》中也这样写道："古凡杂说短记，不本经典者，概比小道，谓之小说。乃诸子杂家之流，非若今之秽诞言也。《辍耕录》言：'宋有诨词小说'，乃始指今小说矣。《水东日记》：'书坊射利之徒，伪为小说杂书，农工商贩，抄写绘画，家蓄而人有之。痴騃妇女，尤所酷好，因目为《女通鉴》。'"① 这里面有对俗文学之俗的几个重要认识。一是小说为"秽诞言"、为"诨词"，显示了其从内容到形式的低俗特性。二是俗文学具有通俗文化的生产与消费性质，可以用来牟利，因此不得不为商业需求和大众需求所左右。三是尤为下层俗众所爱好，这就决定了俗文学不但要通俗，而且为了追求最大的普及性，还得尽可能投最低下水平之所好。四是这时的俗文学活动主要已是提供文本为俗众的阅读审美需要服务。这既显示了教育的普及、社会整体文化水平的提高，也显示了小说欣赏由听众、观众向读者转化的情况。因此，相比较于文盲，这样的接受者层次已经有了很大的提高了。而这也必然促使小说艺术特性及美学性质逐步向更高的层次转变。

至明，中国文化中玩乐消遣精神的一面终成主流，俗世生存的诗意审美逐渐成为文学创作中最为关注重视的因素之一。自古，中国娱乐性审美文化就缺乏人文信念因素，缺乏精神生活意识和终极价值追问意识，缺乏人性的深度追问意识，缺乏人文境界内涵和人文崇信内涵。但就雅俗文化关系而言，俗文学能俗至何种程度，也是当时文人关注的一个问题。在这一点上，文言雅正文化的惯例还是起了作用。因此即使总的趋向是日益重俗，但大抵还是以俗为本，俗而能雅，才为妥帖，对一味滥俗总还是有所警惕。

另外，各体俗文学活动方式的兴起，也使一般文学观念中有了不含褒

① 孔另境编辑：《中国小说史料》，上海古籍出版社1982年版，第7页。

贬之义的雅俗两种美学形态的概念。什么样的文学样式遣词造句应该雅一些，什么样的文学样式语言必须俗一些，应尽量多用口语体等。实际上，宋代对词与诗的区别进行讨论时，就已涉及这一问题。这种不同的美学追求是适应不同的审美需求产生的，是从审美消费者的角度进行考虑的表现，有了自觉的审美效果意识。唐诗宋词的繁荣都是与普遍的审美需求分不开的。明清俗文学的大发展，自然也是如此。

与俗文学之俗韵审美追求紧密相关的另一个概念就要说是“本色”了。本色是个多义的概念。在戏剧专业的意义上，它主要指其审美样式、审美表现完全契合本专业的文体特性和艺术特性的要求。[①] 在一般审美意义上，则主要是指一种具有生活原生态意味的美感形态。在这一意义上，俗文学艺术必须是世俗生活本身的诗意化，才能成为真正属于俗众的文学艺术。重要的是，这也是一种“纯粹”和“干净”，是一种没有被人为的加工破坏了的“原美”，因而也才是一种“真美”。

因为与这两重含义都有相关性，这一文学意识主要在戏剧领域得到了普遍的认同。

王国维《元剧之文章》云：“关汉卿一空倚傍，自铸伟词，而其言曲尽人情，字字本色，故当为元人第一。”王国维显然是以本色为戏剧美的最高标准。而“字字本色”的意思，不光是针对口语文体而言，也是针对俗世人情的真实表现而言。这是以俗世生存的真实呈现为本色之美。这一认识看似简单，实际上却说出了俗文学中叙事文学之美与正统文学中诗学之美在美学观念上的根本区别。正统诗学对诗意性质和诗意化内容有明确要求，不容庸俗与丑恶，不许怒骂与叫嚣，唯高情可千古。而俗文学中的叙事性文学则排斥人为做作，不容一味拔高、美化、故作高雅，不避丑陋与村野，强调给人以生活真相及本来面目的印象。强调只有本色化才能使文学之美达到充分示意化和心理化。

因此，本色意识是俗文学之俗的本体美意识。一般来说，美学趣味的追求常常是艺术系统内部运动的表现与结果，一种趣味取代另一种趣味就像人们吃菜常要换换口味一样。但有时对一种美学趣味的重视，也可以是基于更深刻的文化原因。对本色美的重视就是如此。它与中国传统文化精

---

① （明）王骥德《曲律》“杂论第三十九上”云：“当行本色之说，非始于元，亦非始于曲，盖本宋严沧浪之说诗。”

神有关，也与戏曲这门艺术当时的大众化特点和审美的普及性有关。中国的戏曲本身是追求间离效果、他在性和诗意化的，但是这并不妨碍它在审美形象的塑造上追求符合生活原生态的审美效果。因此，对本色美的强调，也意味着在此之前一直存在着非本色美的艺术美或文学美追求特性。也就是说，因为文言文化与口语文化天生的疏离，也许还要加上正统文学观念中的角色意识，文言文学美的生成一直就具有远离世俗生活原生态的形态特性，多少都有点人为造作的性质。俗文学真正兴起之前，中国文学一直缺乏对世俗生存诗意的关注。

明徐渭《题昆仑奴杂剧后》中倡导所谓“家常自然”的美学风格：“语入要紧处，不可着一毫脂粉，越俗越家常越警醒。此才是好水碓，不杂一毫糠衣，真本色。”说的是语体的家常日用口语状态，强调的是俗本身的审美意味。在徐看来，俗就是本色，越俗越是真本色。世俗生存之诗意、之美，也是越纯粹越好。世俗民生之美是俗文学生存诗意的核心。俗得越纯粹，对于俗众来说，其美感就越真切。这是非常自觉的俗在审美形态上和审美意趣上的追求，是认为俗文学艺术理应做到使俗世生存、村野本性充分诗意化。而最重要之处则在于，这是前所未有的“另一种美”的发现与觉醒，也是对另一种语言美和语言艺术形式的凸显与强调。因此明李开先《西野春游词序》云：“用本色者为词人之词，否则为文人之词矣。”这里所谓词人与文人的区别，也就是深通音律、有受众意识、为演出服务的专业作者，与将词作为一种业余爱好、笔墨游戏的精英文化作者的区别。同样，明何良俊《曲论》中亦云：“盖填词须用本色语，方是作家。”“作家”这一命名是专业性写作自觉的一种表现。否则只是玩家。而所谓本色语，则不光是指口语体，而更是指具有俗韵俗趣俗味的语言。因此，本色在这里，就不仅仅是另一种审美形态，而且是另一种文学形态了。推而广之，亦是另一种文化形态。这也应该是大众性的、普及性的公共审美文化建制出现后产生的新观念。

表达了类似观念的材料还很多。一直到近人吴梅的《顾曲麈谈》，还这样写道：“曲之胜场，在于本色。”“雅则宜浅显，俗则宜蕴藉，此曲家之必要者也。”可知本色意识、俗韵意识，一直贯穿中国戏曲理念的始终，是一个具有本体性的概念。而与本色意识具有相近义、相似义甚至相同义的一个概念，便是自然，或者说天然。

明王骥德《曲律》“论句法第十七”云：“宜自然不宜生造。意常则造语贵新，语常则倒换须奇。”这是对戏剧语言的专业性要求。它强调和追求戏剧语言本身的魅力，并不停留在一种朴实状态上，而是既要自然，毫无做作之感，又要新奇巧妙，出人意表，有明确的语言技巧意识。目的还是为了增强审美接受的亲和力，同时又尽量避免审美麻木，在审美细微处给人以新鲜感和形式快感。

清黄周星《制曲枝语》亦云：“曲之体无他，不过八字尽之，曰：‘少引圣籍，多发天然’而已。”文人参与俗文学创作活动，就不得不尽力抵制文言文化的习惯性制约与格式化制约。其最有效的方式，则莫过于以天然为本位。按说，本原性的俗文学创作并不存在这样的问题。它所要做的，倒有可能是尽量借用一下、套用一下文言文化的主导性话语，以使自己能为主流文化、统治性文化所容忍，也就是借此获得至少表面上的政治正确性或人文合法性。清朝戏剧文本的写作还存在这样的问题，可能与大量戏剧文学的创作都过于案头化有关。

王国维《元剧之文章》云：“古今之大文学，无不以自然胜，而莫著于元曲。”“彼以意兴之所至为之，以自娱娱人。……思想之卑陋，所不讳也；……彼但摹写其胸中之感想，与时代之情状，而真挚之理，与秀杰之气，时流露于其间。故谓元曲为中国最自然之文学，无不可也。”王所谓自然，已经是一种无所不包的本体性的自然，也就是本色之美。其与俗世生存的自然粗朴状态、人之本能本性的天然表露、个体生命的自由表达，均无不相通。这实在是中国式的写实主义文学观。因此王还接着写道：“元剧……以其自然故，故能写当时政治及社会之情状，足以供史家论世之资者不少。”这一观点与我们所熟知的恩格斯谈现实主义胜利的文字真是何其相似乃尔。不过，就中国古人的审美意识来说，重本色自然，只是要强调生存诗意本身的审美魅力、审美共享性和召唤性，希望能给人以再现客观真实的错觉，使自己的俗世生存、现实人生能够因此而得到映照。

中国传统叙事文学理念强调内视审美共享的通俗性和普遍有效性，与此类文学先天的俗众娱乐本性有关。过于理念化、思维化和心理化的写作会大大削弱这种普适的共享性，因此为中国叙事写作观念所排斥，白描为中国俗文学最受欢迎的塑形手段，原因在此。俗文学的终极审美追求亦在其能指性——美感意味的无穷性和无限可能性，所谓白描，就是用一种最简约的勾勒式的描述，提供对描写对象的无限的想象可能性。在这样的阅读审美中，由于审美的丰富性几乎全是由接受者自己通过创造性想象赋予的，审美对象的形象几乎全是通过接受者自己的内视创构呈现出来的，所以其审美体验往往尤为隽永而深刻。

陈独秀《文学革命论》云："曰推倒雕琢的阿谀的贵族文学，建设平易的抒情的国民文学。曰推倒陈腐的铺张的古典文学，建设新鲜的立诚的写实文学。曰推倒迂晦的艰涩的山林文学，建设明了的通俗的社会文学。"他所试图建立的三种新文学，其实不过就是中国传统的俗文学而已。

第八章

虚构观念与技艺意识

讲史是中国叙事文学最重要的源头，甚至几乎是唯一的源头，因此，重视叙事文学的真凭实据，即在文学写作与文学读解中重客观的现实依据与事实依据，成为了中国叙事文学的主导性观念之一。这一事实，自然也就导致了中国传统文学观念中虚构意识的不足和局限。中国传统历史叙事实际上的虚构特性，并未导致叙事性写作的文学虚构观念，反而导致了文学性叙事写作的写实性观念。但是，虚构是文学的本质，可说没有虚构就没有文学叙事。因此，即使有史实观的压抑和屏蔽，文学虚构观念，还是在中国传统叙事文学的创作意识中，通过各种直接或间接的方式，借助于各种不同的概念、用语、命题和说法，逐渐清晰起来，成熟起来，完善起来，并终于成为中国文学创作活动中的主导性理念之一。

第一节　中国俗文学中的虚构观念

一　虚构性意识的历史呈现

中国很长一段历史时期内并无成熟的虚构叙事理念，这与中国古代长期缺乏自觉的虚构叙事艺术有关。战国时有所谓小说家，但小说不是虚构性作品。反而是对现实中真实言论的录写。先秦时期真正的虚构性叙事作品，似乎主要出现在诸子的哲理性著作之中。他们利用虚构性的寓言和小故事，来说明、显示或印证他们要讲的抽象道理。在这一方面，庄子可能是最自觉的。《庄子·寓言》说："寓言十九，重言十七，卮言日出，和以天倪。寓言十九，借外论之。……重言十七，所以已言也，是为耆艾。"又说："以卮言为曼衍，以重言为真，以寓言为广。"（《庄子·天下》）但他的目的不是讲故事，而是讲道理，是借人家的事，讲自己的道理。所以，他书中虽然讲了二百来个虚虚实实的故事，但基本上都是寓言，并且没有统一的文体意识和完整的艺术结构模式，内容的故事性也不强，不足以形成一个可以独立的文学性叙事序列。因此，这些故事与其说是虚构，不如说是想象，或者说虚拟。尤其重要的是，这种虚构性写作并未导致文学审美的虚构意识的自觉，只是在文学实践和文学经验的意义上，《庄子》已经轻轻地推开了虚构之门。

如前所述，中国的历史叙事，从一开始就有虚构性成分。如《左传》在故事性、细节、人物形象塑造以及历史因果上的刻意经营。如《战国策》的描述意识和细节刻画。这都显示了真正文学性的内视审美追求意识。但这只是史传作品的文学性追求，而不足以构成、也不应构成文学性目的。事实上，这种意识和追求，在后来的历史叙事中是被排斥的。司马迁写《史记》，在历史叙事理念上是反对虚构的，所谓“百家言黄帝，其文不雅驯，荐绅先生难言之”。但他有一颗“文学的”心：“《书》缺有间矣，其轶乃时时见于他说。非好学深思，心知其意，固难为浅见寡闻道也。余并论次，择其言尤雅者，故著为本纪书首。”“轶闻他说”的虚构特性，我想司马迁是非常明白的，并因而对其保持着高度的警惕性。但他依然深为民间口头传说所吸引，并且最终不得不屈从这种想象的吸引力，在自己的史传写作中打上了英雄传奇的印记。但他的史诗般的写作，依然没有孕育出真正的虚构理念，也只是以他出类拔萃的想象能力，给历史的进一步演绎，开了方便之门。

两汉谶纬神学风行，无意中为虚构性想象打开了一扇大门，并第一次引起了人们对文学的虚构性追求的注意。但这种注意是从反面切入的，这就是王充的“疾虚妄”。他实际上是基于追求事实的真实性与思想的真理性立场，用非文学性的理由批评和否定文学性的虚构追求。这种观念里完全没有看到虚构的艺术价值、审美价值和人文意义，更别说其在文学创作中的本体性意义了。

汉末以还，文言文学审美理念开始转向文艺、游艺、消闲、消遣，民间俗文学开始重新引起文化人的关注。《搜神记》之类志怪作品的出现，是这一现象的表征之一。它与《世说新语》等文人游戏笔墨、享受人生、自娱自乐的作品，在娱乐精神上是一致的。关键是，它开始显示出了一种文学的、内心生活的、内视世界的和对现实生活、现实人生本身的审美需求。也就是从这时起，中国人开始了现实人生的文学性内视世界的建构。

就志怪而言，内容是虚构的，但并非文人自觉虚构的结果。就志人而言，则内容是不容虚构的，因此它连想象都不能说是，只能说是“记忆”“回忆”，甚至是“记录”。这样的心态，与其说是文学的，不如说是文化的和娱乐的。它给虚构意识积累了文学性经验，但它在文学性实践中，并不秉承虚构的理念。

《晋书·干宝传》中说他写《搜神记》是“博采异同，遂混虚实”，是符合实际的。他的虚构成分只是由记录内容本身决定的。所以干宝自己在《搜神记自序》中也承认“虚错”“失实”是不可避免的，但并不是他有意而为的结果。他的自序中，和郭璞《注山海经叙》中，强调了鬼怪传说都是实有其事，或至少虽未亲见，却所听不诬。因此鲁迅论六朝志怪书道：“盖当时以为幽明虽殊途，而人鬼乃皆实有，故其叙述异事，与记载人间常事，自视固无诚妄之别矣。”① 但志怪的文学实践，促使了对“虚幻”内容的重视，比如干宝就认为不应因虚而废弃这些内容，等于是从内容上肯定了虚构性想象的某种合理性。事实上，没有虚构意识，就没有文学创作可言。意识到内容之虚，而且保留内容之虚，就已经是自觉的虚构意识在开始萌芽。而葛洪在《神仙传自序》中谈到自己的写作动机时，认为“刘向所述，殊甚简略”，而正确的做法应该是在此基础上更举“美事”，因此他才特为写作了《神仙传》。这是为他写作中的虚构性想象张本，就已经是在肯定文学虚构的必要性了。这样的意识，显然比干宝、郭璞又进了一步。因为对诗意与审美性的追求，正是虚构理念形成的基本心理动机之一。因此后来南朝萧绮在《拾遗记序》中，便较为系统地发挥了志怪写作应重视审美效应的思想。如他说：“搜撰异同，而殊怪必举，纪事存朴，爱广向奇……多涉祯祥之书，博采神仙之事，妙万物而为言……删其繁紊，纪其实美；搜刊幽秘，捃采残落。”认为从一开始的搜集、选择，就应该秉持诗意性的原则，关注内容的审美价值。而在写作过程中，则要有意识地予以加工与创作，所谓“妙万物而为言”，踵事增华，进行某种程度的诗意化虚构。其中尤以对“妙”的追求，成为一个很重要的文学性、审美性的命题。

志人之作也有同样的文学性写作问题。《世说新语·轻诋》注引《续晋阳秋》谈到裴启《语林》时说：“晋隆和中，河东裴启撰汉魏以来迄于

① 鲁迅：《中国小说史略》，岳麓书社 2010 年版，第 24 页。

今时言语应对之可称者，谓之《语林》。时人多好其事，文遂流行。”《语林》为纪实之作，因其文学性而为时人所好。但文中又紧接着说：“后说太傅事不实……自是众咸鄙其事矣。”书竟因此而被废。但其实，《语林》所记，许多本来只是耳闻。而传说则必定是在记忆基础上想象加工的结果，其责并不在裴启。也就是说，他并不一定具有自觉的虚构意识。因此，该书被废，而其事则不废。因此才有后来的《世说新语》。诚如鲁迅先生所言，这样的作品，本为“赏心而作”，[①] 有明确的审美性追求，并非严格的历史记录，因此踵事增华，是一个必然的结果。

还有另一条虚构性文学意识的实践线索也有必要提及一下，那就是宋玉以来楚辞汉赋中的虚构之作。其中最有名的，当然还是宋玉杜撰的巫山神女朝云暮雨的故事。故事固然是写得富于想象而美丽动人，但其主要创作目的，还是与诸子一样，意在以故事讲道理，在理念上并无自觉的纯文学性的虚构性目的。因此后起之汉赋，便越来越缺乏叙事性虚构追求。以至于这样的子虚乌有的虚构意识，反而遭到了后人的不满和摒弃。

但是上述文学传统，都在实践上积累了虚构经验，并在观念上涉及了虚构的问题。至唐朝，俗文学的兴起标志着中国虚构性叙事文学的真正兴起，它源于需要，也扩展了、创造了需要，并因而促使了文学观念的全面变革。因此自唐到清末，人们不得不开始思考一些相关的理论问题。如虚构的价值与意义，虚构的必要性与必然性。人为什么会虚构？虚构是自发的还是自觉的？文学形象与现实生活的关系，作者的生活积累，虚构与真实性，虚构的理念与前提。什么样的虚构才是好的虚构？人物形象的塑造，情节的设计与安排，想象，环境描写的意义，道具，等等。中国古人对这些问题的思考有着明显的中国文化和中国文学的特色。

二 传统叙事学观念与虚构性文学叙事意识

清章学诚《与汪龙庄书》云：“叙事之文出于《春秋》‘比事属辞’之教也。”其《上朱大司马论文》云：“文辞以叙事为难……叙事实出史学，其源本于《春秋》‘比事属辞’。”以比事属辞——即组织语言说清历史事实——为历史叙事的基本理念。其实，中国古代的历史叙事理念，远没这样简单。

① 鲁迅：《中国小说史略》，岳麓书社 2010 年版，第 37 页。

中国叙事学的源头是历史叙事学。发轫于孔子，而成形于司马迁。前文已经有所讨论。唐刘知几《史通·叙事》是中国古代历史叙事学最重要的文献之一。刘在书中写道："盖叙事之体，其别有四：有直纪其才行者，有唯书其事迹者，有因言语而可知者，有假赞论而自见者。"德行人生、事件故事、思想言论、议论评说。前三者为叙事内容，最后为作者主观性评价内容。虽然谈的是叙事文体问题，但认为不同文体，暗含了不同的写作者角色意识，并自然呈现为不同的语体语感，而这已经是叙事的文学性体现了。不过对我们来说更重要的是中国的历史叙事理念。中国古代历史叙事的核心理念是求实明理。而这一核心理念，也深深影响了后起的虚构性叙事文学的叙事美学观念。

中国传统文学观一直认为后起的俗文学的虚构性叙事写作源于历史叙事写作。《新唐书·艺文志序》认为："传记、小说、外暨方言、地理、职官、氏族，皆出于史官之流也。"明陈言《颖水遗编·说史中》也说："正史之流而为杂史也，杂史之流而为类书、为小说、为家传也。"① 均将虚构性文学叙事的文统上溯到历史叙事文化上。郑振铎先生也说："中国的小说，以讲史为最多。即非讲史，而所取的'题材'往往是'古已有之'的。在当代的日常生活里取材的实在是寥寥无几。"② 这是因为，自《左传》《史记》开始，早期的史传写作本身就具有鲜明的内视审美性质和强大的内视审美魅力。这强化了叙事性写作中求实、写实、本事的美学意义。同时，为了追求这种审美魅力，中国古代的历史叙事亦从史传逐渐走向了稗传野史，走向了历史演义。

因此，这一叙事传统对后来的叙事文学写作产生了两个颇具张力与冲突效应的影响。一是本事追求，即要求任何叙事文学写作都要有事实依据。二是为了达到更好的审美效果对变异、超常态、想象性和虚构创造的追求。一方面，史传传统的求实意识成为叙事文学写作中阻止好奇心理向纯粹的虚构理念转化的一个重要的观念壁垒；另一方面，对审美性、趣味和诗意的追求，又促使了叙事文学写作中对虚构性的重视与认识。我们知道，亚里士多德认为诗比历史更具普遍性。但是中国古代的叙事文学观念不这样认为。因为对史实性的强调，反而认为诗（小说）得从历史学的意

① （明）陈言：《颖水遗编·说史中》，《丛书集成初编》第2438册，商务印书馆1937年版，第31页。

② 孔另境编辑：《中国小说史料》，上海古籍出版社1982年版，"郑序"第2页。

义中获取其普遍性。诗（小说）不过是历史的具象化，是历史的图解和说明，是史学的流脉余绪，是羽翼乎史，即协助历史真理凸显出来的方式。就此而言，小说（以及所有的叙事美）都不具有自目的的合法性，而只具有他为手段的合法性。这样的叙事理念与中国叙事文学脱胎于史传写作是有关系的。

另外，中国古代俗文学源自田野采集与记录，并非文人自己、个人向壁虚构的结果。因此收集整理工作中，想象与虚构的本体性不突出不明显。中国传统叙事文学理念中，想象与虚构意识不强，这也应是原因之一。

前文已提及，最早从求实性的立场反对审美性的虚构想象的人是东汉王充。王充疾虚妄，以事实真确的标准衡量一切写作活动和文字作品。虽然从今天看来是大悖文学旨趣和诗性本质的，可他却从反面很准确地看到了人们热衷于写作上的踵事增华和虚构，是与人的好奇之心相关的。“不奇，言不用也。”（《论衡·艺增》）所谓奇者，即不一样，不寻常，非常态，不可思议，将人们潜在的意愿、向往、渴望以超人的方式、高度强化的方式“真实可信地”展现出来，刺激人们想象性地认可某种现实中不可能存在的事物。可是人们为什么好奇呢？也许不一样、不寻常的生活，才是人的生活，才是富于人性的人生，才是向人的生成。《新唐书·艺文志序》中说：“……其余作者众矣，质之圣人，或离或合。然其精深闳博，各尽其术，而怪奇伟丽，往往震发于其间，此所以使好奇博爱者不能忘也。”因此，人们在阅读想象中所表现出的纯粹的好奇之心亦即审美之需，是文学（内视审美）产生与发展的原动力之一。在王充的时代，虚构还具有某种实用性和功利心，但正是这种原动力，突破了正统文论经世济用的樊篱，解构和颠覆了中国正统史学原则在叙事写作中的独尊地位和普适性质，为中国文学的发展开辟出了新的视域与更为广阔的天地。虚构与文学化——阅读审美化——才能融入且亲历存在。这种心理需要，总有一天会催生虚构性叙事文学。

王充《论衡·齐世》云：“述事者好高古而下今，贵所闻而贱所见。”“世俗之性，贱所见，贵所闻也。”闻者，内视想象中的建构与接受也。好古下今，贵闻贱见，其实都是重内视审美，轻外视见真，重心理性存在，轻现实性生存。可是中国虚构文学自古不发达，汉赋子虚乌有不足以满足内视审美需求，故历史传闻取代了虚构性的小说审美活动。事实上，古代历史传闻写作很发达，这从《三国志》裴注引文所引诸书可以看出，只是不清楚为什么这些书后世多失传。也许中国古代有一个起源很早的历史传奇史，只是因为太多的古籍失传而销声匿迹了。

王充《论衡·须颂》云："汉有实事，儒者不称；古有虚美，诚心然之。"内视审美的诗意性高于现实生存的诗意呈现，虚构性叙事作品尤其如此。好古之虚美，是因为其内视审美化程度和生存诗意化程度要远高于当时之实事，从而具有更为充分的诗意呈现的可能性。而这正是叙事性文学存在的必然性前提。叙事性文学是人类存在的时间本质的集中体现方式。人类正是通过叙事文学（想象性的存在）才得以成为真正的时间动物。但是王充对此却抱持极大的反感与否定态度。因此可以说自王充起，中国传统文学理念中对虚的负面意识，必然也在一定程度上阻滞了纯艺术虚构理念的形成。

唐刘知几《史通》对历史写作的虚拟化从语言文饰的角度提出了批评，他说："自梁室云季，雕虫道长。平头上尾，尤忌于时，对语丽辞，盛行于俗。始自江外，被于洛中。而史之载言，亦同于此。"（《史通·杂说下》）他的批评涉及文学的虚饰问题。过度的夸饰，会形成对文学内容的虚化与遮蔽。其实这正是文言文统的必然表现。也许中国正统文学长期以来一直在困惑中摸索什么是文学的本质，但有一点一直是清楚的，那就是由文字构成的语言所呈示的美，就是文学。而历史写作一味讲究语言文饰，正是文言写作的文学美本性渗透到一切应用文和实用文写作之中的表现。所以从汉赋起，中国正统文学中对虚丽、虚饰的追求，也在从负面增加着文学意识中的虚构性因素。

唐柳宗元《答吴武陵论非国语书》中也有类似的批评："夫为一书，务富文采，不顾事实，而益之以诬怪，张之以阔诞，以炳然诱后生，而终之以僻，是犹用文锦覆陷井也。"可见通过虚饰刻意强化文学之美的诱惑性，同样可以形成一定程度的虚构性写作。以柳宗元之政教文化立场，纯粹审美是有合法性问题的。诬怪、阔诞、文采炳然、僻等审美价值，并不天然具有文学审美的合法性。正统人士一直坚执此理念。但在后来的相对独立的文学与美学语境里，这些审美价值则似乎具有不证自明的先天合法性。从柳宗元对时风的描述来看，这种非正统意识仿佛自然而然地登场，与俗文学的生命力影响与支撑是分不开的。

中国古代审美文学观之所以偏重于文体形式之美，是因为中国古代虚构性文学写作一直不发达、不自觉，审美文学作品也大都是在真实事实的基础上进行艺术加工的结果。诗歌强调主体性的言志抒情，本来就没有虚构的内在要求与理念；叙事性作品则主要是历史著作——记事记言。这样，审美文学的写作便成了一个对真实事实予以审美化（想象与夸饰）的过程。文学内容主要来源于对历史中和现实生活中各种故事的选择与发掘，而不是来自想象与虚构（虚构和想象的生命力保存在民间），不是来自有意的、为实现某一文学理念而进行的创作。所以，对内容的关注主要是基于美感上的新奇，而不是要显示普遍意义与内在本质，不是要显示社会性的和人性的内涵。这种情况要迟至明清时期才有所改变。

因此，从唐传奇到宋话本，文学叙事的基本传播心理还是实有其事。从写作口实到审美效果，都尽量追求现实性与写实性。清王士祯《居易录》云："稗官小说，不尽凿空，必有所本。"[①] 这一句话作为一种文学叙事理念，是史传文化发展出讲史小说后形成的。后来的小说创作，即使是纯粹出自虚构者，也依然不能完全摆脱这样的意识。而在小说创作的实践上，它也成了基本的方法论之一。这和纯粹虚构、编造一个故事以为艺术审美的理念是不一样的。所以中国传奇、话本的作者不较量编造、虚构故事与人物的能力，也缺乏个人性的虚构理念与追求，他们只比看谁听闻的事本身更奇、更怪或更有意思，以满足听众、观众、读者对自己生活于其中的世界中各种奇异可能性的猜测与好奇。在写作理念上是事本身奇，而非有意创造一个奇来实现自己的艺术理念。

当然，对"奇"的追求和认识也可逐渐深化对文学虚构性问题的理解。明睡乡居士《二刻拍案惊奇序》云："若云赝也，不已胜于真者乎？""失真之病，起于好奇。知奇之为奇，而不知无奇之所以为奇。"由追求奇而至于追求无奇之奇，是写实性生存诗意审美观对非常态审美观的超越。但同时，"……若乎妖艳风流一种，集中亦所必存。唯污蔑世界之谈，则戛戛乎其务去"。不排除基于俗趣的猎奇审美追求，但完全不合生活情理的胡编乱造，则断然拒绝，这是在写真求实的基础上提出了某种叙事性审美的虚构标准。

清金人瑞《三国志演义序》云："作演义者，以文章之奇，而传其事之奇。而且无所事于穿凿，第贯穿其事实，错综其始末，而已无之不奇，

---

① 孔另境编辑：《中国小说史料》，上海古籍出版社1982年版，第24页。

此又人事之未经见者也。”虚构性叙事文学的出现，以及它表现出的审美魅力，对于正统文人是一个崭新的文学体验和美学冲击。在中国文化史上，俗文学的诞生确实是个重大的文化事件。金圣叹的思考，是这种惊艳感的一种反应。金指出了纯叙事文学美学优长之所在：质朴写实，无人为造作，只是将事实完整地串联在一起，如生活之再现，就能无所不奇。这件事本身就奇。为什么叙事文学只是有头有尾地编织和讲述一个完整的故事，就能给人以莫大的新奇感和审美收获呢？这是金圣叹敏锐意识到的一个叙事学问题。而其实，这个问题并非“人事之未经见者”，在中国早期的史传文学写作中，它就已经存在了。因此，当金圣叹以之为奇时，与其说是在复述一种叙事理念，毋宁说是在以叙事的名义重新思考一种文学虚构理念。

早期的戏曲或说唱，产量极高，内容异常丰富，但也只是将前此中国历史上的名人、故事、典故几乎唱了个遍，而真正虚构性的作品（尤其是基于个人艺术理念创作的虚构性作品）则非常罕见。事实上一直到清末，中国戏剧故事的原创性还相当弱。绝大多数剧本都是改编自史传或小说作品。因此，尽管到李渔，戏剧虚构理念看起来已经非常自觉，但实际上，这种理念还不是本体性的，带有对非原创的既定内容进行想象性加工的意识。

比如清顾彩《桃花扇序》云：“事有不必尽实录者，作者虽有轩轾之文，余则仍视为太虚浮云，空中楼阁云尔。”这种实录意识就是历史叙事理念的遗产，是古代小说戏曲等文学创作理念常常要面对和超越的一个叙事文化基因。而要真正超越，就得明确这个道理：对于俗文学而言，不是所有实录之事都具有审美价值，具有审美价值之事也必须经过审美化和意义化创构。不明白这一点，自不足以言文学。

清洪兴全《中东大战演义自序》中说：“从来创说者，事贵出乎实，不宜尽出于虚，然实之中虚亦不可无者也。……是以余之创说也，虚实而兼用焉。”这就是典型的踵事增华、据实演绎的历史小说写作观，可以看出传统历史叙事文学在写作观念上与史传写作存在着的千丝万缕剪不断理还乱的关系。

至晚清，严复、夏曾佑《国闻报馆附印说部缘起》中依然这样写道：“举古人之事，载之文字，谓之书。书之为国教所出者，谓之经。书之实欲创教而其教不行者，谓之子。书之出于后人，一偏一曲，偶有所托，不必当于道，过而存之者谓之集。此三者皆言理之书，而事实则浅及焉。书之纪人事者谓之史，书之纪人事而不必果有此事者谓之稗史，此二者并纪事之书，而难言之理则隐寓焉。”这正是中国式的立象以尽意的叙事理念：具象之美一直被认为是揭示难言之意的最佳方式。这涉及叙事文学中审美形象的所指性与能指性问题。理之难言，一是因为所指不明，是谓隐寓；二是因为高度能指化、意指化，是谓自涵。因此该文亦云：“古人之为小说，或有精微之旨寄于言外，而深隐难求……”这其实是反向推导的一种认识。是由虚构性文学的能指示意性、意旨不确定性和非概念性，所推导出来的作者或有隐晦难言的主观诉求的想象。当然也可看作中国俗文学虚构叙事观中开始有了心理学理由的意识。涉及文学审美心理共享的普适性问题。作者的艺术创造所提供的普遍有效的审美效果，实际上也是普遍的人文心理的一种表达方式和纾解方式。这样的意识虽未自觉，但也开始隐含于这样的推导之中。

对文学内容的独特关注角度使中国古代文学作品（叙事性作品）总是既充满了现实气息、世俗气息，又非常注重奇特与怪异的审美效果。所以虽然缺乏整体虚构理念，但从不缺乏细节和形象塑造上的夸饰与变形处理。但是，明清时中国虚构叙事性的俗文学作品量多而质不高，缺乏深刻而有价值的虚构理念和虚构艺术观，也许是造成这一现象的原因之一。

三　演义之“演”

中国古代俗文学的虚构理念主要来自本事基础上的铺陈与加工——这也就是所谓“演义”之“演”。宋罗烨《醉翁谈录》有一长篇文字论及小说，很精彩，里面就不断地谈到了“演”或“敷演”的性质与方式等问题：“夫小说者，虽为末学，尤务多闻。……举断模按，师表规模，靠敷演令看官清耳。只凭三寸舌，褒贬是非；略咽万余言，讲论古今。说收拾，寻常有百万套；谈话头，动辄是数千回。说重门不掩底相思，谈闺阁难藏底密恨……说国贼怀奸从佞，遣愚夫等辈生嗔；说忠臣负屈啣冤，铁心肠也须下泪。讲鬼怪令羽士心寒胆战；论闺怨遣佳人绿惨红愁。说人头厮挺，令羽士快心；言两阵对圆，使雄夫壮志。谈吕相青云得路，遣才人着意群书；演霜林白日升天，教隐士如初学道。噇发迹话，使寒门发愤；讲负心底，令奸汉包羞。讲论处，不僀搭，不絮烦；敷演处，有规模，有收拾。冷淡处，提掇得有家数；热闹处，敷演得越长久。……

诗曰：‘小说纷纷皆有之，须凭实学是根基。开天辟地通经史，博古明今历传奇。藏蕴满怀风与月，吐谈万卷曲和诗。辩论妖怪精灵话，分别神仙达士机。涉案枪刀并铁骑，闺情云雨共偷期。世间多少无穷事，历历从头说细微。’”[①] 其中谈到了小说艺术的言说性，掌握名物知识与历史知识的重要性，人生感为小说审美的心理基础，人性本能是小说得以感动人心的本体论前提，镜像性是小说审美认同的基本条件，镜鉴与儆诫，是小说重要的、自觉的教谕功能追求，“说细微”是基本的小说艺术技巧，等等。从中可以看出，“敷演”是当时最重要的小说理论术语之一。但什么是“敷演”？一方面，“举断模按，师表规模，靠敷演令看官清耳”，或“敷演处，有规模，有收拾”，即对事实进行铺叙、增益和艺术加工，使其具有充实性、完整性和自洽性，从而构成一个形式完美的具备审美感染力的文学作品。另一方面，“冷淡处，提掇得有家数；热闹处，敷演得越长久”，是要使其充分地具体化、形象化、细节化、情节化，使其更为生动、丰富有趣，从而达到最好的审美效果。所以简而言之，这里的所谓“敷演”，主要还是要对故事内容进行文学性的铺陈、演绎和完善，虽然有进行艺术加工和追求美感效果的意识，而且在创作实践上自然会有一个具有虚构因素和创造性因素的过程，但并没有明确地论说到创造性想象与虚构的问题，更不用说在虚构理念上的充分自觉了。

不过，“演”也许是中国传统俗文学思想中最接近文学虚构或创造性想象的一个字眼了。明郎瑛《七修类稿》云：“《三国》《宋江》二书，乃杭人罗本贯中所编。予意旧必有本，故曰编。……据此，见原亦有迹，因而增益编成之耳。”[②] “史称宋江三十六人横行齐、魏……周公谨载其名赞于《癸辛杂志》，罗贯中演为小说，有‘替天行道’之言。……贯中欲成其书，以三十六为天罡，添地煞七十二人之名……以至淫辞诡行，饰诈眩巧，耸动人之耳目。是虽足以溺人，而传久失其实也多矣。”[③] 从这一说法里，可以大致体味“演”的含义。说到底，也还是在有所本的基础上“增益”的结果。所以，“演”有创造性和想象性因素，但并非以虚构为本。不过，“演”还是有理念前提的，比如说“有‘替天行道’之言”的

① 孔另境编辑：《中国小说史料》，上海古籍出版社 1982 年版，第 4—6 页。

② （明）郎瑛：《七修类稿》卷二十三“三国宋江演义”，上海书店 2001 年版，第 246—247 页。

③ （明）郎瑛：《七修类稿》卷二十五“宋江原数”，上海书店 2001 年版，第 271 页。

立意，比如说刻意追求“耸动人之耳目”的艺术效果以致“足以溺人”，就文学性创作而言，这一点的重要性是并不亚于想象能力的。

另如清俞樾《小浮梅闲话》云：“坊间有《今古奇观》一书，杂取古事，敷衍成书。”① 这还是承续历史叙事理念形成的踵事增华的演绎创作观。俗文学写作以历史传奇与历史演绎为祖，缺乏纯粹的虚构与创造意识，因此重视现成文本素材的搜集。评说者也往往热衷于寻绎其材料来源，并不认为有何不妥。从孔子起，中国的文化传承就有重复述强于重原创的传统。因此，远在俗文学兴起之前，中国正统文化的文献写作中，就充满了复述、转述、重述、抄述、改述的现象。作为一种文本传统和文化惯例，它对于俗文学的“有所本”的创作理念也可能形成过潜在的影响。

另外，无前文本材料者，往往亦采自口传故实。明田汝成《西湖浏览志余》云：“杭州男女瞽者，多学琵琶，唱古今小说平话，以觅衣食，谓之‘陶真’。大抵说宋时事，盖汴京遗俗也。……若《红莲》、《柳翠》、《济颠》、《雷峰塔》、《双鱼扇坠》等记，皆杭州异事，或近世所拟作也。”② 所记说唱、说话艺术，除传自宋时的旧作之外，新创作的作品，主要也只是对口传“异事”的记录和“敷演”。虽有“拟作”，似是凭虚创构，但大致还是以模仿为主，在方法论上，并不具有自觉的虚构理念与意识。其间的区别，有点类似民间工艺品与艺术家创作的艺术作品的区别。故俗文学意识，并不以小说为虚构，只认是生活实事附会、敷衍、转嫁、加工的结果。也就是说，小说者，不过是人们生活中已有事实（奇事、怪事、趣事）的进一步故事化、意味化而已。正因此，小说也就是他们自身生活的诗意内涵，是他们自身人生的价值与意义耳。明清大量笔记，就是在考证这些小说故事的事实依据。也就是说，讨论小说者，往往也是在讲故事。而于俗文学的艺术成就及人文意义，则不大关注，更少有分析。不过，这里的所谓“拟作”之说，也还是很有意义的。因为艺术首先是从摹仿开始的，而且艺术的发展终归也是向前辈学习的结果。艺术家首先不是向生活学习如何创作艺术品，而是向以前的艺术家和艺术作品学习如何创作艺术品。然后，基于不同层次审美的需要，一点一点由直觉走向自觉。真正的创造、创新和超越，才能在这样的基础上进行。

① 孔另境编辑：《中国小说史料》，上海古籍出版社 1982 年版，第 131 页。

② 同上书，第 6 页。

王国维受西学影响，在《〈红楼梦〉评论》中表明了小说原为艺术创作的思想，抨击当时文人群起考据《红楼梦》中主人公的做法。在《人间词话》中，他进一步引申、阐释和多方面论述了这一思想（如其“造境”“写境”之说；又如其言“虚构之境，其材料必求之于自然，而其构造亦必从自然之法则”云云）。其实，群起考据是很有现象意义的，说明中国人已经习惯于将一切叙事性想象建基于记忆之上。这与本事演义理念是互为表里、互为因果的。何况，中国自古亦有诗本事之类求实传统，其学究性求实之风，至今犹炽。因此，这样研究叙事性文学亦未尝不可，只是其真正的艺术价值和审美价值不在此而已。

四 俗文学虚构叙事理念的成形

在这个过程中，真正的虚构意识逐渐清晰起来。其阶段性的标志应该还是唐传奇的出现。明胡应麟《少室山房笔丛·二酉缀遗中》写道：“凡变异之谈，盛于六朝，然多是传录舛讹，未必尽幻设语。至唐人乃作意好奇，假‘小说’以寄笔端。如《毛颖》、《南柯》之类尚可，若《东阳夜怪录》称成自虚、《玄怪录》元无有，皆但可付之一笑。其文气亦卑下亡足论。宋人所记乃多有近实者，而文采无足观。本朝《新》、《余》等话本出名流，以皆幻设而时益以俚俗，又在前数家下。惟《广记》所录唐人闺阁事咸绰有情致，诗词亦大率可喜。”胡应麟这段话其实是反对虚构的。“幻设”者，即虚构之意。“作意好奇”者，则指自觉地、有意识地服务于某种审美目的。所谓好奇，说明这种审美目的基本上还是心理性的，而非艺术性的或人文性的。所以“假小说以寄笔端”的含义——借助于小说这种文体、通过写作来寄寓自己的这种好奇的审美追求——也还只是满足这种心理需求的意思，于虚构理念并无深刻认识。尤其是明代话本的两个特点：虚构性与俚俗性，其实正是俗文学之最胜处，而居然被他认为是下而下者，可见其识见之低。不过，这段话的价值在于：说明古人也已经注意到了新的文学虚构意识在唐朝出现的文学史事实。

为什么文学虚构意识在唐朝会突然变得清晰起来呢?《唐代变文》中说：“这些变化之所以发生在唐代，是因为只是在唐代，佛教才真正地成为中国本土的一种宗教。在唐代，出现了真正中国化的佛教宗派。……最后，中国的思想界作出了妥协，以使自己适应于印度的世界观。该世界观的基本前提即一切皆虚妄，一切事物都是一种‘造化’或‘虚构’。而在正统的中国观念中，一切事物都是真实的；事物不是思想的产物，而是可以用经验和历史证实的物质力量的构造。尽管宇宙的物质内容经常被忽视，但是现象世界从来没有被看成是想象的产物。由于存在着这样的本体论的差别，虚构小说自然容易在印度流行，而在非常注重实际的中国环境中则显得不适应。因此，只有当佛教彻底地渗透到中国社会各个阶层以后，中国民众（至少一部分）才变得熟悉并习惯印度的哲学思想，才能接受真正的小说创作。"[①] 这种将中国古代一直缺乏虚构文学的情况，与中国人、中国文化重现世生存的世界观联系起来的说法，应该说还是很有道理的。佛教观念的普及，使得中国人一直专注的现世人生追求变得虚幻起来。因此，当我们考察中国俗文学中虚构理念的生成史、形成史时，也有必要考虑到这一因素——至少应将其作为一个重要的文化背景考虑进去。文学中所谓虚构，即基于某一特定的文学理念，借助创造性想象，创构一个非实存的内视审美对象。就此而言，中国俗文学中真正的虚构意识的出现，也许就是从唐朝"转变"活动中生发出来的。当时最著名的俗讲僧文溆和尚打着讲经的旗号，讲一些为俗众们所喜闻乐见的淫俗故事，他应该就是个特别善于虚构的人。

不过首先，中国古代叙事文学中的虚幻人生意识并不起于唐，六朝志怪记异之作中，已有许多表现佛教生死轮回虚妄人生观念的故事。只是这种虚幻人生观或世界观，大约是到唐代，才基本渗透全社会各个阶层，从而成为一种较为普遍的社会意识。其次，中国传统文学中也并非完全缺乏所谓虚幻人生观乃至世界观因素。《庄子》书中，庄生梦蝶，虚实难知。虚即是实，实即是虚，可知虚幻观也并非佛教传入才有。只是道家文化没有将其本体化，故终未形成为全社会普遍接受的世界观和集体无意识。

而我们所要肯定的只是，虽然虚幻意识并非直接就是虚构观念，但它确实在一定程度上影响了中国俗文学中虚构观念的成形。宋周必大《二老堂诗话》云："小说多妄，其来久矣。"妄者，不合常情且缺乏事实依据，而多主观臆想成分。所谓多妄，说明还不是都妄。妄是刻意追求的一个结果。其意是说，虽有其实，但为了追求耸人听闻的审美效果，所以往往予以虚妄的想象夸张。久而久之，则成了小说的文体特征。虚妄也还不就是

① 王国维：《宋元戏曲史》，《王国维学术经典集》上卷，江西人民出版社 1997 年版，第 283 页。

虚构，但认可虚妄的合理性，追求虚妄，以虚妄为小说本性，则虚构意识自然也就会得到强化，并日益自觉起来。明谢肇淛《五杂组》云："小说野俚诸书，稗官所不载者，虽极幻妄无当，然亦有至理存焉。"所谓至理，即超越常理之诗性之理。或曰非具体的人文价值之理的普适之理。亦即难以言说而只能以艺术形象呈示之理。想象性的审美存在不能以现实性存在的道理去衡量，也不能以这样的道理去理解。因为，"凡为小说及杂剧戏文，须是虚实相半，方为游戏三昧之笔，亦要情景造极而止，不必问其有无也。古今小说家如……岂必真有是事哉？近来作小说稍涉怪诞，人便笑其不经。……如此，则看史传足矣，何名为戏？"这里的虚实，并非只是指创作意义上的虚构与事实，也是指内容上的虚幻、奇异、怪诞——虽然这些内容，往往也就是最具虚构性质的部分——与真实、实在。只有这样的审美对象，才能符合其娱乐性审美活动的本质。"事太实则近腐，可以悦里巷小儿，而不足为士君子道也。"太实则成家长里短，而非娱乐性审美对象了。这里有一些想象性虚构的意识，但还没有达到对虚构理念的充分自觉。

这种观念，在明代已基本成为一种普遍意识。明睡乡居士《二刻拍案惊奇序》云："至演义一家，幻易而真难……正以幻中有真，乃为传神阿堵。"所谓幻中有真者，正是虚构的情理真实性、文学的诗意真实性和艺术的审美真实性。中国的小说艺术发展到明朝时，追求世相人生的诗意呈现的写实性文学审美观成为主流。依据这样的文学审美观，真正的文学之美，不仅仅是想象性的艺术创构，且尤其应是生存诗意的真实呈现。而这样的真，已经不是史实的真，事实的真，而是基于想象性虚构、却又符合生活情理的真。这样的真实观的出现，正是对小说艺术的虚幻性内涵进行了认真反思后的结果。

后来，又有明末袁于令《隋史遗文序》提出"传奇者贵幻"的观点。这里的幻，已经是一种高度内视化的想象世界和虚幻世界。虚幻不实谓之幻，正如梦游奇境一般。他认为历史小说的写作"什之七皆史所未备者"，应该"凭己"，即根据作者的创作意图，"可仍则仍，可削则削，宜增者大为增"。这正是典型的演义之"演"的观念。有虚构性意识与因素，但并非彻底的虚构理念。其虚构的目的只是在于："顾个中有慷慨足惊里耳而不必谐于情，奇幻足快俗人而不必根于理。"只是基于审美效果的追求而进行的超越常情常理的想象性创作。这里涉及的正是历史小说与史传的本质差别：前者为了审美目的而创造，后者则为了存真求理而纪实。这种对审美目的的自觉，显然也有助于文学虚构理念的形成。

对虚构观念的发展产生了很大影响的另一个重要因素就是戏剧的出现。戏剧因为需要演员去搬演故事、扮演人物，所以本身就有以真扮假、以实演虚的事实，因此，虚实问题自然就成了戏剧文学中的专业性问题。人生不过是场戏，这是一种虚幻观。所以戏剧不光是虚构的问题，也是虚幻的问题，甚至尤其是虚幻的问题。

明茅元仪《批点牡丹亭记序》云："安能必其世之尽信也。……凡意之所可至，必事之所已至也。"就不以现实之"信实"为然，认为艺术只要符合情理逻辑、心理逻辑，便符合客观逻辑。这说明审美可能性是对其现实性的超越，而在本质上却正是其现实性的诗意性呈现。并据此认为审美叙事理念具有逻辑自足性与自洽性。其弟茅暎在《题牡丹亭记》中说："事不奇幻不传，辞不奇艳不传，其间情之所在，自有而无，自无而有，不瑰奇愕眙亦不传。"则是从虚幻性、非现实性出发强调审美效果的强度和刺激性。这种审美追求，是肯定虚构合理性的心理学理由之一。人生、人性、生活的诗意本质与审美价值被稀释到无穷无尽的偶然性和一体性中，甚至被消解于无限的未知状态和可能性中，因此，文学的艺术本质和人文功能就在于要使这种几乎被稀释和消解到无的诗意本质和审美价值凸显出来。这是它必须具有各种尺度的超常态性和非常态性的根本缘由，也是确立文学的虚构性本质的决定性因素之一。文学内涵的奇异性，正是使生活的诗意本质和审美价值得到尖锐而集中显现的一种重要方式。而所谓"传"者，审美共享价值的普适性也。审美共享价值是一个重要的文学、诗学、艺术学和审美学概念。一个作品的好坏、生命力的久暂，往往与其具有的审美共享价值高低多寡有关。对审美共享价值的重视，是俗文学的本性之一。

清朝时，对虚构的艺术本性的认识也在进一步深化。清徐珂《曲稗》云："七情以内，无境不生；六合之中，何所不有。幻设一事，即有一事之假同；乔命一名，即有一名之巧合。"同样以"幻设"命名虚构，以内视世界与外感世界——即幻想与实有——的相似性、镜像性与对应性来解释创造性想象的合理性。其实虚构和想象的优势，就在于能将生存诗意的可能性发挥到极致。人的认知能力与认知时空的有限，及生存可能性与生存时空的无限性，成为内视想象与创造性虚构的可信性的逻辑前提。因为，就我们生存的有限性而言，你无法知道也无法确证它是不可信的。实际情况反而常常是，现实的真相往往远远超出了人们的想象。

清李渔《闲情偶寄》“审虚实”亦云：“实者就事敷陈，不假造作，有根有据之谓也；虚者，空中楼阁，随意构成，无影无形之谓也。……传奇无实，大半皆寓言耳。……所应有者，悉取而加之。”“作者秉笔，又不宜尽作是观。……是谓虚则虚到底也。……非查古人事实为难，使与本等情由贯串合一之为难也。……实则实到底也。……虚不似虚，实不成实，词家之丑态也。”诗意虚构的自洽性显然要高于真实事物的客观确定性。虚到底指纯粹的想象性创构，实到底则指充分展示生存诗意自身的魅力。至李渔，中国俗文学创作中基于戏剧的虚幻性对文学的虚构本性的认识，就已经达到非常专业的程度了。

其实说到底，历史和虚构性叙事文学本有相通之处，即它们都是只以时间方式存在的一个纯内视的世界。历史叙事和文学叙事，都是对这样一个内视世界的建构。所不同者，一在实构，一在虚构；一在记忆中存在，一在想象中存在；一为求真，一为求美。因此普罗普说：“故事的本质特征之一在于它建立在艺术杜撰的基础上并且是现实的虚构。”[①] 就是说，只要你试图讲述一个故事，不论它是纯粹的杜撰还是有所本，它都已经是在虚构。这是叙事的“文学性宿命”。

因此，文学内涵的真与假之间的关系与张力，也就成了文学之理论思考中的一个典型困惑。对其的追问与解答，往往也就显示出对文学虚构性质的认识深度。明冯梦龙《警世通言序》云：“野史尽真乎？曰：不必也。尽赝乎？曰：不必也。然则，去其赝而存其真乎？曰：不必也。……人不必有其事，事不必丽其人。其真者可以补金匮石室之遗，而赝者亦必有一番激扬劝诱、悲歌感慨之意。事真而理不赝，即事赝而理亦真。……所得而未知孰赝而孰真也。”只是要说明真者在事实而赝者（虚者）在意，在情理之真。文学性的追求本在后者，这是虚构必要性之所在。有了情理之真，则叙事内容是有所本，还是纯然虚构，便都是具有本质真实性的了。

明叶昼评点《水浒传》第一回总评曰：“《水浒传》事节都是假的，说来却似逼真，所以为妙。”这已经是一种写实性的叙事文学虚构观与创作

---

① ［俄］弗拉基米尔·雅可夫列维奇·普罗普：《故事形态学》，贾放译，中华书局2006年版，第195页。

观。内视审美的成功建构，必须借助审美者个人的内视经验积累，和审美者个人的创造性想象能力。尤其重要的是，作品通过语词符码建构的内视形象世界，必须具有普遍有效的内视生存体验和内视生存“图像语汇”的亲切性和共享性。明人试图超越史传真实性意识，而重新为文学的真实性定性，由此确定了想象的真实性、细节的真实性和体验的真实性在诗意创造和文学接受中的决定性意义。第十回总评云：“《水浒传》文字原是假的，只为他描写得真情出，所以便可与天地相终始。”以形象的真实感，也就是与现世生存经验完全吻合的真实感，为虚构性叙事的本体性价值。《水浒传一百回文字优劣》云：“世上先有《水浒传》一部，然后施耐庵、罗贯中借笔墨拈出。……情状逼真，笑语欲活，非世上先有是事，即令文人面壁九年，呕血十石，亦何能至此哉，亦何能至此哉！此《水浒传》之所以与天地相终始也与?”世上先有一部云云，看起来似乎有本事说的因素，其实只是说小说中的所有构成因素实际上都存在于现实世界之中。因此实质上是指其内视生存经验上的合情合理性，是存在论意义上的情理逻辑真实性、细节真实性和可能真实性，是强调其写实性诗意效果，强调文学中的生存诗意对实际生存可能性的依赖性，与文学作品的虚构本质并不相矛盾。

而叙事的另一个“文学性宿命”则表现在它必须通过语言的组织进行言说上。没有什么是文学不能写的。而任何叙事的语言，都不可能回避文学性问题。因为就文学最基本的本性而言，首先就是经由语言对叙事内容进行的美化或审美化——因为它是为阅读服务的。其次才是虚构性问题。中国传统文学中，前者（雅文学）一直很发达，后者（俗文学）则在宋以后才逐渐发展起来。后者的发展，无疑使前者黯然失色，并最终失去了文学的光彩和价值。所以中国文学观念的发展，也应该是由实到虚的。

金圣叹将历史著作与小说的区别概括为“以文运事”和“因文生事”，就颇有见地。其《读第五才子书法》云：“《史记》是以文运事，《水浒》是因文生事。……因文生事即不然，只是顺着笔性去，削高补低都由我。”“运”者记录、记忆、叙事；“生”者虚构、想象、创造。“笔性”似为文学情理或虚构理念，或者叫合理的想象。虚构性文学创作只是作者合理想象的一个结果：“都是作书人凭空造谎出来……任凭提起一个，都似旧时熟识，文字有气力如此。”所谓“凭空造谎”，不过指纯粹的创造性想象而已。有气力者，文学的内视形象建构能力也。语言、文字创造共享性内视世界的能力在文学写作中得到了最为充分的表现。用语言文字在人们的内视世界中刻画一个具有高度审美意味的鲜明生动的人物形象，是一件极不容易的事。语言文字的内视构型能力不仅是创作者内视形象的清晰度问题，而是一个能充分激发接受者、共享者的内视想象力、内视形象生成能力的问题。通过语言符号实现内视信息的高度共享，关键甚至不在内视信息的共享度，而在充分激发内视形象生成的效能。因为事实上，直到现在还没有办法检验和证明不同人共享的内视信息是否真正具有一致性。因此，重要的不是传递而是激发。在叙事文学作品中，真正成功的内视艺术形象不一定须眉毕现，但一定具有高度的内视风貌特性，以及鲜明生动的生命内涵。

因此，“看来作文，全要胸中先有缘故”。“缘故”是个词义模糊的概念，但据文义，似应有虚构理念或创作动机的含义，虽然在表述中似乎还只是模糊的写作意念而已。应该说，到明清时期，叙事文学中的虚构观念已成为文学史上多种“求虚”因素的汇集，具有了一种总结性质。

王韬《新说西游记图象序》云：“作者惟凭意造，自有心得。”“齐谐志怪，多属寓言。洞冥述奇，半皆臆创。”这已经是基于文学创作理念对六朝志怪作品的重新认识，是一种相对成熟的文学虚构观。意造者，有意的想象性创造也。自有心得者，即自有其明确的艺术目的和审美效果意识。寓言者，指意造性作品皆别有深意存焉。这样的虚构观是建立在《西游记》的超现实性审美形象的创构上的。似乎是《西游记》出现之后，中国文人的创造性想象意识才真正清晰起来。

清闲斋老人《儒林外史序》云：“其书以功名富贵为一篇之骨。”则已经意识到吴敬梓的写作具有明确的、特定的虚构理念了。这一点很重要。实际上，《金瓶梅》《西游记》《红楼梦》这几本优秀的文人长篇小说，都有相当明确的虚构理念。如《红楼梦》第一回开首即云：“作者自云：因曾历过一番梦幻之后，故将真事隐去，而借‘通灵’之说，撰此《石头记》一书也。故曰‘甄士隐’云云。”既而又云：“虽我未学，下笔无文，又何妨用假语村言，敷演出一段故事来，亦可使闺阁昭传，复可悦世之目，破人愁闷，不亦宜乎？故曰‘贾雨村’云云。”并特意提醒道：“此回中凡用‘梦’用‘幻’等字，是提醒阅者眼目，亦是此书立意本旨。”很明显是审美理念非常自觉的一次创作。《红楼梦》能达到中国古典小说艺术巅峰，除作者的文学修养和造诣已至胜境外，具有前所未有之深刻且具切肤之感的创作理念，亦是一重要原因。

不过，就文学叙事的审美追求而言，虚构本身并不是目的，目的是内视生存的真实感与诗意性。狄葆贤《论文学上小说之位置》云："文之至实者，莫如小说；文之至虚者，亦莫如小说。……以其至虚行其至实，则感受人之深，岂有过此？小说者，实举想也梦也讲也剧也画也合炉而冶之者也。"到晚清时，中国文人的叙事文学创作理念已经受到西方现代文学观念的影响，但其概念用语和理论思考依然表现出中国传统叙事文学观中虚构意识的发展痕迹，因此依然可看作是中国传统叙事文学虚构理念的一个自然结晶。比如此处所说的至实意指本质的真实性，至虚则为彻底的虚构性。非至虚，则不足以达至至实。非达至至实，则至虚毫无意义。在审美过程中，心理的真实性，实高于一切真实性。因此，以彻底的虚构而直抵本质的真实，则感人之深，也就莫过于此了。

严复、夏曾佑《国闻报馆附印说部缘起》是一篇全面讨论小说叙事理念的文章。虽有受西学影响的因素，但也可说是中国俗文学虚构性叙事理念的一个总结。其文中写道："若其事为人心所虚构，则善者必昌，不善者必亡；即稍存实事，略作依违，亦必嬉笑怒骂，托迹鬼神。天下之快，莫快于斯，人同此心，书行自远。故书之言实事者不易传，而书之言虚事者易传。"清末的虚构意识，因为受西学影响，已经变得更为清晰和自足。尤其在小说领域，则已成共识，所以讨论更加具体而深入。如这里所表达的正是大众文学的观念：现实或有不尽如人意者，虚构性写作则可以天从人愿，天理昭彰，惩恶扬善，各得其所。满足其简单通俗的价值诉求。因此，虚构性写作即便是非自觉的，潜意识地表达也会忠于自己一以贯之的某种意旨性追求，显示出某种"主观合目的性"。中国俗文学人文价值论显然认为：叙事性、内视性审美也是一种人文代言方式，一种间接的、替代性的人文表达与发泄方式。通过主观性创构，心中块垒得到了间接表达。个体人现实生存的可能性是极其有限的，文学阅读能使生存的可能性在想象中不仅得以诗意化、趣味化、意义化，而且得到"无限的"自由扩张。这正是文学审美的快乐之源，所以为普遍性的心理需求所好。"言实事"的作品不如"言虚事"的作品受欢迎，就是因为"言实事"的作品所指太明确，因此于己无涉。而"言虚事"的小说则因其高度的能指性、意指性而具有为接受者代言的性质，因而也更具普遍性。

该文说："凿空而出，称心而言，更能曲合乎人心者也。"按照读者之所好而纯然虚构的作品，自然更能满足读者的审美心理需求。是俗文学的审美消费性质，才使中国文学家们有了读者主导意识和审美接受意识。甚至说："抑又闻之：有人身所作之史，有人心所构之史，而今日人心之营构，即为他日人身之所作。则小说者，又为正史之根矣。若因其虚而薄之，则古之号为经史者，岂尽实哉！岂尽实哉！"虚构依据为应当如此、理应如此，所以虚构性作品，不免具有预言性质，或者为后发事实所类同。这涉及艺术虚构虽基于主观意想，但却有可能使叙事作品中的特定人事更具一般性、普遍性、代表性和本质性，因而在现实的许多人事中都可能见其现象和踪影的问题。但因为要强调个体想象性（即内视性）审美叙事的普遍性意义，便以虚构性的内视生存历史为实际发生历史之根，就未免本末倒置了。又因虚构性生存历史之虚，而认为一切经史皆虚，则更是过甚其辞。今日之现实，即是昨日之想象，现代科幻小说或可当之。但将虚本体化，以虚为一切文本写作的根本前提，虽不能说毫无理论思考意义，但确有点大言唬人之嫌了。

第二节　创作中的内视化生存与幻真想象

《庄子·逍遥游》中写道："藐姑射之山，有神人居焉，肌肤若冰雪，绰约若处子。不食五谷，吸风饮露。乘云气，御飞龙，而游乎四海之外，其神凝，使物不疵疠而年谷熟。……之人也，物莫之伤，大浸稽天而不溺，大旱金石流土山焦而不热。"这完全是一种内视性的审美想象。中国自古虚构性叙事文学不发达，也没有对虚构问题进行深入的学理性探讨，但似乎并不缺乏真正的虚构性内视审美活动。庄子在这里的描述，实际上就是对自己这类活动的一次记述。事实上，内视性生存，也就是庄子所极力张扬的修行乃至得道的最高境界："无视无听，抱神以静，形将自正。必静必清，无劳汝形，无摇汝精，乃可以长生。目无所见，耳无所闻，心无所知，汝神将守形，形乃长生。慎汝内，闭汝外，多知为败。"（《庄子·在宥》）因此，生存于自创的审美性内视世界之中，神情恍惚，灵魂出窍，这样的虚构性内视生存，最终也成为俗文学审美创作中为文学家们所重视的一种沉迷于想象的状态。

明汤显祖《复甘义麓》中说自己写作《南柯梦》和《邯郸记》都经

历了"因情成梦，因梦成戏"的创作过程。正如视觉形象是画家的一种"自然"语言一样，故事（汤显祖所谓梦）也是文学家陈说心思的一种"自然"语言。所谓艺术家，就是用审美材料，创造出一种完全属于他并且只属于他的语言，并使之成为他足以自然而然地抒情表意的语言的人。诗人、画家、音乐家、建筑师、小说家……莫不如是。将一个艺术家与其他艺术家区别开来的，正是这种语言的独特性与唯一性。汤的满腹情思，只能用他的"梦"这种语言来诉说。诉说的结果就是"成戏"——形成一个虚构性艺术作品。汤显祖并在《续栖贤莲花社求友文》中将自己的戏曲文学活动称作"为情作使"。梦即为虚构化的内视世界，这也是叙事性文学写作进入创造性想象的形态后所必然要经历的过程。就此而言，历史写作虽然避免不了虚构成分，但并不需要整体上的虚构理念，也并不过多依赖创造性想象。而以情为本的文学观，则具有自觉的虚构理念。情与意并行，成为文学创作的根本理念。

汤显祖在谈到自己的创造性虚构过程时，显示了中国古代文学家某种特有的虚构意识：即被动的虚构性想象。似乎他的创作并非基于一个明确的自觉的虚构理念，并且据此掌控想象的向度、内容与范域，最终创作出艺术作品。而是因为某种深陷其中的心理动机——在汤那里就是"情"，而进入一种被动的虚幻的恍惚状态，并听任这种状态左右、驾驭和驱使自己，从而创作出艺术作品来。这是他的夫子自道、经验之谈，应该不是有意耸人听闻的虚妄之言。这说明，文学叙事的虚构性，很可能带有某种非理性的思维性质与心理特征。叙事性的内视审美世界，有自己的情理逻辑、运化逻辑、自洽逻辑，有可能并不完全符合作者的主观想象，因而有可能在创作中并不完全依从作者的主观意愿。极端者，则完全有可能陷入汤显祖这样的沉迷而被动的状态，在文学虚构的自身逻辑下被"引领"着完成艺术作品的创作。这无疑是一种将自己完全"奉献"出去的艺术创作方式，几乎是艺术借助于自己的生命能量和创造意志而达成最终的艺术目的。这样的艺术虚构体验看起来很奇幻，但实际上很可能是所有伟大的文学家都曾有所经历的普遍经验。也许，应该把这样的虚构体验看作是文学虚构活动的最高境界。

汤显祖是少见的有着自己独特而又一以贯之的存在本体论与艺术本质论的文学家。在他眼中，现实世界并不真实，真正真实的世界是情借助于作者的创造而幻化出来的艺术的世界、审美的世界。这一文学理念对《红楼梦》作者应有重要影响。他的文学创作热情，实际上是来自于对这一心理化生存世界的热爱。《牡丹亭记题辞》中说："情不知所起，一往而深，生者可以死，死可以生。……梦中之情，何必非真？天下岂少梦中之人耶。"他试图为建立于虚构理念之上的文学世界为什么具有自洽的合理性作出本质论上的解释。但是虚构的真实性究竟建立于什么基础上，并非如此简单。也许，在内视生存状态中情感共享的真实性确实是基础之一。

汤显祖《合奇序》云："世间惟拘儒老生不可与言文，耳多未闻，目多未见。而出其鄙委牵拘之职，相天下文章，宁复有文章乎？余谓文章之妙，不在步趋形似之间，自然灵气，恍惚而来，不思而至。"这是在文学创作的经验积累中形成的力图超越规行矩步的文构性写作的意识。事实上，文体的文学性正在其语言的角色说明性、表演性，以及这种表演性的人格表意性。汤显祖基于自己的艺术本质观，不以实际生活的真实性为然，为了体现情的真实本质、存在价值和美感力量，他更看重的是艺术虚构与创造性，更看重的是灵感来临时，创作者恍然失去实存性而"落入"意念控制的内视化状态。《牡丹亭记题辞》中说："嗟夫，人世之事，非人世所可尽。……第云理之所必无，安知情之所必有邪！"文学成为对生存可能性的拓展。虚构的内视审美世界足以取代现实世界，来更充分地说明生活的本质、呈现生活的真相。同时，虚构理念的普适性建立于心理共性的自洽上，而非建立于理性认知的正确性上。他在《沈氏弋说序》中云："今昔异时，行于其时者三：理尔、势尔、情尔。以此乘天下之吉凶，决万物之成毁。作者以效其为，而言者以立其辨，皆是物也。事固有理至而势违，势合而情反，情在而理亡，故虽自古名世建立，常有精微要眇不可告语人者。……是非者理也，重轻者势也，爱恶者情也。三者无穷，言亦无穷。"根据中国哲思智慧，意识的认知对象在本体上具有不可言辩性，这是他立论的本体论背景。另外，人与人所面对的世界本身亦具有不可知的一面，这实际是中国古人普遍的世界观。他甚至认为情感建构的世界（艺术虚构）的真实性是自洽的，与客观实际的真实性是不可并存的。

汤显祖《宜黄县戏神清源师庙记》中亦云，人之情"生天生地，生鬼生神，极人物之万途，攒古今之千变。一勾栏之上，几色目之中，无不纡徐焕眩，顿挫徘徊。恍然如见千秋之人，发梦中之事"。也是将情本体化，从而构成文学虚构理念的本体论依据。文学叙事的审美创构，就是使人超越现实性生存而"逼真"地进入时间性存在与内视审美性生存之中。

生者创造也。艺术所创造的是一个虚幻的美的世界。真正的人生及其生存的意义往往为现实所遮蔽，而被梦（戏）、被审美性内视生存呈现了出来。因此这里的情，是情理之情，是情愿之情，是作家主观之情，是艺术虚构之情，是依据感情逻辑创造出一个想象的世界的情。需要文学艺术的根本理由就在于生存可能性的现实阻断与根绝。虚构之合理性建立在人性逻辑之上而非理性逻辑之上，具有自洽之真。同时也建立在诗意性内视生存的巨大魅力上。汤曾宣称“师讲性，某讲情”，明确将情作为性的对立面来张扬，由此可知，情终于成为中国文统、道统中自生发出来的、最具破坏力的、对文道正统构成了巨大解构作用的人文基质之一。

汤显祖的这种观念是有代表性的。晚明戏曲家孟称舜《古今名剧合选自序》中云：“迨夫曲之为妙，极古今好丑、贵贱、离合、死生。因事以造形，随物而赋象。……合傀儡于一场，而征事类于千载。笑则有声，啼则有泪，喜则有神，叹则有气。非作者身处于百物云为之际，而心通乎七情生动之窍曲，则恶能工哉！吾尝为诗与词矣，率吾意之所到而言之；言之尽吾意而止矣。其于曲，则忽为之男女焉，忽为之苦乐焉，忽为之君主、仆妾、佥夫、端士焉。……撰曲者，不化其身为曲中之人，则不能为曲，此曲之所以难于诗与词也。”也是对文学创作中内视化生存状态的深刻认识。所谓能道人意中语者，就是将自己充分虚构化和内视对象化的结果。虚构文学的创作唤醒了古人的创造性体验意识，而这一意识在正统文学的写作中显然是缺席的。因此，虚构性叙事文学的创作者还常常有“角色亲为体验”，此亦为逼真想象之一种。如清人焦循《剧说》卷五记载：“相传临川作《还梦记》，运思独苦，一日，家人求之不可得，遍索，乃卧庭中薪上，掩袂痛哭。惊问之，曰：‘填词至“赏秋香还是旧罗裙”句也。’”这就是文学创作活动中典型的内视化生存现象。长期浸淫于“逼真想象”之中，过强的幻视能力，才会造成这类如庄子所云的“坐忘”般的内视化生存境界。艺术创作中的此类追求，不同于“如何写好”的追求。它既是一种专业精神，也是一种高度的内视化生存状态。事实上，文学家的内视化生存状态也是一个文学家达到何种专业化程度的标志之一。

在《序伎赠写真李山人》中，吴承恩谈到画肖像画的三种境界，其第三种境界说画家作画时“忽焉若觌斯人于素，又忽焉若见斯人矜色而待余”，这实际也是他进行文学创作的经验之谈，正是所谓“逼真想象”已达至幻视状态的创作过程。它说明，创作过程中意念对内视世界的过度关注，将导致内视世界的高度幻象化，即内视完全呈现为外视的状态。

另如清李渔《闲情偶寄》“结构第一”中亦云：“此理甚难，非可言传，止堪意会。想入云霄之际，作者神魂飞越，如在梦中，不到终篇，不能返神收魂。谈真则易，说梦为难……填词之理，变幻不常，言当如是，又有不当如是者。……此种变幻之理，不独词曲为然，帖括诗文皆若是也。”表述的也是一种幻思理念。不过主要谈到了创造性想象的某种非自主性特征。有点类似于古希腊人所谓神灵附体之说了。它也说明，文学写作不能过于泥于所指。应该相信并且依赖其意指性、能指性的引导，使创作得以在一种“忘我”“无我”的状态下进行。其《闲情偶寄》“语求肖似”亦云：“未有真境之为所欲为，能出幻境纵横之上者……若非梦往神游，何谓设身处地。”没有充分内视性的生存，就没有真正的角色体验，强调了内视性想象的感知境界。中国古代文学到了小说戏剧的成熟阶段，也才明白了文学活动必须通过内视与幻思方式进行的道理。梁启超《论小说与群治之关系》中说：“凡读小说者，必常若自化其身焉，入于书中，而为其书之主人翁。”说的也就是这个意思。

内视审美是一种替代性生存。叙事性文学审美活动中，虚构性人物、事件的心理化所具有的高度的心理真实性，使得创作者和接受者均仿佛经历了一个真实的生理过程。通过内视化生存，所有的细节都转化为了一个个心理事件。所谓感同身受，呼吸领会，正是如此。

第三节　一些特有的创作心理与创作观念

传统俗文学具有与正统文学全然不同的美学面貌，这一差异不仅基于文言文学与口语文学的文体审美理念的不同，而尤其决定于两者在文学创作与审美的基本理念上的差异，而正是这种差异，使得传统俗文学活动表现出远别于古代正统文学活动的复杂而微妙的创作心理。其中所包含的特殊心理机制与心理内涵，往往显现出鲜明的传统文化心理特色，并因而具有独特的文学理论与美学理论价值。

一　动机与效果意识

中国古代的叙事文学写作，有一个从自发到自觉、从记录到创作的漫长历史过程。在这个过程中不时显现出的文学创作心理，以及文人们的相关认识，也是既丰富又复杂，且不乏独特的观念意义。

汉武帝好神仙，好长生不老之术，故死后不久，即被无名氏附会出许多神异故事来。这些无名氏的创作心理其实大可深究。究竟是口头传闻一传十，十传百越传越邪乎的结果，还是某个人基于武帝的好尚而想象甚至创作的结果呢？葛洪自述家有《汉武故事》，以为秘藏（《西京杂记题辞》）。可见至少晋时已是成文的作品。加之为文言作品，很难说就只是对口头传闻的记录。[①] 如果真是一次自觉的创作活动，那么，至少在魏晋时，人们已经开始自觉到文学也可以纯粹是为了满足某个人想象的需要而被创作出来。想象，并且使其想象最终形成完整的故事，然后用文字富有表现力地写下来，本身就足以成为文学创作的理由了。就此而言，这一传统实际上还要上溯到《穆天子传》的创作上去。这一最早的历史演义文本里，充满了瑰丽的想象和奇幻的情节。可见这样的文学意识，很早就已经自发的形成了。这是一种什么心理？因为当时并不存在公众性的文学阅读活动和阅读之需，这样的创作动机或者可名之曰“想象的压力”。想象的压力需要文学化来得到释放。因此，文学的创作完全可以有纯个人的心理理由，共享化只是其必然的结果而已。或者说，文学的创作在一定程度上可说是被动驱使的结果。创作者只是服从了或者说被想象的心理压力驱使着做了他不得不做的事而已。这同样会使他获得巨大的满足感。是这种过分充溢的满足感使他希望得到分享，而不是他有意为得到他人的认可与接受而提供他人以作品的。真正诗人的创作其实也是这样。或者毋宁说，文学创作的真正动力就应该是这样。真正的文学家，就是为想象的重负所折磨、所禁锢的人。想象的心理压力实质上也是人类进步的动力之一。许多伟大的文化巨人，就是在这种压力的裹挟下奉献了自己创造的一生。

大概也只有这样，创造才是自由的。而没有为想象的重压所苦所纠缠所陷溺所困顿所屏蔽所不能自拔所无从摆脱的人，是不可能真正献身文学创作的。也就是说，充分内视化的生存，以及被这种生存所裹挟所控制，是进行真正的文学创作的前提。庄子所谓的“真人”“神人”，不过就是充分内视化生存的人而已。完全内视化的生存，才是摆脱了一切束缚的彻底自由的生存。

---

① 《中国小说史略》：“文亦简雅，当是文人所为。”

这样说，并不只是一种抽象的推理。事实上，中国古代真正伟大的文学经典，都是在这种巨大的想象的压力下或“不得已”或“自得其乐”地创作出来的。我们现在看到，许多原创性的作品不题撰人，不知作者，至少可以从这个角度窥见些秘密。就是那些并不隐姓埋名的作家，也同样全然没有为出版而写作之心。吴敬梓、曹雪芹，均是如此。贫饿潦倒至断顿，亦毫不考虑卖文之事。究其因，是因其创作动机初不为媚俗市利，只是为了检省自己“无所作为”的人生，是否真无意义，或是否具有人所不知的审美意义和人性意义。是为了显示自己的人生虽不免悲剧，但其实是值得一过的人生。是为了释放自己心中不吐不快、不写出来就无以了此一生的块垒。是那些想象的压力成天在逼迫着自己，不形诸文字，则无以逃遁。没有图名之愿，没有射利之想，而且还要为此付出令人难以想象的人生代价。但是这都并不妨碍这些杰作被如此呕心沥血地创作出来。也正因此，这些作品与那些步其后尘鹦鹉学舌或追名逐利哗众取宠之作，是不可同日而语的。

基于释放心理压力的创作论，应该说始于司马迁。《太史公自序》云：“夫《诗》《书》隐约者，欲遂其志之思也。……《诗》三百篇，大抵贤圣发愤之所为作也。此人皆意有所郁结，不得通其道也，故述往事，思来者。”《报任安书》书中也写道：“退论书策以舒其愤，思垂空文以自见。”古代转移、寄托、释放、平衡、消除、忘却自身情绪与心思的方式有限，因此有文字能力者，自然只要有可能，就会借用文字、书写、讲述来寄寓、纾缓、解脱自己的心理郁积，是之谓发愤著书。这样的意识，在俗文学创作论中也在在皆是。所以，俗文学的写作，常常也会成为这样一种手段。事实上，对各种心理压力的排遣，都可能成为创作的动机，因而俗文学的自发创作往往是“为己”的。从《金瓶梅》到《红楼梦》到《聊斋志异》，从《西厢记》到《牡丹亭》，都是如此。清余集《聊斋志异序》中说：“沉冥抑塞，托志幽遐……平生奇气，无所宣泄，悉寄之于书。……以泄愤懑，抒写愁思。”就认为《聊斋志异》的写作，是各种心理郁积无从宣泄而不得不悉数寄托于书中以抒发之的结果。

在民间诗歌的创作中，这样的现象更是如出自本能一般的普遍。《古诗为焦仲卿妻作序》云：“时人伤之，为诗云尔。”明言作诗动机为：哀伤无以排遣，则作诗以寄之。此“时人”自应是文化人，但亦应是深通民间歌乐者。既收入汉乐府中，自然是可以合乐演唱的。由此可考察早期俗文学中诗歌写作的一般心理需要与心理动机。这样的人之所以伤于心时寄之于笔墨，往往与歌诗已成为其第二语言有关。就是说，这样的人，往往已经是一个民间的歌者或音乐人。六朝新乐府有《子夜歌》，《唐书·乐志》中说："晋有女子名子夜，造此声。声过哀苦。"《乐府解题》谓："后人乃更为四时行乐之词，谓之《子夜四时歌》。"可知一般民众亦不时有才华俊秀出众者自觉以诗歌的方式寄托哀思。此人亦必是民间热爱并善于歌唱者。雅俗生活隔绝的年代，民间实代不乏此类人才。由此，亦可考察文人的俗文学写作的一般动机与心理需求、心理满足：本有笔墨能力，因此有事感之于心、动之于情，则不形之于笔墨，便无从排遣，无法安心。

"清商曲辞"中"西曲歌"有《采桑度》："女儿采春桑，歌吹当春曲。"唱歌是民间日常生活与劳作中的基本审美活动，亦是表达心声的一种自然方式。其中有心有感有才者，就会"忍不住"自发地进行创作。当然，也会有受鼓励或因众人要求而新创者。传说中的刘三姐应就是这类人物。民歌有自身的套路和格式：直白，叙述性，口语化，押大致相近的韵，句式可整齐，亦可自由变动，可用衬字或语气词补足字数，可重复、反复、蹈袭、照搬现成句子，任意起兴……诸如此类。这也是它易于创作或适于即兴创作的原因之一。

其他的创作动机则大多与文人们普遍具有的"文艺"心理有关。葛洪云《列仙传》"殊甚简要，美事不举"，因有《神仙传》之作。[①] 可见原始小说的审美不足，亦同样促进了俗文学的审美发展。套用"影响的焦虑"的思维模式，此创作动机正可叫作"遗憾的激励"。"遗憾的激励"不仅促进了文学的发展，同样也促进了学术、科学乃至人生追求和社会愿景的发展。与此相对应，中国传统文学史上还有一风习可名为"续仿的冲动"。个人性的纯文学性写作兴起之后（屈原之后），续仿的冲动就一直是中国传统文学史发展壮大的一个重要动力。俗文学兴盛之后，情况更甚。

一开始，俗文学作者的写作动机，往往是为流传后世——不是希望自己或者作品流传后世，而是希望他知道的这个故事流传后世。理由则各种各样：有冠冕堂皇的，有猎奇好异的，有存心劝世的，有分享趣事的……

---

① 邱鹤亭注译：《神仙传序》，《列仙传注译　神仙传注译》，中国社会科学出版社 2004 年版，第 96 页。

不一而足。“若人书写一本，留传后世，持诵过去……”[1] 这与正统文人士大夫的想借写作以追求立言不朽，是完全不同的概念。一者他为，一者自为，其艺术着眼点和用心力处，自然也就完全不同。

事实上无论什么写作，成为一种习惯行为和熟练工作后，闲来游戏笔墨，写作足以自娱娱人的文学性作品，就会成为一种下意识的、不由自主的、乐于从事的、驾轻就熟的、胜任愉快的、信手可为的活动。古代以文言文化为基本技能的文人尤其如此。所谓“技痒”是也。文学性写作，正是一种练技、玩技、炫技方式。因此文学写作，应该是写作中的一种游戏活动、演艺活动。因此写作时，应该有一颗从事艺术活动、享受游戏之趣的心。自古多有“好文学”者。“泛览《周王传》，流观《山海图》。俯仰终宇宙，不乐复何如?”（陶渊明：《读山海经》）汉魏六朝时，文人们用心撰记所闻，也只是有意要“传诸同好”而已。就文学意识而言，则前提中已认可“好”的合理性了。“好”也可说是文学创作与欣赏活动的基本心理动力之一。

因此，古人们对于俗文学提供审美心理满足的价值合理性予以了充分肯定。明徐渭《答徐北□》有一句很有名的话：“试取所选者读之，果能如冷水浇背，陡然一惊，便是兴观群怨之品。”正统诗教要求温柔敦厚，俗文学则追求审美效果的强度，因为强烈的刺激往往能带来巨大而深刻的心理满足。[2] 就创作观念而言，这是典型的效果至上论。以艺术效果取代价值判断，或者说，只以审美刺激性为唯一的价值判断标准。在中国古代文学观念史上，这已经是一种全新的文学价值论。新的俗众性的文学活动形成之后，正统文学写作与阅读的价值性目的（兴观群怨）便被置换成了审美效果性的目的。而俗文学观念中这种为审美而审美、为动人而审美的人本主义美学目的，如何升华为一种具有崇信度的人文主义文化追求，则成为当时文人们克服、超越既定的正统文学价值观障碍的一个重要问题。而最便捷的办法，便是通过对正统文学理念的重新释读或抽象挪用以获得话语授权。

既然以审美效果为根本原则和创作目的，自然是效果越强烈的作品，其审美价值也就越高。晚明袁于令《隋史遗文序》云：“顾个中有慷慨足

---

① 《目连宝卷》，转引自郑振铎《中国俗文学史》，上海人民出版社 2006 年版，第 460 页。

② （明）王骥德：《曲律》“杂论第三十九下”：“能令听者色飞，触者肠靡……”

惊里耳而不必谐于情，奇幻足快俗人而不必根于理。”为达到最佳的审美效果，可以一切不顾。清李渔《闲情偶寄》“科诨第五”中说：“作传奇者，全要善驱睡魔。”将强烈的动人效果作为俗文学创作的基本要求，直以俗文学作品为接受者的心理兴奋剂。而从这样的表述里，我们也可以看到娱乐性作为俗文学最基本的人文价值，正在浮出水面来。

但事实上，审美效果是否越强烈越好，并不是个可以简单判断的问题。一般而言，文学艺术的审美中，心理冲击力度越大，心理感受越强烈，心理体验越深刻，就越难以忘怀而回味久远。但心理审美感受的强度并不一定与生理审美感受的强度成正比，在很多情况下倒有可能相反：过强的生理审美刺激感受，反而会引起心理审美的强烈反感，甚至厌恶排斥。刘鹗《老残游记自序》中云：“不以哭泣为哭泣者，其力甚劲，其行乃弥远也。”长歌当哭，远比号哭本身更能感动人深。这个道理，即使在今天的大众审美文化的创造中，也不是人人都明白的。

二　格物、体物与味像：内视审美世界的营构暨文学塑形问题

俗文学中有关内视审美世界及文学形象的塑造问题，有远过于正统文学观念的认识与讨论。这与俗文学的主体是审美叙事文学紧密相关的。

从裴氏《语林》到刘义庆的《世说新语》，古代文人们似乎是第一次从志人作品中获得了涉及现实人物形象的内视审美乐趣。这使得中国古人开始从理论上关注文学中“真实”人物而非历史传说人物的文学塑形问题。这可看作是小说艺术中人物塑形意识的一个开端（唐刘知几《史通》，专辟有“人物”一章，但只是从道德意义和人文价值上来讨论人物写作的问题，丝毫未涉及人物形象的塑造问题。因为这不是历史写作的任务。在其“叙事”篇里，虽言“夫国史之美者，以叙事为工”，但所谓叙事为工者，说的也只是文体语言：“以简要为主”，“文约而事丰”，也未讨论叙事的内视构形问题）。宋刘辰翁在《世说新语》的评点中着重注意到了人物语言在人物形象塑造中（内视审美建构中）的重要作用。偶尔也涉及其他的小说写作艺术手法在创造审美效果中的意义和作用。虽然都是印象式的一两点感想，但确实表现了宋人已习惯于从艺术欣赏的角度来看待小说作品（内视审美艺术）中人物形象塑造的创作得失。他们挑剔和审视每一个艺术细节，也进行整体的剖析和总体评价，在这种零碎的评说中总结审美创作规律和知识，并显现自己的文学观念和阅读审美追求。刘辰

翁显然很重视小说中形象的生动性和特定性，重视文字描写在提示和激发读者的想象力方面的功夫和造诣。认为小说写作有不同于其他文章（如史传文）写作的特殊手法和艺术追求。可见即使在文言文学的范域内，也能培养出相对纯粹的文学意识，只要写作本身的目的是文学性的。而评点的弱点就在于所云大都语焉不详，点到为止。一般而言，内视审美艺术较之于其他门类艺术，本质上应更强调共享性。现代小说虽然不再追求这一目标，甚至有意疏远这样的目标，但除非在文学语言上有超人的成就，否则最好的、最经典的、最受欢迎的小说，还是内视审美共享性非常成功的小说。总的来说，语言的文体意味、极大的信息量、独特的心理性及让人印象深刻的修辞造诣，加上成功的、独一无二的内视审美形象塑造，就是叙事文学可能取得的最高成就吧。

明叶昼评点《水浒传》第三回回评云："且《水浒传》文字妙绝千古，全在同而不同处有辨。……不必见其姓名，一睹事实，就知某人某人也。"（文字如何塑形问题）指出像《水浒传》这样的群体文学形象，必须通过既有群体共性，又具有个性差异来进行塑造。这可说是相当纯粹的专业性的文学形象塑形论。说到底，这也正是生存本质化的审美凸显方式和内视审美的完美境界。文学观阅者内视想象是否明晰与心理体验是否真切，是文学形象的创构是否成功的重要标志。

清金圣叹对于叙事文学中的塑形问题有非常精辟的看法。其《水浒传序三》云："十年格物而一朝物格。……格物之法，以忠恕为门。……天下因缘生法……天下自然无法不忠。火亦忠，眼亦忠，故吾之见忠；钟忠耳忠，故闻无不忠；……盗贼犬鼠无不忠者，所谓恕也。夫然后格物，夫然后能尽人之性……"（内视的充分角色化、替代化）"忠恕，量万物之斗斛也，因缘生法，裁世界之刀尺也"（充分内视化，使文字完全服从内视情境）。讨论了在文学形象的塑造中，创造性想象能力、内视世界的创建能力和内视化生存能力的培养。情节安排，故事演绎，性格逻辑，命运变化的原则即为因缘生法，即构思符合情理逻辑。忠于生存诗意的一个基本原则即是，不以价值好恶影响对文学对象的真实呈现。与写作对象保持足够超脱的诗意观察的距离，保持智力与人格上的优越性与超越性，才能充分保持客观中立的态度，是之为恕。忠者忠实，于物我求真；恕者体谅，于人我求真。超越价值论，不由主观好恶左右，而以客观真实性为圭臬，为不二法门，是之谓忠恕。由此可知，中国古典写实主义在观念上是超价值立场的。这一点和诗学的终极追问意识很相似。中国叙事文学不长于进行生存意义的深刻追问，不习于进行人性的存在论的深度反思，少有灵魂的痛苦与挣扎，似与此有关。实际上，只有超价值立场，才能达到人本主义的和本体主义的终极价值立场。写实主义必然要以人本主义乃至本体主义为依归。由写实主义而引出悲悯情怀，由此形成对正统伦理、礼教秩序、价值立场的颠覆与扬弃。虽然个人好恶，是非意识，价值立场，总是存在的。但中国俗文学不长于、不乐于也不习惯于在内视审美世界的创构中进行抽象思考和抽象表达，不喜欢在内视审美体验的无限可能性上加上有限的思辨性制约，不喜欢在内视审美体验的个体自由收获与享乐上加上外在的他在的抽象干扰与思想束缚。

《水浒传序三》中这样写道："人有其性情，人有其气质，人有其形状，人有其声口。"认为文学形象的塑造是一个立体的、动态的塑形过程。事实上，文学活动中内视形象的审美不得不省略很多具体的形象细节与感官感受，比如每时每刻的视觉印象，听觉效果，更不用说气味与触觉了——而这些在外视审美中，你不用去刻意关注，它无时无刻不存在着，因此必须借助于人物形象由内到外的各种独特性来刺激审美想象力，多方面凸显其内视审美形象，从而强化其内视审美感觉的效果。

在《读第五才子书法》中，金圣叹亦有类似的说法："三十六个人，便有三十六样出身，三十六样面孔，三十六样性格……"同样指出文学形象的艺术魅力在于塑造出特异性、独有性、个别性乃至唯一性。文学形象要尽量避免让读者产生审美疲劳、审美麻木与审美餍足感，就要在形象的塑造上追求特征化和多样化，这一观念可说具有内视性艺术创作的方法论意识。

清闲斋老人《儒林外史序》云："即家常日用米盐琐屑，皆各穷神尽相，画工、化工合为一手。"画工、化工之别，即文学塑形手段的静态与动态之别。能将日常生活、现实生存中之有意味的外视世界内容，成功转化为共享之内视审美世界，即为杰作。所谓有意味之内容，即能显示日常人性、人格之言行举止、生活故事，揭示日用生存道理的情节。因此，纯内视性的审美形象的塑造，如何达到高度清晰的可视性，是一个重要的写作学问题。中国俗文学特别强调内视化程度，而不作过于心理化的写作，与中国人、中国文化长于意象思维、类比思维有关。这与中国正统诗学传统也是相通的。

关于戏剧文学中人物形象的塑造，明王世贞《曲藻》中云："则诚所以冠绝诸剧者，不唯其琢句之工，使事之美而已，其体贴人情，委曲必尽；描写物态，仿佛如生；问答之际，了不见扭造；所以佳耳。"谈到了塑造文学艺术形象之美的各种必要因素：言文，事美，人情，物态，自然本色，以及建立在现实生活体验之上的内视审美世界的建构。所谓文学化，就在于寻找事物的诗意与诗意的可能性。而对生存诗意的把握和镜像审美，实际上建立在内视的真实感及内视审美感受的真实性上。这也是写实文学传统强调生存诗意表现的一个重要内容（按说戏剧塑造人物主要靠演员的表演，在剧本中，则只能靠人物语言，或辅之以人物行为。那这里王世贞所谓的体贴人情、描写物态，文学剧本如何做到呢？尤其是中国戏曲）。

明李贽《杂说》中说："《拜月》《西厢》，化工也；《琵琶》，画工也。……画工虽巧，已落二义矣。""若夫结构之密，偶对之切；依于理道，合乎法度；首尾相应，虚实相生：种种禅病皆所以语文，而皆不可以语于天下之至文也。杂剧院本，游戏之上乘也。……惟作者穷巧极工，不遗余力，是故语尽而意亦尽，词竭而味索然亦随以竭……岂其似真非真，所以入人心者不深耶！……意者宇宙之内，本自有如此可喜之人，如化工之于物，其工巧自不可思议尔。"（似是指人物形象塑造得成功，如自然造物之浑然天成，没有斧凿痕，亦如现实生活中一真实存在的人物，举手投足无不亲切可信，足资回味，也就超越了文字的造作与经营，而入于化境了。说明文学创作不只是写文章，不只是语言的艺术，而是用语言塑造内视审美形象的艺术。文学的本质不在诉说，而在内视性呈现）至文以人性为本，其成就、其本质不可以工与不工而论。坚持人本性文学观，不仅以此抵抗价值论广义文学意识，而且以此批判文言技艺性文学观。以此岸的本真性对抗正统文化的结构性控制。所论还特别提到了"语障"的问题。文学语言本为塑形，如果用力过度，结果往往会适得其反：其形象之美的能指性反被过多的所指性淹没了。因此所谓"化工"者，即如造物主造物一般，要在不知不觉、不动声色之中，在读者、观阅者的内视世界中，复活出一个"完全真实"的人物来。此一人物已如我们自身一般真实，不可随意以"不像"的外现形象呈示。因此文字塑形，不能像提线木偶或皮影戏偶一般，一味追求表面之真而无生动之美，虽可至"游戏之上乘"，却也只是"似真非真"，可以任意描摹，无非以玩偶取乐人生而已。此论可说是文学语言塑形的极高要求了。

另如清孔尚任《桃花扇小引》中说："传奇虽小道，凡诗赋、词曲、四六、小说家，无体不备。至于摹写须眉，点染景物，乃兼画苑矣。"认为俗文学创作虽不登精英文化的大雅之堂，但真要在艺术上有所成就，也必须具备两方面的功夫，一是文字造诣，二是塑形能力。

而李渔的戏剧理论中对于人物形象的塑造，则颇有类型化的观点，即主张将某一类人的人格特点在一个戏剧人物的身上集中表现出来。类型化观念是中国古代通俗文学艺术或曰审美消费艺术的基本方法论之一，小说如此，戏剧更是如此。也许为消费性通俗艺术的性质所决定：基于没文化的大众的审美接受心理、审美接受能力的低层次性，提供审美模式，形成审美惯例，固定审美期待，从而满足既定的审美消费需求——同时亦便于规模化、量产化、即时化、快捷化的艺术生产，诸如此类。这与现代消费文化并无区别。

第四节　叙事性俗文学的语言艺术观与技艺观

中国正统文学有非常自觉的文言文体上的艺术追求，古人所谓"文艺"之"艺"，一般指的就是文言写作才艺。而当以口语为基础的白话体叙事性俗文学出现之后，这些基于文言写作而形成的艺术追求，却未必完全适合于俗文学语言艺术与文体审美的创作需要。因此，俗文学在自己的审美追求、经验积累与批评反思中，不得不逐渐表现出自己独特的、有别于文言文学写作的语言艺术理念。但问题是，俗文学文本化的过程中，尤其是传统文人为公众性阅读审美而开始大量进入俗文学文本写作之后，基于文言资源和文言才艺所形成的文本语言审美意识和造诣意识，就会有意无意地影响俗文学写作的语言追求和文学性追求，其中文言与口语（白话）二者的纠缠与互动，导致了俗文学（这里主要指叙事性俗文学）创作中语言审美与语言文学性标准的某种复杂性。辨析并认清这种文学语言意识的复杂性与特殊性，有助于我们更准确地把握传统俗文学的文学创作理念。而且即使对于今天的文学活动及其美学追求来说，也是不无裨益的。

就文献史而言，中国的叙事文学大抵可说是源起于历史叙事。但历史叙事的写作目的本质不在审美性阅读。因此，当我们从相对独立的阅读审美的角度，来讨论最早的叙事文学的语言艺术追求时，还是不妨先从小说谈起。

小说作为一类文体起源很早，虽然与现在的小说概念不甚相干。先秦诸子百家即有所谓小说家。小说起源于街谈巷语、道听途说，有好事者予以搜集整理，以为当政者或主流文化的参考资料或拾遗补阙，希望多少有些用处（其实也是一种历史意识在起作用）。其搜集动机在或可适用而不在审美——虽然与潜在的内视审美需求也还是有一定关系——但严格地说，与语言的艺术性追求也还是不无关涉的。《汉书·艺文志》上说："小说家者流，盖出于稗官，街谈巷语，道听途说者之所造也。孔子曰：'虽小道，必有可观者焉，致远恐泥，是以君子不为也。'然亦弗灭也。闾里小知者之所及，亦使缀而不忘，如或一言可采，此亦刍荛狂夫之议也。"这里有个很关键的用语即"造"。古人已知小说是"造"的结果，只是没有深究"造"的原因与理由。小说收集在参考民意，与采诗同理，但这只是人文理由，与收集传播的心理理由并不相干。但云"一言可采"，则已涉及语言成就的性质了。桓谭在《新论》中说："若其小说家，合丛残小语，近取譬论，以作短书，治身理家，有可观之辞。"[①] 主要也是文化理由。但一是已涉及"可观"的问题，二是可观的对象是"辞"，也关注到了语言艺术。这里也有个关键用语是"作"，明显有个文言文本化的过程。所谓小说，一般是一则一则，或一段一段，所谓"小语短书"。可见在写作中既关注语言的艺文形式，又关注语言的阅读感染力。但这里所表现的文体语言意识，也还是文言语体意识。而且"近取譬论"，似乎是一种"摆事实、讲道理"的方法，或者是寓言似的，用具象类比的方法，引申或启发一个道理。不然的话，也不至于可以用来"治身理家"。汉代似乎依然有一些这样的作者，所作类似于后来的《增广贤文》之类，是对于体现了民间智慧的一些民间口语进行加工整理的结果。因此与《艺文志》所说类似，它同时也是民间智慧的语言结晶，一些口语因素无疑也会进入文本化的过程。汉代刘向所著《说苑》中有"谈丛"一篇，就是直接录写的一些具有生活智慧内涵和民间谚语、格言形式的"小语"。汉《淮南子》书中亦有"说林训"篇，内容形式均与此类似。这两篇作品，皆可

① 江文通杂体诗之《李都尉·从军》诗注引，《文选》第三十一卷，上海古籍出版社 1986 年版，第 1453 页。

有助于悟解先秦西汉时已经失传的“小说”之义。这样的写作活动之所以在为君子不齿的情况下延续了下来（“然亦弗灭也”），并在后世得到了发展，竟至终于产生了现代意义上的小说文学，是与它的原始生命力的旺盛分不开的。它的原始生命力就在于，它是在民间口语创作的基础上形成的一种语言艺术。它很可能常常讲一些小故事、小寓言，包含着一些浅显的生活哲理，讲究修辞和语言艺术，富于韵律和美感。它之所以能得到流传，就是因为它具有某种美感、情调、趣味，能满足人们休闲生活中对文学审美活动的某种需要。这是它无论主流文化是否重视、是否关注都久传不衰、层出不穷的内在动力。这也是无论有心人如何看待它如何改造它（好事者的努力似乎是想将它向着非审美的理性叙述方向进行改造），它都必然会发展成为一种审美的文学样式的根本原因。到魏晋南北朝时，人们便开始意识到阅读审美需求对于这种文体写作的主导意义了。如《世说新语·轻诋》注引《续晋阳秋》谈到裴启的《语林》时说：“晋隆和中，河东裴启撰汉魏以来迄于今时言语应对之可称者，谓之《语林》。时人多好其事，文遂流行。”其动机中思想叙事、理性叙事需求成分就相对较弱，主要还是一种对语言艺术性的喜好和追求。

当然，从汉以前的小说家作品，到六朝时文人们的《语林》之类作品，都既不是口语体白话文写作，也不是典型的叙事性俗文学写作。我们只是要借此说明，作为后世叙事性俗文学的文体源头之一，这些写作从一开始就表现出了明确的、自觉的语言艺术性追求。而这样的文本语言意识，在俗文学兴起之后，自然不可能不在文人的参与及创作中表现出来。

应该说明的一点是，中国古代文学史意义上的所谓俗文学，主要不是就其创作者而言，也不是就其存在形态、活动形态（如口传性、表演性）而言，而是就其相对于非俗文学（中国正统文学、雅正文学）的文体形式（不光指体裁和作品形式，也包括文学语言、写作方式、文学文化意义上的文体）而言。因此，正统文人参与这样的文体写作，写出来的依然是俗文学作品。他们对此类文体作品的看法，表达的自然是俗文学观念，或关于俗文学的观念。只是因为文人的写作，在很大程度上显示出文言文化对俗文化的介入乃至“接管”——尤其是不断地将俗文学文体雅驯化、文言化，并最终彻底文言化、纳入正统文学体系而失去其俗文学文体意义、文体价值与文体性质——如从风诗、屈原骚赋到乐府诗、汉唐五七言诗、宋词、元曲，如从杂剧到传奇到清以来中国戏剧的文言写作、案头写作的戏文，当然还有从口语体的说话、谭说到文言小说，都是如此。因此其中无论就文体、创作实践和文学观念而言，都有思想观念的交叉、混同、边界不清和意识模糊之处。中国传统俗文学最独特的现象应该是文言文化在其文本写作中的介入。中国传统俗文学事实上一直没能摆脱这种介入。虽然并不妨碍二者（雅俗两种文学）之间的根本性区别，但俗文学中许多独特的问题与意识的形成，应该都与此相关。

主因自然是文言意识的干预与文言因素的参与，以及其与俗文学创作的大众性、通俗性之间形成的张力、互动与冲突。宋王灼《碧鸡漫志》卷二云："泽州孔三传者，首创诸宫调古传，士大夫皆能诵之。"诸宫调是中国古代戏曲的早期形式之一，它之所以能为文人士大夫们所喜闻乐见，其主要原因之一，便是文言写作与口语体的结合，使它成为一种文白相间、雅俗共赏、"士大夫皆能诵之"的语言艺术形式。这一特点，事实上贯穿了中国后来的整个戏曲文学史及其戏曲文学意识。明王骥德《曲律》中，戏曲亦谓之"戏文"，可见戏曲一开始便被认为是"文"。其"论须读书第十三"云："词曲虽小道哉，然非多读书，以博其见闻，发其旨趣，终非大雅。"说到底还是因为取材、语言，都离不开古文修养，尤其是古诗词修养。这可说是中国古代所有主要艺术所共有的一个文化特色。而就文学创作而言，这里涉及的主要就是语言资源问题。中国传统俗文学创作，即使是最通俗最大众化的作品，其文学语言也不能完全离开文言资源。因此《曲律》"杂论第三十九上"中说："工篇章，故以气骨胜；工句字，故以色泽胜。"戏曲文本的写作，虽主要以俗众为潜在的、预期的观阅者和欣赏者，但篇章字句在文学工艺上的讲究，表现为一种文学语言观时，与正统文言文学中的古文写作，其实是没有什么区别的。这是传统俗文学语言意识中的一个基本理念，或曰基本情结。

俗文学与雅文学在俗文学语言上的这种互文意识说明了什么？一方面，它说明在实践上，当俗文学兴盛时，大量主流文人参与俗文学的创作活动，自然免不了要将他们轻车熟路的文言文学技艺及其语体观念带到俗文学的写作中来。同时，他们也有意要用这样的文学技艺与语体观念主导和规约俗文学的写作。另一方面，俗文学作品就其本质而言，叙事语言可说是属于俗文学及俗文化的，文字却是文言文学和雅正文化的专属物；内容（故事）是属于俗文学及俗文化的，文本形式与文本形态却是文言文学和雅正文化的世袭领地。这意味着俗文学必须取得雅正文学的合法性认可，必须表现出“归顺”的姿态，才能具备在文学上自立的资格，真正在文学领域中占有一席之地。这也是雅正文学可以居高临下地训诫、指导和规约俗文学的“底气”之一。

明凌蒙初《谭曲杂劄》谓汤显祖的戏剧作品：“止作文字观，犹胜依样画葫芦而类书填满者也。”“止作文字观”，是说仅就其写作的文构性语言才艺成就而言。而这种才艺只能是来自文言文化素养。俗文学的创作自然也应有文字造诣问题，但俗文学兴盛之前，文人的写作语言训练，几乎全部来自文言文本教育。因此，进入俗文学创作领域的传统文人，不大可能完全采取非文言的另外一种语言表达方式来进行写作。所以成也萧何，败也萧何，汤显祖文字造诣高超，固然离不开他的文言功底与才艺；凌所批评的“依样画葫芦而类书填满”云云，同样也是因为其语言资源一味信赖文言文本的结果。

因此，中国古代叙事性俗文学的文学语言意识，一个基本特点就是文言资源与文言才艺的干预与纠缠。对于古代文人而言，基于尚文主义文化观，无论写作什么文体的文章，能文之誉都是一样的。因此，文人参与俗文学写作的热情，可说有一半是来自文人乐于为文、长于为文的本性。中国古代所谓文人均受过系统的文言写作训练，因此均可谓之文学家。可是在俗文学兴起之前，他们想进行文学性写作时，可用的文体实际上非常有限。因此，一般文人都趋向于各种新文体写作的时髦，尤其是如果没有了仕途进身之望的时候。故每有一文体创新，则仿作者众。民间俗文艺兴起之后，包括乐歌、戏曲、说书，因不为既有文体制约，故往往随历史发展而日新月异，新的为各类演出服务的文体便层出不穷。所以每有新的俗文艺形式出现，则相关文体便成为有真正文学写作爱好的文人的游艺新宠。而一旦文人介入，其文言写作的惯例便会在其文体意识和语体意识中起作用。

清李渔《闲情偶寄》“忌填塞”中说：“填塞之病有三：多引古事，叠用人名，直书成句。其所以致病之由亦有三：借典核以明博雅，假脂粉以见风姿，取现成以免思索。”这里批评的就是文言文化中的文构性陋习对俗文学创作的不良影响，但它同样也涉及俗文学用语的资源问题。叙事性俗文学本质上是完全不同于传统文言文学的一种普及性文学、大众文学，因此它的文学用语资源决不能依从传统文人的文言写作惯例，只是一味地从文言文本中去寻找，而必须有大量丰富的文言文本之外的口头语言积累。其文学塑形的语言能力的训练，则需要生活中语言敏感度的培养。需要对口头语言所包含的心理信息与心理能量的把握，以及对口头语言所指性、表意性和能指度的明了。只是依赖文言文学的陈词滥调，是不可能在叙事性文学形象的审美塑形上达到成功的。

因此，传统叙事性俗文学也必须在一定程度上超越文言文学的语言意识，达到自己的艺术自觉。除了在语言资源问题上必须更多地依赖口语和生活用语外，叙事性俗文学语言的艺术性问题中，最具特色的应该是其文学语言的表演性问题。白话小说源自唐代的俗讲、说话艺术。俗讲或说话，不仅仅是一种口语性文学艺术，而且也是一种表演艺术。所谓“讲经直作耶娘相，说话还同父母因”[①]，说的就是俗讲、说话时的人物模仿表演。因此说话者的语言，不仅要有文学性的审美感染力，而且要具有表演性。就是说，要与说话时的表演方式融为一体，与观众形成潜在的或显在的互动性。这自然形成了古代白话小说中的一种特有传统或惯例，即白话小说的作者总要自觉或不自觉地将自己进行身份虚构，将自己转化为一个隐性的说话人。

《唐代变文》中有“构成虚拟口述情境”[②] 之说。中国的通俗叙事性文学作品为什么需要“虚拟口述情境”？韩南（Patrick Hanan）《凌蒙初小说的特性》中这样说道：“‘模拟境况’指一部小说传达的背景或情境。在中国白话小说中，即由口述说书人向其听众宣讲故事，作者和读者貌似愉快地互相默认，以使小说得以传达。”“‘模拟境况’特别指白话小说作者或编者为创造一个故事讲述的气氛而运用的词汇、技法。这样，宋至清小说中口述性的遗迹是作者技巧的一部分，他们有意或无意地试图创造口头文学的外表。这一技巧的成规是采用一定的程式化表述，它们有直接得自口述表演的形式。……短篇小说中存在大量明显的程式化表述，意味着它是为读者而非艺人准备的。艺人无须这些标记，它们反是累赘。另一方面，对试图向读者复现或模拟一场表演的作者而言，它们就是基本的了。”[③]

① 北柰字 46 号《辞道场文》，转引自白化文《敦煌俗文学研究回顾》，《现代学术史上的俗文学》，湖北教育出版社 2004 年版，第 236 页。

② ［美］梅维恒：《唐代变文——佛教对中国白话小说及戏曲产生的贡献之研究》，杨继东、陈引驰译，中西书局 2011 年版，第 104 页。

③ 同上书，第 135—136 页。

所以——《唐代变文》这样写道："要对中国小说的产生有一个正确的理解，我们必须再确定一下这样一个事实，即差不多所有唐代以后的通俗虚构小说都假托了一个说书者。"① 这是中国俗文学叙事的一个特有现象。这种表演性也同时体现在叙事者的身份表演和叙事内容中的角色表演上。《唐代变文》及其引述的分析已经非常到位，毋庸多言。甚至可以说，这种口述表演性实际上体现在中国古代小说的全部语言表达之中。

古人对此其实是自觉的。明钱希言《戏瑕》中云："词话每本头上，有请客一段，权做过得胜利市头回。此正是宋朝人借彼形此、无中生有妙处。游情泛韵，脍炙人口，非深于词家者，不足与道也。"这也是古代白话小说基于口头表演性而形成的特有技巧。这一技巧追求的则是叙事语言的表演性而非角色语言的表演性，是之谓吊人胃口、予人甜头、引人入胜。因此不光是写作技巧而已，文学的创造性本质亦因此而显示出来。甚至也不光是一个程式化表述的问题，实际上追求的还是审美感受、审美情感、审美涵蕴和审美收获的共性与普适性，这也是俗文学叙事的优长之处。

中国古代的戏曲文学同样面临着这样的问题。而且由于戏曲语言的文白相杂，这个问题所导致的矛盾冲突还要更突出一些。戏曲一词，最早出现在宋代，指戏中之曲，一开始就是一种文言韵文样式，所以首先是为文人士大夫们所喜闻乐见，并从他们的文化娱乐生活中流行开来的。因此可以说，文言文化介入戏剧比介入小说还要早，还要深入。虽然经过了元杂剧一定程度白话化的改造，但唱腔的文言体还是一直保留下来了。因此其语言的表演性问题要显得更为突出一些。清邹式金《杂剧三集小引》云："全部宏编，重在搬演，不重修词。临川而外，佳者寥寥……"这里讲的便是戏剧语言的表演性与文构性文言写作难以兼容、难以两全的问题。戏剧文学是为表演服务的，表演是面向普通民众的，必须能为普通民众所懂得、所接受。其说唱语言如果过度讲究文构性，与观众的沟通就会存在巨大的障碍，那还怎么能达到所期待的审美效果呢?

这里有个问题，就是从唐代变文一直到明清戏剧，其文本语言尤其是

① ［美］梅维恒：《唐代变文——佛教对中国白话小说及戏曲产生的贡献之研究》，杨继东、陈引驰译，中西书局2011年版，第278页。

说白部分为什么不直接用白话写作呢？白话不更适合大众化表演吗？明代有人做过完全没有唱腔的戏剧试验，为什么没有成功，没有成为一种新的戏剧样式呢？这里的问题可能有其复杂性，但它与中国戏剧特别讲究观赏的所谓“间离效果”，恐怕不无关系。也许半白不白、半文不文的所谓道白反而更具有表演性、更具有表演的距离感或者文化的距离感。对于大众来说，文言的世界，就是另一个世界。是只能保持距离“观看”的世界。是非现实的世界。所以，民间笑话中，亦常将文言的世界戏谑化，作为取乐、玩赏乃至戏剧性的对象。即使是说白语言，如过于直白，既与唱词文言韵语的文体风格不合，也因与大众现实生存失去距离而缺乏戏剧观赏性，失去可资玩味的审美性。可资玩味，可资记诵，可资反复吟唱，可资随时随地诗意化现实中人的生存与生活，可说是中国传统大众艺术、通俗艺术最重要的艺术生命力之一——也许是所有艺术都应具有的最重要的艺术生命力之一。广大俗众需要自己的艺术，其实不仅只为消遣。他们需要自娱自乐，也需要通过“戏拟”，使自己平凡的、庸常的生活也“显得”具有诗意，或得以即时“虚幻”地诗意化。这大概也是中国戏曲文学潜在的语言审美意识之一吧。

第五节　俗文学写作的技艺理论

戏剧，以及后来兴盛起来的小说，是重虚构、重情节、重具象、重细节的叙事性艺术作品，与过去正统文学样式诗文相比，在内容和形式的表现上都有着根本的区别，因此，不仅在文学观念上带来了许多新的东西，而且在文体知识与文学写作技法上也增添了不少全新的内容。

前面已经引用过宋元之际人罗烨的《醉翁谈录·小说开辟》，是一篇内容极其丰富的小说理论，涉及了当时小说创作中的几乎所有小说技法。前文中基于讨论内容而没有展开分析，因而现在详细引述于下，并分别解读一下其中涉及的各种小说技法问题。

“夫小说者，虽为末学，尤务多闻。非庸常浅识之流，有博览该通之理。幼习《太平广记》，长攻历代史书。烟粉传奇，素蕴胸次之间；风月须知，只在唇吻之上。《夷坚志》无有不览，《琇莹集》所载皆通。动哨中哨，莫非《东山笑林》；引倬底倬，须还《绿窗新话》。”这一段是关于小说素材、题材与资源的论说。所谓“多闻”，主要还是需要进行广泛的阅读，以便在心中积累足够多的小说素材。就是说，在小说创作初期，因为其基本审美活动方式还是通过说书人来“说书”“说话”，所以积累和掌握相关书籍内容是其基本功。其小说素材来源便主要是史书和各种笔记、杂记、野史趣闻，而非基于自己的生活经历进行虚构性、想象性创作。但是同时，“博览该通”的目的，还是在于特定生活内容和生活经验的间接积累，以及小说创作专业能力的培养。先要有一个文学化的生活和人生，有一个步趋前人、模仿前人的过程。小说艺术技能并非来自生活，而是来自对前人成就、作品和才艺的继承。在此基础上，才不至于“庸常浅识”，才能进一步深入认识生活、了解生活。

“论才词，有欧、苏、黄、陈佳句；说古诗，是李、杜、韩、柳篇章。”这一联要强调的是，正统文言文学依然是其重要的语言资源或曰文学性资源之一。尤其是古诗词，往往能给小说的“文学性”增色不少。俗文学通过与正统文学的互文，不仅是获得更为名正言顺的文学资格，也是显示其文学性或文学审美性的基本技法之一。这是俗文学在小说技巧上尤为强调语言功力与文辞修养的一种观念表现。

“举断模按，师表规模，靠敷演令看官清耳。只凭三寸舌，褒贬是非；略咽万余言，讲论古今。说收拾，寻常有百万套；谈话头，动辄是数千回。”现在，要在前面的学习和积累的基础上进行小说编造和艺术创造了。基于当时的小说还只是“说话”演出，因此表演能力、口头演说能力、控制观众注意力的能力、创造预期的审美效果的能力，均是其重要的艺术技能。其中突出强调的基本技能还是一种语言表演能力。所谓能说会道，绘声绘色。不过这里尤为值得注意的一点是，这种说书技能，后来实际上也转化成了阅读性小说创作的一种基本的写作技能。

“说重门不掩底相思，谈闺阁难藏底密恨。辨草木山川之物类，分州军县镇之程途。讲历代年载废兴，记岁月英雄文武。有灵怪、烟粉、传奇、公案，兼扑刀、桿棒、妖术、神仙。自然使席上风生，不枉教座间星拱。”这里谈到了小说审美创作的内视塑形性和塑形能力，内视世界建构的丰富性、多元性和艺术性。说书人必须在心里，实际上是在脑海里，再造一个完整的、熟悉的内视世界，并通过极富艺术魅力的语言表演，使其传达给所有听众，以达到最好的内视审美共享的效果。这种能力自然不仅对于说书者来说很重要，而且对于后来任何一个叙事文学的创作者来说都很重要。

“说《杨元子》《汀洲记》《崔智韬》……《巴蕉扇》《八怪国》《无鬼论》，此乃是灵怪之门庭；言《推车鬼》《灰骨匣》《呼猿洞》……《锦庄春游》《柳参军》《牛渚亭》，此乃为烟粉之总龟；论《莺莺传》《爱爱词》《张康题壁》……《李亚仙》《崔护觅水》《唐辅采莲》，此乃为之传奇；言《石头孙立》《美女寻夫》《忧小十》……《戴嗣宗》《大相国寺》《圣手二郎》，此乃谓之公案；论这《大虎头》《李从吉》《杨令公》……《圣人虎》《王沙马海》《燕四马八》，此乃为扑刀局段；言这《花和尚》《武行者》《飞龙记》……《五郎为僧》《王温上边》《狄昭认父》，此为桿棒之序头；论《种叟神记》《月井文》《金光洞》……《许岩》《四仙斗圣》《谢溏落海》，此是神仙之套数；言《西山聂隐娘》《村邻亲》《严师道》……《贝州王则》《红线盗印》《丑女报恩》，此为妖术之事端。也说黄巢拨乱天下，也说赵正激恼京师。说征战，有刘、项争雄；论机谋，有孙、庞斗智。新话说张、韩、刘、岳，史书讲晋、宋、齐、梁；《三国志》诸葛亮雄才，收西夏说狄青大略。”然后依然是对积累各种内视审美内容的论说。在小说创作者心里，不但装着一部形象的具体的有关个人命运的历史，同时也装着另一个广大的、神奇的、诗意的、光怪陆离的和充满魅力的世界。心里已经装得如此明明白白了，自然说起来、传达起来、表演起来就自如甚至自由了。如果说，一定要装下或建构起这样一个世界后，才能成为一个合格的说书艺术家的话，那么也必须具备同样的情况，才能成为一个合格的小说家或文学家吧？

“说国贼怀奸从佞，遣愚夫等辈生嗔；说忠臣负屈啣冤，铁心肠也须下泪。讲鬼怪令羽士心寒胆战；论闺怨遣佳人绿惨红愁。说人头厮挺，令羽士快心；言两阵对圆，使雄夫壮志。谈吕相青云得路，遣才人着意群书；演霜林白日升天，教隐士如初学道。噇发迹话，使寒门发奋；讲负心底，令奸汉包羞。”这里的论说涉及了文学形象的情感审美、情感倾向、人性诗意，以及人生、生活审美判断中的人文价值意义。从技术上讲，则涉及如何明了、掌握、针对和符合、利用观众个体心理、人性心理和社会心理的问题。它要求小说创作者具有明确的读者（观听者）诉求意识，并针对读者（观听者）预期来进行审美设计。这里并没有创作者人文叙事和人文追问的自觉，因此重要的不是创作者个人思想感情的表达，而是社会理念、主体意念、普遍人性和集体无意识的表达，以及通过这种表达最大限度地追求审美共鸣及心理共鸣。

“讲论处，不偂搭，不絮烦；敷演处，有规模，有收拾。冷淡处，提掇得有家数；热闹处，敷演得越久长。曰得词，念得诗，说得话，使得彻。言无讹舛，遣高士善口赞扬；事有源流，使才人怡神嗟讶。”此处论说了小说的结构技巧和艺术处理技巧：如何收放有度，如何控制节奏，如何安排情节，如何扬长避短，如何恰如其分，如何留有余地，如何掌控和调度听众情绪，追求最佳艺术效果，等等。当然，这同时也是基本艺术技能的训练和掌握的方法。

“诗曰：小说纷纷皆有之，须凭实学是根基。开天辟地通经史，博古明今历传奇；蕴藏满怀风与月，吐谈万卷曲和诗。辨论妖怪精灵话，分别神仙达士机。涉案枪刀并铁骑，闺情云雨共偷期。世间多少无穷事，历历从头说细微。”这是对前文所论的一个总结，因此再次强调，小说创作的源头、资源、基础还是在学，虽然是杂学，但也包括历史知识、传统文学知识等正学。就生活积累而言，重要的不是个人生活经历和人生经验，而是对世事、人情等生活知识、生活细节的掌握与熟悉。这种掌握和熟悉的程度，不但要达到语言模仿上的惟妙惟肖，对不同生活内容、生活方式的透彻了解，而且要深入人性、人情、人心。只有这样，才能在创作者心里建构起一个与外在生存世界一样丰富和复杂的内视审美世界，并且能够有条不紊地、巨细无遗地展示给读者（观听者）来欣赏。不用说，这对任何小说创作者都是极高的要求。而尤为重要的是，这些了不起的对于文学创作或小说艺术创作技艺的论说和理念，是以前的正统文学写作学里从来没有过的，堪称俗文学理论对中国传统文学思想史的巨大贡献。

俗文学理论中有关创作技艺的思想材料自然不止这一篇。比如关于小说写作，清金人瑞《水浒传序三》中就这样说道：“何谓之精严？字有字法，句有句法，章有章法，部有部法，是也。”因科举考试需要，中国古代文章写作技法的研讨细密繁复，层出不穷，久盛不衰。明清时尤盛。因此这一风习，也不免影响到新兴的俗文学评点之中。但我们在研究传统俗文学的小说技法观念的时候，有必要超越这种字面上的类似性，而看到这里实际上讨论的是小说创作的什么问题。比如金人瑞在这里实际上就是在论述小说创作的技艺问题，即如何达到艺术形式上的完善的问题。任何艺术的完整性和技艺性都是建立在全部专业技法之上的，是专业性艺术技法的总和。既然如此，便需要专门的技术学习和技能培养。这里说的便是艺术结构方面的专业意识及工艺性追求。就小说分析而言，可说既关乎文本细读，又涉及对创作者整体意识的分析。

另清何炳麟《红楼梦论赞跋》中云："情生于才，才大则情挚；识长于学，学博则识高。"则论说了俗文学创作的主体条件问题。这不妨看作是俗文学创作的作者论。中国古代俗文学作者的才学条件，是个相对复杂的问题。诗有别材，叙事性俗文学创作也需要不同于正统文人素养的别材。一般而言，小说创作者的感性能力、移情能力、叙事能力、内视审美的感悟能力和艺术创造才气以及对社会人生的直觉能力、洞察能力和意知能力，都要强于传统或曰正统意义上的文人士大夫。实际上，相对于仕宦型和学者型的正统文化人，他们完全是另一类文化人。或者说，另一类具才艺之长的文学职业人。

戏曲方面，明王骥德《曲律》"论章法第十六"云："工师之作室也，必先定规式……作曲者，亦必先分段数，以何意起，何意接，何意作中段敷衍，何意作后段收煞，整整在目，而后可施结撰。"此处所论和前面金人瑞的"字有字法……"之说可谓异曲同工。同样是在强调其专业性的技术要求和工艺要求；是艺术作品必须要追求的形式上的完善和美学意义。不过，这依然表现出是一种结构先行的文章技法，在文学形式的营构上虽然自有其技巧性意义，但我们也要看到，其思维模式，主要还是一种起承转合的八股式的类逻辑结构，只是直觉到生活逻辑、情理逻辑在艺术结构中的意义。当然，我们也可以说，这不仅是技巧问题，而且是专业技术问题——事实上，西方作曲理论具体到不同曲式和体裁时，同样也会有这样的观念与要求。

相比较而言，李渔的戏剧理论则提供了一些相对专门的写作知识和见解。如他重结构，以结构的构思为创作之先，追求形式上的完整等。将结构形式化、程式化，也许是一切艺术意识的共通性。它与艺术要追求审美的完整性，心理收获的完整性与满足感，是密切相关的。另外，艺术意识一旦脱离、无视人文性追求、本质性追求，就会将全部理论关注点集中到形式化和程式化上来。亦可谓中外一致，古今皆然。

李渔又有"立主脑"一说："主脑非他，即作者立言之本意也。……原其初心，只为一人而设。……原其初心，又止为一事而设。此一人一事，即作传奇之主脑也。……后人作传奇，但知为一人而作，不知为一事而作……"[①]主张戏剧的写作围绕一人一事展开，一人一事为全剧中心，一切情节人物都是围绕这一中心设计和建构起来的。这自然是一种戏剧方法论意识，亦为李渔经验之谈。不确定一中心人物，情节的安排，各部分内容的详略取舍，其他次要人物的戏份设计与处理，都没法展开。创作者也容易为其他枝节内容所分神分心、所迷惑所困扰。所有内容容易散作一盘散沙而不知如何处置。以一事为中心，则尤为戏剧艺术舞台艺术的特性所关。在这里，李已有明确的虚构理念意识，只是对虚构理念本身的理论内涵没有深究。其虚构理念只是作品的核心内容意识，认为可以作人、事二分，亦有方法论意义。

同样，立主脑观念的重要性在于它是产生于戏剧专业创作意识之中，此前的古代正统文学写作实践中——虽然有立意的问题——并没有出现和提出这样的要求。李渔借用了以前正统文学写作学中的相关术语和表达方式，但实质上完全不一样。涉及的不是同样的问题，阐释的也不是同样的文学理论和文学思想。实际上，此处涉及的是戏剧的两个本质内涵：人物塑造和戏剧冲突。"人"确定了其特定的语言和行动性，"事"则确定了相应的情节意识与冲突意识。在李渔看来，把握住这两点，其他的戏剧性艺术追求就好展开了。与西方戏剧理论中的"三一律"，也有异曲同工、所见略同之妙。是所谓本色当行之语。不过，既云立言之本意，则依然有中国古代正统文学写作中自觉的观念表达、理性叙事意识，因此有潜在的、可能的主题先行之弊。

另外李渔《闲情偶寄》"密针线"云："顾前者，欲其照映；顾后者，便于埋伏。""然传奇，一事也，其中义理，分为三项：曲也，白也，穿插联络之关目也。"讲述了如何结构故事，如何安排、处理情节，以及如何把握观众心理、达到特定的艺术效果的技巧。同时，对于戏剧艺术的综合性设计、安排和整体性艺术效果进行了思考。戏剧是一门综合性艺术，不同构成元素各有其艺术要求和技巧要求，故有必要分别关注，并协调处理好其内部关系，方能臻于完美。同书中其"大收煞"云："场中作文，有倒骗主司入彀之法。开卷之初，当以奇句夺目，使之一见而惊，不敢弃去，此一法也。终篇之际，当以媚语摄魂，使之执卷

① 《闲情偶寄》"立主脑"，《历代曲话汇编·清代编》第1集，黄山书社2008年版，第240页。

留连，若难遽别，此一法也。”这里借用传统文章学中的用语与观念，是要强调戏剧创作中的某种艺术效果。认为应该费尽心机去达到这样的艺术效果。这是文学创作上的效果策略意识，亦不失文学写作上具有普适性的技巧之一。

梁启超《论桃花扇》中也谈到了戏剧文学写作的问题：“余不娴音律，但以结构之精严，文藻之壮丽，寄托之遥深论之……”但他大体上还是传统文章学中的文学意识，是在写作技法理念上将叙事性俗文学的写作与正统文章学的写作相提并论、等量齐观；是将戏剧写作文章叙事化或文学叙事化。他说他“不娴音律”，实际上还是对于戏剧文学的创作问题不甚了解。因此，戏剧作为另一个表意系统的性质、方式和特性并没有被他充分意识到和揭示出来。但从他所论，亦可反省中国传统俗文学创作技法观念中，正统文学的文章学理念的干预情况，以及其与全新的俗文学创作理念之间所形成的交叉、互文、冲突等张力关系。

也有一些中国古代的俗文学家艺术家，作为内行，他们对自己所从事的专业应该有也确实有足够的知识与经验，但他们常常不能将这些专业知识与经验予以系统的铺叙与讲解，使之成为一个完整的思维成果和知识建构。他们习惯于将这些内涵丰富的经验知识用几个简短的语词概括出来，给人一个大致的印象。其所包含的实际内容，则需要听者自己去思索、去领悟、去意会，在直观中接受，在实践中去体会和掌握。如元乔吉甫所说作乐府的整体结构布局方法——所谓“凤头、猪肚、豹尾”六字之法——就是这样，所谓“起要美丽，中要浩荡，结要响亮”①。这基本上还是一种类比性思维或替代性思维，是将一切应该进行理论思辨的内涵意象化、概象化。这给我们今天的解读和阐释带来了不小的困难。现象地看，这只是一种艺匠性的经验总结。但实际上，六字之法也是一种真正的创作技巧——虽然仅仅是一种创作技巧，是基于一种自觉的艺术效果意识的技巧性追求。虽然确切的涵义并没有得到清晰的语言表述，如何才能做到也没有深入的思考与阐释，但其直观印象还是能给人某种直接的提示与启迪。你也可以将它看作是一个基本的戏剧艺术标准。一个创作者要做到的，就是在创作中自觉地努力去追求这样的艺术效果就是了。如果没有达到这样

---

① 见陶宗仪《南村辍耕录》卷八“作今乐府法”，《宋元笔记小说大观》，上海古籍出版社2007年版，第6239页。

的标准，不管内容如何，题材有没有价值，它在艺术创作的形式整体性上就是不达标的。所以六字之法虽然没有多少理论内涵，但在艺术实践上还是很实用、很管用的。中国传统俗文学的技巧总结可能都有这样的问题，即缺乏深入的理论思考和一般性的、普遍性的问题意识，但在指导艺术创作实践上却很实用，很有可操作性。

第九章

意解与消费:俗文学的接受观念

俗文学之俗，首先是就其以世俗生活为文学审美内容而言。其次是就其文体审美形式能为最普通的无文化的民众和最普遍的能阅读的识字者所接受、所喜闻乐见而言。然后则是就其文学审美活动能为广大俗众所参与所共享而言。简言之，是就其文学审美的公众性而言。也就是说，当文学审美活动还只能在掌握了文言文化的精英之士中进行时，则无论是什么内容什么样式的文学艺术品，都还不是俗文学。所以，俗文学之俗，是相对于广大俗众而言的。随着教育的日益普及，全社会文化水平的日益提高，参与文学审美活动的俗众会越来越多，但能为最大基数的文学审美大众所接受的通俗性，依然是俗文学之俗的根本标准。

俗文学的兴起和兴盛，对古代正统文学而言，实际上具有颠覆性的冲击效果。对此，所有的正统文人应该都是感同身受的。但是在接受态度上，除了个别文人表现出抵触与反感情绪，发表了否定性意见，自上而下，绝大多数正统文人还是不同程度地表达了对俗文学的认可与喜爱。这种接受心态是饶有意味的。它显示的，正是文学审美本质相对于文学意识形态叙事的胜利。——不仅如此，它也正是中国传统文化人文特质的自身逻辑使然。

第一节　俗文学审美上的成功和文人的接受与品评

明袁宏道《听朱生说水浒传》诗写道：“后来读《水浒》，文字益奇变。”真正奇变的其实还不只是文字，而尤其是纯内视审美阅读（纯虚构性叙事文学）与非审美阅读，或不完全审美阅读之间的本质区别。文人的真正喜悦，还是在于从此有了真正的纯娱乐消费性的文学审美阅读活动。

一个全新的文学审美世界向他们打开了。所以，本质上的文学革命并不是俗的兴起与兴盛的问题，唐传奇的出现也不是文体创新的问题，而是传统文学审美文化的质变与创生的问题。正统文学内部，唐传奇开其端，而直接成形，则始于宋朝给皇帝提供生活故事审美消遣。俗文学中的小说和戏剧，一为内视审美活动，一为具有内视审美文本的外视审美活动，二者的兴起与兴盛几乎是同时到来的。

唐传奇的出现，在正统文学内部激发了内视审美活动的好尚。宋赵德璘谈到“崔莺莺”传奇时说：“至今士大夫极谈幽玄，访奇述异，无不举此以为美话。”[①] 描述了“崔莺莺”的传奇故事在文人士大夫中产生的深远影响。尤其是，它也催生并激发了文人士大夫们投身于这类审美活动的欲望与好尚。鲁迅分析其审美魅力道：“源盖出于志怪，而施之藻绘，扩其波澜，故所成乃特异。”“大归则究在文采与意想。”（《中国小说史略》第八篇）沈既济《任氏传》则云：“著文章之美，传要妙之情。”这和此前的正统文学内部的诗文活动是完全不同性质的文学活动，虽然文人士大夫们还没有充分认识到这种不同以及它的意义，但直觉上，他们已经被这一全新的文学活动所吸引了。赵的这篇鼓子词，也是写来供士大夫消遣的。所以虽然付之以俗唱，以为表演娱乐，但读的成分，尤其是给文人读的成分，已经占了很大比重了。只是因为这一好尚还是在正统文学内部进行的，所以带给文人们审美观念上的冲击，远没有后来俗文学蔚然成风时那么大。

至明代，中国古人终于得以充分享受到纯娱乐性的内视审美的快乐之后，有一种压抑不住的兴奋心情和惊艳心情。这在他们对于小说艺术的认识与赞叹里充分表现了出来。

《水浒》出，正统文人大为惊艳，比之为《史记》者有之，比之为《庄子》者有之，更有甚者，称其兼有《论语》和《史记》之长。[②] 这种情况，其实反映的正是他们又兴奋又不知应该如何看待这类文学作品的性质与价值的心理状况。

明蒋大器《三国志通俗演义序》云：“书成，士君子之好事者，争相誊录，以便观览。”成书之前，勾栏瓦舍里应该经常有同样内容的讲说演

① （宋）赵德璘：《侯鲭录》卷五，《宋元笔记小说大观》，上海古籍出版社 2007 年版，第 2070 页。

② 参阅孔另境编辑《中国小说史料》，上海古籍出版社 1982 年版，第 20 页。

出。但是显然，这类活动对“士君子”们的吸引力远不如成书后大。这与阅读是纯粹的内视审美活动是有关的。尤其是，阅读是可以完全按照自己的意愿和安排来进行或反复进行的审美活动；是可以由每个人自己充分拥有的审美活动。文化普及，使阅读审美成为日益普遍的文化需要。所谓好事者，刺激的是审美性内视化生存的强烈兴趣，与文言文化中的文章美、文艺美关注及人文性关注的文学阅读理念可谓大异其趣。是俗文学的兴起及普及才使得文学阅读得以超越文构性文学写作与接受经验，而进入纯内视性的文学审美领域。虽然人们依照正统文化惯例还是叹为好文章，但着眼点其实已不在所谓文章了。或者说，这时再说的“文章”一词已经具有另外的概念内涵和观念内涵了。

清金人瑞《水浒传序三》云：“吾于《水浒传》，可谓无间然矣。”所谓“无间然”，表述的正是审美活动中一种充分接受的状态。而这种状态显然是精英文人们从未体验过的。俗文学之所以能使文人们达到这种状态，一是白话作品在阅读上的亲切感与无障碍——即使是对于精英文人，文言作品也还是外在于日常生存的文本对象。白话作品就不同了。它就像人们日常生存中的交流一样自然、亲切和平易，而且其语感之美之有意味，还要远胜于日常口语交流，所以能够充分内化于阅读者的心理感受之中。二是充分的审美性内视生存，能够带给人极大的快感和心灵享受。使人完全同化于、内在于内视生存的世界之中，与这个世界里的一切情意相通，悲喜与共，并足堪寄寓自己的心理人生，达到审美接受的物我一体状态。

从这里我们不难看到，俗文学兴盛起来并成为俗世生存重要的文化生活构成之后，俗文学自身所表现出的普遍而强烈的审美感染力以及审美召唤力，使文人为之惊喜，亦为之倾倒，因此极力要将通俗文学的人文属性高度人文崇信化。明清时，《水浒传》多有一百零八人画像，像往往有赞。其赞文白相间，能看出文言文化对通俗文化某种程度的包装与精致化。如蒋瑞藻《小说枝谭》中写道：“百八人各有特殊姿态，英风义概，奕奕如生。像各有赞，录其尤佳者。关胜云：‘无念尔祖，率西水浒。’运用成语，寓有‘皮里阳秋’之意。鲁智深云：‘焉知圆寂，佛祖不识；一棒打杀，与狗子吃。’武松云：‘杀虎未为武，丘嫂猛于虎。’措词均极恢奇。李逵云：‘袒裼暴虎，毋破我斧。’王英云：‘长不满五尺，贪财更好色。’运用成语，抑何巧妙乃尔！余尤爱扈三娘云：‘罔谈彼短，靡恃己长；天壤之间，乃有王郎。’天造地设，巧不可阶。直是滑稽之雄！安道全云：‘活一人，杀万人，夏无且，秦越人。’语有包孕，寥寥十二字，可作一篇史论读。”[①] 这也是俗文学被雅正文学所接纳的一种传统方式。

很明显，绝大部分文人对俗文学在美学上的成就都予以了充分的肯定。汤显祖《点校虞初志序》云：“昔李太白不读非圣之书……语非不高，然未足以绳旷览之士也。何者？盖神丘火穴，无害山川岳渎之大观；飞墓秀萼，无害豫章竹箭之美殖；飞鹰立鹘，无害祥麟威凤之游栖。然则稗官小说，奚害于经传子史？游戏墨花，又奚害于涵养性情耶？”“东方曼倩……马季长……石曼卿……之三子，曷尝以调笑损气节，奢乐堕儒行，任诞妨贤达哉！”看起来像是以自然界的万物并存，来论证各种文学门类多元共存的合理合法性，并以旷览豁达人格，来取代单一价值人格。以游于艺的合理性来解释俗文学的人文价值，并且寻找人文价值之外的存在理由。但实际上，他是在高调宣布自己自外于正统文化和政教体制，而用自己的全部生命去拥抱俗文学之美。事实上，科举制确立以前，古代文化人并没有单一人格追求。宋之后，古代圣贤的多元人格追求成为突破单一人格追求的方便资源。追求人格的多面性、多元性，是一种人本主义意识的觉醒。宋之后，表里如一的完美圣贤人格追求开始式微，人们开始习惯区分角色形象与俗世生存的不同行为方式，并且不再有人格分裂上的痛苦。这与俗文化的繁荣与泛滥是分不开的。所以，汤显祖的高调认同俗文学世界，具有鲜明的精神空间、文化空间和话语空间的拓展意识。人本性娱乐追求与价值人格的分离，这种观念与宋以后文人士大夫人格的双重性是一致的。

胡应麟《少室山房笔丛》说：“至其排比一百八人，分量重轻，纤毫不爽，而中间抑扬映带，回护咏叹之工，真有超出语言之外者。余每惜斯人以如是心，用于至下之技。然自是其偏长。假使读书执笔，未必成章也。”[②] 胡对俗文学是极力排斥和鄙视的，但他对《水浒》的文学成就、艺术造诣和文字能力，其实看得很清楚。所谓“超出语言之外者”，指的其实是叙事文学在内视审美形象塑造上的极大成功。他只是不肯承认其人文价值，认为是至下之技。反自矜文言文章之长，以为真要让俗文学作者

---

① 孔另境编辑：《中国小说史料》，上海古籍出版社 1982 年版，第 33 页。

② 同上书，第 19 页。

高雅，他也未必能有这份才力。这真是妄自尊大了。其实，正是在俗文学的成就面前，雅正文学的不足不堪之处才充分暴露了出来。胡之言论，从某个角度说，也正是雅正文学心虚气馁的表现。

明吕天成《曲品》中有这样一些品评作品的话语："词、意俱可观。……诚快人意。""著意著词，曲白工美。……先生自谓：字雕句镂，正供案头耳。""描写交情，悲歌慷慨。""大快人意。""然苦境亦可玩。""令人惨动。""局境颇新。""宛有情致。""谑态叠出，可喜。""快然。""事奇，凑拍更好。""情景曲折，便觉一新。""令人绝倒。先生游戏，至此神化极矣。"其品评和赏析正是其完全沉浸于戏曲文学阅读的内视审美世界的情境和魅力之中的真实写照，充分表达了自己在俗文学阅读中审美接受的内容、性质和程度。

清俞樾《七侠五义序》中云："其事迹新奇，笔意酣恣，描写既细入毫芒，点染又曲中筋节……算得天地间另是一种笔墨。"试图分析其文学价值之所在，因而对该书内容的审美意义，其文学语言塑形效果和文字魅力，以及其审美的内视化程度、清晰度和美感度，都作出了评价。所谓天地间另是一种笔墨云云，显然是公开承认和认可其另是一种文学、另是一种文学创作、另是一种文学语言、另是一种文学审美活动，因此其文学成就和文学价值，自然不能以正统文学的既定之规来衡量和评说。

清金人瑞《三国志演义序》云："独是事奇矣，书奇矣，而无有人焉起而评之……人亦乌乎知其奇，而信其奇哉！余尝欲探索其奇以正诸世……"通俗演义居然具有超出正统文言作品的文学魅力，这是文人固有的传统知识储备和思想资源所理解不了也无法解答的一个新问题。同时，这也让他们因此而兴奋不已，并试图了解其中的奥秘。在金圣叹看来，叙事文学为什么能靠讲故事而让人叹服为奇，就是叙事文学的根本奥秘。金圣叹作评点，正是欲探索个中缘由。奇是他对叙事文学的诗意美感所作的一个评价和判断，也被认为是其诗意美感的具体体现。他批评的动机和目的，就是要对这样的诗意力量和诗意成就作出解读。因此，俗文学评点，成了文化精英们接受俗文学之美的一个典型方式。

按说，古人喜读俗文学作品的"批评本"是一件奇怪的事情。一般而言，读小说应喜连贯，不喜中断，所以每有废寝忘食而手不释卷者。怎么会喜欢正读得来劲时，忽然看见一不相干的评语插了进来呢？这正如读书入迷时，忽有一人从旁打断，是一件多么叫人扫兴的事。可是古代竟至以批评本广其流传，可见这种方式正好反映了文人接受俗文学的一种复杂心态。除受主流文化文章评点传统的影响，其中最主要的心态，也许就是试图以一种居高临下的肯定、认可的方式和一种保持把玩距离的态度将其接受下来。

第二节　意解论

中国古代文学自有其解释学。中国古人对文学的阅读、欣赏、批评、解读和接受，有完全不同于西方接受理论的一套接受观念。从写作学上的示意论、表意论和思维学上的意知论，到文学接受上的意解论，表现出一种超所指的、建构在整体意识把握之上的、意会式的、主观体认性的认知方式。这种文学接受观念和阐释模式，对中国文学史乃至中国文化史的影响可说既深且远。但是对这一套文学接受观念和阐释模式，由于受西方理论思维模式的影响，我们长期以来一直缺乏应有的了解、认识和研究，更不用说进行系统阐述了。

正统文学的创作实践与接受观念中，文学意象的寓意化、间接意指化或能指符号化的意识非常自觉和突出——这源自《诗经》的解释学传统——以至于有高度异化的倾向。《诗经》里有大量的民间爱情诗歌及审美抒情诗歌。但《诗经》是六经之一，是国家意识形态经典文本，因此对其的解读，必须高度意识形态叙事化，而不能只是从字面上理解。孔子教弟子学《诗》，就一直是在用这样的方式进行着解读。《论语·八佾》中记载，子夏有次问孔子，“巧笑倩兮，美目盼兮，素以为绚兮”，是什么意思。孔子答以“绘事后素”，等于是直接引用《考功记》里的话作答。然后子夏说：“礼后乎?”孔子便大喜过望道：“起予者商也，始可与言《诗》已矣。”什么意思呢？子夏据说是孔子弟子中文献学习最好的一位。他在这里引用的诗句，今本《诗经》中并没有最后一句，但在这段对话里，这一句是关键，因为他弄不明白的也是这一句。但孔子在回答时，一时没有想好如何作进一步的引申，因此也只是望文生义、就诗言诗地回答了一下。反而是子夏的再问，启发了孔子。孔子因此感到由衷的高兴。因为他真正想要做的，也就是用这种政治隐喻化的方式来解读诗。但问题是，要将《诗经》里面所有的诗句都作出意识形态叙事的解释，其实是非常牵强的。因此一开始，孔子骤然间没能想出如何对这几句描写美人容貌的诗句进行引申解读，没想到子夏自己倒进一步作出了人文引申义的解释。子夏的意思是，人的本性本来是质素无文的，就像诗句中说的白底子一样，礼文制度则如同白底子上那绚丽的文采，是后来人为创造的结果——这实际上说出了人类社会走向文明化的一个基本原理和基本方式，使得一句看起来很平凡的描述女人之美的诗句，具有了深刻的人文象征意义。这就是孔子的解诗法。也就是最早的《诗经》解释学。对于孔子来说，《诗经》中的诗，字面上什么意思并不重要，重要的是你怎么去理解它和解释它：你必须也只能理解和解释为政治上正确的、具有人文性内涵的意思。就是说，你必须也只能从间接示意的角度来理解《诗经》中的诗歌。所以，无论具体的诗句内容说的是什么，一言以蔽之，都必须以“思无邪”为标准去解读才行。孔子经常引用《诗经》中的诗句来解释他的政教思想，这只是其中比较有名的一例。而到孟子时，这样的《诗经》读解方式便被总结为：“故说诗者，不以文害辞，不以辞害志：以意逆志，是为得之。”（《孟子·万章章句上》）“以意逆志”本质上就是一种主观意会加人文性引申的、意识形态叙事性喻指的解诗方法。整部《毛诗传》对《诗经》中每首诗歌的解读，都是这样做的。这就是中国古代文学审美观念中的所谓“意解”接受方式。现在我们无论怎样理解和看待这一方式，它都是主观意识很强的一种文学解读方式。而在文人对俗文学的审美感受、接受与解读中，基于这种文学思想惯例，这一审美理念和接受方式也有意无意地起着很大的作用。虽然大部分情况下是意在提高、升华俗文学作品的品味、意义、价值和文学性，但也常常遮蔽了俗文学自身的朴实诗意追求。

明李贽《杂说》：“当其时必有大不得意于君臣朋友之间者，故借夫妇离合因缘以发其端。”这就是一种传统意解观念在俗文学解读中的表现。是从创作的角度指出，通俗故事的编写，也有深意寓于其间。在中国古代文学史上，这类借喻似的间接示意表达方式，从周公创作《鸱鸮》一诗就开始了①。到屈原的美人香草，便成形为一种相对固定的文学表意方法。既如此，则通俗文学的接受，也就不能只看显性印象与表面效果了。这也从另一个方面养成了正统文人读解俗文学作品时的意解习惯。其实俗文学

① 据《尚书·金縢》记载，周成王因听信谣言而对周公起了疑心，事后谣言虽然不攻自破，但周公为了帮助成王认清这一政治阴谋，特意创作了一首名为《鸱鸮》的诗以谏成王。诗意为斥责鸱鸮害小鸟，以委婉表明自己辅佐幼主的心迹。

的创作，一开始未必有这样自觉的间接示意追求。广大俗文学的受众，一般也都会以一种直接认同的方式接受从俗文学的审美享受中得到的感动。但文人的接受方式，使他们习惯于从文学意象中读解出象征性的和意指性的内涵。否则的话，俗文学中有那么多类似的或雷同的审美意象就是不可解的了。而当真正的天才文人开始加入到俗文学的创作队伍中来的时候，这种间接示意的文学创作方法，也就开始得到广泛运用了。

清曹雪芹《红楼梦凡例》云："何为不用假语村言，敷演出一段故事来，以悦人耳目哉?""并非怨世骂时之书矣。虽一时有涉于世态，然亦不得不叙者……"既曰假语村言，可见有直接所指，也有间接所指；有悦人耳目的故事，也有故事后隐含的深意了。则特为声明非怨世骂时之书，反成此地无银三百两，欲盖弥彰了。古代文人的思想表达和情感表达确实要受制于很多因素与条件。因为他们不仅缺乏公共话语空间、平台与公共话语方式，而且也不能随意地直接通过文本方式表达。因此，文人的一肚皮不合时宜便无法得到直接的陈述与流布，无法进入正常的交流与互动渠道，只能以某种间接的、委婉的以及诗意的方式表达出来。这几乎成了中国文人文学的特有担负与功能，也成了一种文学传统与惯例。"诗曰：……悲喜千般同幻渺，古今一梦尽荒唐。……字字看来皆是血，十年辛苦不寻常。"字字皆是血，可见写作过程中充满了人生的、情感上的痛苦和艺术追求的痛苦。但他将这一切都归于虚幻。可如果真不过是一场荒唐而虚幻的梦，那他耗尽自己的生命能量、字字泣血地将其写出来，又有什么意义?可见他并非真认为这一切只是虚幻。只是其中真正的深意，包括他所有的痛苦感受和深刻思考，都只能借助于虚幻感间接地暗示出来。"都云作者痴，谁解其中味?"他不直接说出来，但仍然希望读者能释读出来、领悟出来。

既然秉持这样的创作理念，人们自然也就更愿意从意解的角度去解读、去理解作品了。清戚蓼生《石头记序》云："似谲而正，似则而淫，如《春秋》之有微词，史家之多曲笔。""作者有两意，读者当具一心。……得作者微旨。……而万千领悟，便具无数慈航矣。"虽然也可说是意识到了文学之美的能指性必然具有解读的无限可能性，但因为文人们习惯于通过审美形象来间接示意，而且作者也已经这样暗示了，所以他认为读者还是应该努力去接收这样的心理信息，并且尽可能在阅读中充分领悟。当然，这依然是典型的正统文学接受理念。只不过，它也是超越了意识形态叙事的纯文学的接受理念了。

清邱登《红楼梦论赞序》云："而欲于情字极其奇，遂不嫌于情字幻其想，而《红楼梦》以作。……奇自翻空，妙惟征实，俾知是书之作，实自人情中体贴而出……"这样的理解和接受方式就不纯然是意解了。邱虽然对《红楼梦》的创作动机与虚构理念进行了揣测与解读，也是对作者自言的间接示意内容的一种理解，但他同时也认为，其作品的美学成就与作者现实生存体验、现实生活经验的高亲和度是密不可分的，强调了生活经验、人生体验在文学创作中的意义和作用。

清陈忱《水浒后传论略》同样也是从意解的角度来理解作品的："《水浒》，愤书也。……盖多寓言也。……后传为泄愤之书。"《水浒传》自有其创作理念，但未必为愤书或寓言之书。但文学作品的能指本质，使得文人阅读者依据意解惯例有意且可以、得以将其寓意化、意指化。不过，这种解读方法也不是只具主观任意性，因为任何优秀文学作品，经过反复阅读，都可能会具有这种不断寓意化、意指化的可能性。《水浒传》将反主流价值的生存、人生和故事诗意化，其立场可谓不言自明，所以明眼人自然无法不称其为愤书。《三国演义》还是建功立业的英雄传奇，《水浒传》则已是造反的、啸聚山林的、反体制的英雄传奇。这种变化反映了民间意识形态的某种强势化。由于采取了文学性的表达，从而具有不可抗拒的内视审美魅力和内视共享的亲和力，因此这一意识形态表达在一定程度上为文人阶层所接受并加以了改造，反抗的主题被置换成了忠义的主题。义是草根社会意识形态，忠义则将义纳入了忠的范畴，使之至少成为为主流的、统治阶层的意识形态服务的附属意识形态。但不管怎么说，保留了义，也就一定程度上保留了反抗的、与忠对立的草根意识形态内涵，是之为"愤"。

除了《诗经》解释学的意解方法，古代文人在评点、品评中将通俗作品、娱乐审美作品意指化、寓意化的"意解式"阅读心理，其实也可以从中国古代漫长的文学表达与接受史中得到理解。从先秦时期的隐语、春秋笔法等文学表达方式，到诗谶、文谶等带有原始语言巫术遗痕的文字解读观，从中国文学传统中的喻指性、寓意性、象征性等间接示意式写作惯例，到古代帝王们大兴文字狱时的"意解"式断罪，都说明这一阅读心理其实是一源远流长的古老文化精神的表现。

中国自古有微言大义的文章写作方法论，又惯于使用寓意、象征、影射、双关、借喻……总而言之是言此意彼的写作方法，以表达不便直言的内心志意。如汉贾谊《鹏鸟赋》。如唐人朱庆余《近试上张水部》诗："洞房昨夜停红烛，待晓堂前拜舅姑。妆罢低眉问夫婿，画眉深浅入时无。"如宋辛弃疾《摸鱼儿》词："长门事，准拟佳期又误，蛾眉曾有人妒。千金纵买相如赋，脉脉此情谁诉。"因此对文学的解读亦往往采取以意逆志的方式，对作者的真实心意进行各种解析和猜测。这样，就给了文学解读以极大的主观能动性和释意可能性。俗文学的非主观性面貌，给了这种文学解读方法以更大的释意空间。其中，以影射法进行解读，是这类解读方法之一。

《金瓶梅》即被认为影射之作。《寒花盦随笔》中写道："世传《金瓶梅》一书，为王弇州先生手笔，用以讥严世蕃者。书中西门庆，即世蕃之化身。世蕃小名庆，西门亦名庆；世蕃号东楼，此书即以西门对之。或又谓此书为一孝子所作，用以复其父仇者。盖孝子所识一巨公，实杀孝子父。图报累累皆不济。后忽侦知巨公观书时，必以指染沫翻其书叶。孝子乃以三年之力，经营此书。书成沾毒药于纸角，觊巨公出时，使人持书叫卖于市曰：'天下第一奇书。'巨公于车中闻之，即索观。车行及其第，书已观讫，啧啧叹赏，呼卖者问其值，卖者竟不见。巨公顿悟为人所算，急自营救，已不及，毒发遂死。今按：二说皆是。孝子即凤洲也。巨公为唐荆州。……"①

孙静庵《栖霞阁野乘》认为《红楼梦》也有这样的意义："《红楼梦》一书，说者极多，要无能窥其宏旨者。吾疑此书所隐，必系国朝第一大事，而非徒纪载私家故实。谓必明珠家事者，此一孔之见耳。观贾政之父名代善，而代善实礼烈亲王名，可以知其确非明珠矣。今略举所臆见诸条于后，以谂世之善读此书者：林、薛二人之争宝玉，当是康熙末允禩诸人争嫡事。宝玉非人，寓言玉玺耳。著者故明言为一块顽石矣。黛玉之名，取黛字下半之黑字，与玉字相合，而去其四点，明明代理两字。代理者，代理亲王之名词也。……宝钗之影子为袭人……而袭人两字拆之，固俨然龙衣人三字。此为书中第一大事。此书所包者广，不仅此一事。盖顺、康两朝八十年之历史，皆在其中。海外女子，明指延平王之据台湾。焦大盖

① 孔另境编辑:《中国小说史料》，上海古籍出版社1982年版，第86页。

指洪承畴……”①

而这种“意解式”阅读心理的主观性质，使中国古代文人对文学作品尤其是叙事性文学作品的解读，有时完全溢出了文学的审美范域，而表现为一种相当另类的文学解读方式。这些解读和评说，往往自有其趣，独立成趣，自成一说，自圆其说，似是而非，或无所谓是非，表现出特异的文学批评旨趣和文学解读意识。虽然很可能与文本本身的内涵与意义无关，不妨看作是文学美的能指属性的一种相对极端的表现方式，但也因其自洽其说而具有解释学和接受学上的意义，亦是中国式文学批评自立自为性的表现。如蒋瑞藻《小说考证拾遗》引缺名笔记云：“《西游记》一书，论者谓其结构取法于《中庸》，言亦近理。道光时，满人文梦蘅，颇深于邵子之学，谓《水浒传》亦由《易》象参入。人举宋江、李逵、刘唐三人相质。答曰：‘宋江，讼也。天水讼，故号及时雨；刀笔吏出身，取讼象；人事起于讼，故以为之首。李逵，井也。水风井，故号黑旋风；访柴进入井，迎母入井，取井象。刘唐，鼎也。火风鼎，故号赤发鬼；缚之供桌，取鼎象也。’或又问：‘《水浒》只三女，扈三娘号一丈青，何义？’答曰：‘卦只三阴，故以顾大嫂、孙二娘、扈三娘象之。三娘，归妹也。雷泽归妹，震三兑七，合成“一丈”。震居东方，其色“青”；扈成之妹，归于王英，取卦象尔！’其言亦甚新奇。”②

根据这样的文学解释学，文学批评可以是科学的、理性的、求真的，但似乎也可以是一种独立的、自由的、充分能指的文学写作。只要能自洽，通过特定的角度，基于特定的理论，运用特定的方式，对文学作品作出某种另类的解读，且言之成理，言之成趣，则不妨作为与原作品相关的一种独立创作，来获得独立的审美欣赏价值或趣味阅读价值。这种批评观念、文学意识和评析方法似乎早就在现代中国的文学活动中失落了，也许不无遗憾之处。

王国维《〈红楼梦〉评论》云：“自我朝考证之学盛行，而读小说者，亦以考证之眼读之。于是评《红楼梦》者，纷然索此书之主人公之为谁。”③在文人对俗文学的读解和接受中，史传文本与虚构故事对勘，似乎最合文人学者们的考据胃口。究其实，索隐、求实其实也是一种另类解读法。

① 孔另境编辑：《中国小说史料》，上海古籍出版社 1982 年版，第 192—193 页。

② 同上书，第 36—37 页。

③ 王国维：《王国维学术经典集》，江西人民出版社 1997 年版，第 68 页。

第三节　文学审美消费意识与受众观念

在俗文学出现之前，中国古代并不存在典型的文学消费现象。洛阳纸贵的情况，准确地说消费的还只是纸，个体的文学欣赏活动，还是要通过文化人自己的文本抄写活动来实现。是俗文学的出现，尤其是俗文学的兴盛与普及，使得普遍的文学审美消费真正成为可能。而这种普遍的审美消费的出现，自然带来了较之以前截然不同的文学审美接受方式与接受心理。只有对此有充分清晰的认识，才能做到文学创作与文学生产上的充分自觉。

一　公众性审美消费与受众主导意识

至明代，中国文学观念发生了根本性的变化，关键是，审美活动与审美活动方式已经发生了根本变化，纯叙事性文学艺术审美成为最主流的以及最为广泛的审美活动，公共艺术消费性审美成为基本文化建制，因此，审美政教文治论式微了，审美消费论成了主流。

明绿天馆主人《古今小说序》云："大抵唐人选言，入于文心；宋人通俗，谐于里耳。天下之文心少而里耳多，则小说之资于选言者少，而资于通俗者多。"两种完全不同的读者群与文学消费对象，产生两种完全不同的文学追求。所以不完全是读者人数多少的问题，还有审美消费的决定性作用问题。前者一般无须服务意识，后者则必须考虑接受问题即满足审美需求的问题。

俗文学的审美消费热，也带来了小说批评的繁荣。长盛不衰的小说评点且不论，如明胡应麟这样对俗文学持有极大偏见的正统文人，在其名著《少室山房笔丛》中也多次进行小说批评，虽然偏见明显，但也不乏精当识见。至明代，因为教育与书籍的普及，文学审美阅读才真正成为了一项具有大众化色彩的审美活动。文学活动也许应分为精神必需品的制作与审美消费品的生产两大类。前者自然可以只以个人选择的人文担当为然而不去顾及现实的消费性需要，后者亦可以只以消费者的娱乐需求为写作诉求，专心考虑其趣味性价值而不去思考其人文性价值与意义。俗文学的观念表达大都具有这样的角度和性质。或者任何人文性写作都可以分为职业性产出活动和人文性创造活动两类，它们在具体的写作活动中当然完全可能融为一体，但它们之间依然存在着本质性的区别。因为毕竟一种是提供给需求对象的即时消费性产品，一种是基于个人人文理想而不懈追求、不懈工作的一个创造性结果。后者构成着人类人文性存在的永恒环节，因而不朽。因此在个人具体的写作活动中有时有必要具有这种区分的自觉意识。明人对小说的职业意义、存在本质和人文价值有了更为深刻的认识，但是拔得太高，也会出现界限混淆的情况。主要目的在于肯定其人文地位和人文价值。对小说写作和文本欣赏中的许多专业问题进行了探讨。也涉及一些基本的文学观念和理论问题。审美消费颠覆且取代了精神享受。小说评点完全是传统诗文评的传统，是将俗文学纳入文人文化领域、纳入文人才艺性写作活动领域、纳入文人“文之为学”领域的一种方式。与大众性审美消费并无必然相关性，甚至毫无相关性。

徐渭之后，论曲多主本色、当行之说，亦可见大众艺术的倾向总是要尽量满足观赏者的审美需要的。另外，这也与戏曲艺术的专业性与大众消费性有关，与当时叙事性艺术主流更重视俗世写实性生存诗意内容有关。而艺术以大众需要为指归，则格调趣味雅俗之间的分寸，便成为一个大问题，尤其是在被主流文化所认可、所接纳和所重视之后。艺术与娱乐、消费（商业性生产）既无法截然划分，又决不能混为一谈。三者之间有边界模糊处及过渡性区域，但依然判然有别。娱乐品和审美消费品不会“自然而然”地成为艺术品。好的艺术品也不一定是好的娱乐品与审美消费品，但追求艺术性并达到一定艺术水准的娱乐品和审美消费品，则一定会是更受欢迎也更有生命力的。这些都是俗文学艺术活动中呈现出的重要问题。在文学艺术成为审美消费文化之前，这些问题显然从来没有进入过正统文人的文学视野。

俗文学活动为文人所喜爱，与中国古代正统文化中审美娱乐文化相对贫乏也是有关系的。中国雅正文化中，向来缺乏纯虚构性叙事文学阅读活动，没有戏剧活动，公众性的音乐文化也不发达。也就是说，在今天人类生活中最为重要的普遍共享的审美文化活动，中国古代上层文化生活中都没有或相当贫乏。所以，这类文化活动一旦在民间、俗世自发产生，立即就会为文化人所关注、所喜欢甚至所重视、所推崇、所迷恋，就不难理解了。俗文化的兴盛，实际上开创了中国古代审美文化生活的新纪元。

正是俗文学的审美消费性质，才使中国文人有了文学的受众意识和接受意识。因为是提供审美消费的创作，所以不能以自我欣赏为信念，而要时时意识到欣赏者的需要，这就要不断“变新”“日新而不习故常”。诗文写作虽然也常有发展、创新的观点，但并不存在消费心理的视角，只是文体内部运动的一种要求而已，而且还因为向古人看齐的意识形态惯性不得不大打折扣。模拟唱和现象的层出不穷，也说明这种写作的私人性质，不需要关心广大审美消费者对新意的要求。由于说话、戏曲文学的出现和发展，中国古代文学才产生了完全由消费为主导的创作意识。汉赋六朝诗文唐诗宋词也有一定的消费主导意识，但相对而言不明确，并且范围要小得多，小说、戏剧则是纯大众化的视角。当然，求新求异而不再求高，与文人人格心理的变化也是有关系的。

不同于正统文学的作者主导性文学观念，俗文学的创作，主要是基于一种受众主导性文学观念：一般而言，俗文学是为效果、为服务、为满足受众需要而创作的。它的美学面目和文学成果，主要决定于受众的要求，而非作者的主观意图和美学理想。俗文学追求受众之广，故本质上即有向最低文化水平倾斜之倾向。受众立场是俗文学、大众艺术的特性之一。效果意识，则是俗文学创作中的指挥棒。王伯成《天宝遗事诸宫调》的引里，就有“俺将这美声名传万古，巧才能播四方，叹行中自此编绝唱，教普天下知音尽心赏”的话。[①] 可见通俗艺术主动追求普遍共享效果的意识是既明确又自觉的。

俗文学因为更少先行理念，只是唯读者（听者）之需之好是认，所以可能更接近文学的本性。俗文学是以读者为主动性、决定性力量的，而正统文学则是以作者为主动性、决定性力量。一般来说，雅正文学的阅读不需要场所或场合，一个人无论在哪儿独自阅读就行了。因此雅正文学的写作可以是针对个人的，可以是以个人为期待读者而无须考虑更多人的审美消费需求的。但俗文学就不同了。俗文学的传播或接受活动是需要场所或场合的，至少在其发轫期和很长一段时间的口头讲说期是如此。因此，俗文学的创作必须是针对众人而且是俗众的，必须是以众人为潜在对象和期待接受者的。他甚至必须考虑到场所或场合的因素。因为不光民间文化为种种场所、场合文化所养育，俗文学同样如此。中国俗文学演出的场所和场合有它自身的文化风习与惯例，这一点，也会在俗文学的效果意识中体现出来。

---

① 郑振铎：《中国俗文学史》，上海人民出版社2006年版，第275页。

明时戏曲理论中的吴江派与临川派之争，前文已多有讨论。而从公众性审美消费的角度看，吴江派主张严守格律，遵循旧的戏曲格式，讲究四声阴阳、句法、用韵，要求一丝不苟，要求便于演唱，一方面固然是更有专业化意识，试图使具有通俗色彩的戏曲成为一门更为规范、更为精致、更为完善的艺术；另一方面也是更具受众本位意识和审美效果意识。临川派则重才情，重文学性，重个人意趣，而反对为音律所束缚，则显然更为注重作者自身的理念表达和作品内涵的深度，而不大顾及戏剧受众的视听需求，依然还是雅正文学传统的作者本位观念。

当然，这不是说正统文学的创作观念中就完全没有受众意识。尤其是当正统文学的创作面向普及性的审美需求时，这种受众意识就会凸显出来。比如白居易就很有读者接受意识。他的诗不光是为自己的发抒而写的，也是为读者的欣赏而写的。白居易追求明白易懂，在正统文论语境里，被认为是一种自觉的诗学追求，但实际上，也可能与当时诗人们的诗歌常为民间歌妓演唱有关。唐代的薛用弱《集异记》中就有诗人们在旗亭听歌妓唱自己所作诗歌的故事。所以，白居易如果是在有意进行歌词创作，自然就要追求听懂的效果。宋词更是如此，据说“凡有井水饮处，即能歌柳词”①，所以虽说词作者们并不以作声诗为职业，但对通俗性的追求又要更甚于诗。

二　俗文学的内视化生存审美接受方式

对于热衷于俗文学审美的广大受众来说，叙事性俗文学的审美接受则是一个诗意性的内视化生存过程。而且正因为内视化程度高，所以叙事性俗文学的审美往往存在种种将审美对象“自我化”的文学接受现象。明袁中道《游居柿录》中记载，有一个叫常志的僧人，因抄写《水浒传》，而至“时时欲学智深行径”。竟“一一作实法会”，即完全将自己“鲁智深化”：“与其侪伍有小忿，遂欲放火烧屋。”为长老所斥，便长叹曰：“智真长老能容鲁智深，老子独不能容我乎？”后为长老所遣送，“道中见邮卒牵马少迟，怒目大骂曰：‘汝有几颗头？’其可笑如此”。②

清姚元之《竹叶亭杂记》中记载了这样一件事：“乾隆初，某侍卫擢

① （宋）叶梦得：《避暑录话》卷三，《宋元笔记小说大观》，上海古籍出版社2007年版，第2628页。

② 孔另境编辑：《中国小说史料》，上海古籍出版社1982年版，第17页。

荆州将军，人贺之，辄痛哭。怪问其故，将军曰：'此地以关玛法尚守不住，今遣老夫，是欲杀老夫也。'闻者掩口。此又熟读演义而更加愦愦者矣。'玛法'，国语呼'祖'之称。"[①] 因熟读《三国演义》，而将现实完全《三国演义》语境化了。

其他文人也注意到了这一现象。清陈其元《庸闲斋笔记》中便记录有类似事件。说有杭州商人之女，"明艳工诗，以酷嗜《红楼梦》，至成瘵疾"。父母认为是《红楼梦》贻害所致，便将该书投入火中烧掉了。没想到"女在床，乃大哭曰：'奈何烧杀我宝玉！'遂死"。清邹弢《三借庐笔谈》中也说，有一姓金的人，也是读《红楼梦》走火入魔，"设林黛玉木主，日夜祭之。读至绝粒焚稿数回，则呜咽失声"。后来有一天，焚香长跪后，拔炉中香出门。家人问去哪里，这人回答说："往警幻天见潇湘妃子耳。"[②] 古人因其好奇或觉得可笑、可怜，而记载了不少这样的故事。但实际上，普通读者这样的文学审美接受现象，并不只有供人一笑或一叹的价值。将文学的内视审美生存外视化、空间化和自我代入，涉及文学的艺术本质、内视审美的性质和一般民众进入自身的历史与时间性生存的方式等一系列问题，值得我们深长思之。

另一种"自我化"的接受方式则是将书中虚构的场景坐实到现实中来。如清洪亮吉《洪北江诗话》云："小说家所言，亦皆有本。如《西游》之雷音寺、火焰山，皆在吐鲁番道中。"[③] 清秉衡居士《荷香馆琐言》中也说："《卫藏通志》云：'德庆……路旁有塘铺，绕道而下四十里，至蔡里，一作米里，俗传即《西游真诠》所记之高老庄。'"[④] 连神魔小说里虚构的地名都能坐实，遑论世相小说了。其实即使是神魔小说，有时也必须借助于现实中的地名或景观进行故事描述与形象塑造，但不能因此就指为事有所本。事实上，有许多地方景观之名，恰恰是因小说有所虚构而后才被命名的。

对人类自身生存状态的审美观照，是为文学本性之一，注重写实性的市井文学尤重，这大概是"附会"成为俗众基本接受心理的原因之一。《娱萲室随笔》云："小说中事实，皆系悠谬无稽之言，不能据为典要。

① 孔另境编辑：《中国小说史料》，上海古籍出版社1982年版，第46页。

② 同上书，第191页。

③ 同上书，第70页。

④ 同上书，第73页。

而王渔洋《香祖笔记》，谓阳谷县有潘、吴二姓，自言是西门嫡室吴氏、妾潘氏之族，且因演《水浒记》戏剧，致成讼事。是耐庵之书，固非尽出于谰言也。……夫汉代丛书，唐人小说，当时亦不过为文人一时之游戏，流传既久，词章家遂为故实……是在好事者之广为传播耳。"中引冒氏诗："虞初说九百，君子不上口。……宣和世已遥，兹事莫须有。"[①] 这些事实说明，俗文学确实就是庶民俗众《论语》《史记》。对于他们来说，俗文学创造的世界，就是他们的历史，就是他们的圣人之言，就是他们的意识形态经典，就是他们的信仰、信念和真理之所在。因此，也就是他们现实人生、现实生存世界的实际构成。

热衷考证，是中国史学、经学传统，影响所及，当俗文学进入古代文士法眼之后，虽虚构作品亦强为之本，是索隐癖自有渊源。所以所谓索隐，就是要将小说历史化。而往深里想，何尝不也是将文学故事与人物看作自己生存历史的广大受众意识的反映？所以，以小说为事实的审美接受现象，在文人中同样普遍存在。清严元照《蕙櫋杂记》中就说："演义传奇，其不足信一也，而文士亦有承伪袭用者。"[②] 其实，文士以传说为信史，在演义传奇出现之前就如此。唐诗宋词中有大量三国故事典故，大都与史书相异，而与后来的演义相合。如杜牧《赤壁》诗云："东风不与周郎便，铜雀春深锁二乔。"可见借东风的故事早就深入人心了。明胡应麟《少室山房笔丛》云："惟关壮缪明烛一端，则大可笑。乃读书之士，亦什九信之。"又据史书考证赤壁故事道："赤壁破曹，玄德功最大。"[③] 而传说演义，均以周瑜为赤壁之战主帅，苏轼名作《赤壁怀古》，即为"遥想公瑾当年"而作。可见民间传说对于文士史实观的影响，也可能会大于正规史书。而这种审美接受心理，本质而言，其实也就是将时间艺术空间化、将内视生存实存化的一种努力。

明胡应麟曾对诗人诗作用唐传奇中柳毅传书的故事不以为然，清袁枚《随园诗话》中也说："某孝廉作关庙对联，竟有用秉烛达旦者，俚俗乃尔。人可不解学耶?"[④] 袁枚的意思，小说故事不能当作史实入诗入联，但实际上，所谓关庙者，不也是历史传说化之后的一个结果吗？没有传说

---

① 孔另境编辑：《中国小说史料》，上海古籍出版社1982年版，第35页。

② 同上书，第41页。

③ 同上书，第40页。

④ 同上书，第44页。

与演义，历史上关某何足以成神？可见中国古人不光以史为说，亦以说为史，任意攀附，至后人惯于以虚为实。清俞樾《壶东漫录》说：“世俗所传‘哪吒太子’事……读《太平广记》九十二卷《异僧类》云：……始知哪吒太子，真有其人，非小说家妄说。”[①] 其中虚实真妄标准，已经很模糊了。

而从审美接受的角度看，史传小说（演义）以虚为实，往往更容易令人信服，且更有典范作用。清徐鼒《小腆纪年》记有一个故事，说有个叫李定国的人，一开始和孙可望一起造反。一个叫金公趾的人给他说《三国演义》：“斥可望为曹操而期定国为诸葛。定国大为感动，曰：‘诸葛所不敢望，关、张、姜伯约，敢不自勉！’自是遂与可望左。其后，努力报国，殉身缅甸。”[②] 蒋瑞藻《小说考证拾遗》引《缺名笔记》则云：“本朝（清）羁縻蒙古，实是利用《三国志》一书。当世祖之未入关也，先征服内蒙古诸部，因与蒙古诸汗约为兄弟，引《三国志》‘桃园结谊’事为例，满州自认为刘备，而以蒙古为关羽。其后入帝中夏，恐蒙古之携贰焉，于是累封忠谊神武灵佑仁勇威显护国保民精诚绥靖翊赞宣德关圣大帝，以示尊崇蒙古之意；时以蒙古人于信仰剌麻外，所最尊奉者，厥唯关羽。二百余年，备北藩而为不侵不叛之臣者，耑在于此。其意亦如关羽之于刘备，服事唯谨也。”[③] 其小说审美接受的力量一至于此，今人实在是难以想象。

清章学诚《丙辰劄记》云：“唯《三国演义》则七分事实，三分虚构，以致观者往往为所惑乱。如桃园等事，士大夫有作故事用者矣。故演义之属，虽无当于著述之伦，然流俗耳目渐染，实有益于劝惩。但须实则概从其实，虚则明著寓言，不可错杂如《三国》之淆人耳。”[④] 虽然也是对文人士大夫以说为史的不满和批评，但因此认为历史小说虚实不可错杂，就真是迂腐之论了。如前人所云，既如此，读史足矣，要小说干嘛？

① 孔另境编辑：《中国小说史料》，上海古籍出版社 1982 年版，第 95 页。
② 同上书，第 42 页。
③ 同上。
④ 同上书，第 44—45 页。

第十章

本真与权教

第一节 本真文学观

《中庸》云："君子之道费而隐。夫妇之愚，可以与知焉。及其至也，虽圣人亦有所不知焉。"就是说，世界上总有些道理，即使是圣人，也可能有所不知。这也许正是先秦小说得以名家的理由。因为圣人之学，百密一疏，也许就有些吉光片羽的真知灼见散布人间。小说家的工作，就是要将这些民间智慧尽量收集起来，使真正有价值的思想结晶不至于遗漏，以有助于圣人之教。

可是那些工作的成果似乎价值有限，最终还是散失了。后来俗文学兴起，人们才发现，它所涵蕴的道理，所具有的人文涵义，不仅"费而隐"，而且无关乎圣教之道，因此反而有可能包含了圣人有所不知的至道。清王希廉《红楼梦批序》中说："言而至于小说，其小之尤小者乎？"以前的小说家们就做过这类不入流的工作，拾遗补缺，无关紧要，可有可无，终至于无。所以根据正统观念，其文体地位自然是最为卑下的了。但是，王希廉笔锋一转道："通其说者，且与神圣同功。"究其实，其真实的人文涵义也许只是隐而未现。真正读懂读通了小说的人，自可领悟到它"与神圣同功"的意义深广之处。王在这里，虽然只是模糊其辞的大而言之，但实际上已经直觉到小说真实的人文意义正有如自然造化之功和圣人对终极真理的揭示。"语有大小，非道有大小也。"[①] 语者，文体的文化等级也。文体表面上的功用价值与政教重要性也。道者，文体内涵中所达到、所包含、所具有、所呈现的理念境界、意识境界、精神境界及终极境界也。小

① 黄霖编：《中国历代小说批评史料汇编校释》，百花洲文艺出版社 2009 年版，第 597—598 页。

说文体也许卑微不足道，但它所具有、所揭示的道，则并不一定小——甚至有可能是至大之道。因为如同宗教，真正的艺术总是具有救赎性质的，文学亦如此，小说亦如此。

明汤显祖《艳异编序》说："窃谓开卷有益，夫固善取益者自为益耳。"[①]这一观念涉及文学的能指本性。说明通俗小说既是一开放性结构，亦是一包容性结构。它里面所具有的思想内涵，虽难确指，但几乎可说无所不包。这取决于阅读者如何去感受它、体验它、思考它和接受它。如何从它里面汲取思想的营养。所谓浅者自浅，深者自深，有大境界者所取无穷。因此清袁于令《西游记题词》云："能读是书者，于其变化横生之处引而伸之，何境不通？何道不洽？"[②] 对于正统文人来说，俗文学或曰小说的人文价值也许隐晦难明，但是基于具象写作揭示难言之意的传统诗学观念，他们认为通过反复的审美体验，反而可能达至人文价值解读的无限可能性，而这是纯意识形态写作所不可能具备的。

一　情本性文学诉求

按孟子的观点，人性本善，良知四端，故人心之感，自然有向善之效。但是荀子不以为然，认为人性本恶，必须通过礼义文化的改造和束缚，化性起伪，才能归于文明正道。很显然，在后来的文学人文价值论叙事中，荀子占了上风。美要归乎善。发乎情，必须止乎礼义。因此，在正统文学观念里，人的本性，人的情感，是被牢牢控制在一个适度的且正面的状态之下的。在这一前提下虽然也主张真，但这一真只能是有限的合乎政教叙事要求的真。而明季俗文学风潮中兴起的情本文学观，则已明确宣告只求发乎情，而不再止乎礼义。在这一观念下对真的追求，往往也就直达人的本能、原始形态、情欲和普遍人生的真实状态。

明王骥德《曲律》"杂论第三十九下" 云："世之曲，咏情者强半。"[③]明李开先《市井艳词序》云："语意则直出肺肝，不加雕刻，但男女相与之情，虽君臣友朋，亦多有托此者，以其情尤足感人也。"[④] 市井艳词多

---

① 郭绍虞主编：《中国历代文论选》第3册，上海古籍出版社1980年版，第158页。

② 黄霖编：《中国历代小说批评史料汇编校释》，百花洲文艺出版社2009年版，第307页。

③ （明）王骥德著，陈多、叶长海注释：《王骥德曲律》，湖南人民出版社1983年版，第210页。

④ 郭绍虞主编：《中国历代文论选》第3册，上海古籍出版社1980年版，第85页。

以男女相与之情为主要审美内容。李开先认为，这是因为这种感情是人最基本最具普遍性的感情，因此也是最能打动人心的感情，其他社会感情甚至也可借它而得到最具审美感染力的表达。这一观念强调了情感的人本主义普适性和情感审美的人本主义意义。

俗文学观念排除了正统文学观念中价值意识、意识形态叙事的干扰，认为只要具有真挚的情感感染力，就能够成为好的文学作品。因为情感是所有人的本性中都无不具有的东西。人就是情感动物。即使是最无知无识的所谓愚民，他可能听不懂道理，但不可能不对真正的情感引起共鸣。因此，文学可以充分利用这种人类情感的普遍性和共通性，借助于情感的审美共享，来达到最佳的文学审美效果。明何良俊《词曲》中说："大抵情辞易工。盖人生于情，所谓愚夫愚妇可以与知者。观十五国风，大半皆发于情，可以知矣。是以作者既易工，闻者亦易动听。即《西厢记》与今所唱时曲，大率皆情词也。"[①] 因为俗文学以受众为中心，更注重文学审美的效果。尤其是具有表演性的讲说类文学，因为诉诸听觉隐喻性，更具备通过言说直接诉诸人的感情世界的可能性，因此具有更为自觉的通过动之以情来强化审美共享的意识。不用说，这样的意识，同样也提供了审美消费的文学写作的基本理路。因为正统文学观念虽然也强调情，但是要求以礼节情。而俗文学观念中的所谓情，已经是人本性之情，与正统文学观念中"反情和志""发乎情止乎礼义"之情已经大异其趣了。

汤显祖《宜黄县戏神清源师庙记》云："人生而有情。思欢怒愁，感于幽微，流乎啸歌，形诸动摇。或一往而尽，或积日而不能自休。盖自凤凰鸟兽以至巴渝夷鬼，无不能舞能歌，以灵机自相转活，而况吾人。"[②] 以情感本能宣泄的需要，为艺术审美合法性和合理性的依据。由情本性而至人本性。人之为人的任何本能，人都需要或希望找到某种人文化的形式，即赋予其人生之美感和意趣。艺术源于情感表达、情感发抒的需要。即使是治心导情的文治观念本身，也包含了人本性的情感诗意表达、审美共享的合理性前提。总而言之，只要是感情的自然抒发和表达，则无论表达的是什么内容，采取的是什么形式，它都是一种美的艺术。这样一种没有前提，没有条件，不加定语，不管性质，毋庸置疑的情本体艺术审美

① 《明代笔记小说大观》，上海古籍出版社 2005 年版，第 1168 页。

② 徐朔方笺校：《汤显祖全集》，北京古籍出版社 1999 年版，第 1188 页。

观，也只有明朝文人才能如此坦荡地表达出来。

另外，其《董解元西厢题词》则云："志也者，情也。……万物之情，各有其志。董以董之情而索崔、张之情于花月徘徊之间，余亦以余之情而索董之情于笔墨烟波之际。"① 这里的深意在于，正统文学观念主张"反情和志"，即要求情合乎社会理性，具有政教叙事性质。汤显祖则反过来，以情统摄志，要求志只是情。事实上，志本不是情。汤以情取代志，实质上也就是要尽量减弱尚情文学写作中的理性因素和观念束缚。这也是明人以情为唯一宗旨的必然推论。而且不仅如此，在汤看来，正是因为情的这种共同性和普遍性，成了文学审美中的诗意诗情可以共享的基础。情虽因人而异，但基于这种共性，才使得文学审美中情感的沟通、体验、理解和接受得以顺利而有效地进行。

他在《耳伯麻姑游诗序》中说："世总为情。情生诗歌，而行于神。天下之声音笑貌，大小生死，不出乎是。"② 汤显祖张扬情，是要超越俗文学的低级人本主义意识，使新兴文学的创作有足够充足的人本价值理念与传统文学理念分庭抗礼。汤显祖这样说，也与中国人的生存事实有关。中国人的生存状态确实主要是呈现为相当感性、相当本能的性情交往方式，其中往往没有多少清晰的、自觉的理性成分与理念因素。因此，实用理性往往成为这种性情生存方式唯一的调节剂与控制器。汤显祖事实上是将情看作人生和人世的存在本质的：事情的内在本性及其活动、运作、反应谓之情。只有情的无限可能的外化，才能显现为真实的世界。这个真实的世界，也就是艺术应该努力创造出来的世界。所以，汤显祖以情为艺术创作的基本理念和审美内容建构的内在依据。他在与达观和尚的信中说："情有者，理必无；理有者，情必无。"③ 这实际上是人本主义与价值论观念的对抗，也是情大于理、意大于思的文学审美本质观念。他认为："合情而言性者，天下之公言也。"④ 公言者，普遍真理也。汤具有人本主义的终极价值理念。就因为他认为情是存在的普遍本质，这一本质被理、法所扼制，只有在梦中，只有在艺术想象与虚构中，只有在艺术形象的创造

① 郭绍虞主编：《中国历代文论选》第3册，上海古籍出版社1980年版，第152页。

② 徐朔方笺校：《汤显祖全集》，北京古籍出版社1999年版，第1110页。

③ 同上书，第1351页。

④ （明）程允昌：《南九宫十三调曲谱序》，徐扶明编《牡丹亭研究资料考释》，上海古籍出版社1987年版，第43页。

中，才能充分显现出来。这一思想较之弗洛伊德的性压抑观点，要更具有文学本体色彩，并足以达成对生理性束缚和心理性束缚的双重解构与超越。

小说类叙事文学也被认为具有同样的人文本性。明无碍居士《警世通言叙》云："属性性通，导情情出。"[①] 也是从文学审美效果所能达到的对人的本性、情感的询唤、沟通，来称扬俗文学的人文价值。清涂瀛《红楼梦论赞》"贾宝玉赞"云："宝玉之情，人情也，为天地古今男女共有之情，为天地古今男女所不能尽之情。……此为天地古今男女之至情。惟圣人为能尽性，惟宝玉为能尽情。"[②] 这已经是将情本体化的观念，已经是一种情本主义的人文信仰，因而具有不再为价值论所制约的终极人文意义。清邱登《红楼梦论赞序》则云："天地是一情气结成，日月星辰山川动植是一情象孕成，古今上下是一情界合成。……天地之风花雪月即天地之经济文章，人世之经济文章即人世之风花雪月……"[③] 也是将情本体化，而将一切诗意内涵均归于情本体之中。或者说一切审美内涵的诗意，均来自本体之情的涵蕴。这种以情消解一切人文价值追求的观念，正是俗文学秉承人性审美追问的人文自为性的一种意识表达。清袁枚由此总结道："诗者，人之性情也，近取诸身而足矣。其言动心，其色夺目，其味适口，其音悦耳，便是佳诗。"[④]

而清严复、夏曾佑《国闻报馆附印说部缘起》中则说："何谓公性情？一曰英雄，一曰男女。""男女之情，盖几几乎为礼乐文章之本，岂直词赋之宗已也。""相拒之理，其英雄之根耶！相吸之理，其男女之根耶！"[⑤] 虽然引入了西学知识，但骨子里依然不过是传统俗文学观念中的情本审美意识。所谓公性情，无非人之本性。中国正统儒教文化中虽有情为礼之本的观念，也只是就礼乐文化建构的人性基础而言。实际上对人情人性知止知节，才是礼乐文化真正的人文本质。为了张扬俗文学多叙男女之情的人文意义，此说中转以男女之情为礼乐文化之本，是有意要使人之本性成为正统人文理念的本体性归宿，并进而将人性之本归于自然之本。

---

① 黄霖编：《中国历代小说批评史料汇编校释》，百花洲文艺出版社 2009 年版，第 261 页。

② 郭绍虞主编：《中国历代文论选》第 3 册，上海古籍出版社 1980 年版，第 449 页。

③ 同上书，第 450 页。

④ （清）袁枚：《随园诗话》，浙江古籍出版社 2016 年版，第 298 页。

⑤ 郭绍虞主编：《中国历代文论选》第 4 册，上海古籍出版社 1980 年版，第 197、202 页。

二　本真文学观及其人文追求

明冯梦龙《叙山歌》云："自楚骚唐律，争妍竞畅，民间性情之响，遂不得列于诗坛，于是别之曰山歌。言田夫野竖矢口寄兴之所为，荐绅、学士家不道也。"认为正统诗学的言志性写作排斥了民间性情的自由表达。到明代，因为俗文学兴盛繁荣的大氛围，中国诗学过于讲究发乎情止乎礼义的雅正诗风引起了反弹，文人们开始特别强调性情的自由表达。矫枉过正，甚至不惜为此牺牲诗性内涵的人文意义。而民歌、山歌与俗文学一起，给其以具有生命力的口实与理据。"唯诗坛不列，荐绅学士不道，而歌之权愈轻，歌者之心亦愈浅。今所盛行者，皆私情谱耳。"① 因此当时文人们大力收集并有所编写的民歌、山歌，抑或可谓之俗文学之诗。另外，"雅俗共赏"也已成为当时引俗入雅的一个普遍性的途径。对叙事性俗文学的普遍接受依据了这样的途径，原非雅俗共赏的纯民间文学也得以被文人们从这样的角度予以关注，并得以在文学的殿堂里争得一席之地。

《叙山歌》中云："虽然桑间、濮上，国风刺之，尼父录焉。以是为情真而不可废也。""但有假诗文，无假山歌……借男女之真情，发名教之伪药。"② 孔子不删郑卫，其实并非以为情真而不可废，至少没有证据证明这是他不删的原因。要我说，与其说是因为情真，还不如说是因为情美。可是对于明人来说，真可以是压倒一切的理由。直接的原因，就在于这种张扬有明确的反意识形态诉求。即以人情之真，来对抗正统人文观念的价值制约，以使俗文学的美学追求获得人文价值上的合理合法性。何谓歌之权？权者权衡，指意识形态道义意识和人文价值性追求，与后面所说的人之本性、私情相对。审美的人本性追求，正是世俗意识形态及其非价值化意识形态性的尖锐表达，是以真为利器解构社会理性的束缚。俗文学为明人所看重的最大的价值，就是以一种自然的、本能的、生存性的、非自觉的方式，对一切既定的道德教条、理念制约、礼文秩序、价值规范、意识形态询唤、政治条例、人文意识、社会结构、思想束缚和名教统绪的颠覆、破坏与解构。

---

① （明）冯梦龙编纂，刘瑞明注解：《冯梦龙民歌集三种注解》，中华书局2005年版，第317页。

② 同上。

明代文人对民间文学以及民间生活的诗意都予以了较前远为强烈的关注与称许，有所谓“真诗只在民间”① 的说法。以本真为口号，用以超越价值理念、政教理念的结构性制约。这与文人自身的生存方式越来越民间化、世俗化有关。明人强调本色，区分词人之词与文人之词，也均与此有关。不过民间文化自发的人本主义审美意识与审美追求，虽对价值论审美观念的束缚具有强烈的颠覆作用，但本身并不足以建立起更高的人文价值理念以与传统观念抗衡——除非它成为自觉的人性解放运动的一个组成部分。这正是以男女平等、人性自由为理念的性解放，与只以欲望满足为念的性淫乱不可同日而语的根本原因。

一直到清朝，清人贺贻孙《诗筏》中还这样说道：“近日吴中山歌《挂枝儿》，语近风谣，无理有情，为近日真诗一线所存。”② 依旧是以情抗理，以人本之真对抗人文之假。因为真足以明理，亦终能越理。诗人们以真为尚，一方面固然是惊喜于俗文学本真坦诚之美，是对另一种诗情、另一种生存诗意的新发现；另一方面也是在信仰仅存名义、道德已成门面之后，基于对虚伪名教的极度厌恶，渴望本能的解脱、欲望的释放和堕落的放任的一种表现。这是一种抛弃假面、撕破伪装、还原生活本来面目、松绑身心的具有人文破坏性的追求，自然也是反抗主流意识形态的一种替代性追求。

基于对民歌真情表达的认同，明公安三袁也在正统文学的世袭领地诗学界举起了“真”的旗帜，反对复古派的模拟抄袭之风，主张独抒性灵之作，所谓“性之所安，殆不可强，率性所行，是谓真人”。③ 他们秉承庄子“真者，精诚之至也。不精不诚，不能动人”（《庄子·渔父》）的理念，在创作中追求“真”的艺术境界，追求个性和自我的表达。明江进之在《敝箧集序》中引述袁宏道的话说：“要以出自性灵者为真诗尔。夫性灵穷于心，寓于境，境所偶触，心能摄之，心所欲吐，腕能运之……以心摄境，以腕运心，则性灵无不必达，是谓真诗。”这样的诗学观，在当时和后世都造成了很大影响。可问题是，诗是文学创作、艺术创作，可以是纯粹的虚构——为审美、为诗意、为艺术而虚构。因此有什么人、有什么

---

① （明）李开先：《市井艳词序》，《中国历代文论选》第3册，上海古籍出版社1980年版，第85页。

② 郭绍虞主编：《中国历代文论选》第3册，上海古籍出版社1980年版，第234页。

③ （明）袁宏道：《识张幼于箴铭后》，《袁宏道集》“文选”，凤凰出版社2009年版。

样的性灵，也不一定就是决定性的。而进一步说，也还是有什么人便有什么样的性灵；有什么样的性灵便有什么样的真诗。明人以“真”为反抗与解构意识形态束缚和政治理性束缚的利器，但缺失了对“真”的价值性考量，不分青红皂白地以为只要是真情，就可入诗，就可感人，就可有审美价值；恣意滥情，鸦聒鹊噪，结果在诗意创构上全面失守，未能成就真正有艺术价值和恒久艺术生命力的诗歌作品。

诗意上的全面失范与失控，其实正是明代文人在文化人格上的全面放弃与反拨的写照与反映。本来，抛弃伪道学的虚假并不必然意味着文化人格的全面溃败，甚至完全有可能是更高、更真、更新且更有尊严的文化人格建立的表现。但如果虚假的伪道学就是文化人格的全部内涵的话，一旦放弃，自然就只有毫无人文理念和价值追求的、无所不为的放浪形骸一途了。

因此，写作俗文学，甚至只是阅读俗文学，都能使文人士大夫回归本真状态，起到平衡机心、角色意识、儒学教养、政治理性、官场应对、士大夫心理的作用。事实上自元以后，士大夫骨子里就已经是俗的了。唐时尚无主流文人从事俗文学工作，讲唱说书的基本上都是些有文化的僧俗庶众。宋时文人参与俗文学活动还是一种游戏心态。元人则不得已，已经是一种自甘堕落、破罐子破摔的心态了。而到明清时的文人士大夫，就已经是理直气壮的回归本真、本色、本性和本来面目的心理了，心态上已经非常放松、放任和熨帖了。

俗文学出现之前，正统文学无论游离出政教道统有多远，都努力使自己依然作为文治文化、文道文化的一部分而存在。只有俗文学出现后，文学才真正成为人本主义文化乃至自然主义文化的存在及表达方式。俗文学通过一种人本主义的审美追求，通过对文学人本叙事的可能性的不断拓展和不断探底与试错，显示了原始的、本能的力量的破坏性、颠覆性与解构性。

俗文化价值合理性的理论基石就是人本主义和自然主义。明李贽《童心说》云：“夫童心者，真心也。若以童心为不可，是以真心为不可也。夫童心者，绝假纯真，最初一念之本心也。若失却童心，便失却真心；失却真心，便失却真人。人而非真，全不复有初矣。”① 是将俗文学审美中的人本主义追求，将古人对俗文学人本之真的肯定，建立在童心的正面价

① （明）李贽：《焚书·续焚书校释》，岳麓书社2011年版，第172页。

值形态上。李贽高尚其事和提倡作者激情介入创作的观点，表现出追求生活原生态的审美意味，具有生存诗意、人生诗意可能性的拓展意识和俗文化话语权的主体间性意识。

古人一直以“真”为不证自明、不言而喻的正面价值，因此总是以真为逻辑大前提，以证明一切符合“真”的判断的对象，均具有无条件的正面认可的价值。这其实是站不住脚的一个“公理”。因为并非一切“真”的存在，就都是“善”的存在。但是古人并没思考和在意这一判断中的悖谬之处。尤其是在俗文学审美理念中，“真”的本体性的正面价值，就成了张扬人本主义的价值正面性的根本理据。因此，中国古人之“真”，也是个具有意识形态解构力量和解构效果的概念和观念——明清文人总是以人本叙事之真，反人文叙事之伪善。对“情”或“真情”的审美本体地位的张扬，就有赖于这种“真”的价值正面性支撑。而李贽以“童心”为“真心”，则是第一次赋予了“真”以正面价值的形态——谁能说童心之真还有恶的一面呢？因此，童心是将“真”理想化、美善化了。童心说使对“真”的追求具有了无可辩驳的人文合理性与审美合理性。童即真善美。童心成了真善美的化身。

李贽《童心说》云：“童心者，心之初也。……纵多读书，亦以护此童心而使之勿失焉耳……童心既障，于是发而为言语，则言语不由衷；……著而为文辞，则文辞不能达。非内含以章美也，非笃实生辉光也……以童心既障，而以从外入者闻见道理为之心也。”[①] 李贽试图将“真”终极价值化，但因为缺乏人文信仰资源，“真”不足以升华为终极价值。因此，李贽强调“童心”，将童心理想化、真善美化，从而使其强调“真”的人本主义文学观带有一种特别的价值论的和理想主义的色彩。

《童心说》云：“夫童心者，绝假纯真，最初一念之本心也。”[②] 所谓童心，也就是初始之心、本真之心、本性之心。主要强调的还是一个“真”字，并且有明显的个性化追求的意义。就古代文学而言，李贽的这一表述，作为事实，古代好文章往往都是逸出正统意识形态价值观念结构性制约、进行了个性化表达、具有人性普适性的作品。作为观念，涉及的则是文学写作中什么内容才是诗性内涵、文学性内涵的理论问题。李贽之

① （明）李贽：《焚书·续焚书校释》，岳麓书社2011年版，第172页。

② 同上。

所谓童心，既然是绝假纯真，可见完全是基于人之本性的个体想象、心灵生发的产物，与所谓不分青红皂白的、已经为后天所训导和规范的“真心”还是有所区别，是与闻见道理相对立的“天趣”。所以，实质上还是一种排除了现实功利干预和观念干预的、与艺术创造有关的审美之心，是真正的人本主义的文学性追求。毕竟童心除“真”之外，还有美、善的一面。这是童心之“童”的优势，也是只知强调“真”的观念所短缺的。李贽未必自觉到了这种区别，但他显然直觉到了这种区别。这使得人本主义的理念具有了价值性追求的意义。另外，他又反对“有意为文”，而主张激情难抑不得不发似的写作，主张完全发自内心的写作，其《杂说》云：“且夫世之真能文者，比其初皆非有意于为文也。其胸中有如许无状可怪之事，其喉间有如许欲吐而不敢吐之物，其口头又时时有许多欲语而莫可所以告语之处，蓄极积久，势不能遏。一旦见景生情，触目兴叹；夺他人之酒杯，浇自己之磊块；诉心中之不平，感数奇于千载，即已喷玉唾珠，昭回云汉，为章于天矣。遂亦自负，发狂大叫，流涕恸哭，不能自止。宁使见者闻者切齿咬牙，欲杀欲割，而终不忍藏于名山，投之水火。”① 对于具备作文能力的文人来说，文学写作为自我表达欲提供了方便的途径与手段。这与司马迁首开其端的心理防御与心理自慰理念也是相通的。虽然从文学创作的角度来看，这种观点似乎有点太过极端，但李所倡导的自然实际上是真率，即所谓“有是格便有是调，皆情性自然之谓也”②。要求以任何方式写作任何叙事性内涵，只求真切动人，而不及于思想内涵与精神境界。追求的还是本色之真或本性之真，以及文学自由创造的本性。

李贽说：“言虽工，于我何与？岂非以假人言假言，而事假事、文假文乎？”③ 文构性追求是文言文章技艺之本。但这一追求的自为性使其严重脱离叙事性内容的言说之真，并与真正的思想性追求形成冲突。因此，求文构性之工，在追求文学创作的本真与率性之自由的李贽看来，其创作从开始的理念就是假的。因此，最终的结果必然是无所不假。这是以预设的真假价值性正负定性，来肯定俗文学本真写作的人文优势与正面意义。

因此，“天下之至文，未有不出于童心焉者也。苟童心常存，则道

① （明）李贽：《焚书·续焚书校释》，岳麓书社2011年版，第169—170页。

② （明）李贽：《读律肤说》，《焚书·续焚书校释》，岳麓书社2011年版，第225页。

③ （明）李贽：《童心说》，《焚书·续焚书校释》，岳麓书社2011年版，第172页。

理不行，闻见不立，无时不文，无人不文，无一样创制体格文字而非文者。……皆古今至文，不可得而时势先后论也。故吾因是而有感于童心者之自文也”。“然则《六经》《语》《孟》，乃道学之口实，假人之渊薮也，断断乎其不可以语于童心之言明矣。”[①] 通过反假文学，通过将文学直接定义为人的本真之心的自由呈现，人本主义文学观成了反意识形态专制和价值论文化的利器。这也是文道不分的文言中心文化必然要导致的一个直接后果。就此而言，人本性的世俗文化及其文学活动天然就具有反意识形态性与超意识形态性的人文特质。

李贽通过将“真心”定位为“童心”，有意将人的天性、本性理想化和审美化，从而强调了“真”的正面价值，宣扬了“真”的人本主义力量。因此，他的观点之所以显示出思想的力量并且影响巨大，是因为他的人本主义有明确的人文价值追求意识、张扬意识和崇尚意识内涵于其中，起到了将草根社会自在自为的意识意识形态化和反主流意识形态化的作用。李贽的真意，是要以世俗之真为利器，批判、否定正统意识形态之伪，否定礼教道德对人性的钳制与扼杀，以此为俗文学本色之美的人文意义张本。虽然实际上，没有极高的文学造诣，率性而为是创作不出好作品来的。李贽有人文情怀和人文追求，堪称俗文学的意识形态代言人。

中国文化中似乎无须新的思想资源即可产生李贽的思想。因为自庄子始，中国人为了摆脱政教礼学的束缚，即一直张扬以自然的名义追求放任性情的自由状态，以之为真，以之坐实性情的现实合理性。越是在政治高压和精神束缚的情况下，倒越可能产生这样的放达追求。魏晋时已肇其端，但在那里，放达任性还是以另类文化传统的姿态表现出来的。而到李贽，则已有了公开挑战正统文化道统的动机和追求。

儒家学说，尤其是宋明理学，至少在观念上对人之本性是采取一种改造、压抑、节制和控制的态度的。宋元以后，俗文化、俗文学兴盛发达，一些得风气之先的文人们以极大的热情领受这一文化盛景，并由此而生发出挑战、批判、颠覆和否定儒教理学的伪善规范的思想和理念。借俗文学的自然真率之美，张扬一种人本主义的价值观与自由精神。

元钟嗣成《录鬼簿》便说：“盖文章政事，一代典型，乃平昔之所学。而舞曲辞章，由和顺积中，英华自然发外者也。……盖风流蕴藉，自

---

① （明）李贽：《焚书·续焚书校释》，岳麓书社 2011 年版，第 172—173 页。

天性中来。"[①] 明确宣称，俗文学具有与正统文学完全不同的人文性质。正统文学的政教叙事，是后天习得的学说、规范。而俗文学则与此类叙事毫无关系。它出自人的天性、本性，是人性自然显现之美。因此，它只是纯粹的审美叙事。俗文学诗性价值追问中的自然主义与人本主义是有一定差异和区别的。自然主义侧重于强调人性的、生存的原始状态之美之趣，人本主义则侧重于强调人的本能、本性、普遍情感与心理作为审美内容的人文价值与本体意义。

而明唐顺之《答茅鹿门知县二》亦云："真精神与千古不可磨灭之见……此文章本色也。……本色卑，文不能工也，而况非其本色者哉?""其所言者，其本色也。是以精光注焉，而其言遂不泯于世。"[②] 虽然以本色为标榜，但"真"之外，又加上了"千古不可磨灭之见"，可见还有"真"之上的思想性或曰深刻性的追求。另外，本色亦分卑高，亦可见其用心，要求对真本身应有价值判断和价值区分意识。这就超出了一般人盲目的尚真主义。只是对于本色高卑区别何在，并无清晰认识。一般而言，文学的艺术价值和成就，与其思想含量或曰人文内涵是成正比例关系的。但这里的所谓人文内涵是个由极为复杂的成分构成的集合概念，涉及多维度的艺术呈现与审美深度问题，很难一言以蔽之，亦很难简单罗列概述之。唐顺之直觉到这一内涵对于艺术本质及艺术价值的意义，但难以明言，故以"精光"一词模糊言之。但由此可见，人本性内涵的人文性升华，是明人张扬文学的艺术价值及审美意义的基本策略。唐顺之不言性情而言精光，正是注重文学中人本性内涵的人文性质和人文价值的表现。

另如清唐梦赉《聊斋志异序》云："事无论常怪，但以有害于人者为妖。……其论断大义，皆本于赏善罚淫与安义命之旨，足以开物而成务。"[③] 显示出文人们对俗文学人文意义的探讨，开辟了新的人文理念空间。这种以人性常识为基础的简单的善恶判断，正是民间文学、通俗文学的基本价值理念之一。

清涂瀛《红楼梦论赞》则云："岂知经济文章，不本于性情，由此便生出许多不可问、不可耐之事，转不若风花雪月，任其本色，犹得保其不彫、

① 浦汉明编：《新校录鬼簿正续编》，巴蜀书社 1996 年版，第 48 页。
② 郭绍虞主编：《中国历代文论选》第 3 册，上海古籍出版社 1980 年版，第 75 页。
③ （清）蒲松龄：《聊斋志异》，人民文学出版社 1989 年版，第 4 页。

不凿之天。然此风花雪月之情，可为知者道，难与俗人言……”① 经济文章不本于性情，为自身性质使然，本不足以言其不是。也不可与俗文学自当其任的任其本色较高下。此正如以文学的具象批评哲学的抽象一样不伦不类。但古人强为类比，实际上也是为了以情抗理，为了挑战礼教的理性束缚和对人性的桎梏与歪曲。所谓“保天”，虽不为儒教正统文化观念，但实际上早已成为中国文化传统中的一个重要概念，因此得以成为本色美学观的合理性依据。

当然，也有一些文人既为俗文学本真之情所倾倒，又不愿承认这是对正统文学观念的一种背离，因此致力于对其进行正统文学叙事的解读，从而将其纳入正统文学的谱系之中。清刘毓崧《古谣谚序》云：“近世论诗之士，语及言志，多视为迂阔而远于事情，由是风雅渐漓，诗教不振。……诚以言为心声，而谣谚皆天籁自鸣，直抒己志，如风行水上，自然成文……可以达下情而宣上德，其关系寄托，与风雅表里相符。”② 所谓迂阔者，以仅存名义的人文信念为真也。远于事情者，远于现实真相，远于生活的本来面目也。这确实是对当时文人们正统文学写作的痛下针砭。但刘却不以为然，反而将言志说与风诗理念混为一谈，从而一方面使言志说重新获得俗文学活动的支撑，另一方面亦使俗文学活动取得正统文学理念中的合理合法性。言中将言志说还原为言为心声的初始形态，由此而生发开来，将言志说充分人本化，从而将人本性观念顺理成章地纳入人文道统。看起来是为言志说找到新出路，但实际上，既以天籁为言志，则人本关怀即是人文关怀，因此真正做到的只是在为俗文学系统的诗意价值张本，而正统文学系统中的言志诗学理念则因此而被解构了。

文学阅读审美的人文必要性似乎在宋代已经不证自明，虽然它并未获得如政教道义担当这样的崇高人文地位。但是问题也在这里：它只是为了获得一种审美的满足，而没有更多的更高的人文目的和人文追求。我们已经知道，中国人的审美满足理念是具有价值卑污因素的，充满了道德颠覆和自甘下流的意识，充满了民间消遣、戏谑、亵玩和情欲发泄的成分，不具备如善那样的人文崇信和价值崇信性质，不具备生存享乐之外更多的人文意识，因此只是以审美为文学活动的人文依据，就很难保证文学自发地

① 郭绍虞主编：《中国历代文论选》第3册，上海古籍出版社1980年版，第449页。

② 郭绍虞主编：《中国历代文论选》第4册，上海古籍出版社1980年版，第70页。

具有高质量、高层次的人文意识和精神。尽管在一个尚文的文化环境里，作为一种文学形式它也不可避免地要表现出对雅正文统的归附与崇尚，但它还是会不断遭到正统文学理念的否定和非议。因此，它必须为自己找到审美之外的更为有力也更为高尚的人文依据。

它所找到的人文依据应该说还是与音乐治心导情、诗歌观风知世乃至格物致知以修身明德等传统人文信念相关，并且逐渐从中升华出、衍生出生存诗意化的人本主义文学意识。值得注意的是俗文学观念中的人文关怀对正统文学观念的误读、修正与增补：俗文学的人文依据，是将价值性的正统人文观念引申至超越价值论的人本主义人文理念，从而通过对正统人文观念的"误读"，对正统人文观念的制约与局限进行解构与扩容。人本主义的价值依据很重要，它使得俗文学的创作可以不用为其立言或述作的"意义"过于费心劳神，同时也可以为纯娱乐的需要提供合理合法性。毕竟，儒家各种人文律条和价值规范不足以涉及日常生活的所有方面。尤其是世俗生活，其实际生存内容与生存需要，与儒家学说中涉及人文定性的方面，往往不是毫不相干，就是要宽广、丰富、复杂得多，有时简直无从定性、无从判断、无从规范。

因此，下层社会的庶民俗众会在俗文学中寄托许多自己的美好情感与愿望。这些情感和愿望虽然非常质朴、简单、直接，但它的真诚往往要远过于雅正文学。即使是非常正面且理想化的愿望，也是抛弃了故作神圣的面纱的——它往往只是不动声色地呈现其高远的人文关怀意识。而且它也往往与正统价值体系相异甚至相冲突，有些大胆的追求与渴望，甚至至今还不能为主流价值理念或道德观念所容。因此，它也自然成为古代文人们反抗统治性意识形态的有效利器。清魏源《定盦文录叙》云："其道常主于逆，……所逆愈甚，则所复愈大，大则复于古，古则复于本。"[①] 此言亦可用来描述俗文学相对于雅正文学所具有的人文叙事性质。逆者，颠覆、解构、反叛也。中国古代人性观更强调自然、本能、生理性，在审美上则凸显其简单、原始、质朴、村俗和粗野。最终目的是要返回人性之本。由所逆可知，人性之本、自然之本正是社会结构性统治的颠覆性力量。由批判性建立的正是自然人性（不同于西方的社会性人性）的复归。

因此，明清文人注意力转移民间，看似是俗文学兴趣日益深广所致，

① （清）魏源：《魏源集》，中华书局1976年版，第238页。

实际上也是一步步消解儒家意识形态道统和政教文统。是俗文学的出现和繁荣，促使中国文学彻底摆脱了价值论文统和意识形态崇信文统，进入了非意识形态性的职业文学发展史。正统文学如诗歌，则因为缺乏生存文化的审美需求而退出了文学的历史舞台，成为数量上无限膨胀而生命力日益萎缩的文人沙龙雅玩。

同时，流连通俗文学艺术，亦成为文人士大夫对八股人生、功名人生、仕宦人生的超越与反叛。这也是古代文人要高尚其事的基本人文理由之一。而对于庶民、俗众、下层社会来说，此类审美文化活动，正是他们凡俗人生中最基本、最重要的构成之一。人生有此诗意，或哪怕有此趣味，则其存在的理由已经完满自足了。而这理由，却是为人类共通的、共享的，是为普遍的主体间性所认可的。因此，文人士大夫的反叛姿态，对于社会本身的需要而言，倒反而显得是多余的和不自足的了。

第二节　俗文学审美中的非主流意识形态叙事

作者之人文立场与社会价值观，均可在作品人物的刻画中和对事件的态度中，充分表现出来。这一点，中国古代的文学意识是相当自觉的，甚至是不言而喻的。因此俗文学叙事中的人文立场和意识形态倾向——尤其是在经过文人加工再创作后——往往不得不尽量契合统治性意识形态的观念定位和价值判断。这种故事讲述中的人文叙事或意识形态叙事的正确性，决定了读者（观听者）的“正确”反应或者说“正常”反应，因而才能得到正统文学观念的认可。宋苏轼《志林》中说：“王彭尝云：‘涂巷中小儿薄劣，其家所厌苦，辄与钱令聚坐听说古话。至说三国事，闻刘玄德败，颦蹙有出涕者；闻曹操败，即喜唱快！’以是知君子小人之泽，百世不斩。”[①] 就是因为《三国志演义》以刘备为正统，而以曹操为奸臣，被认为是符合正统史学观的人文叙事。这种文学审美中的价值倾向性，对观众的审美共鸣和人文认同，影响是巨大的。但这只是俗文学审美表达的一个方面。而俗文学审美活动本身的底层性、民间性和俗众性，同样使得其在文学叙事中充满了非主流意识形态的表达、体现和诉求。在一定的意义上，可以这样说，因为俗文学审美活动的非体制性、非主流性和大众消

① 孔另境编辑：《中国小说史料》，上海古籍出版社1982年版，第39页。

费性，它也俨然成为了底层或民间意识形态表达的一个通道和公共空间，成为了边缘文化对中心文化的一种审美性解构。虽然缺乏自觉的向上维度的自由精神，但确实形成了某种破坏性和颠覆性，因而至少向下拓展了人性的精神空间。

一　诲淫及俗文学的堕落——反抗模式

诲淫诲盗，是古代正统卫道士们对俗文学的人文叙事给予负面评价的基本成见之一。但所谓的诲淫诲盗，在一定程度上和一定意义上，正是民间意识形态或曰非主流意识形态的一种表达。中国古代文人们对它的态度和评说，在一定程度上显示了俗文学审美观念中的某种另类人文意识与人文追求。这一点，我们也许一直有所忽视，没能给予其恰当的认识、理解与评价。

首先来看看古代文人们对待俗文学中所谓“淫”的内涵的认识。中国古代俗文学中确实存在大量男女性爱情欲的作品，这些作品自然为一些正统礼教的卫道士们所深恶痛绝。明代三袁可谓当时反礼教的先锋之一，在谈到《金瓶梅》一书时，袁宏道曾评为“云霞满纸”（《与董思白书》）。袁中道亦认为其“琐碎中有无限烟波，亦非慧人不能”。但他也说道：“追忆思白言及此书曰：‘决当焚之。’以今思之，不必焚，不必崇，听之而已。焚之亦自有存者，非人力所能消除。但《水浒》崇之则诲盗，此书诲淫，有名教之思者，何必务为新奇以惊愚而蠹俗乎？”[①] 他虽不同意要焚毁此书者的意见而抱宽容态度，但也承认《水浒传》诲盗而《金瓶梅》诲淫。

最令人惊骇的当数清代一些腐朽昏愦的文人对待《红楼梦》的态度。清梁恭辰《劝戒四录》认为：“《红楼梦》一书，诲淫之甚者也。……摹写柔情，婉娈万状，启人淫窦，导人邪机。……惟属笔之曹雪芹实有其人，然以老贡生槁死牖下，徒抱伯道之嗟，身后萧条，更无人稍为矜恤，则未必非编造淫书之显报矣。”[②] 以礼教律条来予以斥责已自觉无力，竟不惜以诅咒来泄愤与自阉。清陈其元《庸闲斋笔记》中也说：“淫书以《红楼梦》为最，盖描摹痴男女情性，其字面绝不露一淫字，令人目想神游，而意为之移，所谓大盗不操干矛也。……至嘉庆年间，其曾孙曹勋，

① 《游居柿录》，孔另境编辑《中国小说史料》，上海古籍出版社 1982 年版，第 81 页。

② 孔另境编辑：《中国小说史料》，上海古籍出版社 1982 年版，第 185—186 页。

以贫故，入林清天理教。林为逆，勋被诛，复其宗，世以为撰是书之果报焉。”其咬牙切齿之恨，一至如此。而清毛庆臻《一亭杂记》中甚至说：“入阴界者，每传地狱治雪芹甚苦，人亦不恤。盖其诱坏身心性命者，业力甚大，与佛经之升堂，正作反对。……散播何能止息，莫若聚此淫书，移送海外，以答其鸦烟流毒之意，庶合古人屏诸远方，似亦阴符长策也。”居然主张以此书去毒害英国人，以报复其以鸦片毒害中国人。这些卫道士们对待其他更加赤裸裸的“淫书”会是什么态度，当不难想见了。

当然并非所有的文人对待诲淫之书都是这种态度。明沈德符《野获编》云：“（袁中郎）曰：‘第覩数卷，甚奇快。……’又三年，小修上公车，已携有其书，因与借抄挈归。……（友人马仲良）劝予应梓人之求，可以疗饥。予曰：‘此等书必遂有人板行，但一刻则家传户到，坏人心术。他日阎罗究诘始祸，何辞置对？吾岂以刀锥博泥犁哉！’……未几时，而吴中悬之国门矣。……（《玉娇李》）得寓目焉，仅首卷耳，而秽黩百端，背伦灭理，几不忍读。……然笔锋恣横酣畅，似尤胜《金瓶梅》。”这段叙述里显示了文人们对“淫书”的微妙心态和纠结意识。一方面他们认为这种书“坏人心术”，为儒教伦理所不容；另一方面又大感“奇快”“恣横酣畅”，甚至认为可以“疗饥”。一方面是对于“淫书”无视道德底线，恣意发泄本能欲望，以堕落性的内视生存为审美享乐，感到又惊又怕；另一方面则是对于“淫书”公然坦呈现实人性与世俗生存的真实面貌，替代性快意满足人的生理渴望与心理渴望，暂时缓解各种人生困惑所造成的心理空虚与精神困境，感到又惊又喜。骨子里是有一种挣脱心理羁绊、践踏道德律条的痛快感的。

因此实际上，当时大多数的文人，对于那些描写性爱情欲的作品其实是接受和认可的。如清邹弢《三借庐笔谈》云：“《石头记》笔墨深微，初读忽之，而多阅一回，便多一种情味，迨目想神游，遂觉甘为情死矣。然此书之淫，妙在有意无意，非粗浅人所得而知。”[1] 对此书之“淫”的内涵并不否认，但甘之如饴，叹赏有加，深感其自有远过于政教伦理叙事的深微之意。

文人们对色欲叙事的趋好，实际上也是当时社会生活的一种写照。既

① 孔另境编辑：《中国小说史料》，上海古籍出版社 1982 年版，第 191 页。

是他们的基本人生态度，也是他们现实生活中的一个基本内容。袁宏道说："夫闻道而无益于死，则不若不闻道之直捷也，何也？死而等为灰尘，何若贪荣竞利，作世间酒色场中大快活人乎？"[①] 而袁中道亦在其《感怀五道》之一中写道："右手持净名，左手持庄周。下层贮妓乐，置酒召冶游。"其《咏怀四首》之一中则云："人生贵适意，胡乃自局促。欢娱极欢娱，声色穷情欲。"（《珂雪斋集》）这种有意与礼教伦理对着干的现实生存方式，自然也会表现为一种以堕落为反抗的文学理念和诗学精神。

另外，俗文学所表现出的审美娱乐精神，也显示了底层社会以人之本性为依托的道德颠覆性，而色欲正是其题中之义之一。明顾起元《客座赘语》卷九介绍当时民间盛行的所谓"俚曲"时说："里弄童孺妇媪之所喜闻者，旧惟有《傍妆台》……《山坡羊》有沉水调、有数落，已为淫靡也。后又有《桐城歌》……等，虽音节皆仿前谱，而其语益为淫靡，其音亦如之……诲淫导欲，亦非盛世所宜有也。"可见当时民间俗文学活动中以淫色为乐的风气。

因此当时的文人们是认可色欲对传统道德秩序的挑战姿态的。明李开先《市井艳词序》云："忧而词哀，乐而词亵，此今古同情也。""……二词哗于市井，虽儿女子初学言者，亦知歌之。但淫艳亵狎，不堪入耳，其声则然矣，语意则直出肺肝，不加雕刻，俱男女相与之情，虽君臣友朋，亦多有托此者，以其情尤足感人也。故风出谣口，真诗只在民间。""予谓今古同情者此也。……予仿其体，以极一时之谑笑。……放郑声，非放郑诗也，是词可资一时谑笑。"这种道德颠覆性，或曰不知何谓道德的情欲发泄状态，给了文人们身心解放的机会与口实。以一种文化高贵者和道德优越者的姿态，将其作为闲暇笑谑的方式，显示的其实正是对自身所处的正统价值体系的不恭和否定。其有意而为的仿作，表达了对世俗快乐主义文化精神的艳羡与认同。而言中对"今古同情"、对"真"、对"感人"、对"直出肺肝"的真率的赞许，则已然表明了对"淫艳亵狎"的"男女相与之情"的反礼教道德的价值肯定。

《市井艳词又序》云："……文随俗远。至于《市井艳词》，鄙俚甚矣，而予安之，远近传之。……予之狂于词，其亦从众者欤。"明确以俗

① 《为寒灰书册寄郧阳陈玄朗》，《袁宏道集笺校》卷 41，上海古籍出版社 2008 年版，第 1225 页。

自许，坦然引为同调。既然自诩为狂，可见一味恣意于鄙俚审美，已经成为文人们公然反叛主流意识形态的一种姿态。

清俞樾《余莲村劝善杂剧序》云：“……俳优不已，至于淫媟，亦势使然乎？……而今人每喜于宾朋高会，衣冠盛集，演诸淫艺之戏，是犹伯有之赋‘鹑之贲贲’也。”“……是人情皆厌古乐而喜郑卫也。”文人们已经看得很清楚，当时的历史情势早已是此消彼长，世俗淫戏娱乐之风早已席卷天下。床笫之言不逾阈的时代早已过去了，生命力自由放纵的本性正在俗文化审美领域肆行无忌。世人——包括文人士大夫——无不喜好发乎情，而不愿止乎礼义，俗文学审美，提供的正是这样的机会和心理满足。而文人们唯一可做的，就是如何认可其合理性了。

俗文学娱乐活动以其情欲审美魅力，尽可能地扩展了人性的价值合理性的空间。文人们正好可以借此思考生理冲击强度与心理接受深度的关系，也可进一步引申理解心理刺激强度与意义领会深度的关系。而俗文学自发的色欲审美消费需求，亦成为其向审美娱情化发展的动力和力量。只是这一力量的自发性因为缺乏自足的并足以与政教道统相抗衡的思想资源，使其在人文追求上的自觉长时间难以确立起来。

因此，面对俗文学审美挑战传统道德秩序的另类人文属性和价值追求，亦有俗文学作者表露出自甘堕落自我宽解的心态：“不占龙头选，不入名贤传。时时酒圣，处处诗禅。烟霞状元，江湖醉仙，笑谈便是编修院。留连，批风抹月四十年。”[①] 文化是有等级的，至今依然。即使在俗文学盛行天下、最成气候的时候，相较于主流文化、正统文化，它也仍然是一种边缘性的、下层性的、庶民性的文化。因此其人文诉求，也必然是另类性的和异质性的。因此从事俗文学工作，也必须有放弃心态。要丢掉面子，放下身份，放弃尊严，抛弃神圣、崇高、责任、道义那一套，自动疏离主流文化与高贵意识。现在这样，古代更是这样。但这样做内心是会痛苦的，越优秀的作家越是这样。表面上很自得，但其实很难完全超脱，完全惬意。所以往往不得不用一定的方式麻醉自己、宽慰自己，设置心理防御机制。因此看似疯癫，貌似狂狷，蔑视正统，嘲笑正经，但其实内心深处并没有真正的骄傲和自豪。这种心态，与真正的诗人以诗歌写作为末技余事，但心里却有着真正的骄傲与自尊，因而精神力量、人格力量非常

① 乔吉：《绿幺遍·自述》，《元曲三百首》，三秦出版社 2007 年版，第 241 页。

强大，是完全不一样的。他们骨子里是自卑的，而且无从摆脱。一旦有机会，他们还是更愿意“壮志须酬，不负平生经济手”。

不过有一点，堕落本身是有极大吸引力的。何况还是带有挑战性和不合作态度，因此多少有点精神自慰和心理装饰的文化的堕落，是具有才艺名义和创造着美的隐性堕落。这样的堕落，其实是对所有的文化人都有效的，区别只在定力、习性和选择。因此，许多献身俗文学的人只是尊严上受伤，精神上自卑，自我意识上矛盾，而心里其实是自甘堕落、自得其乐的。

堕落是相对主流意识形态和正统文化的价值观念、道德理念而言的负面的价值选择与行为方式。可对俗文学而言，这只是它的审美内涵及其人文本性而已。它针对前者形成的挑战与反抗，只是其美学追求的客观效用而已，并非它自觉而为、刻意而为。但对于俗文学的接受者们来说就不一样了，尤其是对于本来属于精英文化阵营的文人们来说，这种作用会被他们发现，并加以解读和利用。

重要的是，俗文学的内容往往是对主流价值形态的挑战，往往充满了对主流价值体系的嘲弄、反讽、奚落和轻慢，往往用本真的、本性的、本能的力量去撕破种种社会理性、伦理、道德价值的伪装。俗文学往往能拉开社会理性、社会秩序、社会表相的大幕，露出幕后正在发生的且一直在发生的生存的真相来。因此，相对于主流意识形态，俗文学本质上就是颠覆性的、解构性的。梁启超《论桃花扇》云：“中国文学大率富有厌世思想，《桃花扇》亦其一也。”厌世其实也就是尘世民间意识形态相对于主流意识形态所表现出的疏离性颠覆的文化精神之一，是一种以不合作姿态表现出的现实反叛性言说。也正因为如此，俗文学也是重构历史的重要资料。它不是概括的抽象的历史，而是具体的、生存的历史。

《荀子·正名篇》云：“故知者论道而已矣，小家珍说之所愿皆衰矣。”从观念上看，中国小说起源的主要观念就是“小”，或如鲁迅所说的“浅薄”“悠缪”[①]。所以自始至终，“轻贱”既是中国俗文学被动的价值定位，也是其自命的、自认的文学意识。或者说，“自我轻贱”，是中国俗文学对自身人文价值的高度自觉之一。戏曲小说等通俗叙事文学的产生，其目的

---

① 鲁迅：《中国小说史略》，岳麓书社2010年版，第3页。

本在娱人娱世，所以从一开始便不为正统文学的理念所拘束所轨范。只是为了争取文化尊严和地位，不免拉大旗作虎皮，附庸风雅，说些冠冕堂皇的话，或硬将此类娱乐消闲作品纳入正统文学的家族谱系或观念传承之中，以获得高尚其事的人文定性。而且，这也只是文人开始大力涉足俗文学之后的价值性追求。俗文学自身并没有这样的内在紧张，并没有自发产生这样的人文意识与文化心理。对其人文意义与人文价值，俗文学的文化心理上其实是自信且自足的。

二　海盗与另类意识形态表达的观念

1. 海盗及其人文言说观念

俗文化的兴盛在中国文化史上具有重要意义。俗文学理念的出现本身，即是大众社会参与意识与文化分享意识的一种表达，因而具有公众性和平民性的社会人文性质。俗文学中不仅包含有丰富的原始文化与民间文化的遗存与痕迹，而且包含有如普罗普所说的“最有意思、最意味深长的民间哲学与民间道德的世界”[①]，因此充满了下层社会意识形态的潜话语和公开的意识表达。

这一点，在古代文人的俗文学观中其实也表达得很清楚。清刘献廷《广阳杂记》卷二云：“余观世之小人，未有不好唱歌看戏者，此性天中之诗与乐也；未有不看小说听说书者，此性天中之书与春秋也；未有不信占卜祀鬼神者，此性天中易与礼也。圣人六经之教，原本人情。”就认识到俗文学亦可看作是庶民俗众的意识形态文本，他们的思想、感情、文化、历史、理念和信仰，无不通过俗文学叙事得到表达和寄托。

中国古代，意识形态主导权与话语权有一个统一而至分化的过程。宋以前，虽亦有俗文学的创作与欣赏活动，但话语权基本上被牢牢控制在士大夫手中。宋以后，俗文学兴起，尤其是说唱艺术与戏曲艺术的繁荣与普及，终于使话语权一分为二，审美话语从此获得了相对独立的地位。虽有宋明理学痛心疾首、声色俱厉的诋毁与贬斥，庶民意识形态毕竟开始得到了表达，并为主流意识形态不断接纳与消化，且进一步成为解构主流意识形态的利器。其中最为尖锐的民间意识形态言说，应该算是被正统文人斥

① ［俄］弗拉基米尔·雅可夫列维奇·普罗普：《故事形态学》，贾放译，中华书局2006年版，第195页。

为“诲盗”的为绿林好汉所绘的英雄谱了。

宋周密《癸辛杂识续集》云：“龚圣与作宋江三十六人赞并序曰：‘宋江事见于街谈巷语，不足采著。虽有高如李嵩辈传写，士大夫亦不见黜。余年少时壮其人，欲存之画赞，以未见信书载事实，不敢轻为。及异时见《东都事略》中载……余然后知江辈真有闻于时者。于是即三十六人，人为一赞，而箴体在焉。盖其本拨矣，将使一归于正，义勇不相戾，此诗人忠厚之心也。余尝以江之所为，虽不得自齿，然其识性超卓，有过人者。立号既不僭侈，名称俨然，犹循轨辙，虽托之记载可也。古称柳盗跖为盗贼之圣，以其守壹至于极处，能出类而拔萃。若江者，其殆庶几乎！……岂若世之乱臣贼子，畏影而自走，所为近在一身，而其祸未尝不流四海。呜呼！与其逢圣公之徒，孰若跖与江也！……’此皆群盗之靡耳。圣与既各为之赞，又从而序论之，何哉？太史序游侠而进奸雄，不免异世之讥，然其首著胜、广于列传，且为项籍作本纪，其意亦深矣！识者当自能辨之云。”[①] 此段文字的重要性在于表达了下层社会意识形态与统治性意识形态的抵抗态度和他者姿态。表达了下层社会相对自立、自为一体的人生观、价值观和历史观。其中借太史公之作而云“深意”，其实是有意揭橥与正统政教观相对立的政治观念，并进而肯定如宋江之类“出类拔萃”之盗的合理合法性。所以，即使是对于中国古代的文人士大夫来说，俗文学作品也不仅仅是给人以“奇快”之感的审美大餐，而且也是一本庶民社会意识形态教科书。

明胡应麟是个典型的有文言文化偏见的人。他对于“缙绅文士”中也有喜好《水浒传》者很不以为然。他在《少室山房笔丛》中说：“第此书中间用意，非仓卒可窥。世但知其形容曲尽而已。”[②] 他这句话其实说得挺毒，居心叵测，但也很有见地。意思是大家只知道被它的故事所吸引，被它成功的内视形象塑造所打动，而不知道作者实际上别有用心在。他作为一个俗文学的否定者，对其中的异端思想和另类价值形态自然非常敏感，也看得很清楚。

小说《水浒传》中，有宋江题李师师家壁上词曰：“天南地北，问乾坤何处，可容狂客。借得山东烟水寨，来买凤城春色。翠袖围香，鲛绡笼

① 孔另境编辑：《中国小说史料》，上海古籍出版社1982年版，第11—14页。

② 同上书，第19页。

玉，一笑千金值。神仙体态，薄倖如何销得！　回想芦叶滩头，蓼花汀畔，皓月空凝碧。六六雁行连八九，只待金鸡消息。义胆包天，忠肝盖地，四海无人识。闲愁万种，醉乡一夜头白。”就充分表达了下层社会另类价值理念、人格意识的自信与自足。这样的自我意识正是正统意识形态所要压抑和禁止的，也正是下层民众所能借以一吐胸中郁闷不平之气的。杨用修引《瓮天脞语》评价这首词云：“小辞盛于宋，而剧贼亦工如此。”[①]其实为之感动的并非词之工，而是里面表露出来的挑战社会理性的冲天豪气和个人意志。即使是为正统文化所裹挟之文化人，也不能不为之触动而发生共鸣。

因此，明李贽在《忠义水浒传序》中说：“古之贤圣，不愤则不作矣。……《水浒传》者，发愤之所作也。”发愤是可能的，问题是俗文学作者发的是什么性质的愤。古代文人为俗文学人文意义作辩解时，往往将正统文化观念中具有特指性的理念一般化、抽象化，从而偷换为俗文学所具有的价值合法性。比如总是抽象地张扬真情、发愤之说，而不谈所张扬、所发泄的情与愤的另类性质。这其实只是一种偷换概念的文字游戏。因为不难看出，古之贤圣的发愤，与《水浒传》作者的发愤，其人文内涵是完全不一样的。或者说，不能因为是发愤所为作，便无论是谁之作，就都具有同古之贤圣发愤所作相同的人文价值。这里的荒谬其实是一眼就可看出的。但古人并非有意不辩，而是可能真有所不辩。今人何尝不如此？将一般性的概念价值化，一直是古今各种理论——尤其是文学艺术理论——中的误区。因此，《水浒传》作者之愤，实不同于士人之角色意识与道义担当，应是另有深意的。这一点，李贽并非完全不知不晓。李贽论忠义何以归于水浒，实际上就是揭示了逼上梁山的主题并论证了这一行为的合理性，而这种观念显然是有悖于儒家教义的。《忠义水浒传序》云：“故有国者不可以不读，一读此传，则忠义不在水浒，而皆在于君侧矣。……否则不在朝廷，不在君侧，不在干城腹心，乌乎在？在水浒。此传之所为发愤矣。”就完全是一篇农民起义和水浒主题的辩护词。对于《水浒传》作者自命自许的世俗社会正义观，此论可谓一针见血。《水浒传》作者借半主流半民间的忠义之说，已经有意将作品主题纳入主流意识形态系统，李则借题发挥，使作品主题得以升华。《水浒传》以人

---

① 孔另境编辑：《中国小说史料》，上海古籍出版社 1982 年版，第 19 页。

性的合理性颠覆社会专制的结构性合理性，李则试图将这种合理性转化为道义所在的意识形态诉求。

清俞樾《小浮梅闲话》引《童贯传》云：“初，唐永徽中，睦州女子陈硕真反，自称文佳皇帝，故其地相传有天子基、万年楼。”[①] 和《水浒传》一样，这类民间传说反映的正是下层社会的意识形态。人们并不觉得造反者如何大逆不道，公然认为他们的出现是天之所赐、天意所在、天命所归；是地方的幸事，是万年不朽的伟业。很多地方民众甚至为造反失败者立庙，以为供奉。民间神化这些叛逆者，说明正是这些叛逆者的行为表达了下层民众受压抑的心声，成为下层社会意识形态的代言者。这也正是《水浒传》这类俗文学能够横空出世的社会基础和意识形态基础。“小说家即本此附会尔。”[②] 有所本，而后附会之、敷演之，然后为小说。清人笔记中有大量材料说明这样的事实。可见这也从事实转化成了一种根深蒂固的小说创作观念。“百八人各有特殊姿态，英风义概，奕奕如生。”[③] 因此，文人评说《水浒传》时，同样视《水浒传》中的造反者为英雄、为义士，为其形象所折服。此正是民间意识形态的本能反映，透露出反正统、反统治性意识形态、反社会理性的社会心理与消息。

俗文学中的英雄观是以拯救者与被拯救者的道义秩序，取代统治者与被统治者的管制秩序。清金人瑞《水浒传序二》云：“无恶不归朝廷，无美不归绿林。”这正是这一民间英雄观的充分反映与表达。这也是庶民意识形态更加切合人之本性和俗世生存状态所致。李贽与金圣叹，两个离经叛道的“疯子”，对此看得比任何人都清楚，这一事实本身即具有某种隐喻性。

缺乏信仰和价值理念，民间社会生存的结构性人文力量往往需要靠实力强弱和利害关系来维持。这一点，在俗文学的人文意识中得到了充分的表现，亦为广大读者所广泛认同。清余治《庶几堂今乐自序》云：“演《水浒传》则以盗贼为英雄，而奸民共生艳羡；演《西厢记》则以狭邪为韵事，而少年群效风流。其他一切导欲增悲不可为训者，且纷然杂出……”以一种负面评价的方式将其揭示出，而实际上显示的是，俗文学的审美叙事成为俗世人性自由追求的曲折表达。虽然不过是一种内视性的自由乌托邦，

① 孔另境编辑：《中国小说史料》，上海古籍出版社1982年版，第28页。

② 同上书，第29页。

③ 同上书，第33页。

却依然具有一种彼岸性精神寄托的意义。

《水浒》英雄叙事、义气叙事中表现出的好恶观，实际上有强大的社会心理基础。所好之者、敬之者，均下层社会民众所认同、所期盼、所愿意追随者；所恶之者、鄙之者，亦均下层社会民众所深恶痛绝者。“社会之心，天心也。”① 所谓天视自我民视，天听自我民听，此亦是中国自古而然的政治信念之一。此书理直气壮塑造民间造反英雄，其底气本来自于此。龚自珍曰：“京师如鼠壤，则山中之壁垒坚。”②

清王钟麒《中国历代小说史论》云：“……古先哲人之所以作小说者，盖有三因：一曰愤政治之压制。……二曰痛社会之混浊。……三曰哀婚姻之不自由。……由是以言，而后吾国小说界之价值，与夫小说家之苦心，乃大白于天下。吾尝谓吾国之小说，虽至鄙陋不足道，皆有深意存其间，特材力有不齐耳。”认为小说是庶民社会被压抑的心理与意愿的承载物，是民间意识形态的本能抵抗与曲折表达。因此虽然还是认为它“至鄙陋不足道”，却承认它不同程度地蕴涵了非正统文化叙事可解的民意思想意识于其中。

2. 另类意识形态及人文理念表达的观念

中国文学理念，重视平民意识，与平民意识往往即全社会意识有关。文人士大夫，虽然整体上是一文化贵族阶层，但在具体的社会阶级构成上，并不具有非平民阶层性质。他们只是存在于全体平民中的文化贵族，而非高踞于平民阶级之上的贵族阶级。因此，他们接受统治性文化的教育，并因此而得以进入统治阶层，但同时，他们也生存于、成长于平民社会之中，具有平民社会身份，为平民文化所包围、所浸泡、所渗透、所构成，广泛地接受和具备着平民意识与平民理念，而这一点，与中国传统政教以民为本的信条相为表里，就决定了他们不可能完全排斥民间意识形态，反倒有可能深受民间意识形态的影响。甚至在正统教条与普遍的平民意识发生冲突时，很可能很容易就倒向平民意识一边。这一点，不光是在中国历史上无数次农民起义中可以得到证实，而且就文人士大夫对《水浒传》的普遍性的喜爱、认同与回护、辩解中，也可以看出来。

清夏曾佑《小说原理》中说：“中国之思想嗜好，本为二派：一则学

---

① 孔另境编辑：《中国小说史料》，上海古籍出版社 1982 年版，第 37 页。

② 同上。

士大夫；一则妇女与粗人。”正是文化上的权贵与庶民二分，或曰大传统与小传统二分。而小说，被认为正是小文化传统，或庶民意识形态及人文价值理念的忠实载体。

小文化传统中的民间俗世生存意识形态，是一种民间文化形态或生存形态。这种文化形态与生存形态没有形成抽象的逻辑化的意识形态表达，但它仍然具有与其表现形态自洽的意识形态性。这种自成一体的意识形态性，可在这种文化形态及生存形态与主导性的、结构性的意识形态的不一致、疏离、对抗、另类和冲突中表现出来。万历二十六年，时任内阁首辅沈一贯在一份揭帖中称：“往时私议朝政者不过街头巷尾，口喃耳语而已。今则通衢闹市唱词说书之辈，公然编成套数，抵掌剧谈，略无顾忌。所言皆朝廷种种失政，人无不乐听者。启奸雄之心，开叛逆之路。此非一人口舌便能耸动，盖缘众怀怨愤喜于听闻耳。”[①] 很有意思的一个现象就是，俗文学审美活动的场所居然成了庶民百姓自由表达其反主流意识形态观念的最佳公共话语空间。

当然，因为中国古代社会并不存在固定的阶级贵族，而只有固定的高贵文化与文化贵族。这些高贵文化的拥有者或曰文化贵族，很大一部分也是生活于下层社会乃至草根社会之中。因此所谓俗世社会及其庶民百姓，并不具有阶级区分的意义而只有文化区分的意义，它是指囊括了全社会各阶层民众的现世生存社会。因此所谓俗世生存意识形态，也并不能完全等同于民间或草根意识形态，前者只是在文化形态与文化精神上与雅正文化系统对立，但同时按不同比例存在于社会上层与社会下层的俗世生存之中。因此，俗文学中相对于主流意识形态的非主流意识形态的表达，是个内涵极为丰富也极为复杂的组成。细分起来，它可以有从原始文化、民间文化遗存到各种宗教意识形态的种种不同类别。而在中国古人的俗文学意识中，这一点也是非常清楚甚至非常自觉的。

中国叙事类俗文学的正式起源应该是唐俗讲、变文。《唐代变文》中专门论述了外来文化对俗世及民间意识形态的影响：“《列子》中叙及傀儡的段落与竺法护译于285年的《生经》中的有关记载有许多相似之处，甚至在细节上亦如此。……季羡林相信这些相似性不可能是偶然的。同样

① （明）沈一贯：《敬事草》卷三《请修明政事收拾人心的揭帖》，转引自商传《走进晚明》，商务印书馆2014年版，第129—130页。

的故事还出现在《大事》（Mahavastu）和一篇吐火罗语文献中。"[①] 因此，在其源头上，它就是另类意识形态的一种表达与宣讲方式。因此，佛教意识形态理念，是构成俗文学中下层社会意识形态表达的重要内涵和成分之一。

关于变文之变，有很多种说法。一说变即呈现，由隐秘而显现为显明。一说变者编也，使成形，使丝线成文。使杂乱、混沌转化、呈现为全新的完整的相。在我看来，其本义或是指佛教（教义、故事）内容以不同面目显现、演化、示义，后逐渐演变为泛指一切以不确定的、不可预知的、变幻莫测的呈现和结果为特征的叙事内容（故事、情节）。佛教神变说有点类似变戏法，尤其像以给人幻觉、幻象为变。所以，让人"看"到不可思议的神迹为变。变相、变文，亦可能有这种给人幻视的效果。因此，变，就是变戏法之变。变现，即通过变来展现。

整个印度教的理念似乎都是建立于幻术之上，一切皆空，一切皆幻，一切可知的、可以感觉到的现象，都是幻相。这正是幻术带给人们的心灵震撼。因此，人们的生存、生活、人生，也就像一场幻术演出。没有任何实在的东西。就像是一场梦一样，一切都只是心灵的幻觉。你如果能完全认可并信从这一理念，你自然也就超越了一切。痛苦是幻觉，幸福是幻觉，生是幻觉，死也是幻觉。连战争也不过像皮影戏一样，只是呈现为幻相的神通法术的较量。唯一不是幻觉的事物，就是超越于一切幻觉之上的智慧和觉悟。

而一切幻相，如同幻术一样，都只是"变"的结果。世间万相，其实都只是种种变。这应该就是变文之变的本义。一切奇迹、行事、遭际、经历都只是幻相，也就是"变"态。而讲述这种种变的文，自然也就可以称作变文了。

而这种"幻"与"变"的世界观与人生观，在唐以后的世俗人生中有着日益扩大的深远影响，自然也在唐以后尤其是明清的俗文学创作中得到了深刻反映。

玩乐、消遣、养生、娱情、泄欲……这些民俗性、世俗性的审美文学观念因为政教文化专制而得不到系统的理论表达，但它们仍然在主流文化

① ［美］梅维恒：《唐代变文——佛教对中国白话小说及戏曲产生的贡献之研究》，杨继东、陈引驰译，中西书局 2011 年版，第 262 页。

的有条件认同中，在一些偏离主流文化的另类文化诉求中，得以显露出来。尤其是宋元之后，通过种种俗文学活动，世俗话语系统逐渐发出了自己的声音，并由此而建立了自己的公共话语空间，其市民意识形态、草民意识形态遂得以表达。明治学的庞杂，和文学活动的闲逸化、消遣化、淫乐化，亦从一个侧面反映了文化领域意识形态统治的松动与消解。明李贽《出像评点忠义水浒全书发凡》云："今世小说家杂出，多离经叛道，不可为训。……或捏饰而非习见，虽动喜新之目，实伤雅道之亡。"就明确认识到了俗文学的另类意识形态表达与追求现象。而人们对俗文学的解读，亦往往因此而借题发挥，使这类表达进一步凸显出来。

俗文学中民间意识形态理念及信仰对于社会观念、人文观念影响之大，之坚实，之根深蒂固，莫过于前引满人与蒙古结盟，引桃园结义为例，自认为刘备，而以蒙古为关羽，至蒙古人信仰于喇嘛教外最尊关羽的事例。"二百余年，备北藩而为不侵不叛之臣者，专在于此。其意亦如关羽之于刘备，服事唯谨也。"① 事实可能并非如此简单，但亦可深叹历史隐秘之处俗世精神力量的不可小觑之作用。

普罗普认为，"语言巫术原本较祭祀仪式更古老"②。在中国古老习俗中，语言巫术的孑遗要更广泛更丰富一些，这些也都充分渗透在俗文学的创作意识之中。事实上，俗文学中值得人们发掘的原始文化孑遗远比人们想象的要多得多。各种禁忌尤其说明问题。就此而言，一种文学观念常常就是一种文化观念的变相表达。因此，俗文学中往往隐含着、渗透着某种存活于民间的原始意识，有些则成为俗文学创作中的原型。它所具有的意识形态另类性和文化异质性，亦往往是文人士大夫们所看重于俗文学的所谓俗趣之所在。

袁枚堪称市井意识形态的代言人。其《再与沈大宗伯书》云："诗之道大而远，如地之有八音，天之有万窍，择其善鸣者而赏其鸣足矣……"话语资源虽来自韩愈，但却有意将文学的审美合理性置于自然主义的根基之上。中国古代人本主义的价值合理性即建立于自然主义的本体合理性上，因此在观念上依然具有一种文化上的亲缘性。同时也是市民阶层借助于审美合理性对话语权的公开表态。诗三百兼收并蓄，无体不备，所谓孔

① 孔另境编辑：《中国小说史料》，上海古籍出版社 1982 年版，第 62 页。

② ［俄］弗拉基米尔·雅可夫列维奇·普罗普：《神奇故事的历史根源》，贾放译，中华书局 2006 年版，第 62 页。

子不删郑卫，故为后人逸出政教文统留下许多发挥余地。

道貌岸然的儒家精神与意识形态主宰，一直遮蔽着实质上的现世享乐主义的文化精神与意识形态诉求，而后者亦以此种遮蔽为托词、为幌子，对主流意识形态进行着从不间断的、花样翻新的、内蚀外逸的消解与耗散。所以，它既维护了意识形态统治的权威，又使现世享乐的诉求得到了肆意的表达与满足，并获得了存在的合理性。这种策略（就文化精神而言）不同于所谓“迂回与进入”，而是典型的秩序化、等级化文化共存现象，从刑不上大夫，礼不下庶人，仁爱与忠义，到理学与性情、道统与辞章、勤政与淫乐，高卑人格相悖互洽而共存的情形，无不如此。

梁启超《论小说与群治之关系》中说：“吾中国人状元宰相之思想何自来乎？小说也。吾中国人佳人才子之思想何自来乎？小说也。吾中国人江湖盗贼之思想何自来乎？小说也。吾中国人妖巫狐鬼之思想何自来乎？小说也。”虽然事实也许与他所说的恰恰相反，其实是小说中的这些非正统思想来自庶民社会。但很显然，在文人们的俗文学意识里，无不认为俗文学作品是庶民意识形态及其价值观的最佳载体。梁看到了中国传统小说的非主流意识形态性质，但受西学影响，以为亦可如西方一样使小说成为精英意识形态或曰大传统文化的表达途径。而实际上，中国既然已有如此另类而自为的小文化传统，要使小说成为上流社会精英文化的事业，也难。中国缺乏的，正是这种俗文学精英化的人文基础。梁启超将中国国民性之种种恶劣均归之于小说之误，实际上应该是正因为有这种种国民性，才有这样的小说面貌——当然也才有这样的小说观：即将这样的小说面貌，看作是下层社会意识形态的真实表现。

“礼不下庶人。”“民可使由之，不可使知之。”道德藩篱，原不为非读书人设。中国古代主流意识形态于庶民社会世俗生存文化的关系，实同于油与水的关系，浮于表面而遮盖之。现实市井生活，实早已不为道学理学所拘抑，只是闺闱私情之事，不足以上台面耳。至于戏剧，本为市井文化，故无关宏旨，可以大胆为市井生活及其人生理念张目，遂有汤显祖爱情至上的主题。其与表面上的正经生活及正统伦理，其实并不相冲突。任何生活都有台前与幕后。现实生活的遮蔽性，正在于其常常是人们按照社会角色身份正经表演出的台前生活，而生活的真相则往往隐蔽于幕后。文学艺术，正是以幕后生活解构台前生活的最佳手段。因此，要检验文学作品内容的真实性与深刻性，看看它描写的是台前生活还是幕后生活就知道了。

第三节　隐身、演义之义与权教文学观

传统历史小说，名为演义。其涵义一为“演”，一为“义”。“演”为铺叙、敷衍、具有虚构想象性质的陈说；“义”则为有事理、理念、义理、正统史观和政治正确性之意，但词意相对模糊、隐晦和多义。但历史故事的讲说，一开始只是名为“讲史”或“演史”，并无“义”之理念。因此，“义”这一概念的引入，显示了古代文学家们对文学叙事中所涵蕴所体现的人文意识、虚构理念及政治正确性的追问与认识。而对古人的这一份用心，我们的认识和研究还是远远不够的。

一　隐身与演义之“义”

宋罗烨《醉翁谈録》中说：“小说者流，出于机戒之官，遂分百官记录之司，由是说者纵横四海，驰骋百家。以上古隐奥之文章，为今日分明之议论。或名‘演史’，或谓‘合生’，或称‘舌耕’，或作‘挑闪’，皆有所据，不敢谬言。言其上世之贤者，可为师；排其近世之愚者，可为戒。言非无根，听之有益。”① 罗烨从早期小说的缘起及功用说出发，认为小说的主旨不过是通过故事讲说道理。因此事实必有所据，而其中蕴涵的道理则予读者听众以种种教益。这种观念虽然看起来迂腐而无所发明，却是当时为人们所普遍认同的“正确”叙事文学观。

中国古代小说源自记录，比如记录某一方面自古以来的知识见闻，以示后人。因此作者身份一直是不太确定的，具有自发性和潜在性。其文学功能意识则多而杂。尤其是俗文学兴起后的小说，面对的是广大庶民俗众，虽然追求的是娱乐效果，却仍然有普及各种知识的讲授意识。因此，罗烨认为小说从一开始就有一种自为的人文追求，是有一定道理的。

但是虽然如此，相对于正统文学，俗文学依然完全是另一个表意系统。它是一种面向庶民俗众的人文言说方式，是迎合庶民心理与人文理念的一种“他者话语”。因此，古代文人一开始是将其看作是一种另类价值形态的表征的。这一点，我们在前文已经有所论说。

这一认识对于从事俗文学创作的作者的自我人文定性产生了很大影响。

---

①　孔另境编辑：《中国小说史料》，上海古籍出版社 1982 年版，第 6 页。

明何良俊《曲论》云："士大夫耻留心辞曲，杂剧与旧戏文本皆不传，世人不得尽见。"中国古代俗文学与雅正文学（文言文学）泾渭分明，有着完全不同的本质与价值定位，因而对于创作者和阅读者（接受者）而言，从一开始就有着完全不同的心理定位与精神定位。因而，有关它的一切观念，包括俗文学作者的身份意识，都是由这一定位生发出来的。

我们知道，俗文学起源于下层社会的说话、说唱等口头文学审美活动，从一开始就带上了底层社会的俗趣、娱乐性和消遣性追求。俗文学的审美媒介一开始并非纸质文本，而是"贱人表演"。根据麦克卢汉"媒介即信息"的理论，这种低贱的媒介所具备、所传达的审美信息，自然不可能具有精神上的高贵性和高雅性。虽然被文人接纳后为文人所改造，但其中包含的相对"低级"的审美趣味、娱乐性和消遣性追求以及庶民思想意识，仍然被保留了下来，因此从事其创作活动的文人，也不得不接受这样的审美叙事，并且在思想感情上尽量向其靠近，最终走向大众化和俚俗化。

身份意识对于作家创作什么和如何创作很重要。今人写小说，自以为是在做一件高尚之事，有一种居高临下的文化贵族与精神贵族心态，有一种面对读者的优越心理。而古人写小说，是自觉地以一种低俗的甚至堕落的心态和俗人的身份意识来从事的：二者的不同，决定了小说最终的全然不同的人文面目与艺术效果。

基于这种不同的文化人格与身份意识，中国古人甚至在写诗与写词时，心态都会存在着根本的区别。完全无视或抹杀这种区别，古人就会很敏感。因此，在很长一段时间里，文人士大夫是以从事俗文学工作为耻的。这种羞耻心不光阻止了他们以极大的创作热情与精益求精的艺术精神来从事俗文学写作，也使得他们既看不起自己，也看不起自己的作品。因此，他们不但不愿在作品上留下自己的名字，也不在乎作品能否留存或流传下去。因此，绝大部分俗文学作品都流失了。朝代越早，这种情况越突出、越严重。这大概也是俗文学、消费文学或娱乐文学的特性之一。娱乐性的俗文学本来就是一种即时性的审美生产与消费。一段时间的消费后，就自然淘汰了。

不过，作者的隐身，不等于他们在作品中没有人文理念的表达。恰恰相反，隐身本身就已经是一种表达：它说明这里所表达的，正是他们不便公开表达的，因此往往也就是为正统人文理念所不容的另类的人文理念内涵。同时，正因为已经隐身，所以他们更不在乎坦然地、敞开地、自由地表达俗文学叙事中那些“出格”的思想意识和俗世趣味。《金瓶梅》这样的奇书能够在理学盛行、礼教森严的社会出现，与这种隐身表达是有很大关系的。由此，隐身写作也就成了中国俗文学的一个特有传统。

当然，也不是所有俗文学作者都愿意隐身。作为另一个表意系统，俗文学在观念上是有这种“表意”的自觉的。在大多数情况下，俗文学作者都在或隐或显地追求这种表意的另类性。如《水浒》的忠义，义胆包天是实，忠肝盖地是虚。如《红楼梦》的虚幻人生观。如《三国》的结义、恩义和功业观。

因此，始于历史小说的演义之义，就是一个典型的俗文学“表意”概念。

明蒋大器《三国志通俗演义序》云：“夫史，非独纪历代之事，盖欲昭往昔之盛衰，鉴君臣之善恶，载政事之得失，观人才之吉凶，知邦家之休戚，以至寒暑灾祥，褒贬予夺，无一而不笔之者，有义存焉。”这就是说，中国自古以来的历史写作，并非对历史的客观记录，而是在利用历史事实显示某种社会的政治理念。就此而言，历史写作在一定的程度上和一定的意义上就已经是文学创作，即已经有一定的演义性。这其实是中国史学中一个很重要的叙事学概念。史书记载的历史，不过是作者希望我们了解和理解的历史。此处之“义”，即演义所演之“义”。历史写作本有意义化追求，而历史演义更是如此：演义云云，即为历史的意义化、诗意化呈现。“然史之文，理微义奥。不如此，乌可以昭后世？……此则史家秉笔之法，其于众人观之，亦尝病焉。故往往舍而不之顾者，由其不通乎众人；而历代之事，愈久愈失其传。前代尝以野史，作为评话，令瞽者学说。其间言辞鄙谬又失之于野。”问题只在于，历史要强调写实性，相对来说要更为客观一些，故内含的理义不明。加上概述的历史其内容的内视化审美程度太低，以及其他非故事性因素的干扰，比如文言文的不通俗，都阻碍了人们对历史阅读的兴趣。因此蒋大器认为历史小说应该“留心损益……《三国志通俗演义》，文不甚深，言不甚俗，事纪其实，亦庶几乎史。盖欲读诵者，人人得而知之，若诗所谓里巷歌谣之义也。”“通俗演义”四个字，因而也可以说几乎概括了中国史传小说的本质：通者，大众化；俗者，俗世之意趣；演者，敷演、演绎、想象性加工；义者，传达作者的历史人文理念。尤其“演义”二字意味深长：一重在演，二重在义。这段话里所要强调的，正是“演义”之“义”。即作者要通过通俗化的历史故事，显示、揭示、展示正统历史观中的义理、道义、理念。正因为如此，后世的世相小说，就不该叫演义了。演义并非小说，历史演义所演之义和小说的虚构理念是完全不一样的，虽然古人有时亦将话本之类的小说创作通称为演义。历史演义不仅是历史文本的通俗化。历史写作的生命力在于将历史故事高度的内视化和审美化，是将历史重新变成传说、变成传奇甚至变成神话的过程。

明无碍居士《警世通言叙》云：“于是乎村夫稚子，里妇估儿，以甲是乙非为喜怒，以前因后果为劝惩，以道听途说为学问。而通俗演义一种，遂足以佐经书史传之穷。”俗文学是草根大众的精神消费品，对于中国古人来说，这一定位从一开始就是明确的。“经书史传”虽好，但高不可攀，不能满足庶民俗众的精神需要与心灵需要。俗文学则可以使他们掌握一些基本的价值判断，明白一些基本的生存道理。诸如讲人生教训，说平常道理，传生存智慧，诸如此类。所以通俗演义也可以说是演通俗之义，演庶民社会意识形态之义。这不仅是为俗文学作的人文辩护，也成了俗文学的一种人文自觉。因此，“人不必有其事，事不必丽其人。其真者可以补金匮石室之遗，而赝者亦必有一番激扬劝诱，悲歌感慨之意。事真而理不实，即事赝而理亦真，不害于风化，不谬于圣贤，不戾于诗书经史，若此者其可废乎”？此言论述了俗文学的主流意识形态的普及性中介传播与宣喻作用。在缺乏意识形态宣喻、传布与关怀机制的社会中，这样的作用确实是非常之大的。这一道理没有错，尤其是虚构理念明确的话。只是这一观念所没有意识到或有意回避了的是，俗文学之人文价值有时正在其“害于风化，谬于圣贤，戾于诗书经史”。因此，这种民间俗世意识形态的询唤本身，也可以是对主流意识形态的屏隔和解构。

中国古代俗文学因为关注的是现实生存，因此其创作目的，亦往往是为了帮助寻找历史或现实人事或生存故事中的因果缘由，为种种不同人生带来的种种困惑与不解，找到可以为愚民俗众所接受、所叹服的解释和答案，使愚民俗众之心理郁积能有所缓释，有所平复。这是中国古代俗文学作品形成前因后果俗套的社会心理原因，不仅是受佛教轮回思想影响的结果耳。如钱静方《小说丛考》云：“《梼杌闲评》考：《梼杌》一书，叙逆阉魏忠贤与奉圣夫人客氏，紊乱朝政，毒害忠良，谋倾明社，种种罪恶，令人发指。作者恐后人气不能平，因借因果之说，谓魏、客前身，实系淮河二蛇，尝助治水有功。治河者不奏闻于朝，请给封典，反火其穴而歼之。二蛇因是率其族类，投胎为人。雄者为魏，雌者为客，余则为其同党。所伤善类，盖即当日河工中人所转生者也。此与撰《岳传》者同一命意。盖非此不足平阅者之心，而为一般普通人说法也。”①

基于对俗文学意识形态言说性、文化传播性和人文影响力的认识，古代文人们也形成了种种利用俗文学来传达特定的人文理念和进行意识形态诉求的自觉意识。

明张尚德《三国志通俗演义引》云：“事详而文古，义微而旨深，非通儒夙学，展卷间，鲜不便思困睡。故好事者，以俗近语，檃栝成编。欲天下之人，入耳而通其事，因事而悟其义，因义而兴乎感。”直接以史学的人文叙事性和人文价值理念为史传小说的人文言说追求。但这样的追求之所以要通过通俗小说来实现，则是因为庶民大众既无兴趣也无能力直接从历史文本中去获得。因此，史传通俗小说写作的目的就被定位为用审美的方式向天下之人宣谕政教教义，成了一种自觉的教化追求了。这其实既不合俗文学的审美事实，也不具有学理上的说服力。因为如果这真是宣讲教义、学道向善的最好方式，既能令人愉悦喜好，又能收到更好的接受教义的效果，可谓两全其美，那么那种令人困倦、效果不佳的学道方式还有什么存在的意义呢？直接抛弃就是了。可见这种说法本心还是为了使通俗小说获得政教文学理念的人文价值认可，并不足以解释通俗小说真正的人文意义。实际上是俗文学从自发的、本能的表意，逐渐走向自觉地人文叙事的一种表现。它真正注重的，其实还是人文表达的自为性。所谓“就中人事亦堪怜”，“可谓羽翼信史而不违者矣”，说的就是这个意思。

清代清溪居士《重刊三国志演义序》云：“演义之作，滥觞于元人，以供村老谈说故事。……意主忠义而旨归劝惩。”其实一开始本只是谈说故事，或故事本有其人文意义的影响。此意主、旨归之说，则是后世文人日益刻意和自觉的结果。

清蔡元枚《评刻水浒后传序》云：“立言者，诚为重大之所寄，非仅文字之长也。……善读书者，必有以深窥乎作者之用心，而后不负乎其立

① 孔另境编辑：《中国小说史料》，上海古籍出版社1982年版，第136页。

言之本趣。”作者之用心，或曰重大之所寄，即作者于传奇娱乐中深藏之虚构理念，确实是文学理解中值得人反复研讨探究的一个重要课题，对于俗文学作品来说尤其如此。可问题是，这可以是俗文学本身所具有的一种隐喻性叙事或叙事性追求，虽然它可以区别为庶民俗众人文诉求的自觉，或主流意识形态话理念制约和话语表达的自觉。也可以是正统文学理念与文学道义中的隐喻文化精神，在强行将俗文学的娱乐性叙事纳入这样的话语系统。也就是前文所谓“意解”的结果，成为一种“正面”阅读中的建构。

二　权教观和利用观

明朝俗文学进入中国文学史上的鼎盛时期，无论小说还是戏剧，都产生了堪称中国古代最优秀作品的多部杰作。传统文人们无不为其所深深吸引和感动，无法抗拒其审美魅力和文学感染力，甚至由于太喜爱而难以自拔。明胡应麟《少室山房笔丛》载：“嘉、隆间，一钜公案头无他书，仅左置《南华经》，右置《水浒传》各一部；又近一名士听人说《水浒》，作歌谓奄有丘明、太史之长。”说的正是这种现象。

与正统文言文学主要以文人士大夫阶层为预期读者和诉求对象，因此以政教叙事和意识形态叙事为主导性文统不同，俗文学是以俗世文化生存及大众审美观阅需求为服务对象的，因此以娱乐性、趣味性和审美性为其圭臬。虽然“政治上正确”和“文化上高明”的程度均有所不足，但确实是一种文学审美享受上的大解放。另一方面，正因为俗文学有自己的美学本性、艺术目的、叙事追求和效果意识，与正统文学的意识形态叙事、政教叙事等理念大相径庭，一些正统文人也因此而表现出观念上的强烈抵触、反感和人文否定。胡应麟就是个典型的有文言文化偏见的人，他对于“缙绅文士”中也有喜好《水浒传》者很不以为然。但即使是胡应麟，他对《水浒》的文学成就、艺术造诣和文字能力，其实也是心知肚明。这种又喜爱又抵触、既认可其审美价值又否定其人文价值的矛盾心理，在当时的文人中是具有普遍性的。哪怕是热衷于从事俗文学审美活动的文人，也难以避免。

然而俗文学自发的审美消费需求，成为其不断向审美娱情化发展的动力和力量。这使得正统文学理念所要求于文学的人文承载和人文诉求在这样的文学活动中失去了内容依托。同时也给肯定与喜爱俗文学的正统文人带来了很大的理论困惑。他们有心为俗文学存在的正当性和人文功能性进行辩护，找到可为正统文学理念所认可的人文价值及存在的人文理由。正是在这种情况下，出现了一种名之曰“权教”的俗文学价值观念。

明天都外臣（其人可能为晚明汪道昆，亦有说是李贽的）在《水浒传序》中写道：“有世思者，固以正训，亦以权教。”它的意思是说，有经世济民追求的士人，固然直接用正面理论来予以训导，但也通过权宜的方法来进行教谕活动。那么，什么是权宜的办法呢？那就是姑且借助这些为广大草民俗众所喜爱的俗文学来达到儒家道德伦理的宣教目的。

这一要求与俗文学的人文本性是相冲突的。但是俗文学本身亦有寻求为人文正统或曰意识形态所认同的意愿，以获得其存在的人文合理性与合法性。因此，二者之间的张力和互动，最终只能是寻求妥协。所谓“权教”的观念，由此在一定意义上也可看作是政教叙事的正统文学观念与俗文学的另类表意性达成妥协的一种俗文学人文价值观。

当然，这一权教观念也并非是横空出世的。事实上，利用通俗文艺形式，向大众进行宣教活动，这一文艺传统和文艺意识，早已为佛教传教方式捷足先登。按鲁迅的说法，六朝时便有所谓“释氏辅教之书”，“以震耸世俗，使生敬信之心”①。至唐时大盛。后来虽逐渐式微，但明代出现以俗文学行教谕的权教思想，当与这一传统不无关系。元末明初的著名戏曲家高则诚在南戏之祖《琵琶记》中就已经这样写道：“论传奇，乐人易，动人难。知音君子，这般另作眼儿看。休论插科打诨，也不寻宫数调，只看子孝共妻贤。”“正是不关风化体，纵好也徒然。”俗文学以感动人心为尚。但是人们也看到了纯娱乐性俗文学在人文内涵上有所缺失和相对薄弱的地方。因此他们希望能在娱乐层次之上进一步追求审美收获的心理深度，追求审美内涵的人文含量和社会性含量，追求审美的丰富度、戏剧性和价值相关性，追求感动人心中的人文意义与人文价值。同时，也是在这样的意识中，表现出俗世娱乐性审美中的意义关怀与人文关怀意向，寻求娱乐性审美文学的人文依托与人文高度。因此，“权教”一词，虽未普及，但同样的思想，却几乎成为明朝俗文学批评者们的共识。

明王骥德《曲律》“杂论第三十九下”云：“取古事，丽今声，华衮其贤者，粉墨其慝者，奏之场上，令观者藉为劝惩兴起，甚或扼腕裂眦，

① 鲁迅：《中国小说史略》，岳麓书社 2010 年版，第 32 页。

涕泗交下而不能已，此方为有关世教文字。”就是针对对娱乐性审美活动的非价值论指责，指出俗文学艺术的审美形象塑造中有明确的褒贬劝惩理念，并且以此感动人心，通过极大的审美满足和心理功效来获得最佳的人文教化效果。

明笑花主人《今古奇观序》云：“闻者或悲或叹，或喜或愕，其善者知劝，而不善者亦有所惭恧悚惕，以共成风化之美。则夫动人以至奇者，乃训人以至常者也。”这是一种生存诗意感动的文学教化观念，不同类型的审美感动效果，给人以不同性质的人文启迪。这是有一定美学道理的。俗文学最突出的美学特点就是世态人情栩栩如生，令普通阅观者们感同身受，难以自拔。因此最动人处，也就是最基本、最普遍的教化人处。人心感物而动，针对不同的审美内容而作出不同价值判断，并伴随着不同的情感反应而得到不同的心理收获。心理刺激越强烈，自然心理接受度也就越深、越持久。这给了文人们鼓吹俗文学教化之功以口实和自信。清初孔尚任《桃花扇小引》云：“警世易俗，赞圣道而辅王化，最近且切。……亦可惩创人心，为末世之一救矣。”以审美感动为教化效果，便于教化、有助教化、利用其进行教化，遂成为文人从事俗文学活动的普遍托词。

明可一居士《醒世恒言序》云：“六经国史而外，凡著述皆小说也。而尚理或病于艰深，修词或伤于藻绘，则不足以触里耳而振恒心。”“以醒天之权与人，而以醒人之权与言。……以《明言》《通言》《恒言》为六经国史之辅不亦可乎?”这也就是典型的权教理论表达。以通俗易懂、易于为庶民俗众顺畅接受为优势，以审美的人文言说能指性为专长，而声称有助于主流意识形态理念的传播与教化。自此而后，经史之辅也就成了俗文学写作的基本人文理由。

正统文人亦以此为理由投入俗文学的批评实践之中。傅惜华《内阁文库访书记》云：“(《封神演义》) 卷首李云翔序云：‘舒冲甫自楚中重资购有钟伯敬先生批阅《封神》一册，尚未竟其业，乃托余终其事。余不愧续貂，删其荒谬，去其鄙里，而于每回之后，或正词，或反说，或以嘲谑之语，以写其忠贞侠烈之品，奸邪顽钝之态，于世道人心，不无唤醒耳。’”这里显示的则已经是俗文学批评中意识形态言说与“权教”的自觉了。

俗文学兴起后，为什么会在传统文人中出现权教思想呢? 因为你不能人为地要求俗众不喜欢俗文学。文学是纯时间性的艺术，是人本质性生存、时间性生存的自我确证方式。可是平民俗众不可能在精英文学、正统文学中确证自己生存的价值、意义、本质乃至实在性与真实性。俗文学使他们得以进入历史，进入时间，进入存在的意义状态和本质性。他们卑微的、看起来毫无价值的生存状态和生命意义可以通过俗文学审美得到即时的甚至永恒的观照，并因而进入本质确证。俗文学使平民俗众得以“真正”地活过并因而“一直”活着，因此他们不可能不喜欢它，不可能不“喜闻乐见”它。但同时，他们的需求和喜爱也会引导俗文学走上完全不同于甚至悖离于正统文学、精英文学的道路。他们的自我认知与社会认同、价值共识与人文信念、情感方式与意识形态、心理结构与生存理念会因此而另成系统。因此，只要统治性文化或主流意识形态意识到俗文学的这种异质性、另类性和反向性，意识到有必要对平民俗众进行意识形态规约、引导和询唤，利用这种为广大平民俗众喜闻乐见的审美形式进行意识形态教谕的“权教”论就会出现。很明显，这不是文学性的理由，也不是文学性的目的——虽然表面上，它也可以转换命题、遮掩动机，以创作“更好”或“更有价值”的俗文学作品的面目出现。而俗文学在意识形态专制和正统文学统治的情况下，为了争取自己存在的合理性与合法性——获得人文正确性乃至人文神圣性，也会接受这样的思想，甚至很高兴能拥有这样的人文理由和很热衷这样的文学追求。但问题是，广大平民俗众终究还是会知道自己真正需要和喜爱的是什么，因此这种仅仅具有他们喜闻乐见的文艺形式的权教文学作品，只要给他们选择的权利和机会，最终还是会被他们抛弃。

至清末，中国遭遇三千年未遇之大变局，启蒙、开发民智、变革图存，成为当务之急。在明代形成的传统俗文学的权教意识，因此也迅速发展为一种俗文学启蒙施教利用观。

严复、夏曾佑《国闻报馆附印说部缘起》说：“夫说部之兴，其入人之深，行世之远，几几出于经史上，而天下之人心风俗，遂不免为说部之所持。”正因为如此，民众之思想启蒙，自不能不由小说来承担了。吴沃尧《月月小说序》云：“庶几借小说之趣味之感情，为德育之一助云尔。”其《两晋演义自序》云：“寓教育于闲谈，使读者于消闲遣兴之中，仍可获益于消遣之际。”这种开发民智、化育民心的思想虽然表面上类似于传统政教文学叙事理念中的寓教于乐教化观，但实质上并不一样。不仅因为这是一种独立于体制之外的意识形态启蒙和教喻的人文担当，而且它很明显是要借助和利用人们在俗文学审美中的浅层次娱乐性和消遣性来达到，并非俗文学自身性质使然。前者强调正统教化本身要让人愉悦，后者则明言是要利用低俗审美活动来实施教化之功。

因此，黄人《小说林发刊词》对于过分强调小说的重要性表达了不满：“（当今百业未兴）独此所谓小说者，其兴也勃焉。”“虽然，有一蔽焉：则以昔之视小说也太轻，而今之视小说又太重也。昔之于小说也，博弈视之，俳优视之，甚且酖毒视之，妖孽视之；言不齿于缙绅，名不列于四部。……今也反是：出一小说，必自尸国民进化之功；评一小说，必大倡谣俗改良之旨。……一若国家之法典，宗教之圣经，学校之科本，家庭社会之标准方式，无一不僩于小说者。”其实，他有所不明白的是，之所以如此，正是因为启蒙思想教化对其的倚重。虽谓权宜之教，但在当时的启蒙思想家们看来，离此已不足以为教。故前之轻视，是对其服务于俗众娱乐消遣之需要的轻视。后之重视，则是对其可资教化、可用来为思想启蒙服务之重视。

陶佑曾《论小说之势力及其影响》因而就此强调道：“举凡宙合之事理，有为人群所未悉者，庄言以示之，不如微言以告之；微言以告之，不如婉言以明之；婉言以明之，不如妙譬以喻之；妙譬以喻之，不如幻境以悦之：而自来小说大家，皆具此能力者也。”这无疑是对小说教谕价值功能的极力推崇。且云：“……开智觉迷，此小说之结构，有纵有横，有次有序，且有应尽之义务也。英雄儿女，胜败兴亡，描摩意态，不惜周评，此小说之叙事，无钜无细，惟妙惟肖也。词清若玉，笔大如椽，奇思妙想，掌开化权，此小说之内容，重慷慨悲歌，陆离光怪也。芸窗绣阁，游子商人，潜心探索，兴味津津，此小说之引导，宜使人展阅不倦，恍如身当其境，亲晤其人，无分乎何等社会也。”则是对其何以宜于利用的详细说明了。

而这一方面的思想，表达得最为充分且影响深远的，自然非当时启蒙思想阵营中的大将梁启超莫属了。他的《论小说与群治之关系》，便是在西学影响下对俗文学可助教化说的全面发扬与引申：“小说者，常导人游于他境界，而变换其常触常受之空气者也。”所以，“欲新一国之民，不可不先新一国之小说。故欲新道德，必新小说……欲新人格，必新小说。何以故？小说有不可思议之力支配人道故”。这显然已不再是传统“权教”观念多少有点无奈的心理，而是将古人为俗文学寻找人文功用、人文价值的努力推向了极端，直接以小说为道德教化、思想革新的不二利器，甚至认为“斯事既愈为大雅君子所不屑道，则愈不得不专归于华士坊贾之手。……于是华士坊贾，遂至握一国之主权而操纵之矣”。这是因为，小说对人具有如毒品一般的诱惑力与支配力：“小说以赏心乐事为目的者多，然此等顾不甚为世所重；其最受欢迎者，则必其可惊可愕可悲可感，读之而生出无量噩梦，抹出无量眼泪者也。”就审美心理满足而言，“可惊可愕可悲可感”，也就是赏心乐事。最佳的审美效果确实能达到这样的程度，但这只是因为审美对象、审美内容本身具有这样的感人性质。“欲摹写其情状，而心不能自喻，口不能自宣，笔不能自传。有人焉，和盘托出，彻底而发灵之，则拍案叫绝曰：‘善哉善哉，如是如是。’所谓‘夫子言之，于我心有戚戚焉’，感人之深，莫此为甚。”梁所描述的，作为一种传统小说的审美经验，自然是不错的。可在梁启超看来，似乎只要是小说，无论加入什么新道德、新思想的说教，也同样能达到这样的效果。他在其《译印政治小说序》中就这样说道：“故《六经》不能教，当以小说教之；正史不能入，当以小说入之；语录不能论，当以小说论之；律例不能治，当以小说治之。”认为只要让思想观念的说教加上通俗小说的审美形式，就可以自然而然地获得这种艺术生命力和审美感染力，从而有助于整个社会的政治进步：“彼美、英……日本各国政界之日进，则政治小说为功最高焉。”这可说是最为彻底的俗文学教谕价值观念了。

对通俗戏曲活动的看法同样如此。清佚名《论戏剧弹词之有关于地方自治》中云：“以为六洲一戏场耳。……万事一说部耳。”“胡琴咿呀，村姑抱子而走集……锣鼓其镗，乡人释耒。问有一村一町一区一集而无说书者乎？曰无有。问有一村一町一区一集而无演戏者乎？曰无有。事之有害于地方也，莫如戏曲；事之有益于地方也，亦莫如戏曲。……戏曲良，则风俗与之俱良；戏曲窳，则风俗与之俱窳；戏曲退步，则风俗与之俱退；戏曲进步，则风俗与之俱进。”“戏剧哉！弹词哉！具一切心，具一切法，一切众生以为眼耳口鼻色声香味触发，一切众生以为脑者也。”看到了民俗艺术既为庶民俗世意识形态的表征，亦为左右其意识形态价值观的精神力量。他甚至说：“支那之人，尽无脑也。甲说入，则以甲说为脑；乙说入，则以乙说为脑。”“职是之故，兴一政……则劝其观新戏；创一法……则劝其听新书。……论牖民智，吾不崇拜孔、墨、耶、佛，而崇拜施耐庵、孔云亭；论育民德，吾不崇拜培（培根）、笛（笛卡儿）、边（边沁）、黑（黑智儿），而崇拜帕拉姆、比得芬。良以移人之心，换人之脑，速万倍也。”[①] 为了强调利用俗文学改造国民性、普及新思想的可行性，竟认为中国人是个无信仰、无理性精神、无人文原则、无思维能力的民族。惰性族格，被动生存，而且完全被俗文学艺术的感召力牵着鼻子走。所以权教的功用实在是太容易达到了：“故不入戏园则已耳，苟其入之，则人之思想权未有不握于演戏曲者之手矣。……戏园者，实普天下人之大学堂也；优伶者，实普天下人之大学教师也。”[②]

因此，三爱（陈独秀）在《论戏曲》中说：“现今国势危急，内地风气不开，慨时之士，遂创学校。然教人少而功缓。编小说，开报馆，然不能开通不识字人，益亦罕矣。惟戏曲改良，则可感动全社会，虽聋得见，虽盲可闻，诚改良社会之不二法门也。”刘师培《原戏》亦云：“盖乐舞之制，其利实蕃，大之可以振尚武之风，小之可以为养生之助；而征引往迹，杂陈古事，则又抒怀旧之蓄念，发思古之幽情，为劝戒人民之一助，其用顾不大哉！”[③] 柳亚子《二十世纪大舞台发刊辞》因而号召道：“……其感化何一不受之优伶社会哉？世有持运动社会、鼓吹风潮之大方针者乎，盍一留意于是！”[④]

而最能体现这种急功近利的权教意识的说法，是陈去病《论戏剧之有益》中所言：“转不如牺牲一身，昌言坠落，明目张胆而去为歌伶；……逍遥跌宕，聊以自娱；亦宁非于今新学界上，灿灿烂烂，突然别起一生力军，临风飐飐，而高树一独立自由之帜乎？”“……慨然舍其身为社会用，不惜垢污，以善为组织名班，或编明季稗史，而演汉族灭亡记，或采欧美近事，而演维新活历史，随俗嗜好，徐为转移，而潜以尚武精神、民族主义一一振起而发挥之，以表厥目的；夫如是，而谓民情不感动，士气不奋发者，吾不信也。”竟以从事通俗文艺活动以为启蒙宣传为堕落、为自污，尤可见这种思想教谕主张的权宜性质。

当然，俗文学权教思想的产生，可能与中国自古缺乏社会民众教谕机制也有一定关系。中国正统意识形态依托雅正文言文化而流播传布，

① 郭绍虞主编：《中国历代文论选》第3册，上海古籍出版社1980年版，第574—576页。

② 三爱（陈独秀）：《论戏曲》，《新小说》1905年3月第2年第2号。

③ 郭绍虞主编：《中国历代文论选》第4册，上海古籍出版社1980年版，第358页。

④ 同上书，第337页。

施政理国。虽然统治者有心以此施教于民，有些士大夫群体——如王阳明学派——也曾开展庶民普教活动，无奈文言文化的非言说性，使得这一使命很难实现。加上一直未能建立成建制的全民教谕机构，也没有专职人员从事这项工作，正统意识形态的基本内涵和教义无法像宗教教士布道那样成常态地传播到庶民的心中去。所以当俗文学艺术兴起之后，因为深为广大民众所喜闻乐见，各种俗文学艺术活动确实在很大程度上成了传播一些基本人文价值理念的主要渠道。庶民百姓也深受这些思想观念传播的影响，甚至在很大程度上形成了某种路径依赖。因此梁启超《告小说家》说："全国大多数人之思想业识，强半出自小说。"也不是没有道理的。佚名《观戏记》说："天下之治乱，国之兴衰，莫不起于匹夫匹妇之心，莫不成于其耳目之所感触，感之善则善，感之恶则恶，感之正则正，感之邪则邪。感之既久，则风俗成而国政亦因之固焉。故欲善国政，莫如先善风俗；欲善风俗，莫如先善曲本。曲本者，匹夫匹妇耳目所感触易入之地，而心之所由生，即国之兴衰之根源也。"三爱《论戏曲》说："故不入戏园则已耳，苟其入之，则人之思想权未有不握于演戏曲者之手矣。……戏园者，实普天下人之大学堂也；优伶者，实普天下人之大学教师也。"启蒙时期的志士仁人们主张利用俗文学艺术来传播新思想，改造国民人格与精神，事实上也是一种寻找有效的能够常态化的意识形态传播机制的努力。甚至蔡元培先生的以美育代宗教说，都可从这个角度来理解。

而这种在清末民初发展到极致的俗文学权教思想之所以依然值得我们研究和讨论，是因为它对于我们理解毛泽东《在延安文艺座谈会上的讲话》（以下简称《讲话》）中可能具有的一些"权教"因素，也许会有些参考价值。

> 据胡乔木回忆，延安文艺座谈会后，党派何其芳、林默涵到重庆，向那里的文化人介绍座谈会情况和《讲话》内容。郭沫若、茅盾、夏衍听完介绍都发表了谈话和文章。毛泽东很注意这些谈话和文章，看后曾对胡乔木说："郭沫若和茅盾发表意见了。郭讲，凡事有经有权，这个说法好，好！"胡进一步解释道：
>
> 毛泽东欣赏这个说法，认为是得到一个知音。"有经有权"，即有经常之道理和权宜之计。毛泽东之所以欣赏这个说法，大概是他也确

> 实认为他的话有些是经常之道理，普遍规律，有些则是适应一定环境和条件的权宜之计。[①]
>
> 但《讲话》中哪些属于“经常之道理”，哪些属于“权宜之计”，却是一个谜，研究者只能根据自己的理解各加揣测。[②]

我们理解，郭沫若之所谓经，应指文艺的一般本性。所谓权，则指基于一时需要对文艺的价值利用和功利性要求。毛泽东认同郭沫若的说法，显然表明他在《讲话》中对文艺的要求，有些便可能具有即时的和权宜的性质。因为当时亟须利用大众文艺形式，进行革命宣传，以图教谕、训导、指引和鼓动工农兵群众认同革命目的，信从革命理想，服从革命需要，从而全心全意地积极投身到革命斗争中去。1937 年 8 月，毛泽东在同丁玲谈话时说：“我看新瓶新酒、旧瓶新酒都可以，只要对抗战有利。”[③]因此，与其说这是对所有文艺的一般性要求，不如说是对革命文艺的工具性、功利性和实用性要求。事实上，毛泽东本人更喜欢阅读的诗文作品还是那些古代经典，更喜欢观看的戏剧还是梅兰芳、程砚秋的传统京剧。[④]

当然，我们不能将郭沫若所说并为毛泽东所认可的“凡事有经有权”说，等同于明代在俗文学兴盛之际出现的权教论思想，但我们依然可以思考其中的某种相关性，并且以此来反思中国传统权教论的文论价值和意义。

西方古典文论中向来有“寓教于乐”的思想，中国正统文学观念中其实也有这样的思想内涵。但权教观与这样的思想是完全不一样的。寓教于乐思想强调的是文艺本身的教育意义，因为这本是正统文学的题中之义，是它自身性质中即具有的人文担当。但从民间文学中自发产生并发展起来的俗文学并不具有这样的属性。

俗文学叙事不同于正统文学的政教叙事，它只是在人们的内视审美需要中逐渐生成的一种娱乐艺术方式，本来并无任何教谕意识。但也正是因

---

① 《胡乔木回忆毛泽东》，人民出版社 1994 年版，第 58—59 页。

② 有关胡乔木回忆的内容文字均转引自李洁非、杨劼《解读延安》一书，当代中国出版社 2010 年版，第 146—147 页。

③ 陈明：《西北战地服务团第一年纪实》，《新文学史料》1982 年第 2 期。

④ 毛泽东曾经很兴奋地说：“我们在延安时曾说，哪一年才能到北京看梅兰芳、程砚秋的戏，有的人怕这一辈子都看不到，可是，我们看到了。”李洁非、杨劼：《解读延安》，当代中国出版社 2010 年版，第 149 页。

为这一特点，使得被俗文学深深吸引的文化精英们需要为它找到一种符合主流意识形态叙事要求的合理合法性。“权教”是他们给出的一种价值解释或人文可能性。就是说，俗文学娱乐审美表面上的无关乎风教，实际上也可看作是采取了一种隐而不显的风教方式，因为那些有社会道义担当的文化精英们可以权且将其作为一种影响社会底层和广大庶众的施教策略。就是说，所谓“权教”，就是在尽量满足庶民俗众喜闻乐见的娱乐性审美之需时，因势利导，将一些基本道理和人文说教趁机纳入这种审美享乐中去，多少算是尽了一份教谕之责。但实际上，这样做的结果，往往是在世俗故事、市井人生中强行引入一些正面说教内容，成为二者的主观凑泊。这一传统后来形成较为刻板的俗文学套路，以至于诲淫诲盗之书也以教谕为名，穿鞋戴帽，用陈腐的道理装点门面。因此，权教之教，最终还是使教成了娱乐审美的伪饰和附庸。

而在思想专制下的权教论，则会使意识形态话语弱化成一种装饰或面具。短暂的时效性成为权力话语唯一可依恃的力量，但是作为一个文学作品，如果它在这种面具下还具有某种真实的艺术生命力的话，那它的生命力将会日益凸显，并将权力话语的意识形态力量逐渐消解得干干净净。而另一方面，权教者，权且利用之为教耳。这样的观念在本质上依然是不认同俗文学自身具有的人文本性的。因此，权教观对俗文学采取的终究还是一种轻视的甚至是鄙视的态度。它只是利用而已，而且只是一时的权宜之计而已，骨子里并不以为然，因此终究是要放弃的。这是中国俗文学意识中所特有的一种文艺价值功能观，是专制文化试图将意识形态叙事和政教工具理性强加于通俗文艺、大众文艺的一个畸形结果。但同时，基于俗文学的生存立场，它又像是一种高明的审美策略甚至人文狡辩，可以说是为一切人文意义缺失的文学活动大开了方便之门。因此，这一观念实际上并非不具有文学理论上的某种深刻性和普适性。至少，它在潜在前提上，还是认识到了俗文学艺术的独立性和自为性的。而这一切，都值得我们在理论上深长思之。

第十一章

作家、玩家与俗文学的生产—消费观念

第一节　作家、玩家与专业意识

自古以来，诗和古文（各类文言散文）就是古代所有精英文人或有心成为社会精英的必修课，是之谓术业。但一般而言，诗人都是业余的，古文家也都是业余的。写诗作文虽然是必备的技艺和高等文化修为，但也并非他们的职业工作或专职谋生方式，因此并无文学意义上的专业化分工。大体上，他们也没有专业性的“行当”意识。

宋金写“杂剧”唱词底本者，都是些不知名的文人。这些人之所以参与这样的“文学”写作，可能是出于生计的需要。但他们也可能会有“文学性”的追求。宋代那些著名文人、诗人、词人也写曲子词，甚至模仿大曲、诸宫调填词，他们与这些“为稻粱谋”的下层文人的写作心态及意识，自然是有着根本的不同的。这种区别培养了专业性追求和专业性标准，也培养了自轻自贱的俗文学意识。一般而言，唐宋时期的主流文人们大都还是以一种业余心态和玩家心态随机地参与到俗文学的创作活动中来。

至于元朝，明臧懋循在《元曲选序二》中云：“元以曲取士，设十有二科。”如果元代真有这样的政治文化建制，则同样也是传统文学体制上的全面革新，对元杂剧的兴盛显然会发生极大的诱导和激励作用，对元杂剧作家们的俗文学观念也会产生极大的影响。王国维先生显然不同意这一说法，他在《宋元戏曲史》中写道：“沈德符《万历野获编》（卷二十五）及臧懋循《元曲选序》均谓蒙古时代，曾以词曲取士，其说固诞妄不足道。余则谓元初之废科目，却为杂剧发达之因。盖自唐宋以来，士之竞于科目者，已非一朝一夕之事，一旦废之，彼其才力无所用，而一于词曲发之。”① 所以一般认为，元朝文人反而是因为身居下层，仕途无望，才大多投身于杂剧等俗文学创作活动中，成为中国古代第一批以此为人生职志并因此而扬名立万的专业俗文学作家的。《中国俗文学史》中，郑振铎先生以 1200 年到 1300 年为元代散曲的第一期，以 1301 年到 1360 年为元代散曲的第二期，以 1361 年到 1422 年为元代散曲的第三期。在第二个时期，“他们的散曲集子也要和剧本似的须求得投合大众的嗜好与心理”。“第一个时期并没有什么专业的散曲作家们；但在这时期却有以专门写作散曲为事的作家了。第一时期的作家们多半以写散曲为余兴，为消遣；但在这个时候却把散曲的制作，看作名山事业了。故态度更严肃，更慎重，遣辞铸语也更精工。”② 他认为这些杂剧作家的专业意识是到第二时期才逐渐形成的。

所以可以说，宋元之后，因为有广大市民社会的消费需要，真正以文学艺术为事业的文化人阶层才开始形成。大体上，他们都已经有了自觉的俗文学作家身份意识和真正的专业工作心态，虽然有时他们和传统士大夫阶层也还有身份交叉和一体共存的情况存在。

明何良俊《曲论》云：“填词须用本色语，方是作家。”所谓作家，指的也就是专业艺术家。明臧懋循《元曲选序二》则云：“总之，曲有名家，有行家。名家者，出入乐府，文彩烂然，在淹通闳博之士，皆优为之。行家者，随所妆演，无不摹拟曲尽，宛若身当其处，而几忘其事之乌有；能使人快者掀髯，愤者扼腕，悲者掩泣，羡者色飞，是惟优孟衣冠，然后可与于此。”所谓名家，大概指有作戏文曲本之好的案头作家。他们本是著名文人士大夫，文言文化造诣深厚，且有别才，以游于艺的心态客串这类文体写作。这样的所谓“名家”，自然会有一种居高临下的、非专业的心态。一方面以此炫耀才华，自鸣得意；另一方面也放不下身架，专业从事这项工作，甚至可能还瞧不起真正的专业工作者。但俗文学是有供需关系和供需交易的专业工作，因此真正需要的就是所谓行家。即能够提供成功演出，使演出获得预期效果的专业人员。这样的作家才会真正忘我地投身戏剧艺术的创作事业，也才能真正懂行地创作出能供专业演出的戏剧艺术作品。臧懋循之言明确推崇行家，并

① 王国维：《王国维学术经典集》，江西人民出版社 1997 年版，第 260 页。

② 郑振铎：《中国俗文学史》，上海人民出版社 2006 年版，第 362 页。另王国维《宋元戏曲史》亦有三期之说，可参阅。《王国维学术经典集》，江西人民出版社 1997 年版，第 257—258 页。

不以所谓“名家”有什么优越之处：话也说得地道而精当，表现出相当自信的专业立场和专业意识。

明吕天成《曲品》云：“妙解音律，花月总堪主盟；雅好词章，僧妓时招佐酒。”以其“雅好”云云，言词间似乎还是“名家”心态。但大抵上，这也只是就一般文人心态而言——毕竟戏曲写作依然是雅好词章的文化惯例。传统文人的所谓文学活动，基本上就是词章之艺的表现与切磋。因此如前所述，以这样的心态进行创作，大概多少也能保持一点优越姿态和传统身份感。但这样的姿态和身份感，表现出来的却并非正统文学的雅正趣味——它已经完全没有任何意识形态叙事的人文维度，连面具也没有，而是充满了俗文学艺术的情色意趣诉求。而且，从专业角度而言，也只有脱离了传统人文叙事的先在框架，才可专注于从大众审美需求的角度以及纯技艺的角度来讨论戏剧艺术作品了。

《曲品》中又云：“著意著词，曲白工美。……先生自谓：字雕句镂，正供案头耳。”尤其可见得那些著名文人们游艺于戏曲创作的作品，有时纯粹只是为阅读审美而写的。这还是与前面已经提及的中国古代文学演化发展的一个惯例：就是中国古代文人总是不断地将新出现的民间文学体裁吸收进正统文学写作领域，使之逐渐演变为正统文学系统中的一个新文体。这正如明王骥德《曲律》“论家数第十四”中说的：“曲之始，止本色一家……滥觞而有文词家一体。”就是说，戏曲从一开始，本来也只是一种民间俗文学艺术表演的娱乐方式，是谓本色当行。后来才有文人将其作为一种新兴文体来进行文言文学写作，使其案头文学化，然后才有了所谓“文词家一体”。王骥德此言，其实也是有意要在专业与非专业的戏剧文学写作之间划分畛域，突出本色创作的专业意义，表现出明显的专业化努力意识。

明沈璟《词隐先生论曲》云：“须教合律依腔。”“大家细把音律讲。”这是戏剧文学必须为表演服务的观念。这既是专业要求，亦是艺术性要求。汤显祖重主题、重诗意、重写作和阅读的美感含量（说到底是重文学性而非重演艺性），而沈则重专业性，重服务意识和专业艺术效果，代表了宋以来与文人传统相脱离的专业艺术倾向。因此，沈和汤真正的差别，其实还是在文学才艺与艺术美创造能力上。汤显祖如果不是具有极高的文学写作才能与艺术美创造能力，他在戏剧上的不专业就会为人所不屑了，谁还会与他去争什么合律不合律？强调音乐性，强调听觉美感。就戏曲行当而言，是更为专业的艺术意识。只是奇怪的是，其专业兴趣似乎一直只是在修辞、声律、文法、结构上，而不及于人物、故事、情节、类型、趣味、美感力量、创造性价值的深究。这也是文人才艺之学的劣习在艺术专业上的表现吧？这更是职业艺术家与具有人文情怀的伟大艺术家的根本区别。就这一点而言，这也是沈与汤的本质区别之所在。诗人亦如此。宋之前，是先具有人文情怀，然后为诗人。宋之后，人人能诗，而诗人已渐无人文情怀，诗艺亦下滑（朱熹云：这样的诗，一日作一百首也作得）；有人文情怀者已不屑于或不工于写诗（如二程之不屑）。宋之前，写诗还是高尚才艺，宋之后，写诗已基本上成雅兴游艺了。

明王圻《稗史汇编》云："文至院本、说书，其变极矣。然非绝世轶材，自不妄作。如宗秀、罗贯中、国初葛可久，皆有志图王者，乃不遇真主，而葛寄神医工，罗传神稗史。今读罗《水浒传》……其与王实甫《西厢记》……是二梦语，殆同机局。总之，惟虚故耳。"[①] 这是难得的俗文学作者论。不但认为从事俗文学的作者是旷世人才，而且是胸有"图王"大志而不能实现者，只好寄情于、寄才于、寄意于、寄梦于俗文学作品。就此而言，非有超天才、非有拜将封侯建伟大不朽功业之志者，则不足以为俗文学的作者。以此为条件衡量曹雪芹、吴敬梓、蒲松龄，其庶几乎？而俗文学作品，则皆可看作是作者未竟之梦。"惟虚"之说，意谓俗文学作品之所以有如此大的魅力，全在于它是作者一生的渴望、心愿、意志、梦想，不在其栩栩如生、身历其境、恰如现实生存一般生动逼真，而在于它只是一个最精彩的梦，只是作者实现其心思心意、形象化对象化其神往世界的一个结果。以此看《西厢记》《水浒传》《红楼梦》之作，不正是这样吗？作者也许认为他写的本是"是如此"，而实际上他写的只是"希望如此"而已。

清金人瑞《三国志演义序》中，论作者则云"才子"，论作品则云"奇"，论阅读则云"快""快意"，是于千古正统文论之外独辟出一条蹊径来，而另成一论文系统。此论文系统只关注俗文学之美的艺术成就与美学特性，是公共审美消费品的艺术意识，只是在人文涵蕴和意义的开掘与探究上有所缺失。事实上，从严羽说诗有别材，到俗文学大兴，中国文人才真正意识到什么是与正统文学无关的"别材"。理论上，作家论或诗人

---

① 孔另境编辑：《中国小说史料》，上海古籍出版社1982年版，第20页。

论就应该弄清楚这究竟是一种什么样的“才”。

还有最重要的一点，就是戏曲小说作家已意识到自己和正统文人士大夫已并非一类人，并且建立了与正统文人士大夫分道扬镳乃至分庭抗礼的人生价值观与尊严感。不仅是职业的尊严，更是事业的尊严、人格的尊严、价值的尊严、存在的尊严、审美文化的尊严。元人钟嗣成的《录鬼簿序》可以看作是这样的宣言之一。他立志要为那些“门第卑微，职位不振，高才博艺”的戏曲作者们立传，使他们传之久远。他宣称：“若夫高尚之士，性理之学，余有得罪于圣门者，吾党且啖蛤蜊，别与知味者道。”纯粹的俗文学审美活动只以趣味为依归，只以艺术创造为圭臬，与人文关怀意义关怀意识形态关怀原不相干。钟以别味解构圣教，艺术家的自信与自尊，跃然纸上。钟准确生动地描写了戏曲作者的“专业形象”或“艺人形象”，相对于宋柳永“奉旨填词”的无奈明显大异其趣。这种“身份意识”对于作家创作什么和如何创作是很重要的。他有一支《凌波仙》曲这样写道：“平生词翰在宫商，两字推敲付锦囊，耸吟肩，有似风魔状。苦劳心，呕断肠，视荣华，总是干忙。谈音律，论教坊，唯先生，占断排场。”只有艺术追求上的痛苦，是游艺态度与工作态度的本质区别。文人由于俗文学“专业”的出现而判为两途，并从此有了具有不同身份的两种文人。前者瞧不起后者，与后者一开始只关注娱乐需求，而对于人文担当和关怀则相对漠视，是有一定关系的。但后者为广大俗众所喜爱、所仰慕。文治才艺与审美消费（当然也有才艺甚至更有才艺）的不同人文性质与社会性质，统治性文化与被统治性文化的尊卑差异，阻断了这两种人文事业之间的有效沟通，使二者始终未能达到人文存在本质上的一体化。

正统文人基于政教文化立场，无论是褒扬、高看俗文学作品，或是贬低、敌视俗文学作品，其观念往往有极迂腐可笑之处。前者如在俗文学字里行间寻找微言大义，将俗文学内容“考证”成实事以证其“殆不尽诬”，从雅正文学传统中寻找其字眼、用语之出处、来处等；后者如传播俗文学作者“三世子弟皆哑”之谣言者。[1] 所以当时作者写作通俗文学作品时，此类恶毒诅咒所带来的心理压力当不可小觑。这也是今日的作者所

① （清）翟灏《通俗编》：“《游览志余》：‘钱唐罗贯中，南宋时人，编撰小说数十种。而《水浒传》叙宋江等事，机巧甚详。坏人心术，其子孙三代俱哑。’”孔另境编辑：《中国小说史料》，上海古籍出版社1982年版，第25页。

难以想象的。当时的俗文学作者，不抱定豁出去、彻底堕落、彻底放弃之心，是不可能全身心投入这项工作的。是真正的我不下地狱谁下地狱的心态。清周亮工《因树屋书影》评论《水浒》作者不明情况道：“世安有为此等书人，当时敢露其姓名者！阙疑可也。”[①] 如果真如他说，则不敢或不肯暴露其姓名，却愿以毕生心血为此书，其创作动机和心理自然更值得人深思之、敬重之。

清纽琇《觚賸续编》云：“传奇演义，即诗歌纪传之变而为通俗者。哀艳奇恣，各有专家，其文章近于游戏。大约空中结撰，寄姓氏于有无之间，以征其诡幻。然博考之，皆有所本。”[②] 所谓“文章近于游戏”者，正如同“语言的狂欢”，说明了俗文学写作相对自由的性质。“皆有所本”之说，则是有意回护之言。清李渔《闲情偶寄》“结构第一”中云：“填词一道，文人之末技也，然能抑而为此，犹觉愈于驰马试剑，纵酒呼卢。……填词虽小道，不又贤于博弈乎？吾谓，技无大小，贵在能精……”“填词非末技，乃与史传诗文同源而异派者也。”文人从事于俗文学创作，不免心虚气短。即使如李渔这样的“专业”人士，也具有同样心态。他所能做的，就是到正统文学的家族谱系上去寻找支持。文学在中国古代文化中的家族性高贵，是文人热衷于文学才艺的基本人文支柱。

另外《闲情偶寄》“结构第一”中云：“……有才、技之分也。文词稍胜者，即号才人；音律极精者，终为艺士。”以文为才，以曲为艺，虽然还是典型的文言中心文化腔调，但同时也是戏剧文学中阅读艺术与听觉艺术之间的张力表现。即使是在表演艺术中，文人们也不肯完全放弃文言写作的独立意义与价值。但真正的艺术家——或曰“艺士”——终归还是要“极精”本行专业的。

清袁枚《答友人某论文书》云：“世之无所不能者，世之一无所能者也。……专则精，精则传，兼则不精，不精则不传。”这种专业意识，与俗文学成为文化大系统中一独立子系统之后，文学终于摆脱了长期以来的准业余状态，而具有了专业乃至职业的性质，是密切相关的。清顾彩《桃花扇序》云：“彼即奔赴于腕下，吾亦发抒其胸中，可以当长歌，可以代痛哭……”文学美的创造是文学家的“另一种语言”，是文学家各种心理

① 孔另境编辑：《中国小说史料》，上海古籍出版社1982年版，第22页。

② 同上书，第23页。

需求、心理活动的寄托、转化与升华。文学家可以用这样的语言表达日常语言表达不了的心灵世界的一切。拥有、掌握并能自如地运用“另一种语言”表达自己想表达的一切，是一切艺术家之为艺术家的标志。

王国维《文学小言》云：“以文学为职业，哺餟的文学也。职业的文学家，以文学为生活；专门之文学家，为文学而生活。今哺餟的文学之途，盖已开矣。”分文学家为职业文学家和专门文学家。不知其专门文学家何所指。专门文学家似全身心投身于文学，却又不靠文学谋生。那么专门文学家就只能靠养了，否则就还只是业余文学家。

不过，王国维所说的以文学为毕生专职工作谋生手段的职业文学家，在俗文学活动成为中国古代文化中的基本建制之后，就已经真正形成了。前文已谈及他们在文学专业性质上的自觉与自立，而作为职业文学家，他们另一专业观念上的自觉，则表现在为满足读者（观听者）群的文学消费需求而进行写作上。

这一观念上的自觉也是有着曲折的历史发展过程的。明王骥德《曲律》“杂论第三十九上”中说：“胡鸿胪言：‘元时……中州人每沈抑下僚，志不获展。……于是多以有用之才，寓于声歌，以抒其拂郁感慨之怀，所谓不得其平而鸣也。’”意思是说，元杂剧兴盛，是因为元蒙不重文治，有用之才无用武之地，反而沉抑于社会底层，因而不得已而托身戏剧，以为寄情泄愤之途。大致而言，这种原因固然是存在的。但元杂剧兴盛之前，宋金院本已开其端——更不用说到宋代时，民间说唱已经是全社会文化生活的基本组成部分，更不用说讲史说书的审美活动了。所以专业化作家群的逐渐形成，恐怕主要也还是民间对俗文学艺术的审美需求刺激的结果。所以王骥德《曲律》中接着说：“盖胜国时，上下成风，皆以词为尚，于是业有专门。今吾辈操管为时文，既无暇染指……”“上下成风，皆以词为尚，于是业有专门”云云，说的正是整个社会对这种审美消费文化的极大需求，造成了专门人才的形成。王骥德感叹明代文人一心只想着举业，埋头于八股时文的写作，而无暇顾及社会上对俗文学艺术专业人才的需求。其实也说明当时俗文学艺术的专业人才已经不能举业、专业兼顾，必须全身心投入，才能满足社会对这种审美消费文化的需要了。

清徐珂《曲稗》云：“砚言糊口，原非发愤而著书；笔蕊生心，匪托微言以讽世。”则是否认俗文学艺术是一种文人寄托或间接言说的观念，强调其职业性和专业性。戏剧写作已是服务于审美娱乐的专业人生，与传统文人士大夫的角色意识已经泾渭殊途。他说得很明白：它其实就是从事者的一项本职工作，挣钱糊口而已。就此而言，他考虑的问题就既不再是自己个人情感的抒发或思想的表达，也不再是社会责任、天下道义、政教功能、人文诉求之类的担当，而是如何满足消费者的需求和市场的行情了。前者为道，后者为业；前者为他，后者为己，如此而已。

俗文学工作者的行业意识和专业意识形成的另一个表现便是家庭传承。清邹式金《杂剧三集小引》云："忆幼时侍家愚谷老人稍探律吕，后与叔介弟教习红儿，每尽四折，天鼓已动。"当其时，戏剧艺术也已经成为家庭、家族性传承的一种术业，或者至少，如果家里有人是这方面的专业人才的话，这种专业往往也会自然而然地成为家族文化生活的一个内在组成部分。这逐渐发展成一种文化建制，使俗文学艺术家的职业、术业通过家传而继承和发扬。

可以说，自打出现专职的俗文学工作者开始，中国古代的文人阶层中，就分化出了一批为文学审美消费服务的职业文学家。他们已经卸下了传统文人士大夫肩上的那副经世济民的道义重担，放弃了传统文人士大夫传道布教、治国理政、成仁取义的人文责任和角色意识，成了纯粹的"为稻粱谋"的文学艺术作品的生产者。书籍市场、演出市场与文学艺术的审美消费者成了他们真正的主人，而他们的文学观念也随之有了根本性的改变。

第二节　俗文学的生产与消费观念

俗文学出现后，中国古代才有了真正专业的文学生产活动。而当公共审美的生产与需求成为新的文化建制后，中国传统文学的写作观念也开始发生一些根本性的转变。

公共俗文学活动的发端应该是在唐代，其活动场所一般设在庙宇旁边，正如今日之庙会。宋钱易《南部新书》"戊"载："长安戏场多集于慈恩，小者在青龙，其次荐福、永寿。尼讲盛于保唐。"除了俗讲僧说经，其他如说唱、说话和各种杂要百戏等流动艺人也都在那儿作场卖艺、演出。唐段成式《酉阳杂俎续集》"贬误"条云："予太和末，因弟生日观杂戏，有市人小说……市人言，二十年前尝于上都斋会设此。"寺庙固然靠此募得大量布施，各路艺人也要靠观众的欣赏和喝彩赚取收入来养活自已。因此，俗文学商业性的供需关系，这个时候已经萌芽了。表现在文学观念上，就是开始有了明确的消费意识与受众主导意识。

但当时是否已经有专业的俗讲、变文或其他说唱、说话艺术的文本作者，情况不明。敦煌发现的俗讲、变文等说唱文本，都为手抄本，估计应是供演出者俗讲僧学习和练习所用的，本不为传播和阅读所作。但在审美内容上，已有一些基本的内视艺术建构意识。应该有些下层文人参与此类创作，以赚取一些润笔之资。当时寺庙里就专门聘有一些写经文人，这些人单靠写经就收入不菲。他们也可能参与写作一些经变故事的俗讲底本。但这些人史不见载，可见大都只是些临时参与者，因此还没有形成既定的俗文学创作意识和固定的作者群。但俗文学写作的商业性意识，则显然已经出现了。

宋代开始出现供各类艺人演出的瓦舍，瓦舍里分成各种勾栏。就是说，各类艺人，包括说话等俗文学演出者，开始有了固定的演出场所。《东京梦华录》记录当时汴京瓦舍的盛况道："不以风雨寒暑。诸棚看人，日日如是。"庶民俗众付费享受审美服务，专业工作者靠此维持生计。这已成为一种普及全社会的新的文化生存方式，成为整个大文化系统中的一个新的文化建制。而从这时起，俗文学活动也就已经成为一种职业化、专门化的公众娱乐审美方式了。

宋孟元老《东京梦华录》云："崇、观以来，在京瓦肆伎艺……讲史……小说……合生……说诨话……说三分……五代史。"记载了"说话"的专业演出场所与专业区分。宋无名氏《西湖老人繁胜录》云："瓦市：南瓦、中瓦、大瓦、北瓦、蒲桥瓦。惟北瓦大，有勾栏一十三座。"其中有说史书、说经、小说、合生、说诨话之分。演出叫作"作场"。宋耐得翁《都城纪胜》云："说话有四家：一者'小说'，谓之'银字儿'。如：烟粉、灵怪、传奇、说公案，皆是扑刀、杆棒及发迹、变泰之事。'说铁骑儿'，谓士马金鼓之事。'说经'，谓演说佛书。'说参请'，谓宾主参禅悟道等事。'讲史书'，讲说前代书史文传、兴废争战之事。最畏小说人。盖小说者，能以一朝一代故事，顷刻间提破。'合生'，与起令、随令相似，各占一事。"[①] 最有意思的是，所谓说话，其实说什么的都有。不光是讲故事说人物，也包括讲说各种儒教、佛教经典，以及其他各种鸡

① 上引均见孔另境编辑《中国小说史料》，上海古籍出版社1982年版，第1页。

零狗碎的名物知识。其他材料（如《梦粱录》）中亦有“说诨经”者。所谓“诨经”，想来就是以说经的名义，说一些具有色情内容的笑话与故事。讲史者最畏小说家，担心自己要讲的内容被人家一语“提破”。包袱提前抖了，悬念提前解了，观众听众也就兴味索然了。可见行业之间，也开始有了某种意义上的竞争。而这类竞争，也促进了俗文学的发展与专业性思考。

宋吴自牧《梦粱录》云：“说话者，谓之舌辩。虽有四家数，各有门庭。”[①] 综合上述情况来看，说话门类划分已很细，类型化程度很高，应已有相应的编撰及演说程式。“又有王六大夫，元系御前供话，为幕士请给讲，诸史俱通。于咸淳年间，敷演《复华篇》及《中兴名将传》，听者纷纷。盖讲得字真不俗，记问渊源甚广耳。但最畏小说人……”显然也有一些很有地位的文人举子参与其事。根据其所重复《都城纪胜》中的话，似乎是讲史者最畏小说人。前云“提破”者，此处云“捏合”。似乎是担心自己要“敷演”半天的历史过程，人家讲小说的一句话就交代完了。因为对于讲小说的人来说，历史过程只是背景，稍事交代就行了。他要着重讲的是个人的故事。清翟灏《通俗篇》云：“说话有四家：……今俗谓之说书。说书事见《墨子·耕柱篇》：‘能谈辩者，谈辩；能说书者，说书。’然所言与今事别。”[②]《墨子》所谓“说书”，本义为解说典籍，因此与俗文学所谓“说书”也有相通之处，因为俗文学所谓“说书”也是由文献故事解说敷演而成。就此而言，说书与说话也应有别。

同时也还有许多到处流浪卖艺巡回演出的说唱艺人。宋陆游《小舟游近村舍舟步归》诗中写道：“斜阳古柳赵家庄，负鼓盲翁正作场。身后是非谁管得？满村听说蔡中郎。”这类景象，在宋朝其他诗人的作品中也屡见不鲜。

与俗文学表演盛况相适应，当时也出现了俗文学的专职作家群。这些人一般聚集在名为“书会”的民间组织里，被称作“书会才人”或“书会先生”。他们大都是些失望于功名的下层文人，专事为勾栏瓦舍的说书、演戏以及曲艺艺人编写话本、剧本、曲本等。他们以此谋生，但均隐姓埋名，甘居幕后。可见至少在心态上，他们是并未以此为荣的。但是，他们

① 孔另境编辑：《中国小说史料》，上海古籍出版社 1982 年版，第 3 页。

② 同上书，第 7 页。

是后来那些写出了不朽的文学作品的伟大的俗文学作者的真正前驱。从他们开始，中国才有了真正的专业文学家。他们也为俗文学的职业观念和专业意识的形成奠定了基础。不过，因为临时编撰，口口相传，大概从来没有考虑过文本阅读的问题，事实上也不为文本阅读而作，因此也还没有俗文学读本的商业出版。不知有多少当时创作的话本、故事、勾栏文学文本因此而没有流传下来。

金元时期，勾栏瓦舍的商业演出已经普及并成常规。《耍孩儿·庄家不识勾栏》是金末元初散曲作家杜仁杰创作的著名套曲，生动地描写一个庄稼汉进城看戏的过程。其中有两段写道：“见一个人手撑着椽做的门，高声的叫‘请、请’，道迟来的满了无处停坐。说道：前截儿院本《调风月》，背后么末敷演《刘耍和》。高声叫：赶散易得，难得的妆哈。”“要了二百钱放过咱，入得门上个木坡，见层层叠叠团圞坐。抬头觑是个钟楼模样，往下觑却是人旋窝。见几个妇女向台儿上坐，又不是迎神赛社，不住的擂鼓筛锣。”提到观众进入勾栏看戏需要交“二百钱”。元夏庭芝《青楼集志》中说，当时“内而京师，外而郡邑，皆有所谓勾栏者，辟优萃而隶乐，观者挥金与之”。[①] 说明当时有固定演出场所的商业性演出已经到处都有了。这种情况，对于话本、剧本等通俗文学作家的职业化、专业化，显然是起了很大作用的。

明田汝成《西湖浏览志余》云：“杭州男女瞽者，多学琵琶，唱古今小说平话，以觅衣食，谓之‘陶真’。大抵说宋时事，盖汴京遗俗也。”这些艺人自然是靠俗文学演出来谋生的，但他们只是说唱文学的表演者，即所谓“做场养老小”[②] 者。真正的文学文本的创作者是为他们服务的。因此这些文学家必须根据演出者的需要，提供相应的文学产品。这成为他们的职业工作和赚钱方式。因此，一切为表演服务的俗文学作品都缺乏自为性，是为其特殊性质所决定的。如果想摆脱这种他为性和他律性而进行个体创作，就只能成为案头作品，成为纯粹的阅读性文学作品。这便形成了另一批以写作俗文学读本谋生的俗文学作家。

至明清，俗文学读本的商业出版就已经蔚为大观，成为基本的文化建制和文学运作机制了。而俗文学的文本写作也已经专门化、职业化，甚至

---

① 夏庭芝：《青楼集志》，转引自刘明今《中国分体文学学史》戏剧学卷上，山西教育出版社 2013 年版，第 101 页。

② 《诸宫调风月紫云亭》，郑振铎《中国俗文学史》，上海人民出版社 2006 年版，第 276 页。

开始出现职业俗文学批评家、评点家。文人士大夫开始普遍参与到俗文学的写作、批评和出版活动中来。

古代中国应该很早就有了书肆。清叶德辉《书林清话》云："《扬子法言·吾子》二：'好书而不要诸仲尼，书肆也；好说而不要诸仲尼，说铃也。'此'书肆'二字见于文士著述之始。《后汉书·王充传》：'常游洛阳市肆，阅所卖书，一见辄能成诵忆。'此后汉时有书肆也。"扬子所谓书肆，《辞源》解释："注云：卖书市肆，不能释义。"说铃，《辞源》解释："喻小说不合大雅。"不知具体是一种什么活动，或者什么物事。依扬雄言，则西汉时已有买卖书籍的书肆。照理，至迟战国时应该已有书肆，否则策士们从学或自学时，书籍从何而来？《战国策·秦策一》载：苏秦"去秦而归。赢縢履蹻，负书担橐……乃夜发书，陈箧数十，得《太公阴符》之谋，伏而诵之……"这些书籍似乎就是成批买来的，而非自己手抄的，否则苏秦不至于不知道他有《太公阴符》这本书。不过，在中国古代书籍的传播史中，购书与抄书一直并行不悖。"洛阳纸贵"的故事，说明晋时文化人主要还是靠抄书来获得自己喜爱的作品，虽然买纸也还是一种有偿消费。而普遍的尤其是大众化的书籍买卖，大概要到隋唐之际雕版印刷术发明后，尤其是宋以后，才会出现。

邓之诚先生《骨董琐记》中云："予见建阳书坊中所刻诸书（《水浒传》），节缩纸板，求其易售，诸书多被刊削……"[①] 前文胡应麟也提到这样的问题。可见商业机制、市场效应、供需关系等开始在明代俗文学作品的出版、发行和传播中起到重大的甚至是决定性的作用。

明代的商业出版物从万历朝更是开始以惊人的速度增长。据郭孟良统计，晚明时期各地共有书坊约 580 余家。[②] 孙康宜、宇文所安主编的《剑桥中国文学史》中说："嘉靖、隆庆两朝五十一年间，南京、建阳这两个主要的商业出版中心共有 225 种印本流传下来；而在万历朝统治的四十七年时间中，商业出版物数量惊人，达到了 1185 种。"[③] 据载，明神宗就经常让"司礼监臣及乾清宫管事牌子，各于坊间寻买新书进览。凡竺典丹经、医卜小说，画像曲本，靡不购及。先臣陈太监矩，凡所进之书，必册

① 孔另境编辑：《中国小说史料》，上海古籍出版社 1982 年版，第 33 页。

② 参阅郭孟良《晚明商业出版》附录一"晚明书坊一览"，中国书籍出版社 2011 年版。

③ 孙康宜、宇文所安主编：《剑桥中国文学史》下卷，刘倩等译，生活·读书·新知三联书店 2013 年版，第 84 页。

册过眼。如《人镜阳秋》、《闺范图说》、《仙佛奇踪》等类，每岁之中何止进数次，所进何止数十部哉”?[①]

加拿大学者卜正民写道："商业逐渐渗透到士绅文化习俗的圈子里，以一种大多数士绅难以觉察的具体形式——书籍。在明代中叶……真正日益推动着书籍出版的是商业，那些作备考和消遣之用的书籍在读者之间流通开来。正如一位生活在十五世纪后半期的士绅所描述的那样：'宣德、正统年间，书籍印版尚未广。今所在书版，日增月益。'（陆容《菽园杂记》卷十）为了满足当时市场的需要，当时很多书坊重印了明初内府刻印的教科书、不同版本的经典著作和其他参考书目，这些书商也因此声名鹊起。"[②]

出版业的兴盛及商业化对文学书籍的写作行为和写作方式的影响更是不可估量。明人叶盛的《水东日记》中写道："今书坊相传射利之徒，伪为小说杂事，南人喜谈如汉小王（光武）、蔡伯喈（邕）、杨六史（文广），北人喜谈如《继母大贤》等事甚多。农工商贩，钞写绘画，家畜而人有之。"[③] 孙康宜、宇文所安主编的《剑桥中国文学史》中论及晚明文学状况时指出："身为文字市场中的一员，李贽比同时代其他人涉足的文类更广。在很多其他的文学活动中，他出版有……每一种著作都通过出版获利。……还有无数影响较大、利润较丰的小说戏曲评论。所有这些写作，首先都是为出版商而作，然后是为市场而作。在这些作品中，被商品化的不仅是某些观点与作品本身，还有李贽的独特人格：标新立异、玩世不恭、喜好辩论。"[④]

《明史》本传说陈继儒"工诗善文，短翰小词，皆极风致，兼能绘事。又博文强识，经史诸子、术伎稗官与二氏家言，靡不较核。或刺取琐言僻事，诠次成书，远近竞相购写。征请诗文者无虚日。性喜奖掖士类，屦常满户外，片言酬应，莫不当意去。暇则与黄冠老衲穷峰泖之胜，吟啸忘返，足迹罕入城市"。[⑤] 是当时所谓名士。钱谦益《列朝诗集小传》中

① 刘若愚：《酌中志》卷一，《明代笔记小说大观》，上海古籍出版社 2005 年版，第 2896 页。

② ［加］卜正民：《纵乐的困惑——明代的商业与文化》，方俊、王秀丽、罗天佑译，广西师范大学出版社 2016 年版，第 145—146 页。

③ 《水东日记》，中华书局 1980 年版，第 213—214 页。

④ 孙康宜、宇文所安主编：《剑桥中国文学史》下卷，刘倩等译，生活·读书·新知三联书店 2013 年版，第 101—102 页。

⑤ 《明史》卷二百九十八，线装书局 2007 年版，第 1619 页。

也说："而仲醇又能延招吴越间穷儒老宿隐约饥寒者，使之寻章摘句，族分部居，刺取其琐言僻事，荟蕞成书，流传远迩。款启寡闻者，争购为枕中之秘。于是眉公之名，倾动寰宇。远而夷酋土司，咸丐其词章，近而酒楼茶馆，悉悬其画像，甚至穷乡小邑，鬻粔敉市盐豉者，胥被以眉公之名，无得免焉。"①

明代出版业发达，商业化程度高，而又没有任何版权法规和意识，因此给一些著名文人和出版商带来了借滥出书发不义之财的商机。许多著名文人通过书商用自己的名字大肆出版销路好的大路货书籍。甚至像陈继儒这样的"名士"，居然招揽一些穷愁潦倒的读书人专门为他抄袭剽窃他人作品而拼凑成书，以自己的名义出版，而大赚"脏钱"。以至于很多明代著名文人的作品，因为其中的一些内容互相重复，已经很难辨识究竟谁是原创作者了。所以当时的商业文化对于明代文人写作事业腐蚀之深，可能都是今人所难以想象的。卜正民在其书中提到余象斗："余象斗是个商人，只要能赚钱，他什么信息都可提供，不管它的来源，也不管它的法律后果。有一个庞大的大众读者群想要知道如何预卜未来，他的年历就是迎合这一要求的产物。从这种意义上讲，这本书就是福建地区典型的以大众市场为目标的产业的产品：启蒙读物、德育课本、法律条文汇编、小说、戏剧、色情读物、幽默故事、导游手册、外国风物介绍、各类知识摘抄和各类书籍的廉价改写本，只要有读者、有销路就行。"② 事实上是只要能赚钱，明代文人什么都写，什么都出，什么写作手段和出书方式都敢采用。这也是当时俗文学创作日趋下流的根本原因之一。

清郑燮《与江宾谷江禹九书》云："未闻文章学问，亦听气候于商人者也。"可知直到清代，各类文学书籍的出版必须听命于商业流通与市场的现象依然如故。不仅俗文学的创作，应付科举考试的"教辅参考"书，亦是古代——尤其是明清时期——"出版界"的热销商品，所谓执业学者，自然亦不得不听消息于书商。其实，令人叹惋的情况还不止如此。中国古代出版书籍无著作权、版权之类权限约束，所以书坊常可为所欲为，原书之真面目因此而常不可知。或许正因为如此，后世所看到的书大都已

① （清）钱谦益：《列朝诗集小传》丁集下"陈徵士继儒"，上海古籍出版社2008年版，第637—638页。

② ［加］卜正民：《纵乐的困惑——明代的商业与文化》，方俊、王秀丽、罗天佑译，广西师范大学出版社2016年版，第187—188页。

失去原始真面目，所可见者，往往不过是不断加工、改写、辗转翻印的不同版本而已。

不用说，这样的情况是有碍于形成正常、健康和良性循环的文学生产与消费的公共空间的，也不利于真正富有独创性、创新性和追求更高水准的文学艺术家群体的出现。优秀的作家、艺术家总是高尚其事、神圣其事的，因而往往表现出强烈的人文担当意识、艺术创造意识和事业献身精神。这样的文学艺术家的产生，则有待于新的历史文化语境的形成。

参考书目

屈万里著，李伟泰、周凤五校：《尚书集释》，中西书局 2014 年版。

（宋）朱熹注解，张帆、锋焘整理：《诗经》，三秦出版社 1996 年版。

杨伯峻译注：《论语译注》，中华书局 1980 年版。

朱谦之撰：《老子校释》，中华书局 1984 年版。

高亨著，华钟彦校：《老子注译》，河南人民出版社 1980 年版。

郭庆藩辑：《庄子集释》（共四册），中华书局 1961 年版。

杨伯峻译注：《孟子译注》，中华书局 1960 年版。

王先谦撰：《荀子集解》，中华书局 1988 年版。

梁启雄：《韩子浅解》，中华书局 1960 年版。

杨伯峻编著：《春秋左传注》（修订本），中华书局 1990 年版。

邬国义、胡果文、李晓路撰：《国语译注》，上海古籍出版社 1994 年版。

何建章注释：《战国策注释》，中华书局 1990 年版。

（晋）陈寿撰，（宋）裴松之注，武传点校：《三国志》，崇文书局 2010 年版。

高占祥主编：《二十五史》，线装书局 2007 年版。

陈子展撰述，杜月村、范祥雍校：《楚辞直解》，江苏古籍出版社 1988 年版。

（汉）刘歆等撰，王根林校点：《西京杂记》（外五种），上海古籍出版社 2012 年版。

（晋）郭璞注，谭承耕点校，（晋）郭璞注，（清）洪颐煊校，张耘点校：《山海经　穆天子传》，岳麓书社 1992 年版。

《陶渊明集》，人民文学出版社 1956 年版。

（晋）干宝撰，汪绍楹校注：《搜神记》，中华书局 1979 年版。

（晋）王嘉撰，（梁）萧绮录：《拾遗记》，中华书局 1981 年版。

（南朝宋）刘义庆撰，（南朝梁）刘孝标注，刘强会评辑校：《世说新语会评》，凤凰出版社 2007 年版。

赵仲邑译注：《文心雕龙译注》，漓江出版社 1982 年版。

（梁）萧统编，（唐）李善注：《文选》（全六册），上海古籍出版社 1986 年版。

（唐）刘知几、（清）章学诚：《史通　文史通义》，岳麓书社 1993 年版。

（唐）段成式撰，曹中孚校点：《酉阳杂俎》，上海古籍出版社 2012 年版。

（唐）崔令钦等撰，曹中孚等校点：《教坊记》（外七种），上海古籍出版社 2012 年版。

《资治通鉴》，岳麓书社 1990 年版。

《二程集》，中华书局 1981 年版。

《太平广记》，中华书局 1961 年版。

（宋）洪迈撰：《夷坚志》（共四册），中华书局 2006 年版。

（宋）孟元老撰：《东京梦华录》，中州古籍出版社 2010 年版。

（金）王若虚著，胡传志、李定乾校注：《滹南遗老集校注》，辽海出版社 2006 年版。

（元）胡祗遹著，魏崇武、周思成校点：《胡祗遹集》，吉林文史出版社 2008 年版。

（元）马端临：《文献通考》，中华书局 1986 年版。

（元）虞集：《道园学古录》，上海中华书局据明刻本校刊《四部备要》1912 年版。

浦汉明编：《新校录鬼簿正续编》，巴蜀书社 1996 年版。

《元曲三百首》，三秦出版社 2007 年版。

《明太祖实录》，台北“中研院”历史语言研究所校印 1963 年版。

（明）胡应麟撰：《少室山房笔丛》，上海书店出版社 2001 年版。

（明）谢肇淛撰：《五杂组》，上海书店出版社 2001 年版。

（明）李贽：《焚书·续焚书校释》，岳麓书社 2011 年版。

（明）王骥德著，陈多、叶长海注释：《王骥德曲律》，湖南人民出版社 1983 年版。

（明）冯梦龙编纂，刘瑞明注解：《冯梦龙民歌集三种注解》，中华书局 2005 年版。

（明）凌濛初原著，石昌渝校点：《拍案惊奇》，江苏古籍出版社 1990 年版。

（明）凌濛初原著，石昌渝校点：《二刻拍案惊奇》，江苏古籍出版社 1990

年版。
徐朔方笺校：《汤显祖全集》，北京古籍出版社 1999 年版。
（明）汤显祖：《汤显祖诗文集》，上海古籍出版社 1982 年版。
（明）张岱撰，马兴荣点校：《陶庵梦忆西湖梦寻》，中华书局 2017 年版。
（明）陈全之：《蓬窗日录》，上海书店出版社 2009 年版。
（明）郎瑛：《七修类稿》，上海书店 2001 年版。
（明）袁宏道：《袁宏道集》，凤凰出版社 2009 年版。
（明）袁宏道著，钱伯城笺校：《袁宏道集笺校》，上海古籍出版社 2008 年版。
（明）袁中道：《坷雪斋集》，上海古籍出版社 1989 年版。
（明）叶盛：《水东日记》，中华书局 1980 年版。
容肇祖整理：《何心隐集》，中华书局 1960 年版。
张玉来、耿军校：《中原音韵校本》，中华书局 2013 年版。
《吴梅村全集》，上海古籍出版社 1990 年版。
（明）赵南星等：《明清笑话四种》，人民文学出版社 1983 年版。
（清）钱谦益：《列朝诗集小传》，上海古籍出版社 2008 年版。
黄云眉选注：《鲒崎亭文集选注》，齐鲁出版社 1982 年版。
（清）蒲松龄：《聊斋志异》，人民文学出版社 1989 年版。
（清）周亮工：《书影》，上海古籍出版社 1981 年版。
（清）袁枚：《随园诗话》，浙江古籍出版社 2016 年版。
（清）魏源：《魏源集》，中华书局 1976 年版。
（清）严可均辑：《全上古三代秦汉三国六朝文》，中华书局 1958 年版。
《百子全书》，岳麓书社 1993 年版。
《全唐诗》，上海古籍出版社 1986 年版。
（清）虫天子编：《中国香艳全书》，团结出版社 2005 年版。
《四库全书总目》，中华书局 1965 年版。
《四库禁毁书丛刊》，北京出版社 2005 年版。
《丛书集成初编》，上海商务印书馆 1937 年版。
王晓传辑录：《元明清三代禁毁小说戏曲史料》，作家出版社 1958 年版。
王利器辑录：《元明清三代禁毁小说戏曲史料》，上海古籍出版社 1981 年版。
王承略、刘心明主编：《二十五史艺文经籍志考补萃编》，清华大学出版社

2014 年版。
张友鹤选注:《唐宋传奇选》,人民文学出版社 1997 年版。
郭绍虞辑:《宋诗话辑佚》,中华书局 1980 年版。
(清)何文焕辑:《历代诗话》,中华书局 1981 年版。
丁福保辑:《历代诗话续编》,中华书局 2006 年版。
孔另境编辑:《中国小说史料》,上海古籍出版社 1982 年版。
郭绍虞主编:《中国历代文论选》(共四册),上海古籍出版社 1979、1980 年版。
《唐五代笔记小说大观》,上海古籍出版社 2000 年版。
《宋元笔记小说大观》,上海古籍出版社 2007 年版。
《明代笔记小说大观》,上海古籍出版社 2005 年版。
黄霖编:《中国历代小说批评史料汇编校释》,百花洲文艺出版社 2009 年版。
俞为民、孙蓉蓉主编:《历代曲话汇编·唐宋元编》,黄山书社 2006 年版。
俞为民、孙蓉蓉编:《历代曲话汇编·明代编》,黄山书社 2009 年版。
俞为民、孙蓉蓉编:《历代曲话汇编·清代编》,黄山书社 2008 年版。
余英时:《士与中国文化》,上海人民出版社 2013 年版。
郑振铎:《中国俗文学史》,上海世纪出版集团、上海人民出版社 2006 年版。
王国维:《王国维学术经典集》,江西人民出版社 1997 年版。
胡适:《胡适文存》,黄山书社 1996 年版。
陈平原主编:《现代学术史上的俗文学》,湖北教育出版社 2004 年版。
《鲁迅全集》,人民文学出版社 1981 年版。
李剑国:《唐前志怪小说史》(修订本),天津教育出版社 2005 年版。
鲁迅:《中国小说史略》,岳麓书社 2010 年版。
《鲁迅学术作品精选集》,云南人民出版社 2013 年版。
陈寅恪:《柳如是别传》,生活·读书·新知三联书店 2001 年版。
徐扶明:《牡丹亭研究资料考释》,上海古籍出版社 1987 年版。
商传:《走进晚明》,商务印书馆 2014 年版。
李洁非、杨劼:《解读延安》,当代中国出版社 2010 年版。
刘明今:《中国分体文学学史》戏剧学卷,山西教育出版社 2013 年版。
郭孟良:《晚明商业出版》,中国书籍出版社 2011 年版。
[美]梅维恒:《唐代变文——佛教对中国白话小说及戏曲产生的贡献之研究》,杨继东、陈引驰译,中西书局 2011 年版。

[俄] 弗拉基米尔·雅可夫列维奇·普罗普:《神奇故事的历史根源》《故事形态学》，贾放译，中华书局 2006 年版。

《亚理斯多德〈诗学〉·贺拉斯〈诗艺〉》，人民文学出版社 1982 年版。

[法] 弗朗索瓦·于连:《迂回与进入》，杜小真译，生活·读书·新知三联书店 1998 年版。

[法] 罗兰·巴尔特:《符号学原理（结构主义文学理论文选)》，李幼蒸译，生活·读书·新知三联书店 1988 年版。

[日] 遍照金刚撰，卢盛江校考:《文镜秘府论汇校汇考》，中华书局 2006 年版。

[美] 拉尔夫·科恩主编:《文学理论的未来》，程锡麟、王晓路、林必果、伍厚恺译，中国社会科学出版社 1993 年版。

马克思:《1844 年经济学—哲学手稿》，刘丕坤译，人民出版社 1979 年版。

[英] 拉曼·塞尔登编:《文学批评理论——从柏拉图到现在》，刘象愚、陈永国等译，北京大学出版社 2000 年版。

孙康宜、宇文所安主编:《剑桥中国文学史》下卷，刘倩等译，生活·读书·新知三联书店 2013 年版。

[加] 卜正民:《纵乐的困惑——明代的商业与文化》，方俊、王秀丽、罗天佑译，广西师范大学出版社 2016 年版。